TSJAIKOVSKISTRAAT 40

Eerder verschenen van Pieter Waterdrinker:

Danslessen (roman, 1998)
Kaviaar en ander leed (verhalen, 2000)
Liebmans ring (roman, 2001)
Een Hollandse romance (roman, 2003)
Duitse bruiloft (roman, 2005)
Montagne Russe (verhalen, 2007)
De dood van Mila Burger (roman, 2010)
Lenins balsem (roman, 2013)
De correspondent (verhalen, 2014)
Poubelle (roman, 2016)

Pieter Waterdrinker

Tsjaikovskistraat 40

ROMAN

Nijgh & Van Ditmar

Eerste druk november 2017
Tweede druk (e-book) november 2017
Derde druk november 2017
Vierde druk december 2017
Vijfde druk januari 2018
Zesde druk januari 2018
Zevende druk februari 2018
Achtste druk februari 2018
Negende druk maart 2018
Tiende druk maart 2018
Elfde druk mei 2018

www.nijghenvanditmar.nl

Omslag bij Barbara
Omslagbeeld en foto auteur Julia Klotchkova
Typografie Zeno Carpentier Alting
NUR 301 / ISBN 978 90 388 0413 2

Voor Julia

Heute nur glückliche Stunden
Hildegard Knef

EERSTE HOOFDSTUK

Op een late oktoberochtend in het jaar 1988 vroeg een heerschap uit Leiden mij of ik in staat was een kleine zevenduizend bijbels af te leveren in de Sovjet-Unie. Hoe hij mij gevonden heeft weet ik nog steeds niet. In die tijd waren er maar weinigen in Nederland die Russisch spraken, die ooit de USSR hadden bezocht. Ik was er slechts één keer geweest, ruim zeven jaar ervoor. Misschien berustte alles ook wel op zuiver toeval, want dat is wat het leven mij heeft geleerd: deze wereld wordt geregeerd door willekeur.

Ik was zesentwintig; kort ervoor was ik weer bij mijn ouders ingetrokken, nadat ik ruim anderhalf jaar lang op de Canarische Eilanden en in een bergdorpje op het Spaanse vasteland had gewoond. Ik was terug op mijn akelige jongenskamer, twee bij drieënhalve meter.

'Mag ik even binnenkomen?'

De man had natte zwarte haren, zorgvuldig naar één richting gekamd. De scheiding leek er met een tang in gebrand. Hij droeg een bruine regenjas, met bruine knopen.

'Mijn ouders zijn niet thuis,' antwoordde ik. 'Ze zijn in Haarlem, naar het ziekenhuis.'

Hij kwam niet voor hen, hij kwam voor mij.

'Siderius,' zei de vooroorlogse verschijning toen.

Een paar tellen later zat hij op de bank, zich in zijn regenjas breed makend, als een roofvogel op zijn nest; hij stak een sigaret op en blies de rook door zijn haakneus naar buiten.

'Mijn tijd is beperkt,' begon Siderius. 'En de kwestie waarvoor ik ben gekomen is eigenlijk nogal simpel. Kunt u over – laten we zeggen – een week of drie zorg dragen voor de aflevering van een partij Russische bijbels in de haven van Leningrad?'

De vraag was absurd, ongerijmd.

Ik knikte enigszins wezenloos; de sigarettenrook hing als blauwe vitrage tussen mij en de man in.

'God Onze Vader, de Schepper die Zijn enige zoon naar de aarde heeft gezonden om ons te redden, verkeert in zwaar weer. Het oosten is op drift. Ik neem aan dat u het allemaal volgt. Maar het is net als bij een oorlog: de zege is er pas als de victorie is bereikt. Alles wat ik u nu ga vertellen is geheim, om in de terminologie van onze vijanden van de KGB en de Stasi te spreken: *gekwalificeerde informatie!* Heeft u misschien een glaasje water? Ik moet mijn pillen innemen... Jicht, kiespijn in de gewrichten, bij een aanval wil ik het liefst dood...'

Toen ik terug was uit de keuken dronk de man het glas met een pijngrimas leeg en begon daarna over een fenomeen waarvan ik nooit eerder had gehoord: het grootscheepse illegale transport van voornamelijk Russische bijbels naar het Oostblok. Op de grens van Finland met de Sovjet-Unie liet men soms ballonnen opstijgen met bijbels eraan, in de hoop dat deze ergens zouden neerdalen in het imperium van de antichrist, in het door Lenin gestichte Rode Rijk. Maar de echte religieuze contrabande werd centraal georganiseerd over de weg verplaatst, in speciaal omgebouwde luxeauto's, personenbusjes, een enkele motor met zijspan, waarin activistische gelovigen van voornamelijk protestantse signatuur koers zetten naar landen als de DDR, Hongarije en Roemenië.

Het was tamelijk riskant – arrestatie en gevangenisstraf dreigden. De DDR-grenswachters met hun herdershonden waren het meest gevreesd. Ze stonden klaar om met spiegels onder de auto's te gluren, met hamertjes het chassis en de rest van de voertuigen af te gaan, op zoek naar dubbele bodems, waartussen opruiende antisocialistische lectuur, porno en bijbels mogelijk waren weggepropt. De perfecte dekmantel was het gezin; het gelukkige, kinderrijke gezin dat op weg was naar de velden, de bossen en de stranden voor een vakantie in de heilstaat. Ook Siderius was dikwijls oostwaarts getrokken; door een ziekte van zijn vrouw had hij het zendingswerk echter gestaakt. Het naderen van de grens was onveranderd voorafgegaan door een gebed in Gods vrije natuur. Nooit was er ook maar één van de achter het keukenwandje en onder de opklapbedden van zijn VW-busje verborgen bijbels gevonden.

'Dus u doet het?' Siderius, wiens rechterhand met pioenrode knobbels was overwoekerd, draaide nu zo krachtig aan zijn trouwring dat hij er die van af leek te willen trekken.

'Wat precies?'

'Zorg dragen voor de aflevering van die zevenduizend bijbels in Leningrad. U spreekt toch Russisch? U bént daar in de Sovjet-Unie toch weleens eerder geweest?' Met een hemelse lichtval in zijn felblauwe ogen keek Siderius me bijna smekend aan.

De volgende dag wachtte Siderius me op voor station Rotterdam Centraal. Met een klein autootje waren we door de stortregen naar Pernis gegaan, om kennis te maken met de organisatie. Hij betoogde: 'De politiek in het oosten is aan het schuiven, als graan aan boord van een schip. Maar weet je in welk gevaar een schip op volle zee verkeert, als de lading in het ruim eenmaal op drift is? Dan kan het zomaar naar de kelder gaan!'

Volgens Siderius was er bij de bijbelsmokkel in de loop der jaren een soort concurrentie tussen de kerken ontstaan. Zelf was hij Nederlands-hervormd, maar diverse geledingen onder de gereformeerden, zelfs de mormonen en de doopsgezinden waren voor zichzelf begonnen.

Er was een competitie-element ingetreden.

'De kerkenraad ziet de huidige situatie als oorlog: het is nu of nooit. De strijd, de ammunitie aan het front moet worden opgevoerd. Met de kleine aantallen bijbels in personenbusjes schiet het niet snel genoeg op. We moeten onze door Marx geknechte broeders en zusters massaal voorzien van geestelijk voedsel, van hoop, van licht. Wat u zo direct gaat zien is een proefzending: zevenduizend Russische bijbels, keurig verstopt tussen een paar ton Zeeuwse piepers. Als deze missie slaagt, liggen er nog tachtigduizend andere op ons te wachten in een pakhuis in Gouda. Om via Leningrad hun weg te vinden naar Moskou, naar de Oeral, naar dorpen diep in Siberië. De gereformeerden zijn eveneens iets met een schip van plan, maar ze zwijgen als het graf, eeuwig achterbaks!'

In een loods waar aardappelen als bergen steenkool opgeslagen lagen, werd ik voorgesteld aan drie mannen van middelbare leeftijd in lange herenjassen. Zwijgend hadden ze me de hand gedrukt, met wantrouwend-schuwe blikken, waarna ze in een hoekje met elkaar als duiven begonnen te koeren en de middelste van de drie uiteindelijk zei: 'Goed, Siderius, als jij zegt dat deze broeder deugt, dan vertrouwen we daarop.'

Vervolgens was hij in gebed voorgegaan. Voor het welslagen van mijn missie.

Sinds mijn kinderjaren had ik niet meer gebeden; ik hield mijn ogen een paar tellen gesloten. Met gevouwen handen bestudeerde ik de gelovigen: goede, krachtige, solide Hollandse koppen, als uit steen gehouwen.

Vliegreis, verblijfsvisum alsmede de hotelkosten zouden

worden vergoed. Ik ging vanwege het avontuur; voor de rest moest ik vertrouwen op Gods beloning.

Anderhalve week later snoof ik in de gangen van een bejaardentehuis in een buitenwijk van Leningrad een mensenwalm op, de geur van ziekte, gebrek, ontbinding. Zes pakketten met cyrillische bijbels van elk twaalf stuks, in tabaksbruin papier, met vliegertouw omgord, had ik langs een bewaker in de hal naar de tweede verdieping gesleept, naar dit universum van vingerplanten en ondraaglijke stank.

De directrice, een Russin van middelbare leeftijd met een paars klokkapsel, stond naast een serveerkar op rubberen wielen.

'Lina, maak dit ding hier eens schoon! Allemaal pap- en soepresten! Wat zijn dit voor toestanden? Snel, een natte doek! Wat moet onze gast wel niet van ons denken?' Met een houten liniaal sloeg de directrice op de metalen duwstang van de serveerkar. 'Ik tel nu langzaam tot drie! Laat me niet kwaad worden... Eén! Twéé! En dat is...'

Een schriel meisje van een jaar of vijfentwintig, het onderste knoopje van haar zeegroene werkschort dichtmakend, schoot zo nerveus als een wezel een deur uit. Ze zei: 'Ik hoorde u heus wel! Maar ik was op zoek naar een schone luier in het washok. We hebben helemaal geen luiers meer... In zaal zeven liggen drie vrouwen...'

'Wat kakel je nou? Kom, *davaj*, een natte doek!' verordonneerde de directrice, die mevrouw Lentova heette. 'Deze buitenlandse meneer heeft ons bijbels gebracht.'

'Bijbels?'

'Ja, hoor je me niet?' Liefkozend liet de directrice de liniaal tegen haar borsten rusten. 'Bijbels, klassenboeken...'

Het verpleegstertje mompelde dat ik beter luiers had kunnen meebrengen; en ook spuiten, gaas, verband, pleisters. Vanochtend had ze weer lakens tot stroken staan knippen om de benen van de oudjes te omzwachtelen, alsof ze bij gewonde soldaten aan het front was.

De schriele Russin verdween en kwam terug met een lap die ze even onder de gloeiend hete kraan had gehouden. Terwijl ze de serveerkar schoonmaakte dampte de stoom ervan af.

'Zo! Dat is klaar!'

En ze verdween opnieuw.

Mevrouw Lentova, in haar zwarte kokerrok, krabde zich met de liniaal over haar blote kuiten. Ze knikte me aanmoedigend toe. Ik stapelde de bijbels als koopwaar op de serveerkar. Gereed om op pad te gaan.

Door de vingerplanten, die oerwoudachtig tot aan de plafonds woekerden, baadde alles in een groenig licht. Bij de plinten draafden kakkerlakken voort, niet schichtig, maar ordelijk, als in militaire slagorde, als waren ze de ware heersers van het pand die de rest van de aanwezigen hooguit tolereerden. Bejaarden sloften in gewatteerde kamerjassen aan mij voorbij. Met dode vissenogen, trillend, als gedrogeerd. Ze passeerden mij alsof ik niet bestond, alsof ze met een dierlijk instinct aanvoelden dat ik niet iets wezenlijks kwam brengen.

Slechts aan een enkeling kon ik een bijbel kwijt. De meesten waren afwerend, wilden niets van me weten. Een bejaarde Russin met een aapachtige kaalheid begaf zich uit een wc-hok naar mijn serveerkar. Ze besnuffelde de stapel, vroeg wat een boek kostte.

'Gratis,' zei ik. 'Deze bijbels zijn een gift van Nederlandse gelovigen aan het Russische volk.'

Personeel was vrijwel nergens te zien; af en toe schoot een vrouw voorbij, in eenzelfde zeegroen schort met papieren muts als het meisje dat voor mij de kar had afgelapt. De een droeg beddengoed met zich mee, de ander een ondersteek, weer een ander een plastic bak waarin allerhande donkerrode flesjes rinkelden, vermoedelijk medicijnen. De blikken van deze vrouwen stonden onveranderlijk op zwaar weer. Ze leken meer op gevangenisbewaarsters dan op zusters.

'Wie bent u?' blafte een van hen mij toe, terwijl ze met een zinken teil om de hoek kwam en ik haar bijna schampte.

Ik vertelde het.

'Weet Lentova hiervan?'

Ik knikte.

'Waarom gaat u niet bij een kerk staan? Wat moeten de mensen hier nog met een bijbel? Ze zijn toch allemaal bijna dood.' Zwaar ademend door haar neus, nam de zuster een bijbel van de stapel. 'Maar het zijn wel stevige boeken. Wat zullen die fikken in de haard. Prachtige briketten! Gratis, zei u? Ze greep er nog zes van af, stopte die in de zinken teil die tussen haar voeten stond, tilde hem op en ging er vervolgens vandoor, op slippers met houten zolen die klepperden als castagnetten.

Ze had een kont als een Boheems buffet.

Sinds mijn vertrek drie dagen eerder was niets gegaan zoals Siderius me in Pernis had voorgeschoteld. De vlucht naar Leningrad was op het laatst veranderd; niet rechtstreeks maar met een overnachting in een hotelhok op de luchthaven van Oost-Berlijn. Het enige handdoekje in de badkamer stond stijf van het opgedroogde zaad van een vorige gast.

De contactpersoon die mij in Leningrad zou ophalen was nergens te bekennen. Op de luchthaven nam ik een taxi. Als door een stad in oorlogstijd reed ik door de verduisterde novembernacht naar mijn hotel. Het hok waar ik belandde zag er vrijwel identiek uit als dat in Oost-Berlijn. Er hing een geur alsof honderd zwetende kompels er zich zojuist hadden gereinigd. Hier ontbraken handdoeken in het geheel.

Ook de volgende morgen daagde de contactpersoon met de naam Pozorski niet op. Op mijn hotelkamer had ik het nummer van de man dat Siderius me had gegeven een keer of zeven gebeld. De lijn aan de andere kant was morsdood. Uiteindelijk besloot ik zelf maar naar de haven te gaan, op goed geluk, in een van de Wolga's die voor het hotel als geduldige paarden stationair draaiend stonden te wachten.

Het tot de plinten vervallen decor van Leningrad, de stad die ooit Sint-Petersburg heette, had ik zeven jaar eerder in een roes aan mij voorbij zien trekken. Ik had alles er zo afschuwelijk gevonden dat ik na terugkeer mijn studie Russisch meteen had verruild voor rechten. Nooit had ik kunnen bevroeden de Sovjet-Unie nog eens te bezoeken. De las van de tijd was echter feilloos: het was alsof ik nooit was weggeweest.

Kalm reed de chauffeur mij de straat uit. Het was tien uur in de ochtend, maar het leek alweer bijna avond. De gaten in het wegdek ontwijkend reden we langs het hek van een parkje met louter sparren waarop over de gehele lengte in koperen blokletters stond:

WETENSCHAP, SPORT EN HET LEGER –
LANG LEVE DE BASIS DER SOVJETMACHT!

Op een straathoek waren de schimmen van arbeiders samengedromd. Uit jampotten stonden ze bier te drinken dat door een vrouw in een witte jas, als een melkster op een krukje, uit een gele containerwagen uit de kraan werd getapt.

'Waar in de haven moet u precies wezen?'

Ik had geen idee; het schip met de tussen de aardappels verstopte bijbels was drie dagen eerder aangekomen. Vlak voor mijn vertrek had Siderius me gemeld dat alles tot dusver gesmeerd verliep. Misschien was er iets misgegaan, stond Pozorski me nu wel ergens aan de waterkant op te wachten, de broeder in het geloof van de Nederlandse gelovigen.

We reden langs Stalinpanden, voormalige tsaristische stadspaleizen en Sovjetwoonkazernes; in de raamkozijnen brandden dezelfde uniforme lampjes als in mijn hotel. Voetgangers schoten dicht langs de puien gejaagd voorbij, door hun donkerbruine en grijze schutkleuren in het decor grotendeels kameleontisch wegvallend.

'Weet u dat Casanova hier weleens is geweest?' bracht de taxichauffeur toen zomaar te berde.

'Werkelijk?'

'Ja, Casanova, de vrouwenversierder! Maar toen was alles hier nog in aanbouw. Ooit was deze stad de nieuwbouwwijk van Europa. Kunt u zich dat voorstellen? En nu leven we hier in een doodskist. Voor zes eieren heeft mijn vrouw gisteren drie uur lang in de rij gestaan. Dat is twee eieren per uur! Casanova vond het gruwelijk hier...'

Over de gehele stad lag een waas van stof en verval. De wegen en de straten waren vrijwel verlaten. Een enkele volgepakte tram gleed met een schurend gekerm langzaam voorbij. Personenauto's reden er amper. De heersers op de rijbaan waren monsterachtige vrachtwagens met rammelende lege laadbakken, waarvan de bestuurders, omdat de fabrieken rond de stad op apegapen lagen en er dus vrijwel geen goederen meer te vervoeren vielen, massaal als snorder bijklusten.

'Voor business hier?' De chauffeur had zijn Wolga stilgezet voor de havenpoort, ommuurd met betonplaten, op een onverharde weg van verregend zand en steenslag.

'Nee, voor bijbels...'

Bluffend dat ik een afspraak had met de directeur, zwaaiend met mijn buitenlandse paspoort, links en rechts Marlboro's uitdelend aan bewakers, had ik me bij het haventerrein naar binnen gewerkt.

Eerder dan een haven leek het alsof ik een verzamelplaats van oud metaal had betreden. De naar stookolie stinkende kades lagen bezaaid met verroeste ijzeren spoelen, kisten met aluminiumpulp, bergen versnipperd koper, schroeven, spijkers, pijpen. Een witzilveren schijnsel walmde van de betonnen lampenmasten. Het gaf de omgeving iets strafkampachtigs. Heel af en toe bewoog ergens loom een hijskraan; vanaf een droogdok klonk het holle geklop van hamers. Havenwerkers zaten op muurtjes of op houten kabelkatrollen kaartspelend bijeen; tussen het aroma van stookolie en ijzerschroot zwierf dat van alcohol.

Plots ging ergens een sirene af. Kennelijk gebeurde dat vaker, niemand keek op of om.

'Dus u wilde de directeur spreken?'

Een man in een bruinwollen pak stond voor me. Hij had een wit borstelsnorretje. Zijn kale muisschedel was bespannen met een vliesdunne gelige huid, als van een gestorvene. Naast hem stond een kloon van hem, dertig jaar jonger.

Beiden hadden natte priemoogjes.

'Hier staat hij, uw directeur,' sprak de oudste. 'Althans, van deze sectie. Wij hebben de boel hier sinds kort onderverdeeld in secties. Het vaderland is in beweging, alles vloeit. We beleven prachttijden! Nikolaj Borodin, aangenaam. En dit is mijn zoon, Andrej... Wat doet u hier?'

Ik vertelde het; met een tandvleesgrijns keek de havendirecteur mij bijna hartstochtelijk aan. Meteen in de roos. Met hem had ik de juiste persoon te pakken! Hij hield van buitenlanders. Deze haven was de poort tot het Westen. Zo was de bouw ervan destijds ook bedoeld.

'Hoe kent u Pozorski?' vroeg hij toen.

Ik wilde het zeggen, maar de zoon, die me stilletjes had staan beloeren, kwam plots tot leven en vroeg met een onprettige falsetstem: 'Bezit u de cognossementen?'

Ik tikte tegen de binnenzak van mijn jas.

'Laat eens zien...'

De directeur griste mij het eigendomsbewijs van de zevenduizend bijbels fluks uit handen. 'Prima. We zullen Pozorski eens bellen, de slaapkop! Hij is een oude kameraad van mij... Een prachtvent... Ooit waren we samen als onderofficier gelegerd in Leipzig... Op een dag... Enfin, ik kan u kostelijke verhalen vertellen...'

Langs bergen kopergruis stapten we, onder gekrijs van vuile meeuwen, naar een bakstenen gebouwtje waar een tweedehands Mercedes tussen Lada-wrakken geparkeerd stond.

De directeur foeterde de arbeiders die hij passeerde voortdurend uit. Het waren dronkenlappen, wandluizen, uitvreters; als hij het hier binnenkort geheel voor het zeggen had gingen ze er allemaal uit.

In het havengebouwtje was het bloedheet. Op een centraal tafeltje in een verder kale kantoorruimte pronkte een fax; er kwam zojuist iets binnen.

'Alles gaat hier per fax!' Woest trok de directeur het glimmende papier uit het apparaat. 'Wat een uitvinding! Ik kan niet meer zonder!' Een paar tellen bestudeerde hij de tekst, bijziend glurend naar de letters. 'Nikolaj, deze komt uit Hamburg... Die Fritzen zijn met de prijs voor het aluminium akkoord... Laat Nadja meteen een contract opstellen...'

Een halfuur later kwam mijn contact aan het stuur van een afgetrapte Mercedes het terrein op rijden. Naast hem zat een Russisch-orthodoxe geestelijke van een jaar of vijftig met een sik als van een oude bok, sliertig hangend over zijn zwarte pij.

'Pozorski,' stelde Pozorski zich aan mij voor.

Met zijn knappe kop leek hij op een acteur; hij droeg een knalpaars leren jasje met een kuikentjesgele bontkraag.

Het schip uit Rotterdam had in Denemarken de lading Zeeuwse aardappelen gelost, daar diepvriesvis ingeslagen en vervolgens koers gezet naar de haven van Leningrad. De boot voer onder Poolse vlag; ook de opvarenden waren Pools. Ik was de havendirecteur en Pozorski naar de pier gevolgd waar het gevaarte tussen de kranen lag aangemeerd. Het ruim was zo groot als een fabriekshal; de zeshonderd dozen met smokkelbijbels in een hoek vielen nauwelijks op. Russen in lompen waren in de schemerdonkere catacomben van het schip als menselijke lastdieren bezig metalen buizen op hun schouders naar binnen te dragen.

'En dan gaan we nu de invoer regelen.' Borodin keek even triomfantelijk in de rondte, kreeg een van de sjouwers in het vizier en riep: 'Hé, jij daar! Roep Smirnov eens!'

Een minuut later had een Rus met een uilengezicht, zwetend in een grijs uniform dat als een zak om zijn lichaam viel, zich in het ruim naast ons gevoegd. Borodin knikte naar de stapels dozen vol bijbels.

'Heeft u de cognossementen?' vroeg de douanier.

'Hier,' sprak Borodin, het papier dat hij mij eerder had afgenomen aan de geüniformeerde Rus overhandigend.

'En het ontvangstbewijs?'

'Natuurlijk.'

De douanier viste uit zijn broekzak een klein rond stempeltje dat aan een dunne ketting hing; in het metalen kapje was een inktkussentje vervat. Watervlug voorzag hij de cognossementen en het ontvangstbewijs van een vaalrode hamer en sikkel, met in het cyrillisch de letters: CCCP.

'Zo...' De havendirecteur propte de papieren in de binnenzak van zijn tabaksbruine jasje. 'Ziet u hoe efficiënt er hier inmiddels wordt gehandeld? En dan betreft het nog door de Sovjetoverheid officieel verboden waar!'

De douanier droop onmiddellijk weer af.

Pozorski sprak: 'Vanavond gaan we drinken. Op de eerste goede vangst... Kent u restaurant Nord?'

Nog voordat ik het haventerrein had verlaten, lieten Pozorski en de pope, die vader Aleksej bleek te heten, honderdvijftig dozen met bijbels per spoor op transport zetten naar Moskou, waar de boeken op de pas ontstane vrije markt zouden worden verkocht.

'Verkocht?' vroeg ik.

'Maakt u zich geen zorgen,' betoogde Pozorski met zalvende stem. 'Natuurlijk deelt u mee in de winst. Een nieuwe tijd is aangebroken. Wij zijn goed voor de mensen. Goedheid is ons principe! Die zevenduizend boeken zijn natuurlijk kinderspel. Maar ik heb begrepen dat er nog tachtigduizend bijbels vanuit Rotterdam op komst zijn. Kijk, daar valt een aardig vette pastei van te maken. Omgerekend kunnen we, ondanks de roebelkoers en de ellende in het land, zeker een dollar winst per boek pakken. Nietwaar, vader Aleksej?'

De geestelijke knikte. Op zijn linkerwang zat een krans van bruinige pukkels en wild vlees. Ik dacht aan mijn belofte aan Siderius; aan de biddende kerkenraadsleden in de loods in Pernis.

'Maar kop houden hierover...' Met een frons keek Pozorski mij onderzoekend aan. 'Zeg, je bent toch wel naar dit gedoemde land gekomen om wat te verdienen?'

Die middag wandelde ik urenlang door het centrum van Leningrad. De gevel van het fameuze Hotel Astoria stond in de steigers. Er woei een nieuwe geest over het land; de hotels werden in ijltempo opgeknapt. Maar de straten eromheen kwamen me inderdaad voor als een doodskist, zoals de taxichauffeur het had gesteld. Een stenen doodskist. Het begon te ijsregenen; op de Nevski Prospekt schoot ik warenhuis Gostinni Dvor binnen. Ook hier, in de grootste kooptempel van de stad, was amper nog wat te krijgen. De bezoekers flitsten over de parketvloeren als hongerige dieren aan mij voorbij.

Voor een rek auberginekleurige regenjassen, kennelijk zojuist gearriveerd, kropen vrouwen van middelbare leeftijd verwensingen schreeuwend op elkaars rug om er maar bij te komen.

'Wij zijn een volk van tovenaars!' had Pozorski me die avond grijnzend laten weten. 'In de winkels is geen tomaat te koop, maar de ijskasten liggen nog altijd vol. De grootste truc moet echter nog komen!' We zaten op het balkon van restaurant Nord, een etablissement met erotisch cabaret, levende muziek en een menukaart zo groot als een krant.

'Maar schoenen dan?' vroeg ik.

'Zijn inderdaad nergens meer te krijgen.'

'En paraplu's?'

'Ook niet! Er is helemaal niets meer! *Nitjsevo, nichts!* Maar daar gaan we spoedig met jouw hulp wat aan doen. Met import uit het Westen! Ik voel de vibraties van de nieuwe tijd reeds tot me komen. Maar heb even geduld, we zijn nog te vroeg...'

Terwijl de schalen met salades, gerookte zalm, Wolga-steur en flessen Sovjetchampagne werden aangedragen, vertelde Pozorski waarmee hij en zijn partners zich sinds een jaar bezighielden: met de export van oud metaal, van schroot, dat in dit land vrijwel gratis voorhanden was en in het Westen een vermogen opbracht.

Maar het meest verwachtten ze van de import.

Dronken kerels kwamen van de tafels overeind, de handen vol dollarbiljetten om skeletachtige schoonheden die zich bij de bar ophielden voor de nacht binnen te slepen. Het restaurant was tevens een verkapt bordeel.

De volgende ochtend belde ik Siderius om verslag uit te brengen; ruim een uur had ik op mijn hotelbed op de verbinding met Leiden moeten wachten. Ik verzweeg dat de zeshonderd dozen met bijbels uit de buik van het schip inmiddels waren verdwenen om via het religieuze netwerk van vader Aleksej in het grijze circuit te worden verkocht.

'Dus alles gaat uitstekend?'

'Uitstekend,' had ik de voorman van de protestantse gemeenschap in Leiden voorgelogen.

Het plan om de vijftig dozen bijbels die ik voor mezelf in

de haven had weten achter te houden uit te delen in bejaardentehuizen was zomaar in me opgekomen. Om althans nog iets van de oorspronkelijke bedoeling van de missie – de boeken onder het gewone volk uit te delen – te redden. De administrator in mijn hotel had behulpzaam een paar adressen voor me opgeschreven; lukraak was ik met zes dozen bijbels in een taxi gesprongen en in het tehuis van mevrouw Lentova beland. De volgende dag keerde ik er terug om mijn werk af te maken. Ik kwam op de afdeling voor de gediagnosticeerde gekken. Met een bordje van verlicht rood glas was het aangegeven. Er hing een stank van doorgekookte kool, urine, fecaliën en de ijzerachtige geur van bloed. Ik ademde de gehele tijd door mijn mond. Soms was het niet langer vol te houden en snoof ik weer de walm op van mensen die lekten uit al hun lichaamsgaten, wier monden nog slechts bedorven gassen uitstootten voordat ze de kist of het vuur in zouden gaan.

Het donker was kennelijk heilzaam voor deze door de mentale hel bezochte bejaarden; op bedden en in hoge stoelen lagen, schuifelden en zaten ze in het turquoise duister bijeen.

Ik duwde mijn kar de derde zaal binnen; werktuiglijk stak ik bijbels toe in handen van mensen wier gezichten ik amper kon onderscheiden. Vanuit een ledikant bij het raam klonk een godsjammerlijk gekerm. Ik kwam naderbij. Het was een oude man, mager, bijna naakt, met een sneeuwwitte neptunusbaard. Zijn pupillen rolden als stuiters in een leeg borrelglas in zijn oogkassen, maar hij leek me niet te zien. Zijn armen en benen waren met gummiriemen aan de spijlen vastgesnoerd.

Ik draaide mijn serveerkar om, vastbesloten om mijn tocht verder te staken, om zo snel mogelijk uit dit lugubere mensenpakhuis weg te komen, toen in de nimbus van een bedlampje de schim opdook van een vrouw. Ze was stokoud, maar had een smal gezicht en lang meisjeshaar, zo intens wit dat het bijna blond leek. Ze richtte haar amandelogen, glanzend als edelgesteente, in het schemerduister op mij.

'Wat is uw naam?' vroeg ze kalm.

Ik vertelde het.

'*Pozjalsto*, alstublieft, neem me mee...' zei ze toen.

'Waarheen?'

'Naar buiten.'

Smekend bleef de sibillijnse verschijning mij met haar irissen fixeren. Mijn oren gloeiden, een misselijkheid kwam in mij op; als toen ik voor het eerst in mijn leven verliefd was geworden.

'Wat kijkt u mij vreemd aan?' Haar Russisch klonk op een ouderwetse wijze helder.

Ik knikte, als een verlegen schooljongen.

'Pokrovskaja...' De oude vrouw stak mij langzaam een magere hand toe. 'Nadjezda Petrovna, maar zeg maar gewoon Nadja...'

Ruim een halfuur kostte het me de directrice over te halen. Ze vroeg me waarom mijn keuze uitgerekend op die halvegare oude vrouw was gevallen. Maar ik wist het zelf niet goed. Ik voelde slechts dat ik een misdaad beging als ik haar haar bescheiden wens zou weigeren. Vol argwaan richtte mevrouw Lentova haar blik op mij, als was mijn verzoek voorgekookt, als had ik mijn hele bijbeloperatie louter opgezet voor dit doel: toestemming krijgen de hoogbejaarde dame mee naar buiten te nemen, voor een wandeling door de stad. Begreep ik wel wat ik haar verzocht? Ze was 81 jaar oud en had helemaal geen familie meer. De enige op wie ze kon vertrouwen was de Sovjetoverheid – feitelijk op haar dus, als directrice van dit tehuis.

Negen jaar eerder was mevrouw Pokrovskaja hier opgenomen, nadat ze maandenlang op een bankje in het park had doorgebracht, ondanks de zomerhitte met een muts van astrachanbont op, drinkend uit de fles als een sloerie, tussen andere voornamelijk mannelijke klaplopers, zwervers en beroepsalcoholisten. Op een dag werd ze door ziekenbroeders met de ambulance opgehaald, in een cel gezet om te ontnuchteren, gedesinfecteerd en vervolgens hiernaartoe gebracht, waar ze zich krijsend verzette alvorens ze werd platgespoten.

'Ze is volkomen krankzinnig,' vervolgde mevrouw Lentova waarschuwend haar verhaal. 'Ze leeft vrijwel volledig in het verleden. Soms denkt ze dat de laatste tsaar nog leeft! Die ouwe soubrette kan zelf nog geen drie passen achter elkaar verzetten. Hoe kom ik zo snel aan een buitenrolstoel? Dat gaat niet gratis, dat kost allemaal geld...'

Ze vroeg honderdvijftig dollar; ik greep naar mijn portefeuille en legde de briefjes van tien neer op haar bureau.

'Goed, afgesproken...' De biljetten verdwenen watervlug in haar decolleté. 'Komt u morgen tegen een uur of twaalf uur hier terug.'

De volgende ochtend duwde ik de mysterieuze oude vrouw in een rolstoel naar buiten. De wielen knerpten over de bevroren trottoirs. Mevrouw Lentova had me een etui met een spuit meegegeven; mocht haar patiënt een agressieaanval krijgen dan moest ik haar een injectie toedienen.

De gehele nacht had ik amper een oog dichtgedaan van de hotelhoeren die mij telkens met hun in honing gedoopte stemmen uit mijn sluimering hadden wakker gebeld. Intussen werd ik gekweld door gewetenswroeging. Van Siderius wist ik vrijwel niets, maar hij had vertrouwen in mij gesteld. Vertrouwen dat ik had beschaamd, nadat ik de middag ervoor Pozorski had gebeld met de mededeling dat hij ook mijn overgebleven bijbels mocht hebben om te verpatsen.

Ik wilde het land zo snel mogelijk verlaten.

'Oooh!' Mevrouw Pokrovskaja richtte haar parelmoeren oogkassen verrukt naar de grijze hemel. 'Wat een heerlijk frisse lucht! Mijn lieve stadje... Waar gaan we heen?'

De wielen van de rolstoel gingen alle kanten op; om richting te houden moest ik telkens veel tegenkracht zetten.

'Nou, waar gaan we heen, mijn zwaluwtje?'

We werden omringd door een woestenij van woonkazernes, met rookpluimen in de verte. Het centrum lag vijftien kilometer verderop.

'Zegt u het maar,' zei ik toen.

'Hoek Rubinsteinstraat-Nevski Prospekt...' sprak mevrouw Pokrovskaja toen, zich verkneukelend in een jasje van versleten marterbont met bijpassende muts die ze van het tehuis te leen had gekregen. 'Hoe oud ben je eigenlijk, lieve jongen?'

Ik vertelde het.

'Mijn eerste minnaar was veertig, zelf was ik toen een meisje van zeventien. Hij was een Amerikaan... Ja, opeens doken er tussen al die revolutionairen in hun zwarte leren jassen zomaar knappe Amerikanen op. Om ons voedsel te geven! Mijn familie was opeens *boerzjoei*... Papa, mama, Natasja... We woonden in de Rubinsteinstraat... En toen werden ze op een avond meegevoerd... Mij vergaten ze gewoon! Ik was dan ook geen echte bourgeois, maar een geadopteerde wees... Ze dachten dat ik het kind van een van de dienstmeisjes was! Alle kerels noemden me in die tijd "mijn honingpotje"... Hé, wat doe je nu?'

Ik had de eerste de beste vrachtwagen aangehouden. Voor dertig roebel wilde de chauffeur ons wel naar het centrum brengen. Het invalidenwagentje verdween tussen schoffels, scheppen en kruiwagens in de achterbak. Mevrouw Pokrovskaja moest de cabine in worden getild, wat moeilijk ging, maar ze schaterde het uit. De chauffeur, een gedrongen Tataar met een stuiverrond gezicht, kreeg er lol in.

Toen de Sovjettruck zich weer in beweging zette, wreef mevrouw Pokrovskaja zich vergenoegd in haar bijna doorzichtige handen. 'Op mijn zeventiende was ik ook voor de eerste keer in Moskou, met de trein, op een feestje met Sovjetcommissarissen en Amerikanen... Gezopen dat er werd! De champagnekurken vlogen als kogels in het rond! Een vreselijke stad, Moskou... Kijk eens, we rijden als vorsten!'

De Tataar schakelde met veel bravoure. Telkens als hij een bocht in zwierde, greep ik de hoogbejaarde Russin stevig vast bij haar mouw van marterbont, me afvragend waarom ik me tot deze absurde daad had laten verleiden. De betovering van de vorige dag in het turquoise donker, waarbij ik even het idee had gehad dat ik de oude vrouw kende, dat we raadselachtig met elkaar verbonden waren, dwars door de chronologie van de tijd heen, was allang verdwenen. Ik weet mijn toegeeflijkheid aan de alcohol en mijn door die bijbelmissie overspannen gemoed.

Mevrouw Pokrovskaja verzocht de Tataar om een peuk; baldadig blies ze de rook naar de voorruit die waanzinnig trilde. Ze begon de chauffeur aanwijzingen te geven en meldde toen dat ze roomijs wilde eten. En waar in Petersburg werd er tegenwoordig goede likeur geschonken?

'Naar het Astoria!' gebood ze de Tataar, terwijl ze kauwde op de papirosi-sigaret die bungelde tussen haar lippen.

Ik vertelde dat het hotel voor restauratie was gesloten.

We passeerden een classicistisch overheidsgebouw met afgebladderd geel pleisterwerk en witte colonnades. Aan de zinken dakspanten wapperde een bloedrode doek met de leus: EER AAN DE ARBEID! Toen we de brug over de Neva op reden naar de Engelse kade, zette mevrouw Pokrovskaja haar pelsmuts af. Het knotje raakte los. Door dat engelenhaar kreeg haar gezicht wederom iets ronduit meisjesachtigs.

Hardop begon mevrouw Pokrovskaja in zichzelf te mummelen. Haar Russisch was nog steeds opmerkelijk zuiver; er was echter geen touw meer aan vast te knopen. Ze had het over de ijshakkers op de Neva, over haar papa... Waar was haar lieve papa? In de winter werd er ijs gehakt op de rivier; hele brokken van één meter bij één meter, die per slede met een paard ervoor werden afgevoerd naar de kelders... Om in de hete zomers koude drankjes en ijs van te maken, roomijs! De Petersburgers waren verzot op roomijs! Haar papa was op een dag verdronken, maakte ik uit haar woorden op, gedonderd in het gat in de Neva dat hij zelf had gehakt... Met zijn stomme dronken kop! Haar moeder kwam binnenlopen: 'Papa is er niet meer, hij is dood!' En niet lang daarna was ook haar moeder gestorven, aan de cholera, er werd op de straathoeken gratis heet water uitgedeeld, tegen de verontreiniging, maar het hielp niet. En weer een jaar later woonde ze bij de Pokrovski's in de Rubinsteinstraat, echte christenen. Ze was liefdevol geadopteerd, maar ook zij waren een paar jaar later allen dood, alleen zij was blijven leven.

'Hé, koetsier! Je rijdt verkeerd, hier naar links!' riep ze de chauffeur op feodale toon toe.

'Wat? *Sjto?!*' De Tataar keek me even stompzinnig aan. 'Gaan we nou naar het Astoria of naar de Rubinsteinstraat?'

'Naar de Karavannajastraat!' commandeerde mevrouw Pokrovskaja opnieuw. 'Ik wil naar Masja! We gaan daar lekker pianospelen en dansen... En daarna komen papa en mama me ophalen. Húp, koetsier, maak eens voort! Naar de Karavannajastraat!'

'Wat? O, bedoelt u soms de Tolmatsjovastraat? Dat weet ik toevallig. Die heette vroeger Karavannaja.'

Toen de Tataar even later een gat in het wegdek niet op tijd had gezien en we als in een droogtrommel door elkaar werden geschud, dichtte de bejaarde Russin hem toe dat hij een rund was. De chauffeur trapte midden op de Nevski Prospekt op de rem, ons kalm verzoekend uit te stappen. Nee, geld wilde hij niet langer van ons hebben. Hij was een eerzame Sovjetarbeider! Hij liet zich hier niet zomaar beledigen!

Zowel het invalidenkarretje als de stokoude passagier moest ik zelf maar uit zijn truck zien te krijgen.

Mevrouw Pokrovskaja nestelde zich even later zonder mokken weer in de rolstoel. Ze trok haar bontmuts tot halverwege haar perkamenten wangen, mompelend dat er sneeuw kwam en meldde dat we beslist even langs moesten bij Friedländer, in de Passage, Nevski Prospekt 48. Ze had dringend een nieuwe warme sjaal en ondergoed nodig. Dat de manufacturenzaak Friedländer, waarvan ik ooit de sepiakleurige foto's had gezien, al zeventig jaar geleden op last van de bolsjewieken gesloten was, leek haar volkomen te ontgaan.

Zodra ze iets gezegd had, scheen ze dat meteen weer te zijn vergeten. Haar kleine groene ogen schoten nog steeds als glimvisjes gejaagd heen en weer. Terwijl ik haar voortduwde langs de stadspanden, waarvan het pastellen Italiaanse patina door het Sovjetstof heen schemerde, zag ze kennelijk zaken die er niet waren. Volgens haar moesten we zo direct oppassen voor de tram: die krengen kwamen altijd met een knalvaart zomaar de hoek om! Met een verbaasde, bijna uitdagend brutale blik bekeek ze de voorbijgangers die verkleumd voorbijschoten, de desillusie en het gebrek getekend in de ogen.

Ik duwde de bejaarde Russin in het invalidenwagentje voort in de richting van het Moskou-station; voortdurend werd ik door het haperende rechterwiel naar de rijweg getrokken. Voor de staatswinkels stonden de gebruikelijke rijen. Een enkeling verpatste op straat vanaf een kistje aardappelen, penen en uien. De primitieve straathandel werd oogluikend toegestaan. Nergens was een plek om even te gaan zitten.

Op dat moment viel mijn blik op de overkant van de Nevski Prospekt, waar de gevel van Hotel Europe weliswaar ook in de steigers stond, maar het donkergele raam van het restaurantgedeelte aan de straatkant gevuld was met de silhouetten van mensen.

'Waar gaan we heen?'

'Naar Europe...' Vanaf het trottoir duwde ik het invalidenkarretje de rijweg op.

'Hebben ze daar wel roomijs?'

'Natuurlijk!' Steeds tegenkracht gevend, zodat het wagentje vanwege dat ene dwarse wiel niet zou omslaan, joeg ik de hoogbejaarde Russin over het spekgladde asfalt.

'O, heerlijk!' Mevrouw Pokrovskaja joelde. 'Maar bel dan alsjeblieft even mama en papa... Ik heb tweekopekenmuntjes zat! Dat ze weten waar ik zit... Dat ik niet naar de Karavannajastraat ben, naar Masja, maar dat we ijs gaan eten... Loeder!' Vlak voordat we de overkant hadden bereikt wist een strontkleurige Lada ons nog bijna te schampen. 'Loeder! Addergebroed! Smerige communist!'

Zodra hij ons zag naderen, sloeg de portier van Hotel Europe de deur dicht. Ik klopte met mijn knokkels tegen de ruit waarop in gouden sierletters de naam van het hotel geschreven stond.

'We zijn gesloten!' klonk het door de deur heen.

'Volgens mij bent u geopend.'

'Nee, gesloten!'

'Maar wie zitten er dan binnen?'

'Buitenlanders... Wij draaien hier op valuta...'

Ik haalde een stapeltje D-marken uit mijn broekzak, maakte er een waaiertje van en hield het plat tegen het glas.

Als automatisch ging de deur open.

'Bijbels, harde valuta...' Mevrouw Pokrovskaja was een en al bewondering. 'Jongetje, je bent me daar een kunstenaar!'

De portier in zijn flesgroene dienstjasje hielp mij mokkend het wagentje over de granieten drempel te krijgen. In de eetzaal met pilaren was het rokerig en benauwd. Er zaten veel gasten tussen de met vaalrood fluweel beklede wanden; inderdaad voornamelijk buitenlanders.

Zodra we ons aan een tafeltje in een hoek hadden geïnstalleerd bleek de zucht naar roomijs bij mevrouw Pokrovskaja vervlogen. Rook ze daar geen kip? Ze wilde een gebraden kippetje hebben, met gebakken aardappelen. En wat voor wijn hadden ze hier?

'Welke wijn wenst u?' Een serveerstertje was op ons afgekomen. Ze trok haar biggenneus even vol weerzin op, alsof een bejaarde oude vrouw in een rolstoel hier helemaal niet hoorde.

'Rode,' sprak mevrouw Pokrovskaja beslist.

'Zure of zoete?'

'Zure? Kind, heb jij wel een opvoeding genoten? Je bedoelt "droge" zeker? Natuurlijk droge...'

Ik nam bier; even later zat mevrouw Pokrovskaja schransend en genietend van haar wijn tegenover mij. Met beide handen, als een mondharmonica, hield ze een kippenpoot voor haar mond.

'Hoe ken je mijn man?' vroeg ze toen.

Ik keek haar niet-begrijpend aan.

'Hoe staat het eigenlijk met die vervloekte oorlog? Is het nog steeds oorlog? Goddank heb ik Leningrad kunnen ontvluchten... Ja, samen met mijn man Dima kon ik er op tijd vandoor... Naar de Oeral, toen door naar Siberië... De stad Tomsk... Bloedhete zomers heb je daar! Maar we hadden er altijd goed te eten... Mijn Dima is een prachtvent... Op zijn rug heeft hij een portret van Stalin getatoeëerd... Een deugniet, een oplichter, altijd met vrouwen aan de haal... Denk je dat ik dat niet weet? Maar hij is geen moordenaar! En mij vond hij altijd de allermooiste! Zeg, vertel eens: hoe kennen jullie elkaar eigenlijk? Vanuit Berlijn? U komt toch uit Berlijn? Ik wist het meteen, toen ik u zag: een knappe jonge Duitser! Dima bracht koffers met spullen uit Berlijn voor me mee terug. Mooie handdoeken, glanzende stof voor jurken, schoenen, precies de juiste maat! En Duits porselein... Ik denk dat die Lentova dat allemaal van me heeft ingepikt. Denkt u ook niet? Dat loeder! Ik was met Natasja aan het spelen... En toen kwam u zomaar met een kar vol bijbels mijn kamertje binnenlopen. Maar ik hoef geen bijbel... Ik heb altijd de schurft aan God gehad. En God aan mij! Helemaal toen ik in dat huis kwam werken, daar in Tomsk... Mijn man bezwoer me dat het nodig was, voor het geld... Bovendien hielp ik er de mannen mee... Een kleinigheid; een pleziertje voordat de stakkers weer vertrokken naar het front! Maar wat een vuiligheid! *Hitler kaputt!* Weet u of die schoft nou werkelijk verslagen is? Ieder voorjaar zag ik de koetsen bij ons in de straat voorbijkomen. Een hele stoet! Dan werden de meubels van de tsaar van het Winterpaleis naar Tsarskoje Selo vervoerd... De paarden lieten harde gele keutels achter... De jongens begonnen er elkaar mee te bekogelen... Dat was altijd in april... Met papa, mama en Natasja gingen we dan voor het eerst naar de datsja. We hadden een auto, een Franse! Twee jaar zat ik in een cel, toen vier jaar naar een kolonie, onschuldig... En ik maar bidden dat die vent van mij mijn dochtertje niets zou aandoen... Ik weet hoe die kerels zijn! Maar wat moet je toch met die bijbels? Neem liever een leuk meisje, er lopen er hier genoeg rond. Wel oppassen voor ziektes! O, o... Dima had Mila van me afgenomen, dat was geloof ik toen Brezjnev er al was... Hé, dame, wat voor goede likeur schenken ze hier eigenlijk?'

Mevrouw Lentova had gelijk gehad. De tijden liepen bij de arme oude vrouw volkomen door elkaar heen; door haar eigen woorden raakte ze bovendien steeds opgewondener. Ondanks haar broze verschijning had ze een luide altstem. De gasten wendden hun hoofden voortdurend afkeurend om. Ostentatief een blik werpend op mijn horloge, de serveerster wenkend voor de rekening, meldde ik na een halfuur dat het hoog tijd was dat ik haar weer naar haar verzorgingstehuis terugbracht.

'De schoft!' Mevrouw Pokrovskaja leek mijn woorden volledig te negeren. 'Heeft hij jou soms op mijn dak gestuurd om mij te bespioneren? Ik heb je door, kereltje! Met je bijbels! Ja, mijn man heeft jou op mij afgestuurd. Om me uit te horen. Maar waarom heeft hij Mila van me afgenomen? Mijn dochter, mijn lieve kind, mijn zonnetje...'

Juist wilde ik de gerant vragen een taxi te regelen, toen een Rus met een donker acteurshoofd in een paarsleren jas met kuikentjesgele bontkraag de eetzaal binnenkwam. Pozorski werd vergezeld door een dun meisje dat rechtstreeks uit de schoolbanken leek te zijn gehaald.

Ik maakte me zo klein mogelijk. De volgende ochtend had ik mijn vlucht terug naar Amsterdam. Van mijn bijbelcontact met zijn corrupte handelswijze en importplannen wilde ik het liefst niets meer weten.

'Wel, wel... Je hebt smaak, kerel. Dit is op dit moment veruit de beste gelegenheid in de stad!' Met een hoofdknikje verwees Pozorski de bakvis naar een tafeltje, waaraan het kind zedig neerstreek. 'En wie hebben we daar?' Charmant, met geveinsde interesse, keek hij mevrouw Pokrovskaja met zijn bruine hondenogen aan.

De voor de revolutie geboren Russin glom als amber. Ze hield hem hooghartig haar hand voor, noemde haar naam en vroeg of hij hier soms was gekomen in opdracht van de generaal om haar te redden.

'Natuurlijk, lieve mevrouw...' Met zijn intuïtieve sluwheid had Pozorski de toestand waarin de bejaarde verkeerde meteen door; hij speelde de komedie voortreffelijk mee. 'De generaal laat mij u groeten.'

Ik meldde dat het me speet, maar dat het helaas hoog tijd was dat ik haar weer naar haar verzorgingstehuis terugbracht.

De gil die uit de keel van mevrouw Pokrovskaja kwam grensde aan het surreële; een menselijke sirene. Terwijl alle ogen in de eetzaal nu op ons waren gericht, leek het of de bejaarde Russin zich uit haar karretje wilde worstelen. Ze smeekte Pozorski haar mee te nemen, terwijl ze mij weer begon uit te maken voor oplichter, voor vriend van haar man...

De schoft die Mila van haar had afgenomen! Hij was toch gekomen in opdracht van de generaal?

'Neem me mee!' Mevrouw Pokrovskaja rukte aan Pozorski's arm. 'De generaal is de enige die Mila bij me kan terugbrengen!'

Op dat moment gebeurde er iets vreemds. Haar ogen vielen in de kassen egaalwit weg; op haar lippen verscheen schuim. De arme vrouw kreeg de aanval waarvoor mevrouw Lentova me had gewaarschuwd.

'Wat een idioot wijf!' Met een gebaar van walging had Pozorski zich van zijn hysterisch geworden landgenoot ontdaan. 'Zeg, zien we elkaar vanavond nou nog in Nord? We moeten elkaar beslist spreken!'

Aan de lippen van de bejaarde ontsteeg een soort doodsrochel. In paniek wees ik Pozorski op het leren etui in het zijvakje van de rolstoel. Als een vuistdolk zette hij de voorgevulde injectienaald in haar bovenbeen, dwars door de stof van haar jurk heen, roepende dat het mens de komende eeuw niet meer wakker werd.

Twintig minuten later kwam de oude vrouw in de taxi bij. Er was een sneeuwstorm opgestoken; in wervelingen wit worstelde de chauffeur zich over de weg. Met haar hoofd lag ze in mijn schoot, op de wiegende achterbank. Eerst deed ze haar ene oog open, toen het andere. Ik wilde me schrap zetten, maar er verscheen een glimlach rond haar lippen, als van een pas ontwaakt kind.

'Gaan we naar papa?' vroeg ze.

Ik knikte.

Terug in mijn hotel lagen er twee berichten: een telegram van Siderius, waarin stond dat Holland inmiddels het groene licht had gegeven voor de zending van nog eens tachtigduizend bijbels. En een kattenbelletje dat Pozorski telefonisch bij de receptioniste had achtergelaten, meldend dat hij me die avond beslist in Nord verwachtte.

Ik verscheurde de briefjes. Mijn besluit stond vast. De volgende dag zou ik terugvliegen, om nooit meer naar de USSR terug te keren.

Dat mijn Russische jaren pas waren begonnen wist ik niet.

TWEEDE HOOFDSTUK

Mijn vrouw en ik lieten ons in de stroom van medestervelingen naar buiten drijven, de krioelende straat op, onder de nachtelijke hemel, olijfgroenzwart, zoals gebruikelijk in deze periode van het jaar. Herfst in Sint-Petersburg – het theaterseizoen was zojuist begonnen.

Het schouwburgpubliek werd in recordtempo afgeroomd door taxi's en limousines met doffe koplampen, waarin jonge vrouwen dunner dan papier zich schielijk op de achterbank opvouwden, mannenbuiken erachteraan, op weg naar een souper ergens in de stad.

We waren naar *Giselle* geweest. Toen we van het Mariinski-theater terugliepen naar huis, in de omarming van de stadspaleizen, door de steeds leger wordende hoge straten, werd ik overmand door angst.

Ik moest denken aan Flaubert die destijds goed bevriend was geweest met Théophile Gautier, een van de schrijvers van het libretto van *Giselle* dat in juni 1841 in de Parijse Opera in première was gegaan en nu, op deze donkere, bewolkte septemberavond 175 jaar later, wederom was opgevoerd. De prima ballerina was bedolven onder bloemen. Staande ovatie van zeker een kwartier. We hadden bij elkaar ruim honderd euro betaald. Voor het schellinkje.

Maar het uitzicht was werkelijk fenomenaal; we zaten vlak bij de hemelsblauwe plafondkoepel met de frescoachtige zwevende cherubijntjes; links beneden was de tsarenloge met zijn klatergoud en blauwfluweel. De kroonluchter, het absolute pronkstuk, had de hoofden beschenen van zowat iedereen die in de Russische geschiedenis een rol had gespeeld, alsook van de naamlozen, de ontelbaar veel miljoenen.

We stapten langzaam door de Dekabristenstraat. Julia vroeg waarom ik nog steeds zo stil en somber was. Ze begon over de ster van de avond, een ballerina van eigen Petersburgse kweek, die vrijwel alleen nog in het buitenland optrad. Op een dwepende wijze was mijn vrouw trots op haar, als betrof het haar eigen dochter.

Ondertussen vertoefde ik nog bij Gautier en Flaubert. Wat had de schepper van *Madame Bovary* het voor de kiezen gehad! Als twintiger werd hij plots getroffen door de vallende ziekte. Kort nadat zijn vader in de bloei van zijn bestaan als arts was gestorven, gleed Flauberts zuster Caroline, die juist het leven had geschonken aan een dochtertje, door de kraamvrouwenkoorts weg in de dood. De latere schrijver, diens broer, zijn moeder en de krijsende zuigeling bleven achter. De zuster werd in haar bruidsjurk in de kist gelegd en begraven. 'Mijn moeder is een wenend standbeeld,' had Flaubert aan een vriend geschreven. 'Wat een huishouden, wat een hel! En ik? Ik heb droge ogen als een marmeren beeld...'

Zo moest je leven, niet zeuren. Maar moedig zijn. Doorgaan.

Op het plein bij de Isaäkskathedraal klonk een harde donderklap. Vanwege mijn broodwinning was ik een paar maal in de oorlog geweest; de herkomst van klappen had ik feilloos leren lokaliseren.

Maar ditmaal faalde ik.

Het begon te kletteren, te hozen. Als vloeibaar koud staal kwam het regenwater loodrecht neer uit de hemel. Snel holden we naar de draaideur van het Astoria; uit de glasfonkeling kwam juist een vent naar buiten. Hij spurtte met kletsende zolen meteen door naar een witte taxi die met knipperende lichten midden op straat geparkeerd stond.

'Waar moet u heen?' hijgde hij.

'Tsjaikovskistraat 40,' zei ik.

'Oké, stap maar in.'

We reden langs het Moskou-station; niet veel later stonden we stil voor onze woonkazerne. In de straat hing de zoete geur van de broodfabriek aan de overkant, reeds draaiend op volle toeren. Achter ons lagen stadskazernes. Soldaten en brood – alles was binnen handbereik.

De lift in onze hal deed het weer eens niet. Kalm beklommen we de glad afgesleten granieten treden van onze paradetrap.

Binnen schoot mijn vrouw meteen in haar peignoir, geruststellend pratend tegen onze drie zich rond haar voeten wentelende poezen; de staarten omhoog, zes saffieren in volledige aanbidding op haar gericht. Ze ging door naar de keuken om thee te zetten; haar lange donkere haren veegde ze intussen met een rulle witte doek droog. Ze vroeg of ik ook thee wilde, terwijl ze wist dat ik die nooit dronk, behalve als ik ziek was.

'Wil je echt geen thee?'

'Echt niet...'

De witte wijntjes in de schouwburg waren zoals gebruikelijk van bekrompen maat; mijn alcoholspiegel stond laag. Snel liep ik naar de ijskast, schonk een glas in en ging door naar de schouw. Even later vonkte en vlamde het essenhout dat ik eerder die dag had gekocht in zijn marmeren behuizing; het geurde; de hete gloed sloeg in mijn gezicht.

Mijn vrouw had zich in haar kuipstoel genesteld; links en rechts van haar, alsook op de rugleuning als levende kruiken de poezen.

Ik kroop achter mijn bureau dat bij het raam stond, met uitzicht op de donkere binnenplaats. Uit het orgel van regenpijpen, van zulke afmetingen dat een dwerg er met gemak in kon verdwijnen, kwam het water gorgelend en echoënd tegen de muren naar beneden. Er klonken opnieuw een paar onweersklappen, uit de richting van de Neva. Ik knipte mijn groenglazen leeslamp aan. Mijn bureau, een antiek slagschip met geornamenteerde poten, lag vol met deels opengeslagen boeken, papieren, oude theaterkaartjes, treinbiljetten, foto's, stukken barnsteen, op gelukkige dagen gevonden aan de Baltische kust. Het was een complete rotzooi, maar toch had ik er een paar boeken aan geschreven.

Julia had de ouverture van *Giselle*, die we kort ervoor in het Mariinski hadden gehoord, inmiddels weer laten galmen door onze hoge kamer.

Heimelijk bekeek ik mijn vrouw, in haar embrasse van poezen: donker, knap, klassiek, beschenen door het warmgele licht van een messing lamp. Mijn ouders lagen ruim tweeduizend kilometer verderop, begraven in de Hollandse duinen. Ook de vader en moeder van Julia waren dood; kinderen hadden we niet. Al met al een overzichtelijk bestaan. Niettemin werd ik opnieuw overmand door angst, een somberte die mijn levenslange bondgenoot was geweest, die ik af en toe had bestreden maar die als een hardnekkige huidziekte steeds weer opkwam.

'Geniaal hè, deze uitvoering?' Julia keek even naar me op van het Franse kookblad dat ze langzaam doorbladerde.

Ik kwam overeind, haalde de wijnfles uit de ijskast, nam weer plaats achter mijn bureau, schonk bij, klapte mijn laptop open en controleerde voor de eerste keer die dag mijn e-mail. Ik las:

Hoi Pjotr,

Vorige week kregen we hier op de uitgeverij een geweldig idee. Over een jaar is het honderd jaar geleden dat de Russische Revolutie plaatsvond. We waren zo'n beetje aan het brainstormen en nu dachten wij: is het niet aardig als je daar een boekje over maakt? Maar niet te dik. En hou het vooral persoonlijk. Tegen die tijd stikt het natuurlijk van de herdenkingsboeken. Willen we door die berg van publicaties heen komen – qua aandacht in de media – dan kan dat alleen als je het persoonlijk houdt. Persoonlijk, persoonlijk, persoonlijk. We moeten het trouwens wel snel weten, want hoewel de voorjaarsaanbieding nog niet geheel klaar is zijn we alweer bezig met die voor het najaar.

Ik heb al tijden niet meer van je gehoord, maar hoop dat het je goed gaat.

Xe

Een half verbrand houtblok van de vorige dag was roodgloeiend op de plaat gevallen, als de huls van een pas afgevuurde granaat. Ik stond op om de boel met de pook te fatsoeneren. Onze marmeren schouw was een waar meesterwerk; op de mantel was een zwaluwpaar bezig drie jongen in hun nest te voeden. We waren er bijna zeker van dat het de arbeid van een onbekende Italiaanse kunstenaar was. Soms streek ik erlangs om het vakmanschap en de gladheid van het marmer te voelen.

Ik wierp de houtgranaat terug, deinsde even achteruit voor de mandarijnkleurige vonken, gooide er een vers stuk essenhout bij en schudde de boel op met de smeedijzeren pook die ooit het vuur had opgestookt in een huis in Enkhuizen. Het was een erfstuk van een oudtante. Vrijwel ieder mens werd in zijn leven op een zeker moment de verzamelaar van de kostbare brokstukken van de levens van anderen. Sommige borden in onze keuken waren nog van mijn ouders, de messen en vorken ook. Ons Duitse buffet was afkomstig uit Kaliningrad, waar de grootouders van Julia het grootste deel van hun leven hebben gewoond. En zo stond ons tweekamerappartement vol: boeken, boeken, boeken, veel schilderijen, een jugendstil-spiegel, dierbare foto's, Julia's verzameling theepotten, de donkerblauwglazen asbak van haar grootmoeder, een antieke messing Franse klok op de schouw, gipsen beelden van componisten (twee van Wagner) en andere troep waarvan een mens zich afvroeg waar dat alles op een dag zou blijven. Soms, op mijn allerzwartste momenten, zag ik de uitdragers in hun stofjassen reeds binnenkomen, op vieze schoenen. Het kinderloze echtpaar was gestorven. Met hun poten zouden ze het parket, dat we altijd liefdevol hadden onderhouden, besmeuren; de dollartekens in de ogen. Wat zou er met ons verzamelde leven gebeuren? Met de spullen hier op mijn bureau?

Het bloed joeg mij naar de slapen. Ik klikte de mail van mijn uitgever weg, een gortdroge prop in mijn keel wegslikkend, en staarde even naar een klein boekenkastje met daarin de boeken die ik zelf de afgelopen twintig jaar had geschreven: tien stuks. Maar het was allemaal voor niets geweest; ik had me jarenlang gekoesterd in een illusie.

'Hoe is de wijn?' vroeg Julia.

'Heerlijk...' Ik sloeg de laptop weer open en besloot de mail, voordat ik naar bed zou gaan, maar meteen te beantwoorden.

Lieve E,*

Het valt me bezwaarlijk je te antwoorden, maar ik had je toch al eerder gezegd dat ik gestopt ben met schrijven? Na bijna een kwarteeuw geef ik het op. En dat heeft niets te maken met de intens corrupte Nederlandse literaire wereld, waar nog altijd een handjevol doodsbange, elkaar in de kont neukende poortwachters boeken en daardoor levens kunnen maken en breken. Het is veeleer dat...

Op dat moment klonken er opnieuw een paar donderklappen; ditmaal kwam het niet van buiten, uit de richting van de Neva, maar van ergens beneden in ons pand. Het geweld was zo hevig dat de poezen onmiddellijk wegvlogen, elk naar een verschillende hoek van de kamer, mijn vrouw in haar peignoir ontsteld achterlatend. Gejaagd liet ik haar weten dat ze moest blijven zitten; eerst zou ik zelf kijken wat er aan de hand was. Ik schoot in mijn schoenen, liep de paradetrap af en bleef halverwege staan. Op de overloop stond een van onze buurmannen uit de communale woning onder ons, in een blauw-wit gestreept zeemanshemd, met een bijl een antiek kastje in elkaar te rammen.

'Nee, niet het commodekastje van mama!' klonk de stem van zijn vrouw door de spleet van de deur achter hem.

'Jij vuile portieksnol, ik zal je!' De bijl hief hij tot hoog boven zijn vuurrode besnorde hoofd, met woede grijnzend naar het meubelstuk van gepolitoerd kersenhout. 'Nee, niet het commodekastje van mama...' imiteerde de man op valse toon de stem van zijn vrouw. 'Maar hoezo niet? Hoer!' Hij liet de hakbijl weer vallen; de splinters en het koperen sluitwerk vlogen in het rond. 'Hier gáát hij, het kastje van mama!'

Het alcoholische clownsgezicht van zijn vrouw dook nu geheel in de vrije spleet tussen de twee afgebladderde salonbuitendeuren van het appartement op. Zwijgend keek ze toe hoe haar man met de vernietiging voortging; de bovenkant van het robijnachtig gevlamde meubelstuk lag al volledig aan diggelen.

'Zo, hoer! Dit zal je leren! En als je vanaf nu niet doet wat ik je zeg, gaat alles eraan, hoor je? Alles! We gaan de tent hier verkopen... Ik word gek in deze beschimmelde kooi... Liever een hok in de bossen, dan nog langer hier... Verkopen... Alles gaat er anders aan, alles!'

Ik had de lift die het kennelijk weer deed boven horen aanslaan; de metalen deuren gingen open. Met een vossenbontje om haar hals, een zware wolk parfum verspreidend, stapte Zinaida Petrovna, de moeder van de beroemde operazangeres op de bovenste verdieping van onze woonkazerne, naar buiten.

'Gennadi Nikolajevitsj!' De pronte Russin riep mijn onderbuurman bestraffend toe, waarbij hij zijn zinloze slooppartij onmiddellijk staakte. 'Wat bent u aan het doen?'

Haar inkten Kaukasische ogen spoten vuur.

'Brandhout maken voor de open haard.'

'Brandhout?'

'Ja, brandhout! Dit kastje was nog van mijn schoonmoeder, de heks! Zij was een heks en mijn vrouw is een heks. O, had ik het vroeger maar geweten... Dochters lijken op hun moeder... Ze heeft nu dezelfde dikke reet en varkenskop als zij. Maar uitstekend brandhout!'

'Waarom hier?'

'Waar anders?' Zwaar hijgend, waarbij hij elk moment het leven leek te kunnen laten, liet Gennadi Nikolajevitsj zijn bijl, als een neanderthaler zijn knots, loom langs zijn broek hangen.

'Dit is een gemeenschappelijke ruimte... Moet ik de huismeester soms roepen? Of de politie? Waarom...' richtte Zinaida Petrovna zich ineens tot mij. 'Waarom heeft u dit niet voorkomen?'

Ik zei dat ik net was komen aanlopen, dat ik...

'Hij wil alles hier wegdoen...' kwam het clownshoofd in de deurspleet toen met een geeuw tot leven. 'Er is eindelijk iemand gekomen om onze vierentwintig vierkante meter op te kopen... Maar wat krijgen we ervoor terug? Nog geen hondenhok in de verste buitenwijk...'

Mijn onderbuurman liet zijn dronken blik even dwalen over de ravage die hij had aangericht; alsof de omvang ervan nu pas tot hem doordrong. En hij sprak, terwijl hij zijn zeerobbenkop half naar zijn vrouw in de deurspleet omdraaide: 'Liever een hok met eigen wc, dan eeuwig in de schijtlucht van twaalf anderen... Ik wil hier weg!'

'O, ons mooie kastje!' Drijvend met haar dikke kin op het deurkettinkje keek de onderbuurvrouw haar man ontzet aan. 'Waarom toch het kastje van mijn gestorven lieve moedertje... Brandhout? We hebben, lieve Gennadi, toch helemaal geen open haard? Jongen, wat heb je toch gedaan? Nu is alles kapot! Die gasten daar!' Met stemverheffing richtte ze zich plots tot Zinaida Petrovna en mij. 'Ja, jullie daar, in jullie mooie appartementen, hebben prachtige haarden! Bij ons is alles al een eeuw geleden eruit gesloopt... Wij kunnen hier, met ons twaalven achter één deur, creperen bij de kachel...'

'Daarom, Masja...' Mijn onderbuurman richtte zijn vochtige ogen berouwvol op zijn vrouw. 'Daarom wilde ik de boel ook verkopen... Liever een hok in een buitenwijk dan...'

'Goed, Gennadi, goed! Ik zal er weer over nadenken,' sprak Masja de clown toen. 'Maar leg eerst die bijl neer... En ga wat te drinken voor me halen bij de kiosk. Ik sterf van de dorst! Kijk eens of ze die pruimenlikeur nog hebben... En voor de duivel, wat staan jullie daar nog te kijken?' Opnieuw richtte ze zich boos tot mij en de moeder van de operazangeres, die nerveus plukte aan het vosje om haar hals. 'Wegwezen! Het trappenhuis is een gemeenschappelijke ruimte. Horen jullie dat? Ge-meen-schap-pe-lijk! Als mijn man hier met een bijl een kastje in elkaar wil slaan, dan is dat zijn goed recht!'

Zinaida Petrovna verdween in de lift, na machteloos een vragende blik op mij te hebben geworpen. Ik besteeg langzaam de trap, langs een kapot raam waarachter het regenwater nog steeds kletterend van de dakranden en gorgelend door de zinken pijpen neerkwam.

Julia stond onder de douche. Toen ze in een halo van stoom in haar badjas en op badstof sloffen naar buiten kwam vertelde ik haar wat er was gebeurd. 'Arme donders,' mompelde ze, terwijl ze naar de slaapkamer verdween en vroeg of ik ook snel kwam.

Eerst maakte ik het mailtje af aan mijn uitgever, waarbij ik nog snel twee glazen wijn dronk, rood. Op rode wijn valt een mens het beste in slaap.

Kort ervoor had ik het bericht gekregen dat mijn contract bij de krant – dat over anderhalf jaar afliep – vermoedelijk niet zou worden verlengd. Door de almaar dalende oplagen was de gedrukte pers een zinkend schip. Freelancer-freeloser. Wat moest ik doen? Een pensioen had ik amper. Twintig jaar lang had ik me tussen alle wanen van de dag door, ondanks politieke crises, persconferenties, vele reizen, als verslaggever wadend door oorlogen, vrijwel iedere dag trouw aan het schrijven van romans gezet. Met mijn literatuur had ik gemiddeld nog geen driehonderd euro per maand verdiend. De ouderdom gaapte mij aan als een ravijn. Ik zou mijn vrouw, zoals dat heette, 'onverzorgd' achterlaten. Het was over; ik moest snel iets anders gaan doen.

Nadat ik mijn uitgever een week eerder van mijn besluit op de hoogte had gesteld, had ik uiteindelijk ook Julia verteld dat ik zou stoppen met schrijven. Ik behoorde tot het absolute grondsop van de letteren.

'Nou moet je eens goed naar me luisteren...' sprak mijn vrouw.

Daarna gaf ze me de volle laag.

De volgende ochtend kwam mijn zwager Aleksej op bezoek. Julia zat met onze middelste poes Ljolja bij de dierenarts, helemaal achter het Vitebsk-station. Het dier had al dagen slappe ontlasting. Vanuit de wachtkamer appte mijn vrouw dat het er bomvol was, dat er een spoedoperatie moest worden verricht (er was zojuist een jankende herdershond binnengebracht) en dat er nog appeltaart in de ijskast stond voor haar broer. Ik zette koffie en presenteerde mijn zwager een royaal stuk appelgebak, met veel rozijnen.

Hij viel aan alsof hij uitgehongerd was. Sinds de begrafenis van mijn schoonvader, de zomer ervoor, had ik hem maar een paar keer gezien. Voor een Rus zag mijn zwager er opmerkelijk jong uit. Hij had al zijn haar nog, stevig, van goede kwaliteit; ondanks dat hij de vijftig was gepasseerd egaal donker, zonder de minste zweem grijs. Maar er lag een diepe gekweldheid in zijn lichtgrijs-groene ogen.

Jarenlang had hij voor een bedrijf groenten en fruit die per schip de haven van Petersburg binnenkwamen gecontroleerd op kwaliteit; de rapportage ging zowel in het Russisch als in het Engels. Ik had eens zo'n verslag van hem ingezien en was diep onder de indruk van de tabellen, de coëfficiënten over temperatuur, zuurgraden, schimmels, bacteriën en andere zaken. Nadat de houdbaarheid van sommige producten die aan wal waren gebracht behoorlijk was tegengevallen, werd hij een aantal malen uitgezonden naar het buitenland, om alvast op de plek van herkomst de eerste keuringsarbeid te verrichten. Zo zat hij drie weken in het noorden van Marokko voor de sinaasappeloogst; in Chili voor kiwi's, en ook had hij eens drie maanden doorgebracht in een hotelletje in Vlissingen, vanwaar hij iedere dag de Zeeuwse akkers in trok om de uien en penen te controleren die spoedig zouden worden geoogst. Ondanks zijn hooggespecialiseerde werk verdiende mijn zwager weinig. Met zijn vrouw Tanja woonde hij in een armoedig tweekamerappartement op het Vasilius-eiland, zesde verdieping, zonder lift. Op een dag, toen de roebel weer eens in elkaar was geklapt, werd hij ontslagen. Wat te doen? Hij had nog een kapitaaltje van een paar duizend euro en begon met zijn vrouw en zoon Dima vanuit huis een handeltje in glycerine, dat in Rusland voor van alles wordt gebruikt; van de productie van shampoo en zeep tot het oppimpen van Russische wijn. Zijn handel betrok hij van een Vlaamse fabriek, ergens in de omgeving van Gent. Grote voorraden kon zijn gezinsbedrijf niet aanschaffen, vanwege krapte aan kapitaal. Lenen was uitgesloten. De rente die de banken vroegen kon zomaar oplopen tot twintig procent, maar ze wisten zich te redden. Na een jaar kocht mijn zwager een nieuwe tweedehandsauto. Met zijn vrouw ging hij zelfs een keer op vakantie naar Spanje. Maar toen sloeg de crisis wederom toe: de koers van de euro ten opzichte van de roebel was nu de helft minder. Zijn handel moest worden betaald in harde valuta, terwijl de contracten met zijn afnemers waren gesteld in roebels. Ze knepen hem steeds meer uit; als kleine leverancier kon hij niet tegen de grote op.

En zo was alles uiteindelijk misgegaan.

'Ik vind dit moeilijk te zeggen, maar wel... In wezen zit ik compleet aan de grond...' Mijn zwager schoof de kruimels van de appeltaart met zijn vingertoppen behoedzaam naar elkaar toe, bracht het schoteltje watervlug naar zijn mond en likte alles als een hondje af.

Al zijn schulden had hij afbetaald; de tweedehandsauto was verkocht. Nu bezat hij niets meer. Toch zat Aleksej niet bij de pakken neer. Hij had een plan; een geweldig plan waarbij hij zowel zijn brood zou verdienen als een aloude droom kon verwezenlijken. Met een schoolvriend van vroeger wilde hij een tweedehands zeiljacht kopen; een prachtschip, een buitenkansje, het was nu of nooit. Mijn zwager bezat alle papieren die er te behalen waren voor het zeilen op zee. In de laatste jaren van de Sovjet-Unie had hij meegedaan aan regatta's. Ondanks alle financiële problemen had hij zijn sport altijd bijgehouden. Economisch mocht het dan beroerd gaan, in de stad waren er nog mensen in overvloed met geld. Velen waren van plan een zeilboot te kopen, maar het ontbrak ze aan de vereiste papieren. Met zijn oude schoolvriend wilde hij een zeilschool beginnen, om te beginnen hier aan de Finse Golf. Misschien dat hij de activiteiten later kon verplaatsen naar Italië, naar Spanje, naar warmere wateren... Het was werkelijk een buitenkansje, ging mijn zwager monter verder. Het schip was elf jaar oud, maar nog in uitstekende staat. Een beauty! Dertigduizend euro. Zijn vriend zou tien mille inleggen, tien mille konden ze lenen van de bank, maar dan moest hij eerst zelf met tien mille op de proppen komen... Wel, en nu dacht hij...

Ik liep naar de keuken, kwam terug met de koffiepot en de overgebleven appeltaart. Opnieuw viel mijn zwager gulzig aan op de door zijn zuster gebakken lekkernij, en zei: 'Je krijgt het geld natuurlijk zo snel mogelijk terug. Volgens onze berekeningen moeten we op het einde van de zomer, bij een goed seizoen, de helft al kunnen terugbetalen. Het is werkelijk een beauty... De Nautilus, een prachtnaam!'

Een kwartier nadat haar broer was vertrokken kwam Julia met de poezentas binnenlopen. Haar gezicht zag rood; niet van de plotse koude maar door tranen. Haar gezicht was rood omdat ze huilde.

'Ljolja.' Mijn vrouw liet de geblokte tas met achter het gaasje de besnorde snuit van onze middelste langzaam aan het hengsel zakken. 'Er is iets ergs met Ljolja... O, wat moet ik doen?'

Natuurlijk had ik mijn zwager beloofd te zullen helpen, alleen was er één complicerende factor: ik had het geld niet. Terwijl Julia met haar vriendinnen over de gehele wereld – de Joods-Russische diaspora – aan het bellen was geslagen over wat de beste methode was om de darmkwaal van Ljolja te behandelen, was ik dagen na het verzoek van Aleksej volkomen uit het veld geslagen; de existentiële wanhoop was geheel terug. Ruim over de vijftig was ik, een leven lang had ik gewerkt, maar ik was niet eens in staat een noodlijdend familielid met een lullige tienduizend euro te helpen. Wat voor mislukkeling was ik? En dat terwijl ik een paar maal in mijn leven voor de poorten van de rijkdom had gestaan; ik had eraan geroken. Net als veel van mijn vrienden had ik miljonair kunnen zijn. Had ik de zaken beter aangepakt. Was ik wat egoïstischer geweest. Harder, doortrapter. Maar ik had in de loop der jaren alleen maar schulden gemaakt.

Ik was onhandelbaar, grimmig, kon moeilijk mijn vrouws stille verdriet verdragen over onze zieke poes en ging daarom 's morgens al tegen elven met een wijnkater de straat op; me bezinnend hoe ik aan dat geld moest komen. Moest ik toch op het aanbod van mijn uitgever ingaan? Weer een boek. Waar haalde ik de kracht vandaan? Door de nood gedwongen ging ik overstag. Ik schreef mijn uitgever een mail waarin ik akkoord ging met een boek, dragende de werktitel: *Revolutie*, in te leveren op uiterlijk 1 september 2017, voor een voorschot van tienduizend euro, niet-terugvorderbaar.

Een kwartier later al kreeg ik het volgende terug:

Hoi jongen!

O, wat fijn dat je het doet! Maar hoezo tien mille? Je weet toch hoe beroerd het er in het boekenvak aan toegaat? Tien mille: dat wil zeggen dat we er minstens vijfduizend van moeten wegzetten, willen we een beetje uit de kosten komen. Gezien je eerdere verkoop is dat niet zo reëel. Zullen we het afmaken op vijf mille?

Xe

Uiteindelijk gingen ze in Amsterdam toch akkoord. Met de toevoeging evenwel dat, indien het boek niet op tijd werd ingeleverd, ik de avance in zijn geheel diende terug te betalen. Het contract werd ingescand, ik ondertekende het, stuurde het terug en het voorschot werd met een spoedopdracht op mijn rekening gestort. Iedere dag ging ik naar de *bankomat* in de Majakovskistraat, totdat ik op een middag mijn zwager een enveloppe met honderd briefjes van honderd euro kon overhandigen, lindebladgroen, die in een marmeren portiekje waar de warmteblower altijd aanstond als vers gedrukt uit de muur waren gekomen.

Zelden had ik iemand blijer gezien dan Aleksej. Van de dierenarts hadden we te horen gekregen dat de darmkwaal bij Ljolja misschien toch niet zo ernstig was als het zich aanvankelijk had laten aanzien. Julia maakte letterlijk een sprongetje van geluk. Mijn zwager wilde de komende aankoop van het schip meteen vieren; hij nam ons mee naar een restaurant met zingende zigeuners, betaalde gul en lachend de rekening, nu hij die middag een enveloppe had gekregen met daarin een geldbedrag waarvoor hij voorheen zeker een halfjaar had moeten werken.

Pas de volgende morgen, zweverig van de wodka die ik anders nooit dronk, drong het tot me door wat ik had gedaan. Ik zou de volgende dag met de trein terugkeren naar Moskou, waar me weer vele maanden van werk wachtten. De angst sloeg mij om het hart. Waar haalde ik voor dat boek de tijd vandaan? Ik had weliswaar nooit de luxe van louter schrijven gekend, maar ik merkte dat ik ouder werd; het viel me steeds zwaarder verschillende ballen in de lucht te houden.

Met dat voorschot had ik mezelf volkomen in de nesten gewerkt.

Toen ik die middag de straat op ging, hing er een gouden herfstnevel boven de stad. Vlak voor onze deur verkocht een vrouw vanaf een kistje gerookte stokvissen uit Moermansk. De walm die ervan af kwam deed me denken aan Volendamse paling. Gewoonlijk sloeg ik rechts af, langs de oude brandweerkazerne, stadspaleisjes en de vroegere ambassade van Oostenrijk-Hongarije de straat uit tot aan de Fontanka en de Zomertuin, dan via het lindelaantje tegenover het Michailovski-kasteel naar de Moika toe, waarna ik bij Singer op de Nevski Prospekt koffie zou drinken met iets erbij – mijn dagelijkse uitje als ik in Petersburg was.

'Hoeft u geen vis?' vroeg de vrouw op het krukje naast de kist met vissen uit de Barentszzee. 'Betere krijgt u niet.'

De vissen zagen eruit als knuppels waarmee je een mens de hersens kon inslaan; ook al goudgeel. De hele schepping leek plotseling goudgeel. Ik bedankte, ging om de een of andere reden niet naar rechts, maar naar links, in de richting van de Taurische Tuin. Hoeveel maanden had ik eigenlijk? Ruim tien. Voor een schrijver was dat tamelijk lang, maar ik was geen echte schrijver. Echte schrijvers konden leven van hun werk, werden uitgenodigd voor lezingen, verdienden met praatjes over hun boeken bijkans meer dan met de boeken zelf. Mij wachtte binnenkort weer het kolkende Moskou, met al zijn persconferenties, bijeenkomsten, vernissages, de waan van de dag; voor je het wist brak er ergens een opstand of een oorlog uit, al had ik besloten nooit meer naar dat laatste toe te gaan. Oorlog en seks waren, uiteindelijk, voor jonge mensen.

Wij woonden in de Tsjaikovskistraat op nummer 40; op de begane grond van nummer 58, in eenzelfde statig neoclassicistisch pand als het onze, maar heviger vervallen – het afbladderende stucwerk werd met netten aan de gevel opgevangen, zoals rotsblokken in Zuid-Europa –, was sinds enige jaren een bloemenwinkeltje gevestigd. In de etalage stonden deprimerende boeketten; alsof ze eerst ergens op een graf hadden gestaan, in opdracht waren geroofd, met sproeiwater en voeding waren opgekalefaterd om ze vervolgens voor de verkoop gereed te maken. Het smeedijzeren hek van het pand leidde naar de binnenplaats met een notariskantoortje waar Julia en ik eens in de wachtkamer tussen rochelende bejaarden hadden gezeten, in de benauwde bloedhitte van een augustusdag, om vervolgens van de notaris te horen dat het afgeven van een doodsverklaring van iemand wiens lijk nooit was gevonden, in casu het lijk van mijn vrouws eerste man, schier onmogelijk was.

Aan de gevel van het pand hing tevens een zwartgranieteten herdenkingsplaat, waarvan de goudkleurige gegraveerde tekst als volgt luidde:

Van 31 augustus tot begin oktober 1893 woonde in dit huis Vladimir Iljitsj LENIN. *In die periode begon zijn werk in Petersburg tot het stichten van de Revolutionaire Marxistische Partij van Rusland.*

Met Lenin was de Oktoberrevolutie van 1917 begonnen. De schoft uit Simbirsk, die opdracht had gegeven onschuldige mensen als kakkerlakken af te maken, de hersens van het bourgeois-tuig in te slaan, ze te vernederen en daarbij niet op kogels te besparen, had ooit een paar huizen verderop bij ons in de straat gewoond. Ik was hier zo vaak langsgelopen. Ik wist tamelijk veel van Lenin. Een paar jaar eerder had ik een roman geschreven rondom het balsemgeheim van zijn gemummificeerde lijk dat nog altijd in een glazen sarcofaag opgebaard lag in het mausoleum op het Rode Plein in Moskou. Moest ik me weer opnieuw met deze ellende gaan bezighouden?

In de roman had ik reeds veel aangehaald, de vuiligheid van de revolutie, met allusies naar de Russische literatuur en de geschiedenis die jammer genoeg maar weinigen in Nederland hadden begrepen. Zou die roman, met het oog op het komende eeuwfeest van de onder aanvoering van Lenin begonnen grootste misdaad uit de menselijke historie – de holocaust uitgezonderd – niet kunnen worden heruitgegeven? Misschien zou ik er nog vijfduizend van kunnen afzetten: tien mille royalty's. Van de last die ik alsnog op mij genomen had zou ik zijn bevrijd.

Maar er was iets treurigs met het boek aan de hand; als

een misdadiger was dat in een kerker gegooid. Het zat vast aan de ketenen van een absurd hoge afkoopsom. De roman was uitgebracht bij een Amsterdams uitgeefhuis waarnaar ik een paar jaar eerder was overgestapt. De eigenaar had zich jegens mij, toen hij met een van zijn sterauteurs een paar dagen op bezoek was in Moskou, ronduit onbeschoft gedragen. Ik wist natuurlijk dat ik voor de man volstrekt onbelangrijk was. Voor hem gold maar één ding: geld, aanzien, succes. Iedereen die hem dat kon leveren mocht in zijn hofhouding meedansen; de rest was ruis. Het ging op dat moment nogal beroerd met mijn schoonvader; door alle spanningen en mantelzorg waren Julia en ik voortdurend zelf in de lappenmand. Niettemin reisde ik met de trein speciaal naar Moskou om mijn uitgever te ontmoeten. Om hem te onthalen zoals ik in de jaren ervoor tientallen mensen had onthaald: royaal, met toewijding en liefde. De schoffering die mij ten deel viel was te bizar voor woorden. Mijn uitgever, een uit de goot gekropen geschoren aap die zijn plotse rijkdom in volstrekte smakeloosheid placht te vieren met champagne, liet me weten wat ik volgens hem was: een literaire kakkerlak. Ik mocht blij zijn dat ik als insect tegen zijn glimmende Italiaanse maatschoenen mocht aankruipen. Hij gaf me de volle laag van de vernedering. Uiteindelijk gaf ik hem de volle laag terug. Voor de ingang van een bordeel aan de Tverskajastraat waar de hem begeleidende sterauteur zich ontwikkelde tot zijn persoonlijke lijfwacht. Toen ik een paar weken na het incident de rechten van de twee boeken die ik bij hem had gepubliceerd terugvroeg volgde de zoete wraak. Via zijn adjudant, tragisch genoeg een van de aardigste mensen die ik ken, liet hij me weten dat hij de rechten van mijn jongste verhalenbundel in het geheel niet wilde afstaan, terwijl hij voor die van de roman over Lenin de somma van tienduizend euro vroeg. Een boek dat ik zelf met twee jaar noeste arbeid tussen alle bedrijven door had geschreven, waarin ik een kwarteeuw van mijn leven in de USSR en Rusland had verwerkt, en waarmee ik bij lange na dat bedrag niet had verdiend.

Tien mille – anders bleef de roman voorgoed in de kerker.

Altijd was ik me ervan bewust, of liever gezegd: nimmer was ik me er *niet* van bewust wat zich hier in Sint-Petersburg, in deze stad die door de jaren heen mijn thuis was geworden, meer nog dan Moskou, had afgespeeld. Vanaf de eerste decennia vlak na de stichting in 1703 tot op de dag van vandaag. Als puber was ik voor het eerst begonnen te lezen over opstanden, revoltes, furies. Inmiddels had ik deze zelf in mijn leven meegemaakt; geen opstanden zoals die van de destijds met koevoeten zwaaiende en klinkers gooiende studenten in Parijs, noch de zogeheten 'linkse oproeren' in Amsterdam, waarbij er meer kapotjes waren gesneuveld dan rubberen kogels, maar die waarbij daadwerkelijk werd geschoten, doden vielen, machthebbers waren verdreven.

Uit het bloemenwinkeltje kwam een man met het gezicht van een snipverkouden mopshond in een loodgrijze herenjas naar buiten. In zijn armen hield hij geen boeket dat veel weg had van floristenkunst die eerder was gestolen van een kerkhof, maar daadwerkelijk een grafkrans, groter dan een fietswiel. Dicht langs de gevels liep ik snel verder in de richting van de Taurische Tuin. De reeds laaghangende gulden zon priemde zonder warmte te geven in mijn rug; door de weerkaatsing in de ramen leek het op sommige plekken toch of die recht in mijn gezicht scheen; af en toe kneep ik mijn ogen toe.

De Tsjaikovskistraat was niet vernoemd naar de beroemde componist, van wiens muziek ik nogal een liefhebber was en die jarenlang elders in de stad had gewoond, maar naar een of andere communist. Voor de revolutie heette onze straat Sergijevskajastraat, met vermaarde, voortreffelijke bewoners. Onder hen was de dichteres en schrijfster Zinaida Hippius, vriendin van Alexander Blok, van Andrej Bjeli en tientallen andere schrijvers, denkers, filosofen, politici en kunstenaars, die uiteindelijk vereenzaamd en volkomen gedesillusioneerd over het bestaan in 1945 was gestorven in Parijs, zoals zoveel Russische emigrés. Iedere dag dacht ik wel even aan haar. Bijna niemand had de revolutie van 1917 van zo nabij meegemaakt en in haar dagboeken zo minutieus beschreven als zij. Haar tijdgenoten had ze daarbij soms genadeloos getypeerd en ook ontmaskerd, zoals de radicale geestelijke Georgi Gapon, alias Vader Gapon, die in januari 1905 – bebaard, in een lange witte pij, een crucifix omhooghoudend – door de vers gevallen Petersburgse sneeuw aan kop van een stoet van duizenden verpauperde arbeiders over de Nevski Prospekt was opgetrokken naar het Winterpaleis om van de tsaar betere levensomstandigheden te vragen.

Voor de onderdrukten had hij een petitie opgesteld, die een mens nog altijd niet met droge ogen kon lezen:

SIRE,

Wij, arbeiders en inwoners van Sint-Petersburg, afkomstig uit verschillende wijken, richten ons, samen met onze vrouwen, onze kinderen en onze hulpeloze ouders, tot U, SIRE, *voor gerechtigheid en bescherming. We zijn arm, we worden onderdrukt, we moeten eindeloos zwoegen en we worden met minachting behandeld (...) Wij stikken in al dit despotisme en deze rechteloosheid. O* SIRE, *we hebben geen kracht meer over, de grens van wat we kunnen verdragen is bereikt. We zijn op het verschrikkelijke moment beland dat de dood ons beter toeschijnt dan dat ons ondraaglijke lijden nog langer voortduurt....*

Kort ervoor was Rusland op vernederende wijze door Japan militair in de pan gehakt; daarbij lag velen de hongersnood van veertien jaar eerder nog goed in het geheugen; als vliegen waren mensen over het gehele land door de slechte oogsten gecrepeerd. Zij die in opstand kwamen werden met bajonetten, kogels en de strop afgemaakt, terwijl de graanexport intussen door de overheid werd voortgezet en de adel vrolijk was doorgegaan met hun bevoorrechte leven van bals, jachtpartijen, banketten en concerten. Slechts sommige adellijke kinderen – lang niet alle, net als het kroost van de huidige bevoorrechte klasse op deze aardbol – hadden radicale hervormingen geëist van de cynisch-patriarchale Russische samenleving, onder aanvoering van een aantal beroemde kunstenaars. Maar de tsaar in zijn goddelijke uitverkorenheid was ervan overtuigd dat oproepen tot radicale verandering slechts kwamen van studenten, van intellectuelen, van buitenlanders en Joden, terwijl hij er niet aan twijfelde dat het Russische boerenvolk hem nog altijd zag als een plaatsvervanger van de Schepper op aarde, en wees welke hervorming dan ook volhardend af. Het klokgeschal, die zondag in januari 1905, luidde over de gehele stad; de gouden koepels glommen. De tsaar en familieman Nicolaas II zat met zijn vrouw, de pasgeboren tsarevitsj en vier dochters in zijn paleis in Tsarskoje Selo – wandelend door de prachtig witte bossen, een partijtje domino spelend, rokend, schrijvend in zijn dagboek. Over het dikke ijs van de Neva stapten mannen, vrouwen en kinderen van de arbeiderswijken in hun zondagse kleren richting het centrum, om mee te doen aan de demonstratie die al wekenlang in de krochten van de stad broedde.

Vader Gapon riep de verzamelde menigte toe: 'Zullen de politie en de soldaten ons durven te stoppen, kameraden?'

'Dat durven ze niet!' scandeerden honderden stemmen tegelijk.

Gapon: 'Kameraden, kunnen we beter sterven voor onze eisen dan verderleven zoals we nu hebben geleefd?'

'We zullen sterven! We zullen sterven!'

'Zweren jullie te zullen sterven?'

'Dat zweren we!' riep het stemmenkoor weer.

‘Laat iedereen die dat zweert,’ vroeg Gapon toen. ‘Laat iedereen die dat zweert dan nu zijn hand opsteken...’

De tsaar, in de weldadige warmte van zijn geliefde gezin dertig kilometer verderop in zijn buitenverblijf, gaf het bevel tot doden.

De keizerlijke garde had veertig arme sodemieters, enkele van hen iconen omhooghoudend, meteen neergemaaid; honderden mensen, onder wie veel kinderen, raakten gewond. Ook elders in de stad waren afschuwelijke slachtpartijen. Demonstranten – sommige van hen waren uit pure nieuwsgierigheid alleen maar even gaan kijken – werden door kogels dodelijk getroffen of werden het slachtoffer van de kozakken met hun cavalerie, zwaaiend met hun sabels door het levende, spartelende en schreeuwende vlees. Op het eigen volk, net als in de eeuwen ervoor en in de eeuw erna, werd genadeloos ingehakt. ‘Er is geen God, er is geen tsaar,’ had vader Gapon, na het bloedbad machteloos om zich heen kijkend, gemummeld. Zelf bracht hij het er uiteindelijk levend van af. Hij was ontkomen. Een theaterkapper had zijn baard en haren afgeknipt, hem geschminkt en verborgen. Ik had de radicale geestelijke, die eerder sociëteiten en theehuizen in de stad had opgezet met dansavondjes, lezingen en ander stichtelijk vermaak voor ‘fatsoenlijke arbeiders’, eerlijk gezegd altijd nogal sympathiek gevonden. Maar volgens Zinaida Hippius was hij doodgewoon de zoveelste door de tsaristische politie Ochrana betaalde geheim agent. De hele geschiedenis rond die dag noemde ze smerig en angstaanjagend. Uiteindelijk werd hij door een lid van de socialistisch-revolutionaire partij in een Finse datsja vermoord.

Zou ik me voor dat vervloekte boek weer opnieuw in al deze zaken moeten gaan verdiepen?

De revolutie van 1905 was de prelude tot die van 1917: al snel na de ‘Bloedige Zondag’ sloeg de revolte over naar het platteland, waar de dikwijls niet beter dan hun magere vee levende boeren de zwakte van het keizerlijk gezag roken en hun kans grepen. Landgoederen van de adel gingen in vlammen op; met lompen aan hun voeten, gewapend met hooivorken, messen en dorsvlegels bestormde het gepeupel de van parfum en de geur van Egyptische sigaretten vergeven, met empire meubeltjes ingerichte salons van hun meesters die – ondanks het feit dat de lijfeigenschap in 1861 was afgeschaft – feitelijk altijd hun meesters waren gebleven. Vleugels, schilderijen, boeken, aardewerk werden vernietigd of gestolen; uit eeuwen van opgekropte woede, sociale haat. De revolte sloeg over, naar Warschau, naar Riga, naar Odessa – steden die toen nog deel uitmaakten van het Russische rijk. In de laatste stad begonnen matrozen op de slagkruiser Potjomkin te muiten; ook binnen de gelederen van het leger was de opstand nu uitgebroken. Veel van de landgoedbewoners die het er levend van af hadden gebracht, beleefden hun persoonlijke *boulevards of broken dreams*: in hun jeugd, in de laatste decennia van de negentiende eeuw, waren vele van hen progressief geweest. Ze hadden zich aangesloten bij de 'Gang naar het volk'-beweging, waarbij ze als student de dorpen waren in getrokken om de behoeftigen te alfabetiseren, en werden daarbij dikwijls door de boeren met de nek aangekeken. Ze hadden heimelijk geflirt met de opstand; schonken in het geniep geldbedragen aan terroristen. Uit schuldgevoel. Het was het eeuwige schuldgevoel over het eigen bevoorrechte leven en de ellende waarin de massa verkeerde, alsook de behoefte aan boetedoening daarover, dat niet alleen een groot deel van de negentiende-eeuwse literatuur had beheerst, maar ook concrete daden. Er waren terroristische aanslagen geweest, zoals die op tsaar Alexander II in 1881. Nu, terwijl de meute met hooivorken en fakkels om de boel in de hens te steken kwam aanstormen, beseften ze ineens wat voor monsterlijk gezicht het volk had. De intelligentsia kwam tot inkeer, trok zich terug, werd dikwijls alsnog aartsconservatief. De tsaar deed een kleine concessie: in 1906 kwam er een Doema, voor de bevoorrechten en de rijken. Een nepparlement. Gevestigd in het Taurische Paleis, ooit een cadeautje van keizerin Catharina de Grote aan haar minnaar, vorst Grigori Potjomkin. Maar er veranderde maar bitter weinig. Het opulente leven van de tsaristische elite ging door: adellijke bals, vermaak in sociëteiten, bordeelbezoek in roodpluchen mannenhemels met gedempte verlichting en goudomrande spiegels, overdadige diners, het bouwen van huizen en buitenhuizen, vakanties aan de Franse en Italiaanse Rivièra.

Aangevuurd door tsaar Nicolaas II kregen de joden in Rusland het intussen zwaar te verduren. De smouzenrammers van de organisatie Zwarte Honderd steunde hij hartstochtelijk. Er braken pogroms uit over het gehele land. Verkrachtingen, plunderingen, moorden. Joodse meisjes van zeven werden door kozakken aan hun sidderende vleesstokken geregen. Bejaarde mannen en vrouwen in vreugdevuren geworpen. De joden waren eropuit alle christelijke staten in de wereld te ondermijnen, dus ook de Russische. Men hoefde alleen maar het geschrift *De protocollen van de wijzen van Sion* te lezen, favoriete lectuur aan het hof. In de hogere Moskouse en Petersburgse kringen, maar ook in de provinciesteden, werd het bon ton antisemiet te zijn. Onderwijl begon men zowel in de populaire pers (die pestbacil van alle tijden) als in de kersverse Doema op de nationalistische trom te slaan. Het Ottomaanse en het Oostenrijks-Hongaarse rijk stonden op het punt van uiteenvallen. Rusland had al tijden de ogen gericht op de glorende brokstukken, vooral op het beheer van Constantinopel en de doorgang vanuit de Zwarte Zee via de Dardanellen naar de Middellandse Zee. De roep om een Slavische bond van volkeren, om de Slavische bloedbroeders op de Balkan in hun streven naar onafhankelijkheid meer te steunen, werd steeds luider. Nadat de neef van de

Oostenrijkse keizer, aartshertog Frans Ferdinand, door een Servische nationalist in juni 1914 was vermoord, liep het volk bij ons in de Tsjaikovskistraat te hoop bij de Oostenrijkse ambassade, honderd meter van mijn huis, met gebalde vuisten oproepend tot steun aan Servië.

Toen brak de Eerste Wereldoorlog uit.

Op 1 augustus dat jaar riep de tsaar op tot algehele mobilisatie.

Net als in Oostenrijk-Hongarije en in het Duitse rijk was de euforie in Rusland groot. Het volk juichte de tsaar een dag later toe, toen hij verscheen op zijn balkonnetje van het Winterpaleis. Zoals elders in Europa leek het of iedereen *snakte* naar oorlog. 'Wat is een vaderland eigenlijk? Het volk of de staat?' vroeg Hippius zich in haar dagboek af. 'Allebei. Maar als ik de Russische *staat* nu haat? Als die staat in zijn eigen land nu tegenover mijn volk staat?' Volgens haar was iedereen om haar heen krankzinnig geworden, ook de intellectuelen en schrijvers die de oorlog steunden en vrijwillig in dienst gingen.

Het tsaristische leger was feitelijk een boerenkarrenleger, met veel pluimen, gulden epauletten, vaandels en vlaggen, een operette-cavalerie uit de negentiende eeuw; in 1914 bezat het niet meer dan 679 gemotoriseerde legervoertuigen en twee ambulances. De Russische boerensoldaten, die uit de dorpen waren weggeplukt als konijnen uit hun hok voor de slacht, vochten de jaren daarna in de loopgraven, zonder voldoende munitie, ondervoed, wanhopig, dikwijls blootsvoets. Ze sneuvelden wederom bij bosjes. De sociale ongelijkheid en de woede erover woekerde voort op het slagveld. Terwijl zij de kogelregens, de vuurmonden en de mijnenvelden in werden gestuurd bleven hun officieren, leden van de adellijke en geprivilegieerde klassen, veilig ver weg van het front bordeaux drinken en sigaretten paffen. De ondergang had zich ingezet. De muur van het Duitse leger en de muur van de binnenlandse opstand, tekende Hippius later op, schoven iedere dag verder naar elkaar toe. De tsaar, die geen fluit verstand had van militaire zaken, had zich al spoedig als opperbevelhebber aan het hoofd van de strijdmachten gesteld, ingefluisterd door zijn vrouw die weer werd ingefluisterd door Grigori Raspoetin, aan wie ze verslaafd was geraakt omdat ze ervan overtuigd was dat God haar deze Siberische dwaas en erotomaan had gezonden om de hemofilie van haar zoontje te genezen.

In februari 1917 brak in de inmiddels tot Petrograd omgedoopte stad wederom een opstand uit waarbij arbeiders, soldaten en gewiekste politici en een leger van opportunisten met elkaar gemene zaak maakten, en de tsaar, wiens positie door de schandalen rondom Raspoetin en de dramatische verliezen aan het front onmogelijk was geworden, een paar dagen later uiteindelijk in de somptueuze luxe van zijn treinstel abdiceerde. Het epicentrum was mijn buurtje rond het Taurische Park, waar ook Zinaida Hippius had gewoond. Met uitzicht op de toegangspoort van het park had ze vanaf haar beletage haar ervaringen en inzichten over de mensen en de politiek in die dagen neergeschreven – watervallen van helderheid. Rusland had in haar visie kennelijk zwaar gezondigd want de beker die het moest leegdrinken was bitter. Raspoetin was een maand ervoor tijdens een drinkgelag in het Joesoepov-paleis vergiftigd en uiteindelijk met kogels vermoord. Volgens Hippius was Raspoetin een volslagen ongeletterde, alcoholische, uit de klei getrokken, perverse dwaas, een rokkenjager, gedreven door een ongeremde wellust, ijdelheid en angst, maar met een geniaal gevoel voor tijd en plaats, die op de rug van een heel volk was geklommen en daarop prinsheerlijk had rondgereden, een in haar overtuiging doodgewone, onbetekenende doortrapte boer van dertien in een dozijn, een losbol, een wellusteling, die door zijn vereerders – met als spil de tsarina – werd verwend met zijden en fluwelen hemden, bonbons en bloemen en hun vulva's, een listige hoveling die met zijn chicanes, intriges, benoemingen van ministers en adviezen aan de tsaar het land mede naar de afgrond had gevoerd waarvan de omvang zich nu pas begon af te tekenen.

Eind februari 1917 was er een broodoproer in de stad uitgebroken; de roep om vrede en een spoedig einde van de monarchie door een voorhoede intellectuelen, het stadsproletariaat en boeren die vers als soldaat van het front waren teruggekeerd werd steeds luider. 'Er komt toch een ineenstorting! Die komt er! Een revolutie of een waanzinnig oproer,' had Hippius begin die maand al geschreven. Een paar weken later braken inderdaad de eerste ongeregeldheden uit. 'De algemene versie luidt dat het in de Vyborgwijk is begonnen, als gevolg van een broodtekort. Hier en daar zijn er trams tegengehouden (en kort en klein geslagen). Ze zouden ook een commissaris van politie hebben vermoord (...) Er zijn nu weer "oude kozakken" opgedoken die met zwepen langs de trottoirs gingen galopperen en op de vrouwen en studenten insloegen. In de Sergijevskajastraat heb ik dat zelf gezien.'

Opnieuw waren er lynchpartijen, de eerste moorden. Na de generale repetitie van 1905 kwam nu de definitieve afrekening. De schouwburgen en de restaurants waren intussen afgeladen. Tot op het allerlaatst hadden de welgestelden, de edellieden in de stad, zich overgegeven aan golven van genot, aan orgieën; hele fortuinen waren in casino's verloren gegaan. Terwijl Hippius op haar beletage zat te pennen, stapte een kleine vijfhonderd meter verderop, helemaal aan de andere kant van mijn straat, op het bruggetje bij de Zomertuin, componist Sergej Prokofjev rond. Ook hij hield een dagboek bij en tekende op wat hij de laatste dagen van februari 1917 – voordat de tsaar zou aftreden – meemaakte. Met het uur werd de revolte grimmiger. Het centrum van de stad was veranderd in een legerkamp. Sluipschutters hadden hun plekken ingenomen op de daken; kruispunten waren afgegrendeld. Op de Nevski Prospekt en nabij het Winterpaleis waren machinegeweren opgesteld; overal patrouilleerden kozakken op paarden. De tsaristische troepen hadden het front tegen de Duitsers naar het hart van de stad overgebracht. Om te vechten tegen de eigen bevolking. Zondag de 26ste zou als de tweede Bloedige Zondag de geschiedenis in gaan nadat een regiment in opleiding was begonnen te schieten op een menigte arbeiders die naar het centrum was getrokken. Zeker vijftig mensen – mannen, vrouwen, kinderen – kwamen om bij een bloedbad op het Znamenskiplein, het huidige Plein der Opstand, waar Julia en ik, telkens als ik in Petersburg ben, altijd naartoe wandelen om bij de Finse supermarkt Stockmann boodschappen te doen. Prokofjev zat op het moment van de slachting thuis te werken aan een vioolconcert; pas 's middags ging hij even naar buiten voor een kleine wandeling. 'Alles was heel vredig en ik dacht zelfs dat de geruchten over schieten op laster berustten (...) 's Avonds ging ik naar Zacharov om te bridgen en te kaarten. Op straat heerste een onbeschrijfelijke levendigheid: er was een volk op de been als voor de paasnacht.' Maar een dag later werd de componist, als telg van zijn klasse met een aangeboren zeker *sang froid*, alsnog met het geweld geconfronteerd. 'In de bibliotheek zei een suppoost dat er op de Litejnij bij het Arsenaal een heuse veldslag woedde, waarbij hevig werd geschoten, omdat er soldaten waren die naar de arbeiders waren overgelopen.' Hij had een generale repetitie op het conservatorium van leerlingen van de opera *Jevgeni Onegin* bezocht. Toen hij even later langs de Zomertuin naar de Fontanka liep bleef hij staan op de brug, omdat vanaf de Litejnij een energiek geratel van geweren klonk. 'Naast me stond een arbeider. Ik vroeg hem of ik over de Fontanka zou kunnen. Hij antwoordde aanstekelijk: "Dat kan, doet u maar. De linie is door de onzen ingenomen." "Welke onzen?" "De arbeiders die geweren hebben en de soldaten die naar onze kant zijn overgelopen" (...) Ik dacht: stelletje gekken! Ik wist niet dat de revolutie zo vast op zijn doel afging.'

Door de vroeg ondergaande zon verkeerde mijn straat nu bijna geheel in een oranjerode gloed; het schijnsel van de herfst waarin de naderende winter al besloten zat. Ik bleef even stilstaan voor het chocoladebruine pand waar Zinaida Hippius had gewoond. Op de hoek was nu een cafeetje gevestigd, met ernaast een spasalon – je moest er een trappetje voor af – waar dag en nacht dure auto's stilhielden, mannen uitstapten, aanbelden bij een zilveren deur en daarachter verdwenen. O, zelfs Hippius, over wie sommigen beweerden dat ze een hermafrodiet was, had met al haar historisch besef, mensenkennis en voorspellende gaven niet kunnen bevroeden wat haar, deze stad en dit land te wachten stond. Eerst was het nog allemaal tamelijk kalm. 'Er trekken stoeten gewapende arbeiders, soldaten en alle mogelijke andere mensen aan onze ramen voorbij,' schreef ze op de ochtend na de hierboven aangehaalde wandeling van Prokofjev. 'Alle auto's worden aangehouden, de soldaten gooien de inzittenden eruit, schieten in de lucht, stappen in en rijden weg. Er zijn veel auto's met rode vlaggen die naar de Doema afslaan.' En 's middags: 'Een delegatie van 25000 muitende militairen is naar de Doema opgetrokken, heeft de wacht weggestuurd en diens plaats ingenomen (...) Er trekt een bizarre optocht onder onze ramen voorbij: soldaten zonder geweer, arbeiders met sabel, opgeschoten jongens en zelfs kinderen van een jaar of zeven, acht met bajonetten en ponjaards. Alleen aan de artilleristen en een deel van het Semjonov-regiment wordt nog getwijfeld. De hele straat tot het eerste het beste glunderende vrouwtje aan toe is er echter van overtuigd dat ook zij zich "achter het volk" zullen scharen.' Later die dag wordt de Peter- en Paulvesting ingenomen; de revolutionaire troepen vestigen er hun basis. Maar het centrum van de opstand blijft het gebouw van de Doema, het Taurische Paleis. De dagen erna breekt er een geweldsorgie over de gehele stad los, waarbij iedereen vogelvrij is, huizen, winkels en openbare gebouwen door dronken opstandelingen worden geplunderd, mensen op straat met een boerzjoei uiterlijk (dat van de welgestelde, de intellectueel, de beschaafde) worden gemolesteerd, soldaten en officieren die trouw zijn gebleven aan de tsaar een gruwelijke marteldood sterven, adellijke meisjes door het schoelje worden verkracht, terwijl arbeidersmeisjes met gelegenheidsrovers soms in het openbaar de liefde bedrijven, een dikke vinger opstekend naar de oude wereld (zoals sommige inbrekers uitgebreid poepen op de tafel van hun slachtoffers alvorens het pand te verlaten).

De anarchie slaat over naar Moskou en de rest van het land, maar vooral Petrograd was het toneel van taferelen die altijd bij me waren, die in de loop der jaren deel van me waren gaan uitmaken. Zoals het bloedbad in Hotel Astoria waar officieren en hun gezinnen zich hadden verschanst, waarop uiteindelijk vanaf de straat de machinegeweren werden gericht, het gebouw werd bestormd, de meute naar binnen drong, de luxe van palmen, spiegels en meubels kort en klein sloeg, de wijnkelder plunderde en de kamers afging om de vertegenwoordigers van het ancien régime neer te knallen of aan hun bajonetten te rijgen. Al deze beelden, zoals ook die van de verschrikkingen van de negenhonderd dagen durende belegering door de Duitsers in de Tweede Wereldoorlog (waarbij een miljoen mensen stierven) waren nooit uit mijn gedachten als ik in onze haard met het in marmer uitgehouwen zwaluwpaar dat hun kroost voedde weer eens een houtblok bijgooide, me dikwijls afvragend wie hier toen tijdens die gruwelijke dagen hadden gezeten.

‘De bolsjewieken wachten reikhalzend de komst van Lenin af,’ schreef Hippius in maart, vlak nadat de tsaar was afgetreden. ‘Zullen we het caesarisme, de autocratie, het monarchisme nog weer terugkrijgen?' En hij kwam aan, hij arriveerde, de nieuwe Caesar, de autocraat, de monarch van de wraak en de mensenhaat, op een dag in april: 'En daar hebben we Lenin... Ja, die schurk is tenslotte dan toch gekomen! De ontvangst was pompeus, met schijnwerpers en al. Maar... hij is *via Duitsland* gekomen. De Duitsers hebben een heel stel van dat soort "schadelijke" schavuiten opgepakt, die lui een hele trein gegeven, de trein verzegeld (om te voorkomen dat het Duitse land door hen zou worden besmet) en hen op ons dak gestuurd: alsjeblieft, veel plezier ermee.'

Een witte Mercedes met een jongeman aan het stuur en een oudere op de achterbank was gestopt voor de spasalon. De oudere man stapte uit, daalde het trappetje af, de zilveren deur ging als op afspraak open – alsof iemand vanbinnen met een camera de straat begluurde – en meteen weer dicht. Voordat de schemering insloeg wilde ik in ieder geval nog even wat lopen, de benen hebben gestrekt. Morgen zou ik voor mijn werk via Moskou diep het land in reizen, tot aan de Oeral, Julia en de poezen achterlatend. Zo was ons leven de afgelopen twaalf jaar verlopen. Mijn vrouw had een gruwelijke hekel aan de hoofdstad, aan het rumoer en de vuiligheid, aan het flatje dat ik daar voor mijn broodwinning tussen de uitlaatgassen had gehuurd.

De vijver in het park was spiegelglad. Drie ernstig kijkende schoolmeisjes met boeken in hun armen liepen er zwijgend omheen. Op het grasveld lag een zwerver opgekruld in zijn eigen dronkenschap. Door de bomen heen schemerde de groene koepel van het Taurische Paleis. Tot 1990 was er de partijschool voor de Communistische Partij gevestigd geweest; nu was het de zetel van het interparlementaire overleg van de ex-Sovjetrepublieken, sinds 1991 onafhankelijke staten, een werkelijkheid waarmee de huidige machthebbers in het Kremlin zich nog steeds niet geheel hadden verzoend.

Sinds enige jaren had zich in Rusland een tegenbeweging ingezet, zoals zich over het gehele oude continent tegenbewegingen hadden ingezet. De geschiedenis herhaalde zich niet, had iemand eens gezegd, nee: de geschiedenis rijmde.

Haastig liep ik het park uit, de bladeren ritselend onder mijn schoenzolen. In de hoge en brede Zacharevskajastraat waren nog altijd kazernes gevestigd, net als in de tijd van Hippius. Een groepje rekruten kwam landerig voorbij, de slechte voeding en een armelijke jeugd in de provincie op hun bleke gezichten getekend. Intussen steeg vanaf een binnenplaats, die ik niet kon zien, een commanderende brulstem op, gevolgd door voetgeroffel en een machtige schreeuw, afkomstig uit honderden kelen – unisono en alles in echo. Deze straat was minder mooi dan onze Tsjaikovskistraat, die er vlak achter lag. Ondanks het feit dat ze destijds door de beste decorbouwers van het Kirov-theater waren gecamoufleerd, waren sommige kazernes in de Tweede Wereldoorlog door Duitse bommen getroffen. Her en der was nieuwbouw verrezen. Het was een wonder dat ons pand geheel gespaard was gebleven; tot de glas-in-loodramen in onze woonkamer naar de binnenplaats aan toe.

'Petersburg speelde als centrum van alle gebeurtenissen een belangrijke rol,' schrijft Zinaida Hippius over de revolutiedagen van 1917. 'Maar binnen Petersburg zelf bevond zich nog weer een afzonderlijk centrum: de revolutie heeft zich van het allereerste begin af vlak in de buurt van de Doema afgespeeld, dat wil zeggen: in de buurt van het Taurische Paleis. De rechte straten die ernaartoe liepen waren in de februari- en maartdagen van 1917 net slagaders waardoor leven brengend bloed naar het hart stroomde, naar het grote paleis uit de dagen van Catharina de Grote. Ik heb toegekeken hoe het oude paleis, dat voor korte tijd voor een nieuw leven uit de dood was opgestaan, een langzame dood stierf, ik heb gezien hoe de stad stierf...'

En uitgerekend in deze slagaders liep ik nu en woonde ik, bijna honderd jaar later: een prachtig uitgangspunt voor een *persoonlijk* boek over de Russische Revolutie van 1917. Je versierde met enig patina je eigen leven, ontleende volop aan wat anderen hadden geschreven, met ruimhartige bronvermelding, verzon er desnoods wat bij, roerde alles door elkaar, als de ingrediënten van een stevige gebonden soep, *et voilà*: het boek had als het ware zichzelf geschreven. Het trucje van de non-fictie, tegenwoordig zo veelgeprezen, even gelikt als doortrapt.

Snel beende ik voort, mijn tikkende voetstappen weerklinkend tegen de granieten gevels van de kazernes. Bij een kruidenierswinkeltje kocht ik een fles Chileense witte wijn. Op hoop van zegen. In de rij voor mij stonden drie dienstplichtigen in groen veldtenue, net achttien. Ze waren blootshoofds. Over hun schedels lag een donker waas als van schuurpapier. De ene had een gebakken visje in een plastic zakje in zijn handen, de ander een rol Letse biscuit, weer een ander twee rollen roze wc-papier. Toen ze *en groupe* bij de kassa stonden rinkelde het kleingeld kwistig. Ze hadden hun waren op de toonbank neergelegd, plukten muntjes uit elkaars handen, hardop tellend. De caissière, een meisje van hun leeftijd, wachtte geduldig, het fysiek van de jongens met haar scheve Tataarse oogjes een beetje monsterend. Ze kwamen negenendertig roebel tekort. Ik legde een biljet van vijfhonderd roebel neer en bood aan dat ik voor hen zou afrekenen. De arme sodemieters, klaar om als het moest voor het vaderland te vechten, dropen bijna juichend af.

Toen ik thuiskwam zat Julia in haar stoel. Het was al schemerdonker, maar alle lampen in de woonkamer waren nog uit.

'Mis je niet iets?' vroeg ze.

Ik keek even om me heen.

'Ljolja,' snikte mijn vrouw toen. 'Er is toch iets ernstigs

met haar aan de hand. Ik kom net terug van de dierenarts. Ze ligt daar nu aan het infuus. Om acht uur mag ik haar komen ophalen. Ik heb mijn sjaal achtergelaten, zodat ze mijn geur bij zich heeft. Waar ben jij geweest?'

Ik vertelde het haar.

De fles Chileense wijn bleek bocht. Ik kieperde hem leeg in de gootsteen, ging weer naar buiten en kocht bij de slijterij tegenover het Duitse consulaat aan de Foerstjatskajastraat een fles chablis.

Onbetaalbaar, maar goddelijk.

DERDE HOOFDSTUK

Terug van mijn mislukte Leningradse bijbelmissie in Nederland, in dat najaar van 1988, wachtte mij een droeve tijding: de darmkanker, waaraan mijn vader bijna vijf jaar eerder was geopereerd, was teruggekeerd. Mijn moeder meldde het terloops, aarzelend; met een zekere schaamte bijna. Mijn vader hield zich met een glimlach voor mij groot. Opnieuw lag over alles een spanning, een doem, een angst. Ik wist niet waar ik het zoeken moest; iedere middag stapte ik als een waanzinnige zeker twee uur voort over het strand en door de duinen.

'Wat ga je nu verder doen, jongen?' vroeg mijn vader.

Ik wist het niet.

Een week later stond 's ochtends zomaar Siderius weer voor de deur. Ditmaal waren mijn ouders thuis; er was geen ontsnappen aan. Wederom nestelde de Leidse kerkbestuurder zich roofvogelachtig op de bank, in dezelfde bruine regenjas, nadat hij zich aan mijn vader en moeder had voorgesteld en hen amicaal de hand had gedrukt, als waren ze oude bekenden. 'Nee, dank u, geen koffie... Een glaasje water... Ik moet van de dokter veel water drinken... Jicht... De ziekte van dronkaards... Maar ik heb in mijn leven geen druppel gedronken...'

Trots, alsof hij er zelf bij was geweest, begon Siderius tegen mijn ouders te verhalen over mijn recente successen in de Sovjet-Unie. Zijn kerkelijke contacten daar waren ronduit lyrisch over mijn operatie. Hij was gekomen om me mee te nemen, naar een loods in Gouda waar tachtigduizend bijbels reeds gereedstonden, ingepakt en wel, klaar om spoedig te worden verscheept naar Leningrad.

'U heeft een prachtzoon, een soldaat van God, dat kan ik u wel vertellen,' sprak Siderius, terwijl mijn ouders zaten te glimmen.

Plots viel hij stil, blikte even speurend om zich heen, alsof hij iets hoorde, en vroeg op luchthartige toon wie er hier in de kamer ziek was.

Mijn moeder blikte mijn vader verblekend aan.

'Broeders en zusters...' zette Siderius toen in. 'Zwijgt u maar, God weet en ziet alles... God is liefde, Hij heeft met ieder van ons een plan. Zwijgt u maar, lieve mensen, laat ons bidden...'

Hij vouwde zijn handen en sloot zijn ogen. Terwijl hij zich met een gedragen, half zingende stem – zijn lippen bevend, de knokkels wit van het knijpen – tot God richtte, keken mijn ouders elkaar even wezenloos aan; als onvrijwillig ten prooi aan een hypnose. Mijn vader had me destijds naar een christelijk lyceum in Haarlem gestuurd, zuiver vanwege de goede kwaliteit van het onderwijs. Zijn leven lang had hij echter een pesthekel gehad aan alles wat te maken had met de Kerk, nadat hij op zijn zesde tijdens een kerstmisdienst had moeten toekijken hoe rijke klasgenootjes hijskranen, raceauto's, complete brandweergarages met een juichkreet vanonder de fonkelende kerstboom vandaan mochten trekken, terwijl hij (zoon van een metselaar) en de rest werden bedeeld met een sinaasappel met een strik van groen crêpepapier, die hij er eerder die dag tijdens het fröbelen op school zelf omheen had gedaan.

Het gebed, waarin Siderius de Almachtige opriep tot kracht

naar kruis en desnoods berusting, ging minutenlang door. Even was ik bevreesd dat mijn vader zou opstaan, op de grond zou stampen, de vent bij de kraag van zijn regenjas zou pakken om hem vervolgens de deur uit te smijten. De machteloze agressie die ik voelde over het lot projecteerde ik op hem.

'Amen...' beëindigde Siderius zijn monoloog tot God.

Twee weken later zat ik opnieuw in het vliegtuig naar Leningrad, de eerder aan mezelf gedane belofte nooit meer naar de USSR terug te keren ten spijt. Het bestaan ging met me op de loop. Ik was al maanden zonder werk, probeerde er alles aan te doen om te ontkomen aan een leven op kantoor, kon het stille, slopende verdriet van mijn ouders niet aanzien en kreeg bovendien voor deze missie betaald: duizend gulden.

De vlucht was ditmaal zonder een ingelaste overstap in Oost-Berlijn. Ik landde in een arctische witte hel. Op de aangeschoven buitentrap kliefde de vorst als een mes door je heen. Uit de monden van de grenswachters kwam rook, alsof ze vanbinnen in brand stonden.

In een Turkse lammycoat, vergezeld van een leptosoom blond tienermeisje, stond Pozorski me in de snikhete hal op te wachten.

'Wanneer komen de bijbels aan?' vroeg hij meteen.

Volgens mij waren ze er al, gaf ik als antwoord: Siderius had me voor vertrek verteld dat de partij bijbels negen dagen eerder uit Rotterdam per schip tussen een vracht steenkool was vertrokken.

'Natasja...' Pozorski duwde de blondine naar voren, als een slavenhandelaar een meisje op de markt. 'Ze wil graag met een buitenlander kennismaken. Voor haar talen.'

'*Hello*...' sprak ze, mij oesterachtig aankijkend.

De bijbels arriveerden uiteindelijk niet in Leningrad, maar in Archangelsk, waar volgens zijn zeggen Pozorski's partner

Borodin inmiddels een invloedrijke positie had verworven en vrachtwagens klaarstonden om de tachtigduizend heilige schriften over het land te distribueren.

Het meisje met de oesterogen met wie ik me twee nachten en een hele middag in mijn kamer (terwijl de sneeuwstormen buiten de ramen ranselden) had vermaakt, was opeens verdwenen.

Een uur later stond Pozorski in de lobby, wapperend met een enveloppe, een glimlach op zijn gezicht van oor tot oor.

'Ik had het je toch gezegd?' begon hij. 'Wij belazeren niemand, goedheid is ons principe!'

Hij gaf me de enveloppe, meldend dat hij er voor een halfjaar tussenuit ging. Zojuist had hij na maanden wachten een uitreisvisum gekregen en hij zou in Praag, Berlijn en Boedapest een netwerk opzetten voor zijn toekomstige importhandel. Zodra hij in Leningrad terug was zou hij contact met me opnemen. Hij beloofde me gouden tijden. Het bedrag aan roebels in de enveloppe herinner ik me niet meer; in ieder geval was het voldoende om het in het land lange tijd uit te houden. Mijn visum was geldig voor een maand. Ik besloot naar Moskou te gaan, waar ik in het voorjaar van 1981 als eerstejaarsstudent twee dagen was geweest en dat me veel levendiger was voorgekomen dan Leningrad.

De nachttrein reed om kwart over zeven in de ochtend de hoofdstad binnen. Schimmen in bont deinden op het perron in vorstnevels voorbij. Aan de overkapping hingen ijspegels, groot en fonkelend, als kroonluchters in een balzaal. Maar hier in mijn coupé was het nog warm, dampte en floot zachtjes de samowaar. Ernaast zat de wagondame, die me om half zeven had wakker gemaakt en me thee had gebracht in een glas met een metalen houder, een bejaarde Russin, pezig, beweeglijk, een hyperbeschaafd voorkomen ondanks haar werkschort. Ze deed me denken aan mevrouw Pokrovskaja. Gewetenswroeging bekroop mij. Waarom was ik in Leningrad voor vertrek niet nog even bij haar langsgegaan? Op haar afdeling voor gediagnosticeerde gekken? Om bonbons te brengen, een flesje parfum; de nylonkousen waarover ze het had gehad. Zaken die alleen nog maar verkrijgbaar waren in de valutawinkel op het einde van de Nevski Prospekt. Na de korte rijtoer door de stad, ruim een maand eerder, had ik haar min of meer gedumpt. Zodra ik haar uit de taxi had geholpen en de hal van het tehuis had binnengereden was mevrouw Pokrovskaja weer volkomen buiten zinnen; in de groene schemering van de vingerplanten begon ze opnieuw te schreeuwen, roepend om haar kind, agressief om zich heen slaand, waarna ze door een toegesnelde zuster voor de tweede maal werd platgespoten en als een lappenpop afgevoerd. Nooit ben ik meer naar het tehuis teruggegaan; nooit heb ik haar meer gesproken.

Maar ik heb wel van meer zaken in mijn leven spijt.

Ik was met mijn koffertje het menierode treinstel nog niet uit, of ergens in de krioelende menigte, wat verderop, klonken Nederlandse stemmen. De bruinkoolrook van een boemeltje sloeg in mijn gezicht; een kruier met een handkar vol besneeuwde koffers reed me bijna van de sokken. Ik liep verder, bleef toen staan. Een jongeman die ik iets ouder schatte dan ik, zo rond de dertig, met een bontmuts op een pafferig blozend gelaat, stond afscheid te nemen van een groep Nederlanders.

'Dank, nogmaals dank!' Een struise blondine viel de jongeman in de armen, gaf hem drie plofkussen, waarna ze door een heer met grijs jongenshaar in een duffelse jas de trein in werd geholpen.

'Dus we worden daar opgewacht?' vroeg iemand anders.

'Maakt u zich geen zorgen! In Leningrad staat men klaar om u op te vangen! Een goeie reis!'

'Dank, Ragnar!' sprak een vrouw met een constructie van

kunstbont op haar hoofd. 'Het waren geweldige dagen! Ik zal die dronken muzikanten in dat restaurant nooit vergeten!'

En zo ging het een tijdje door.

In die dagen rookte ik nog; ik stak een sigaret op en bekeek vanachter een pilaar het tafereel, na de benauwde nacht in de slaapcoupé genietend van de vrieskou en de nicotine. De deuren sloten zich met een pneumatisch gesis; er steeg waterdamp op, die in glinsterkristallen bevroor, en de trein zette zich in beweging. Toen de wagon waarin de Nederlanders zaten uit het zicht was verdwenen, nam de jongeman de pelsmuts van zijn hoofd, fatsoeneerde de roodzijden voering, zette hem weer op, deed alsof hij naar de uitgang wilde lopen, draaide zich plots om en kwam met grote passen op me af.

'Wat staat u mij te bespioneren?' vroeg hij me in het Russisch.

'Goedemorgen,' zei ik in het Nederlands terug.

'Verrek...' klonk het toen.

Om aan de geloofwaardigheid van dit relaas tegemoet te komen, kan ik hem hier natuurlijk beter Jansen noemen. Maar ik ben de fictie inmiddels voorbij. Hij heette Fopmans – Ragnar Fopmans. Nadat hij een sigaretje bij me had gebietst liepen we door de machtige stationshal, met in het midden Lenin op een granieten sokkel, de straat op.

'Waar logeer je?' Fopmans hief zijn gehandschoende hand; een Wolga hield twee tellen later gedienstig naast ons halt.

Ik was vertrokken op de bonnefooi.

'Oké, stap maar in...'

Tijdens die eerste rit in mijn leven door winters Moskou, met overal nog communistische leuzen en vrijwel geen auto's, alsof het machtige decor van de stad geheel voor ons alleen was, voelde ik me intens gelukkig. Net als twee jaar eerder toen ik was vertrokken naar Tenerife, waar ik het als animator in een vakantiehotel uiteindelijk anderhalf jaar had uitgehouden, viel er een loden last van me af. Het was alsof mijn vader niet langer ziek was; alsof Nederland, waar een leven op kantoor me altijd was voorgekomen als de ergste gruwel, niet langer bestond.

'Zo, dit is dus Moskou...' sprak Fopmans toen.

Hij begon me uit te horen, vroeg waar ik mijn Russisch had geleerd, trok bewonderend-jaloers zijn wenkbrauwen op toen ik hem vertelde over mijn Spaanse jaren, moest hartelijk lachen om mijn geschiedenis met de bijbels. Vervolgens begon hij zelf te verhalen. Hij bleek een nog grotere ouwehoer dan ik. Voordat we Hotel Intourist aan de Gorkistraat hadden bereikt meldde hij me dat hij een baan voor me had; al maanden was hij op zoek naar iemand als ik. Ik kwam als door God gezonden.

De job betrof vertegenwoordiger van een reisorganisatie in Moskou. Door de plots toegenomen belangstelling voor de Sovjet-Unie kon Fopmans het werk niet langer alleen aan. De groepen bleven toestromen om het wonder van de perestrojka en de glasnost, samen met de gouden uienkoepels en de musea, zelf te aanschouwen. Behalve het begeleiden van reizen, diende ik samen met hem nieuwe bestemmingen te ontwikkelen, alsook te zorgen voor het inkopen van hotelruimte, die met de dag schaarser werd. Het monopolie van de staatstoeristenmoloch Intourist verbrokkelde in dat jaar 1988 snel. Voorheen stapte je naar het hoofdkantoor vlak tegenover het Kremlin, leverde bij een ambtenaar een lijstje in met wensen over vliegtuig, bus, trein, boot, ander vervoer, een gids in een taal naar keuze – en de zaak was geregeld. Maar alles was gaan schuiven; in het land was stilaan een revolutie op til. Naast Intourist verschenen er mondjesmaat alternatieven. Er kwam concurrentie. Het communistische verbod op het maken van winst, om zelf iets te ondernemen, was onderhevig aan erosie. En wie profiteerden ervan? Zij die het dichtst bij het vuur zaten: de beroepscommunisten. Organisaties als de Academie van Wetenschappen, de spoorwegen, het staatscircus, zelfs het leger, bezaten over het hele land hotels, sanatoria en andere verblijven, bedoeld voor hun personeel. Hoge ambtenaren en militairen waren sinds een halfjaar begonnen deze te exploiteren. Voor een fooi verhuurden ze namens de staat hotelruimte aan onderneminkjes die ze zelf met hun vrienden hadden opgericht, om die voor het tienvoudige door te verhuren. Maar het was schimmig; nog altijd semi-illegaal. En je kwam er niet zomaar tussen; je moest de juiste contacten hebben.

'Begrijp je?' De avond na mijn aankomst in Moskou had Fopmans me meegenomen naar een badhuis, om me alvast van sommige finesses op de hoogte te brengen. Naakt, met een kop als een boei in de *banja* naast me gezeten, zwaaide hij krachtig met een natte handdoek boven zijn hoofd – de hete lucht werd nog heter en schroeide mijn huid. 'Je hebt me nog helemaal niet gevraagd wat je gaat verdienen. Ik zeg het je meteen: negenhonderd gulden per maand, een jodenfooi. Het zijn schrapers daar in Holland! Maar er is nog iets anders, dat zal ik je later vertellen. Overigens...' Hijgend begon hij het zweet van zijn mollige lichaam weg te wrijven, alles gutste neer op het blanke berkenhout van de saunabanken. Toen begon hij over de plannen die hij had op het gebied van de import, over de fortuinen die hier op termijn te verdienen vielen.

Het was alsof ik Pozorski in Leningrad hoorde spreken.

Zo begon een periode in mijn leven van vrijwel onafgebroken reizen. Eerst keerde ik terug naar Nederland, om mijn visum te verlengen, om mijn ouders in te lichten, om te solliciteren bij de touroperator in het oosten van het land – ze leken dolblij dat er nog een idioot was komen opdagen die zijn dagen wilde slijten in de USSR.

Twee weken later deelde ik met Fopmans in Hotel Intourist een vaste kamer. Al snel bleek dat ik hem vrijwel nooit zag. Als hij met een groep toeristen in het immense land op pad was, diende ik in Moskou te blijven en omgekeerd. We wisselden elkaar af; onze contacten over het werk gingen per telefoon en fax. Omdat de verbindingen in het Sovjetrijk ronduit beroerd waren, met eeuwig ruis op de lijn, zomaar werden afgebroken of pas na een halfuur tot stand werden gebracht, was dat een chronische ellende. Ik haalde groepen toeristen af van het vliegveld, begeleidde ze naar hun hotel, onderhield de contacten met de reisorganisaties en de lokale gidsen. Steeds vaker ging ik zelf mee op reis. Professionele Nederlandse reisbegeleiding moest de angst, die het gros van de klanten nog altijd bij de Sovjet-Unie voelde, wegnemen. Fopmans zat hier al twee jaar. Er was een zekere moeheid bij hem ingetreden; hij prefereerde het Moskouse regelwerk. In het begin maakte ik enkele malen de zesdaagse trip met de trein van Moskou naar Leningrad. Na een paar maanden reisde ik met hetzelfde gemak als Fopmans heen en weer tussen Moskou en de Baltische Staten, Siberië, Georgië, Oekraïne of Oezbekistan. Overal in het land van elf tijdzones, in de metro, in de huizen, in de gangen van de hotels, in vliegtuigen, treinen, scholen en ziekenhuizen hing dezelfde weeë geur – een mengsel van knoflook, oud zweet, het aroma van rottend fruit, een vieze door burgers uitgestoten mensenlucht kortom, want ook zeep en andere zaken voor de hygiëne waren massaal op de bon, of simpelweg niet te krijgen. Vrouwen waren gedwongen watten te gebruiken als maandverband; en toen de watten er niet meer waren dikwijls gewoon krantenpapier. Mijn hellegang door het bejaardentehuis in Leningrad, de serveerkar met smokkelbijbels voortduwend door de gangen met afgedankte mensen, bleek een pars pro toto voor het hele land.

Deels werkten we samen met Intourist, deels met opkomende nieuwe 'coöperatieve bedrijfjes' geleid door duistere types met wie ik – geen contract zonder vooraf opgebouwd vertrouwen – nachtenlang in restaurants moest doorbrengen, rokerige gelegenheden als spelonken, met achter de verduisterde gevels zeeën van licht, levende orkestmuziek, een overvloed aan voedsel en drank, bewaakt door jongens met apenhoofden in zwarte leren jasjes, waar jonge vrouwen en meisjes schaterlachten tot aan hun huig, als bewegwijzering voor de nacht, terwijl buiten de wereld heerste van de grijze duisternis, van het rijk dat iedere minuut – dat wist je, dat voelde je, zoals honden aardbevingen voelen aankomen lang voordat die plaatsvinden – verder uiteenviel. De roebel was inmiddels vrijwel niets meer waard; er heerste hyperinflatie. Westerse goederen waren baar goud. Voor zes blikjes geïmporteerd Carlsberg-bier (die ik in de valutawinkel naast het hotel waar ik woonde voor tien dollar kon kopen) tankte ik soms onderweg voor de chauffeur van mijn toeristenbus driehonderd liter diesel. Niemand hield zich nog aan de regels. Met de tekorten begon het grote graaien, het massale stelen, het maroderen, als in de jaren vlak na de revolutie van 1917 toen arbeiders en soldaten waren begonnen de bourgeois te plunderen. Met de zege van de kersverse revolutie achter zich waren ze met karabijnen hun huizen binnengedrongen, sleepten mannen, vrouwen, bejaarden en kinderen de straat op, eigenden zich de antieke meubels toe, het serviesgoed, tafelzilver, schilderijen, smaakvolle foto's (met palmen op de achtergrond), kristallen presse-papiers en andere luxezaken; of smeten deze uit wraak en blinde haat uit de ramen kapot. Eindelijk, na zoveel eeuwen van uitbuiting en vernedering, waren zij aan de beurt. Om te heersen, om te vernederen. De adel en de bourgeoisie werden met sneeuwschuivers in de vrieskou aan het werk gezet, als aapje verkleed in arbeidersplunje, of men liet ze met hun van angst stukgebeten lippen vers ondergescheten wc-brillen aflikken, aangemoedigd door jonge fabrieksmeisjes die zich intussen door een kameraad grinnikend in hun gloeiende kruis lieten grijpen. Sommigen stak men meteen dood, werden geëxecuteerd, of naar een cel of een strafkamp gebracht. In Petrograd, in Moskou, gevolgd door de rest van het land. Maar al snel na de putsch van Lenin in het najaar van 1917 kwam er een scheiding tussen het volk, tussen de nuttige idioten die het vuile werk hadden opgeknapt en zij die de werkelijke macht in handen hadden kregen, de beroepsbolsjewieken in hun lange zwarte leren jassen, stampend op laarzen, de geladen pistolen aan hun koppelriemen, de commissarissen. Slechts weinig Nederlanders waren er toen getuige van, maar ze waren er wel. Iedereen had destijds kunnen weten wat er was gebeurd en gebeurde. Een van hen was George Nypels, een reporter die meemaakte hoe de jonge revolutionairen als baronnen en baronessen in een 'misselijkmakende' overdaad door het land reisden. 'Ze vormen een nieuwe herenkaste in Sovjet-Rusland, de kaste die alles kan en alles mag, die in eersteklaswagens reist en eersteklas leeft, die eet en drinkt en rookt: dingen waarvan een proletariër in zijn fabriek evenmin van dromen kan als een bourgeois. Rusland is verworden tot een dictatuur van een nieuwe kaste.' De gestolen huisraad verscheen al spoedig op bazaars in de openlucht. De rommelmarkt als metafoor van de revolutie! Zij die nog niet gevlucht of uitgemoord waren, die hun afkomst verborgen hielden of simpelweg niet konden geloven dat ook zij op een dag aan de beurt waren, verkochten op straat hun laatste spullen. Om te overleven. In het jaar 1919 bezocht Nypels de Soecharevski-markt in Moskou, waar de straathandel ondanks het communisme nog niet geheel was verdwenen. Hij wandelde langs verkopers van geborduurde Russische wandkleden, blauwe nertsen, astrachan en Siberisch opossumbont, balalaika's en grammofoonspelers, alvorens hij op de bourgeoisafdeling belandde waar de – in zijn woorden – naar Marx' recept afstervende kapitalistenklasse haar laatste persoonlijke bezittingen verkocht. 'Tulbandhoedjes, gouden ringen, flessen parfum en haarwater, manicure- en friseerinstrumenten, gouden sigarettenkokers, zilveren samowaars en slobkousen. Zo verdwijnen de prullaria van de burgerij dus in de zakken van de boeren en de arbeiders, en komen de ex-burgers aan hun brood en vlees.'

In Moskou, in Leningrad, maar ook in Kiev, in Minsk, in het naar oleander en de zee geurende Jalta en al die andere plaatsen die ik in de nadagen van de USSR aandeed werd de straathandel opnieuw volop bedreven. Ditmaal werden niet het adellijke en bourgeoisleven verkwanseld, maar de parafernalia van de Sovjet-Unie, die te vergelijken was met een stampvolle kerk op het altaar waarvan nog dagelijks door de priesters werd geofferd voor een God waarin men eigenlijk allang niet meer geloofde. De God van het communisme. Complete verzamelde werken van Lenin en Marx, de afgietsels van hun koppen in brons, gips of koper, Sovjetporselein, beeldjes van staalwerkers, boeren, sporthelden en ballerina's, zuurstofmaskers van Mig-straaljagerpiloten, onderscheidingen van de Communistische Partij, Leninordes en andere medailles, nachtkijkers, Duitse helmen, koppelriemen en overige oorlogsbuit van de Russen op de nazi's, maar vooral horloges die de commando's in het Rode Leger droegen werden verkocht, het liefst en al spoedig uitsluitend voor harde valuta.

Ik beleefde historische tijden en ik wist dat ik historische tijden beleefde – trein in, trein uit, vliegtuig in, vliegtuig uit, soms dagenlang in de dieselgeur en het motorgeronk van reeds lang afgekeurde boten. Het werk slokte me volledig op, putte me langzaam fysiek uit. Waren de toeristen eerst voornamelijk intellectuelen van linkse signatuur, later waren dat doorsnee-intellectuelen, en al snel een mengeling van artsen, boekhouders, leraren, bakkers, stuwadoors, van iedereen die het wonder van de veranderingen in het oosten maar wilde aanschouwen. Vanachter de ramen van de uit Nederland overgekomen Bovag-bus, met chemisch toilet en een apparaat voor verse koffie, drijvend door de brede Moskouse straten met louter Lada's en Wolga's, in de winter besmeurd met een grijze sneeuwbrij als papier-maché, onder een grijze hemel, en met nog overal rode vaandels, bekeken mijn toeristen hoe hun medemensen worstelden onder de laatste stuiptrekkingen van het communisme, in de rij bijeenstonden voor winkels, in kleding – overjassen, schoenen en hoofddeksels – die in Amsterdam, Londen en Parijs al dertig jaar eerder uit het assortiment was verdwenen. Met belangstelling keken ze naar buiten, als naar vissen in een vies diepzeeaquarium. Hoe hielden die mensen het vol? Waarom kwamen ze niet in opstand? Maar ze waren al in opstand gekomen, dat wil zeggen: het systeem was voor hen in opstand gekomen, van bovenaf, al was de beerput slechts gedeeltelijk opengegaan en lag de reactie tegen de eerste hervormingen voortdurend op de loer.

Met zijn in gang gezette hervormingen was Michail Gorbatsjov aanvankelijk even halfslachtig als destijds Nicolaas II. Net als de laatste tsaar, wiens macht berustte op een allesverstikkend terreursysteem met privileges en sprookjesachtige weelde voor de adel, weigerde ook Gorbatsjov in eerste instantie koppig werkelijk de bijl te zetten in het stelsel dat zeventig jaar lang een uitverkoren leven voor de partijbovenlaag had veiliggesteld, de communistische adel, die net zo makkelijk voor eigen gebruik vliegtuigen kon charteren, ondergeschikten dwong tot seks en in hun staatsverblijven leefde met personeel, als voorheen de grootvorsten in hun paleizen.

'*Waarde kameraden! Geachte buitenlandse gasten!*' had Gorbatsjov in 1987 met een uitvoerige rede in het Congrespaleis in het Kremlin zijn openheid ingezet. '*Zeven decennia scheiden ons van de onvergetelijke dagen van oktober 1917, van die legendarische dagen die het vertrekpunt vormden van een nieuw tijdperk van menselijke vooruitgang en de ware geschiedenis van de mens-*

heid. Oktober is voor de mensheid waarachtig het uur van haar genie en haar stralende dageraad.' Onder zijn gehoor waren beulen en dictators als Honecker, Castro, Ortega en Ceauşescu. Tot hun stomme verbazing en schrik was de Sovjetleider ineens begonnen over de misdaden van Stalin. *'Vele duizenden partijleden alsook mensen die geen lid van de partij waren, werden op grote schaal aan onderdrukking blootgesteld. Dat, kameraden, is de bittere waarheid. De schuld van Stalin en zijn naaste medewerkers aan de massale onderdrukking en wetteloosheid ten aanzien van de partij en het volk is reusachtig en onvergeeflijk...'*

Maar Lenin, de schoft met wie het allemaal was begonnen, de massamoordenaar die in telegrammen opriep meer professoren neer te schieten, een van mensenhaat en wrok vervulde psychopaat, wiens mummie op het moment dat ik dit schrijf nog steeds gebalsemd voor de eeuwigheid in zijn glazen sarcofaag in het mausoleum op het Rode Plein ligt, liet Gorbatsjov ongemoeid, voerde hij zelfs op als nog altijd de grootste heilige inspiratiebron. *'Noch de grootste fouten, noch de afwijkingen van de socialistische principes die zijn begaan, kunnen ons volk en ons land van het pad voeren dat zij in 1917 zijn ingeslagen (...) Wij zijn op weg naar een nieuwe wereld, de wereld van het communisme. Van die koers zullen wij nooit afwijken...'*

Intussen kon je op straat al voor zes pakjes kauwgom een in brons gegoten beeldje van Lenin scoren. Het land, officieel nog steeds op weg naar het communisme, was een bordeel, ook in letterlijke zin. Meisjes en jonge vrouwen gingen voor een paar panty's massaal plat. Ik werd benaderd door louche figuren. Soms voelde ik me zelf een louche figuur, zoals bij mijn handel in theaterkaartjes. Iedereen wilde naar het Bolsjoj-theater in Moskou, naar het Kirov in Leningrad, om een voorstelling van *Het Zwanenmeer*, *De Notenkraker* of *Giselle* bij te wonen. Het tsaristische praalgoud was onder de communisten nooit verdwenen; dat wat door de nazi's in de Tweede Wereldoorlog was verwoest was juist fluks in volle glorie hersteld. In Moskou en Leningrad woedde er een permanente slag om de theaterkaart. In roebels waren deze spotgoedkoop, alleen: de tickets waren nergens te krijgen. Een miniem deel werd achtergehouden voor het gewone volk. Intussen speelden corrupte theatercaissières gemene zaak met zwarthandelaren. Het merendeel ging naar de staatsorganisatie Intourist die de kaartjes voor harde valuta aan buitenlanders verkocht. Een toegangsbiljet dat officieel bij de kassa (omgerekend) nog geen twintig dollarcent kostte, ging zomaar voor tachtig dollar van de hand.

Fopmans had me in de kunst van het oplichten van toeristen geïntroduceerd. Als rechtvaardiging voerde hij onze absurd lage beloning vanuit Nederland aan. Al snel knoopte ik net als hij contacten aan met de theatercaissières. Ik nam ze soms mee naar een restaurant, legde ze op alle mogelijke manieren in de watten, waarna ze meestal met lijstjes kwamen van zaken die ze node behoefden: nagellak, oogschaduw, lippenstift, Franse parfum, benodigdheden voor vrouwenhygiene, dessous, onderbroeken voor hun man of vriend, sokken, een stuk eetbare kaas, medicijnen, de eeuwige nylonkousen, digitale horloges, soms een paar modieuze schoenen en andere zaken. Voor de banaliteit ervan schaamde ik me onveranderlijk. In ruil verkochten ze mij kaartjes in roebels die ik in mijn hotelkamer voorzag van een stempeltje met: PAID IN FOREIGN CURRENCY, waarbij ik de prijs in dollars kon laten variëren. De reisgezelschappen liet ik meteen al op de dag van aankomst weten dat – gezien de chaotische toestand in het land – een bezoek aan het theater helaas vrijwel uitgesloten was; een tombola, maar dat ik het vanzelfsprekend zou proberen. Maar dat kon toch niet waar zijn? Nu ze hier waren wilden ze beslist naar de schouwburg! Ik begreep het, ik begreep het, en herhaalde dat ik mijn uiterste best zou doen. Wanneer ze me een dag later vroegen hoe het inmiddels met de kaartjes was gesteld, haalde ik gekweld mijn schouders op, mompelend dat ik het uiterst somber inzag. Zo dreef ik de spanning op, totdat de bevrijdende tijding kwam ('Lieve mensen, ik geloof het bijna zelf niet, maar ik heb voor *Het Zwanenmeer* vanavond in het Bolsjoj-theater veertig kaartjes!') en er in de bus of in de ontbijtzaal een gejuich opsteeg, een applaus, waarbij ik figuurlijk werd gejonast. Op een avond verdiende ik, met aftrek van kosten, soms duizend dollar.

Overal in het land werd intussen gediscussieerd, midden op de ijskoude straat, in de metro, in fabriekshallen, onder het naargeestige tl-licht van overheidskantoren, in bioscoopzalen en theaters. Iedere dag waren er nieuwe onthullingen, nieuwe feiten, nieuwe geruchten. Sommige krantjes greep men elkaar nerveus uit de handen, zodra de ander klaar was met de lectuur. Van *Ogonjok*, Vuurtje, sloeg ik geen nummer over. Na mijn overstap naar de rechtenfaculteit had ik in Amsterdam het Russisch mijn gehele studententijd door onderhouden door twee keer per week een uur te converseren met meneer Pantelejev, een na de Hongaarse opstand in 1956 naar Nederland gevluchte Rus. Met sprongen ging het nu vooruit. Ik was me er zeer wel van bewust hoe diep ik was gezakt, maar ondanks het voortdurende gereis, het geregel, het gesjacher, de gerichtheid op geld verdienen bleef ik een soort intellectueel.

De cloaca van de geschiedenis die door de pers was blootgelegd bracht niet alleen dagelijks vers vuil naar buiten over de onderdrukking onder Stalin, de moordpartijen, de strafkampen, waardoor de lucht in het land dikker werd, zwaarder, terwijl iedereen juist snakte naar meer zuurstof, ook werd er volop gesproken over het heden, debatteerde men met verheven stemmen, gebalde vuisten en kinnen in de lucht over de toekomst. Als ik weer eens voor een paar weken terug was in Moskou, terwijl Fopmans elders in de onmetelijke USSR rondzwierf, stapte ik regelmatig de van sigarettenrook vergeven zaal van Dom Kino binnen. Het vakbondshuis der

Sovjetfilmmakers, niet ver van het plein met het standbeeld van Majakovski, was een van de nesten waar de revolutie in het land zich voltrok. Het was een kolking van politici in de dop, studenten, intellectuelen, kunstenaars, eenvoudige huismoeders met handtassen op schoot, arbeiders die er ook uitzagen als arbeiders, met geschaafde handen, in vettige jasjes, met afgematte staarachtige ogen, vrijgelaten gevangenen uit strafkampen, provocateurs en stille agenten van de KGB. Voor het eerst zag ik er op een zaterdagochtend Andrej Sacharov, Nobelprijswinnaar en vader van de waterstofbom, een oude witgrijze vogel met een grote bril in een slordig grijs pak die twee jaar daarvoor was vrijgelaten uit zijn ballingschap in Gorki; het huidige Niznji Novgorod aan de Wolga. Als een somnambulante tsaar van het geweten, af en toe wegduttend, resideerde hij meestal aan de zijkant van het auditorium over de redevoeringen die er werden gegeven. Het ging er voortdurend over de noodzaak van verdere hervormingen, zowel in de landbouw als in de industrie, meer inspraak binnen de nog altijd almachtige Communistische Partij. Van de helft begreep ik doorgaans niets. Men debatteerde over concrete wetsvoorstellen, over procedures, over personen van wie ik nog nooit had gehoord. In de jaren voor en na de Revolutie van 1917 was het er, in zaaltjes, bij geheime bijeenkomsten, uiteindelijk in fabriekshallen, bioscoopzalen en theaters op dezelfde chaotische wijze aan toegegaan.

De revolutie had een merkwaardige aantrekkingskracht op jonge meisjes. Russinnen van mijn leeftijd en jonger dan ik, dikwijls gekleed in dezelfde jurkjes, overgooiers en truien als die mijn moeder droeg op de foto's uit haar jeugd, keken vanonder hun wimpers als baldakijnen met bewonderende blikken verwachtingsvol op naar de stoet mannen en vrouwen die op het podium aan- en afdraafden. De gruwelen van de Stalinjaren kwamen naar buiten, in gedichten, in verhalen, in getuigenissen van slachtoffers, met het oplezen van documenten en lijsten van slachtoffers die pas uit de deels geopende archieven waren opgediept. Met open mond, zuigend aan hun sigaret, luisterde men in stilte, de klapstoeltjes stoffig en piepend onder hun billen, de emoties van wisselende afschuw op de gezichten, naar de verhalen hoe mensen – mannen, vrouwen, militairen, ambtenaren, leraren, arbeiders en anderen – door de Sovjet-Gestapo's uit hun huizen waren meegenomen, de familie schreeuwend of verstomd van ontzetting en angst achterlatend, en vaak een uur later al (na het noteren van de naam, de geboortedatum, soms werden ze voor de administratie ook nog even gewogen) van achteren een nekschot kregen, en met hun lotgenoten die kort ervoor of kort erna hetzelfde hadden ondergaan, in een vrachtwagen als boomstammetjes werden opgestapeld, waarna ze door de nachtelijke straten met aan weerszijden huizen waar mensen al lagen te slapen, nog theedronken in de keuken, een boek lazen, suffend bij de radio zaten of de liefde bedreven, in een ronkende dieselwalm naar een plek buiten de stad werden gebracht en daar in een reeds gegraven greppel verdwenen, met de aarde erover van het seizoen; dikwijls werden ze eerst gecremeerd, in ondergrondse ovens, lang voor Auschwitz, waarna de as in kuilen werd gestort, aangestampt en met een laag asfalt bedekt. Een vrouw van zeventig – een overlevende van de goelag – schetste de Jeroen Bosch-achtige taferelen uit een Siberisch vrouwenkamp, waar meisjes naakt voor het plezier van de bewakers over de sneeuw of door de modder moesten kruipen. Een andere – een man met een professorengezicht – verhaalde hoe hij op een dag, als jongeman, in het Verre Oosten op een schip was gezet, met honderden andere mannen, een schip vol witte slaven, op weg naar de kolenmijnen in het hoge noorden, hoe een kwart – vrijwel zonder voedsel, in vodden – van de kou en de difterie was gecrepeerd, hoe het gros al spoedig was veranderd in een kluwen van spartelend vlees, zwetend, stinkend, bloedend, elkaar naar het leven staand om te overleven, grommend, krabbend en bijtend als beesten, maar hoe anderen juist de kalmte wisten te bewaren, hun rust, hun menselijkheid. Ook vertelde hij wat ik later in verschillende varianten vaker zou horen en lezen: hoe bewakers, dik ingepakt in bont, gevangenen bij min veertig ter vermaak of als represaille voor het overtreden van een verbod naakt aan een paal vastbonden, deze bespoten met water waarna ze al snel veranderden in gigantische ijspegels, witte doorschijnende brokken barnsteen, niet met een vliegje, een tor of een kever erin die miljoenen jaren geleden in het hars was gestold, maar met een mens, die kort ervoor nog had geademd, geschreeuwd.

Het werd allemaal verteld, daar in het huis der cinematografen.

Op een ochtend bevond ik mij helemaal achter in de zaal, waar zeker achthonderd man dicht opeengepakt zaten, luisterend naar een vrouw die met een schonkige gang het podium had betreden. Ze had het figuur van een olympische kogelstootster, in een vormloze mosgroene jurk, kort haar dat eerder gelig was dan blond, boven een opvallend bleek vollemaansgezicht, en hield met haar mannelijke motoriek en krachtige stem het publiek vanaf het moment dat ze was begonnen te oreren volledig in haar ban. Ze sprak over de noodzaak van verdere, diepgaande hervormingen, van zowel de politiek, de economie als de maatschappelijke structuren, maar benadrukte dat de Sovjet-Unie een rijk was van verschillende volkeren; er was reeds geweld in Nagorno-Karabach tussen Azerbeidzjan en Armenië uitgebroken, er waren reeds doden gevallen. De gevaren van rassenhaat, van het oprukken van de pest van het nationalisme en zelfs een grote oorlog lagen op de loer.

Plots brak er voor in de zaal rumoer uit.

'Hou je kop, nepjodin!' werd er door een vent geroepen.

Een groepje mannen op klapstoeltjes rechts van het podium was onder het uitstoten van kreten overeind gekomen. Ze ontvouwden een banier en bestormden ermee het podium; de achterste verstapte zich op het toneeltrapje en struikelde. Op het spandoek stonden de presidenten van Israël en de Verenigde Staten met reusachtige neuzen afgebeeld, gokken als kromme augurken, in een regen van dollartekens.

Een Rus in een zwartleren jasje met een zwart T-shirt eronder, wiens eveneens zwarte schoenen glommen als zwarte zegelringen, begon te schreeuwen dat deze hele bijeenkomst een Jodentroep was. Dat de vrijmetselaars en de Jidden het land naar de afgrond wilden voeren, uit waren op de vernietiging van de USSR, dat een zionistische kliek de Russen wilde uitleveren aan de Amerikanen, aan de kapitalisten, om van het land een grondstoffenkolonie te maken... Waarna ze...

'Burgers! Burgers!' De vrouw op het podium leek door het pandemonium dat was ontstaan nauwelijks aangedaan. 'Burgers! Laten we hier op een beschaafde manier met elkaar spreken...'

Maar de kerel in het zwart riep terug: 'Beschaafd? Jullie willen de hele boel hier ten grave dragen. Beschaafd? Gaan jullie maar door, met jullie beschaving! Op een dag tref ik jullie voor het vuurpeloton!'

De zaal bleef roerloos; uiteindelijk werden de oproerkraaiers door drie donkere pakken afgevoerd. Dit was democratie, ging de vrouw op het podium orerend verder. Zolang de orde in de zaal maar niet werd verstoord, mocht iedereen hier zeggen wat hij dacht en voelde.

'Gaat u door, Galina!' Een vrouw met een knalrood hoofd op een van de voorste rijen was opgestaan. 'We hangen aan uw lippen!'

'Dank, burgers... Waar was ik gebleven? Wel, als we het hebben over de nationalistische gevaren die ons nu bedreigen...'

Ik had in die dagen altijd een geur van eau de toilette en

zeep om me heen, nog steeds trouwens: een van mijn kleine wraaknemingen op dit bestaan. Hoewel niet onervaren was ik ongelofelijk verlegen. Maar in het vuur van deze bijeenkomsten, op de hete lucht als het ware van de naderende revolte, dreven meisjes als libellen op me af, waarna ik door hen werd meegevoerd naar studentenhokken op de Leninheuvels, naar kamertjes in nauwelijks nog voor de geest te halen buitenwijken.

Bij onrust in een land floreert de seks.

Na mijn ontmoeting met Fopmans was ik anderhalf jaar voortdurend onderweg, tussen mijn verblijven in Moskou door.

Zeven keer maakte ik de Grote Sovjet-Unie-reis, een onderneming van drie weken die begon in Leningrad en met het vliegtuig verderging naar Kiev, Simferopol op de Krim, Tbilisi, Tasjkent, Samarkand, Boechara en Irkoetsk, vanwaar met de trein via Novosibirsk weer westwaarts naar Moskou werd gereden. Het deelnemersaantal bedroeg nooit meer dan een man of twaalf, altijd was er een meisje of vrouw als gids bij van Intourist. In wezen hoefde ik bijna niets te doen, anders dan de boel een beetje regelen en vooral converseren met de toeristen, doorgaans interessante, geïnteresseerde, vriendelijke mensen. Sommigen hadden specifieke wensen, zoals een echtpaar uit Overijssel met een Poolse achternaam dat met alle geweld de synagoge wilde bezoeken in Boechara, een stad die met zijn minaretten, azuurblauwe mozaïeken en deprimerende Brezjnev-bouw als een eclectische fata morgana oprees in de door de verblindende zon helwitte woestijn, een onderneming die in 1989 door de autoriteiten met argusogen werd gevolgd. Ik sprak er drie Joodse jongetjes van tien met donkere hertenogen in intens bleke gezichten die ervan droomden te emigreren naar Israël, omdat ze daar straffeloos mochten schieten op Arabieren. Grijnzend, met felle gebaren in de lucht, haalden de scholieren imaginair de trekker over van hun machinegeweren op een passerende auto. Die avond lag ik op mijn bloedhete hotelkamer, met buiten het gejengel van een muezzin, geplaagd door een zwerm strontvliegen, bij te komen van een vreselijke buikloop, toen er op de deur werd geklopt. Zodra ik had opengedaan liepen drie Oezbeken, gekleed in smoezelige groenlinnen pakken, me letterlijk bijna omver. Het antisemitische virus dat woedde in de hoofdstad, gevoed door krantjes, politici en volksbewegingen die uit het niets leken te zijn ontstaan, maar die feitelijk voortborduurden op de eeuwenoude tsaristische traditie, was ook hierheen overgewaaid.

'Wat heeft u daar vanmiddag bij die Joden gedaan?' De oudste van het stel, een veertiger met de tronie van een schurk uit een Sovjetfilm, Russisch sprekend met een zwaar Midden-Aziatisch accent, blikte me met een mond vol gouden tanden dreigend aan.

'Niets, helemaal niets, ik was er zuiver als toerist.'

'Papieren!' De Oezbeek bladerde haastig door mijn paspoort, en riep: 'Wat is dit? Je bent een Israëlische spion!'

'U vergist zich.'

'Denk je dat ik achterlijk ben? Ik kom net terug van een dienstreis uit Moskou. Israël heeft daar geen consulaat. Maar wie geeft de Joden hun uitreisvisa? De Nederlanders. Jullie daar zijn allemaal spionnen!'

In deze ellendige kamer vol gonzende vliegen, terwijl mijn maag opspeelde, werd ik door twee kerels bij mijn armen vastgegrepen. Mijn waarnemende geest hing inmiddels ergens aan het plafond en ik staarde naar beneden, als naar een slechte vaudevillevoorstelling. De oudste trok mijn broek en onderbroek naar beneden, waarna hij met een sidderende vinger op mijn geslacht wees.

'Dacht ik het niet? Een smerige smous!'

Ik was als baby besneden, puur voor de hygiëne.

‘Neuk je moeder! Als we je maar niet meer zien, daar bij die synagoge! Anders zetten we je meteen op transport!’

En ze verdwenen weer, de drie Daltons, mij met mijn broek en onderbroek op mijn enkels ontredderd achterlatend.

Reisverhalen zijn doorgaans stomvervelend, ik zal u er hier dan ook niet verder mee belasten. Toch zal ik nooit die dag vergeten in april 1989 dat ik om vier uur ’s middags op het vliegveld van Tbilisi was geland. Op Simferopol had ik met mijn groep negen uur moeten wachten; steeds werd de vlucht door Aeroflot uitgesteld, zonder dat we van de reden op de hoogte werden gesteld. In de krappe wachtruimte waren de stank, het kabaal en de zweetlucht nauwelijks te harden. Passagiers voor de eerstvolgende vlucht naar Moskou draalden heen en weer, lagen op bankjes of simpelweg op de grond met manden levend pluimvee, emmers augurken in het zuur, manden vol appels, peren, ritsen uien en knoflook, aardappelen en andere levensmiddelen die ze in het vliegtuig als handbagage meenamen om in de hoofdstad te verpatsen. Voor de prijs van drie braadkippen kocht je een ticket. Mijn toeristen begonnen stilaan hun ongenoegen jegens mij te ventileren, terwijl ze wisten dat ik er niets aan kon doen. Sommigen begonnen al te mompelen over compensatie. Aardige mensen bleken te kunnen omslaan in onuitstaanbare klootzakken. Even was er sprake van dat we naar Kiev of naar Moskou zouden worden teruggestuurd. Uiteindelijk waren we als menselijk vee een Antonov-propellervliegtuigje in geduwd, met opluchting op de gezichten van het grondpersoneel. Toen we boven de machtige besneeuwde bergtoppen van de Kaukasus vlogen – het voortdurende lawaai van de stokoude en rammelende vliegkist was oorverdovend – liet de zon deze in zilver en vloeibaar goud blikkeren.

Het was mijn vierde bezoek aan Georgië. Ik kende er inmiddels aardig wat mensen, had er zelfs een korte flirt gehad met een serveerstertje, tussen de bedwelmende perzikgeuren van de botanische tuin boven op de berg die uitkeek over het oude Tiflis met zijn orthodoxe kerkkoepels, minaretten en synagoge met fonkelend dak. Ik verheugde me op het buitenterras van Hotel Iveria, op het einde van de centrale Roestaveli-boulevard, voorbij het operagebouw, waar de geslaagde lokale mannen, modieus, en de meesten in het zwart gekleed, avondenlang tussen snaarmuzikanten zaten te dineren, de Sovjetchampagnekurken zo hard mogelijk lieten knallen, zongen, terwijl obers telkens nieuwe gerechten kwamen aandragen, als toneelknechten rekwisieten, alsook stenen kruiken witte en rode wijn, die ze vulden door deze simpelweg plonzend onder te dompelen in de eikenhouten vaten die pittoresk tegen een muur met druivenwingerd stonden opgesteld. In Moskou was zelfs de meest beroerde worst, een piepkuiken of een sinaasappel een zeldzaamheid geworden. Ook als je geld had was er zonder de juiste connecties vrijwel niet aan te komen. Hier leek de overvloed te heersen – schalen met citrusfruit sierden de tafels, samen met vers uit de oven gehaald kaasbrood, de *chatsjapoeri*, spinazie met knoflook en granaatappelpitjes, gekookte kip in notensaus, sjasliek, verse aubergines: het water liep me al in de mond.

Maar zodra we waren geland, met een motorengeloei, een geschuur van remmen en een trillen als zaten we in een aftandse kermismolen, bleek er iets aan de hand. We moesten blijven zitten; ook het cabinepersoneel mocht niet naar buiten. Na een halfuur speelden het gezeur en het geklaag dat ik op de luchthaven van Simferopol had moeten aanhoren weer op. Wat was dit voor beroerde organisatie? Als ontbijt kregen we mineraalwater in een gifgroen plastic bekertje, dat smaakte naar ijzer. De lucht in de Antonov werd snel dikker; liet iemand heimelijk een wind, dan bleef de stank langdurig hangen. Zij die rookten begonnen te roken, de stewardessen en piloten die naar voren waren gekomen incluis. Met mijn vingers veegde ik een rondje op het beslagen raampje naast me; turend langs de vleugel met de propellers ontwaarde ik op het betonnen terrein een drukte van belang. Drie helikopters kwamen aanvliegen. Terwijl de wentelwieken bleven draaien, stapten soldaten in wapperende groene plunje, met oer-Slavische gelaatstrekken uit en verdwenen meteen uit zicht. Legerjeeps reden af en aan; een monstrueus vrachtvliegtuig landde. Via de achterklep die als die van een veerboot tot op de grond was neergelaten kwamen eveneens militairen naar beneden, gevolgd door pantserwagens. Pas na anderhalf uur mochten we naar buiten. Maar anders dan het programma beloofde, werden we met de Icarus-bus niet vervoerd naar Hotel Iveria midden in de oude binnenstad, langs de stenen kameelbulten van de badhuizen met zwavelhoudend bronwater uit de zeventiende eeuw, maar naar een sanatorium uit de jaren zeventig drie kwartier rijden verderop, hooggelegen in de bergen, met uitzicht op een middeleeuws kerkje in de verte. Aan de muur bij de ingang hingen portretten van Lenin, Marx en Engels, met de volgende leuze: *Onder het vaandel van het marxisme-leninisme, voorwaarts naar een lichtende toekomst!* Er waren kamers voor ons gereedgemaakt. Op de spartaanse gang was echter maar één gemeenschappelijke wasruimte met zeven douchekoppen; het papier in de wc's bestond uit in stroken gescheurde stukken *Pravda*. De witstalen bedden op de kamertjes als pijpenlaatjes leken op die uit een ziekenhuis. Aan de met grove groene verf gesausde muren hingen foto's van lachend medisch personeel, mannen en vrouwen, met papieren mutsen op hun hoofd, de meesten met een zware bril, met daaronder een lijst van 'procedures' die men in deze instelling geheel gratis kon laten uitvoeren: het meten van de bloeddruk, eelt laten verwijderen van handen en voeten, correctie van ruggenwervels, het nemen van zuurstofcocktails, massages en medicinale warme baden, het onbeperkt reinigen van het gestel met Georgische groene thee, wandelen in het park ('nergens is de lucht zo zuiver als in de Kaukasus – de lucht hier is zo heerlijk dat je die op je brood kunt smeren!') en ook was er een soort wondermodder, die lokaal uit de grond omhoogkwam en met speciale Oost-Duitse tampons zowel rectaal als vaginaal kon worden ingebracht om de vorming van inwendige gezwellen te voorkomen (*profilaktika*) dan wel reeds ontstane afwijkingen te behandelen. Ik kreeg de indruk dat het gebouw in allerijl voor onze komst was ontruimd, wat ook het geval bleek: het was een sanatorium voor arbeiders en hun gezinnen uit de mijnstad Norilsk boven de poolcirkel.

In een eetzaal als een kantine, met aan de wand een mozaïek van steentjes waarop een staalarbeider en een fabrieksmeisje elkaar kusten, kregen we een lichte maaltijd van puree en bleke worstjes, die niets met de even verfijnde als heerlijke Georgische keuken van doen had. Het was vrijwel oneetbaar en wederom klonk er mompelend geklaag in mijn richting. Een professor in de sociologie, een vijftiger en prominent bewoner van onze hoofdstad, nam me apart toen ik naar de wc ging. Hij sprak als afgezant van vrijwel de gehele groep. 'Na die halve dag wachten op de Krim beginnen we er stilaan genoeg van te krijgen. Dit is geen hotel, maar een soort hospitaal! Volgens het programma zouden we vanavond een rondrit maken door de binnenstad van Tbilisi. En daarna buiten dineren op het dakterras van ons hotel. Wat is dit voor een organisatie?'

Ik vertelde de hoogleraar, die begin jaren tachtig een belangrijke rol had gespeeld in de zogeheten Vredesbeweging, dat het mij speet, dat ik probeerde opheldering te krijgen en hoopte dat alles zo spoedig mogelijk alsnog zou worden geregeld. Drie vrouwen uit de groep, zusters, boerendochters uit Oost-Brabant die de loterij hadden gewonnen en hadden besloten het geld gezamenlijk op te maken met verre exotische reizen, waren juist lyrisch. Na de maaltijd hadden ze zich vol verve overgegeven aan het medische programma. Ze lieten mannelijke masseurs opdraven, met snorren als van variétéartiesten, namen een sauna, liepen in absurd wijde badjassen met bakvisachtige bravoure rond op het buitenterras, waar het al kil was en schemerdonker, terwijl de rest van de groep mokkend in een recreatiezaaltje bijeenzat, lezend, een partijtje schaak spelend, of naar de ascetische kamertjes was afgedropen om vroeg te gaan slapen. De lokale gids, een meisje van een aangrijpende, bijna Bijbelse schoonheid dat ons vanaf het vliegveld in de bus naar het sanatorium had begeleid, zweeg als het graf. Was het hotel in de binnenstad soms volgeboekt? Wat was trouwens het programma voor morgen? Haar lippen trilden, alsof ze iets wilde zeggen, maar zich snel bedacht. Morgen om negen uur, sprak ze toen met stokkende aarzeling, zou ze in de hal staan en mij verdere informatie geven.

Omdat de sociologieprofessor had laten weten dat hij overwoog om namens de groep een claim in te dienen vanwege gederfd reisgenot, probeerde ik koortsachtig Fopmans in Moskou te bereiken. Rechtstreeks bellen lukte niet. Via een operateur vroeg ik een gesprek aan; na drie kwartier pas werd de verbinding gelegd.

'Hoe gaat het daar?' begon Fopmans opgewekt.

Ik vertelde wat er aan de hand was.

'Kalm blijven... Ik verwachtte al een telefoontje van je. Het schijnt daar in het centrum van Tbilisi op dit moment een puinhoop te zijn, een vreselijk zootje... Wat er precies aan de hand is weet ik niet. Maar de binnenstad zou zijn bezet. Waar zit je nu?'

Ik vertelde het.

'Compensatie? Laat die vent lullen. En vertel ze niets. Intourist heeft te allen tijde het recht om het reisprogramma aan te passen... Dat staat ook in de reisvoorwaarden, maak je niet druk... Maar wat daar gaande is bevalt me niet. Heb je trouwens Timoer al gebeld?'

Verrek, helemaal vergeten. Timoer was een Georgische student geschiedenis, een vriend van Fopmans die facultatieve excursies voor ons regelde, waarvan we de opbrengst fifty-fifty deelden. Ik had zes maagdelijke videobanden voor hem meegenomen. Betamax, goud hier.

'Bel zo snel mogelijk Timoer! Hier loopt alles gesmeerd, maar we moeten binnenkort eens praten over de toekomst. Of wil je je leven lang loonslaaf blijven? Ik ben trouwens verliefd, vriend... Donker, tenger, achttien; *frisch vom Gymnasium*, zeiden we vroeger in Groningen. Maar een panter in bed! Nog veel succes daar, het zal wel met een sisser aflopen... Alles loopt doorgaans met een sisser af...'

Tien minuten later had ik Timoer aan de lijn. Ik meldde hem dat ik was gearriveerd en de videobanden had meegenomen. Maar hoe mercantiel hij anders ook was – de videobanden verkocht hij met droomwinsten door – ditmaal leek hij nauwelijks geïnteresseerd. Wist ik wel wat er in het land aan de gang was? De hele Roestaveli Avenue was volgestroomd, er deden de vreselijkste geruchten de ronde. 'Waar ben je? Wat moet je daar? Ja ja, dat sanatorium ken ik natuurlijk.... Het is drie kwartier rijden, maar ik kom eraan...'

Met zijn vriend, Bagrat, een beer in een leren jasje met een gemillimeterd hoofd, stond Timoer een uur later in de hal met de koppen van Lenin, Marx en Engels en de leus over de lichtende toekomst.

'Ik heb ze toch maar voor je meegebracht,' zei ik, terwijl ik Timoer een plastic tasje met de zes videobanden overhandigde.

Hij nam alles zwijgend aan, gaf het aan zijn maat, als een vorst die een presentje in ontvangst heeft genomen en het onbewogen doorspeelt aan een lakei. Timoer was nerveus. Hij liep meteen weer naar de uitgang, mompelend dat hij snel terug moest naar de stad. Hij had me opgehaald om me als westerling te laten zien wat er aan de hand was. Zelfs in Moskou wist men niet precies wat hier speelde.

Een portier in een grijs jasje, met een rond brilletje op, vloog overeind uit zijn luie stoel achter de balie, waarin hij ogenschijnlijk als een oude uil op een tak had zitten pitten, toen hij merkte dat ik er met de twee jongens vandoor wilde. Hij holde me hijgend achterna, me uiterst hoffelijk terugroepend, legde een hand op mijn schouder en hield me staande. Wat was dit nu? Zonder toestemming had ik als gast niet het recht het terrein van het sanatorium te verlaten. De veiligheid van de clientèle stond altijd voorop! Instructies van de autoriteiten. De man sprak beroerd Russisch, brouwend, de grammatica zodanig verhaspelend dat het zelfs mij opviel en bijna komisch was. Timoer draaide zich om, vuurde een paar woorden Georgisch af en de portier droop, als door een kettinghond gebeten, onmiddellijk af.

'Als we worden aangehouden, doe dan alsof je doofstom bent, een doofstomme Let.' Samen met Timoer nam ik plaats op de achterbank van de gammele, in een benzinewalm gehulde Lada. 'Op de heenweg stonden overal militairen. Voor de duivel, het lijkt wel oorlog...'

Met razende vaart denderden we de berg af; over dezelfde weg langs een ravijn waarover ik die middag met mijn toeristen in de Icarus-bus, terwijl iedereen af en toe de adem inhield, omhoog was gekropen.

Bagrat was een studievriend van Timoer, afkomstig uit Batoemi; in het mintgroene schijnsel van de maan doemde het nachtelijke landschap op, maar de duizelingwekkende dieptes leken hem niet te deren. Hij gaf vol gas, remde, gaf weer vol gas. Timoer was voortdurend aan het woord. Onze gesprekken waren voorheen voornamelijk gegaan over geld, over zijn wens ooit het Westen te bezoeken, als we weer eens wat hadden verdiend met een uitstapje met mijn toeristen naar een theeplantage, of naar een folklorevoorstelling in de openlucht, waar besnorde mannen in kaftanachtige zwarte jassen hun martiale danskunsten vertoonden met dolken en kletterende sabels. Nu sprak hij vol vuur louter over de politiek, over de toekomst van zijn vaderland. De boel was definitief gaan kantelen, er was geen houden meer aan. Met een aantal vrienden van de faculteit had hij het voortouw genomen. Sinds enige dagen was de Roestaveli volgestroomd met demonstranten die, in navolging van die in de Baltische Staten, volledige onafhankelijkheid eisten van Moskou. De decennialange knechting, de terreur, de onderdrukking van de Georgische taal en cultuur hadden lang genoeg geduurd. Wist ik wel dat er hier al druiven werden verbouwd en wijn gemaakt toen men in Europa nog in dierenvellen rondliep?

De Lada lieten we achter in een schuin omhooglopende zijstraat met fraaie huizen met veranda's. De buurt was door de weinige lantaarnpalen in het donker gehuld, met heel af en toe een geelverlicht winkeltje, niet breder dan twee deuren, waar ondanks het late uur ronde platte broden werden verkocht. De laatste vijfhonderd meter waren we gaan lopen. In Vilnius, in Riga, ook in Moskou had ik het halfjaar ervoor demonstraties gezien, veelal kleine volksoploopjes waarbij vlaggen en spandoeken tevoorschijn werden gehaald met allerhande eisen – *Weg met de dictatuur van de communisten! De waarheid over de kampen! Lang leve de vrijheid!* – waaraan doorgaans snel en efficiënt een eind werd gemaakt door agenten of veiligheidsmensen in burger. Toen we echter het centrum naderden kreeg ik de indruk dat we een menselijke bijenkorf binnengingen, een kolking van geluid, van beweging, van muziek en geschreeuw. Een oceaan van mensen had de Roestaveli overspoeld. Op de trappen van het regeringsgebouw, met zijn strenge architectuur, lagen mannen, vrouwen, jongeren en ook kinderen half in dekens gehuld, zich opmakend voor de nacht. Timoer had me op het hart gedrukt liever geen Russisch te spreken; als een doofstomme begaf ik me door de menigte. Her en der walmden etensgeuren; er werd soep verwarmd op vuurtjes. De ronde broden die ik eerder had gezien gingen, met stukken tomaat en braadvlees ertussen, van hand tot hand. Niemand dronk, anders dan thee en water. Acht jaar eerder had ik de euforische mensenmassa in Amsterdam meegemaakt op het Museumplein, nadat ze in processie door de stad waren gemarcheerd tegen de plaatsing van kruisraketten. Anders dan over het vrijblijvende protestvertoon destijds hing boven de kakofonie hier onmiskenbaar een odium van naderend gevaar en onheil. De demonstratie was zichtbaar al lange tijd bezig, de afmatting droop sommigen uit de holle ogen. Er broeide een opstand. Bagrat was meteen opgegaan in het gewoel. Ik volgde de kleine gestalte van Timoer, die zich begaf naar een groepje medestudenten, zwaaiend met vlaggen. Hij werd door hen als een held begroet. Even verderop stonden drie meisjes vol geestdrift viool te spelen. Een geestelijke in een zwart habijt schreed uiterst langzaam voort, waarbij de menigte eerbiedig voor hem uiteenging. Met zijn cascade van dichte strengen bronskleurig haar, leek zijn baard op die van de Griekse god Zeus. Hij hield de mensen een zilveren kruis met ingelegde edelstenen voor dat iedereen mocht kussen. Na enige tijd was ik ook Timoer uit het oog verloren. Op de heenweg had ik pantserwagens gezien. Pas na enige tijd had ik door dat een heel leger van ordetroepen de demonstranten vanaf een verhoging stoïcijns stond te beloeren. Ik worstelde me een paar honderd meter naar voren, ontwaarde Timoer nergens meer en worstelde me terug. Plots was ik niet langer een doofstom waarnemend oog. Ik werd me bewust van mijn fysiek en raakte overmand door kille paniek.

Toen ik de volgende morgen om zes uur door Timoer werd wakker gebeld moest ik even nadenken alvorens ik wist hoe ik de avond ervoor naar mijn sanatorium was teruggekomen. De bakelieten telefoon op mijn nachtkastje had me bruut uit een droom weggerukt.

Een kale Abchaziër, tegen wie ik in een stinkend steegje dat was omgetoverd tot openbare latrine was aangelopen nadat ik me van de menigte op de Roestaveli had laten wegdrijven, had me voor vijftig dollar naar het sanatorium gebracht en erop gestaan dat ik in de lobby met hem een half flesje cognac soldaat maakte, wat ik niet had durven weigeren. De portier in zijn grijze jasje hing nog steeds half duttend in zijn stoel achter de balie, maar was af en toe opgestaan om zijn koffiekopje met drank te laten vullen, terwijl hij en mijn chauffeur de onrust in de stad kenschetsten als de misdaad van een stel idioten.

'Waar ben je?' vroeg Timoer met een paniekstem.

'Terug in mijn sanatorium,' mompelde ik

'Ik heb je overal lopen zoeken... O, het is vreselijk, vreselijk... De schoften! De vuile smerige schoften! Vanaf nu is het oorlog!'

Een paar uur nadat ik was vertrokken, zo begreep ik uit zijn woorden, waarbij hij af en toe zichzelf onderbrak en in het Georgisch begon te ratelen tegen iemand anders – op de achtergrond klonk rumoer en zelfs geschreeuw –, om precies te zijn om kwart voor vier in de ochtend, was het Rode Leger alsnog in actie gekomen om de Roestaveli te ontruimen. Toen de pantserwagens al ronkend in dieseldampen over het asfalt opstoomden, om iedereen die niet opzijsprong als onder een wals te vermorzelen, had de patriarch van de Georgische moederkerk de menigte in een allerlaatste poging een bloedbad te vermijden via een megafoon opgeroepen de boulevard te verlaten. Maar de demonstranten hadden volhard. Met knuppels, ploertendoders en vlijmscherpe putterschepjes was het leger op de weerloze mannen, vrouwen en ook op kinderen begonnen in te slaan; anderen waren bezweken aan het traangas, weer anderen werden in de stormloop die er in de paniek uitbrak platgetrapt.

Er waren tientallen doden, honderden gewonden.

Hoewel de cognac met zijn brandsmaak tot diep in mijn

hersenen zat, was ik meteen volkomen nuchter. Het is nu amper voor te stellen, zeker niet voor de enkele jonge lezer die ik heb, maar in die tijd was er geen internet, geen mobiele telefoon, terwijl de Sovjetcensuur – ondanks alle door het Kremlin in gang gezette hervormingen – als het op rampen aankwam nog volledig intact was.

Tijdens het ontbijt van pap, vette omeletten en slappe namaakkoffie in de eetzaal keek de hoogleraar sociologie me met een minachtend trekje vol ongeloof aan, nadat ik had verteld over de gruwelen die er de afgelopen nacht in de hoofdstad hadden plaatsgevonden. Een opstand? Dat kon ik mijn grootje wijsmaken. Maar een halfuur later al werden we officieel ingelicht: door 'onverwachte gebeurtenissen' in het land was het excursieprogramma door Intourist afgelast. Bovendien was er een dag van nationale rouw afgekondigd. Iedereen diende, voordat we de volgende ochtend met het vliegtuig verder zouden reizen naar Tasjkent, binnen te blijven.

'Dus we krijgen dat hele Tbilisi niet te zien?' vroeg iemand, een leraar Frans uit Sneek, ook al een voormalige vredesactivist.

'Het spijt me vreselijk, lieve mensen, maar ik vrees van niet. Al die doden en gewonden!' had ik geantwoord.

'Compensatie!' riep iemand niettemin alsnog.

Timoer is nu een succesvolle, welgestelde, om niet te zeggen: puissant rijke ondernemer. Ik kom hem af en toe in Moskou tegen, waarna hij me meteen meeneemt naar het dakterras van het Ritz Carlton aan de Tverskajastraat om te drinken. Een waterval van warmte, stijl en charme. De ministerspost die hem op een dag door de president van het inmiddels onafhankelijke Georgië werd aangeboden wees hij af. Hij koos voor het zakenbestaan. De honderden hectaren wijngaarden die hij heeft in Kachetië, het Georgische Toscane ten oosten van Tbilisi, een paradijs van landschappelijk schoon waar het leven wordt gevierd met wijn en de verering van vrouwen, met in de verte de bergen waarachter het islamitische inferno van Tsjetsjenië ligt, waar de cultus van de dood heerst, en vrouwen worden vernederd en onderdrukt, brengen de kostbaarste Kaukasische grand cru's voort van de saperavidruif. In Moskou bezit hij villadorpen, kantoorpanden, flatgebouwen; ook kan hij bogen op een onroerendgoedportefeuille in Zwitserland, waar zijn twee kinderen naar school gingen alvorens af te studeren aan Oxford en Yale. Met zijn inmiddels gezette postuur en grijze filmsterkuif staat hij bekend als een familieman van graniet, ondanks de geruchten over zijn onverwoestbare libido waarmee hij hoogblonde liefjes verzamelt bij de vleet (van over de gehele aardbol zou hij ze met zijn privéjet laten invliegen).

Maar op dat moment, op die aprilavond in het jaar 1989, toen hij in een Lada die reutelde als een koffiemolen tegen een uur of half acht over het knerpende bergweggetje bij het sanatorium waar ik verbleef met zijn vriend kwam aanrijden, was hij nog een sjacherende, straatarme student met een kippenborst en baardstoppels: scheermesjes waren bijna duurder dan juwelen. Wat ik niet wist, wat ik pas later besefte, was dat ik door hem getuige was geweest van de eerste grote opstand tegen het Sovjetgezag; de eerste werkelijke scheur in het craquelé van het schilderij van de USSR, waarna die spoedig uiteen zou vallen.

Toeval is nu eenmaal de heersende wet in dit bestaan.

VIERDE HOOFDSTUK

Moskou, 19 december 2016

*Beste J**

Hopelijk gaat alles je wel. Ik zag op Facebook dat je dit jaar toeristisch hebt rondgezworven in mijn geliefde West-Oekraïne – enfin, dan is een jaar eigenlijk al geslaagd.

Ik schrijf je even over het volgende: over een maand of tien gedenkt men in Rusland, zoals je ongetwijfeld weet, het feit dat ene Vladimir Oeljanov, alias Lenin, in de Russische stad Petrograd de macht greep en dit land voor de volgende zeventig jaar in de menselijke verbrandingsoven smeet. Nu schreef ik een aantal jaren geleden over deze ploert, over deze paranoïde tiran, sadist, moordenaar, wiens kale rotkop in de dagen dat ik studeerde in Amsterdam als posterheld de wanden sierde van de krakersholen, vaak hele balzalen die ze op de bezittende klasse (soms hun eigen ouders) hadden veroverd, een roman, of liever: een soortement schelmenroman, een satire met een duidelijk serieuze ondertoon omtrent het balsemgeheim van Lenin, bij jullie uitgegeven. O, wat was ik met mijn werk mijn tijd helaas te ver vooruit! Dat boek had natuurlijk niet drie jaar geleden, maar komend najaar moeten verschijnen. In Rusland, maar stilaan ook elders op de aardbol, is men sinds enige maanden plots weer over Lenin gaan spreken. Nu oktober 2017 nadert zit de autocratische kleptocratenkliek hier, wat betreft mogelijke herdenkingsfestiviteiten, met Lenin in zijn maag. Wat moeten ze met die vent aan?

Van de week stapte ik na een dag gelummel de straat op. Jammer dat je destijds met mij alleen maar door zomers Moskou hebt gewandeld – nu het winter is ken je de stad, met al die sneeuw, rookpluimen uit fabriekspijpen, mensen van top tot teen in bont, vrijwel niet terug. En dan moet je eens buiten de stad komen! Met de witbepoederde sparrenbomen, de ijsvissers als rustende kraaien in het golvende witte winterlandschap… Ik ben geen kunstschilder en volgens sommige lieden van de literaire pers behept met een jammerlijke kioskboekenstijl… Maar enfin… Ik wandelde naar het Gorkipark (mijn dagelijkse gangetje) en passeerde de standbeelden van Maksim Gorki (de schrijver) en Felix Dzjerzjinski (de mensendoder) waarbij het me opviel hoe fraai de verse sneeuw ook daar, als poedersuiker over een taart, als het ware met een zeef door de hand van een meesterpatissier aangebracht, zich had gemanifesteerd in de plooien van de bronzen handen, de gezichten, de kleding. Je herinnert je toch nog wel de tv-beelden uit 1991 waarin Dzjerzjinski van zijn sokkel op het Loebjankaplein voor het KGB-hoofdkwartier werd weggetakeld? Voor het oog van de wereld? Jouw en mijn geliefde Isaak Babel en andere schrijvers zijn daar, in de kerkers die door Dzjerzjinski als eerste werden ingericht, bij zijn latere opvolger Beria 'op de thee' geweest, zoals Stalin het zelfs eens met een grijnsgrimas onder zijn kakkerlakkensnor (die is van Mandelstam) eufemistisch uitdrukte: waarbij er werd ingeramd op nieren, brilletjes van gezichten werden geslagen, knoken gebroken, messen met kracht door het vlees gingen, knuppels en zwepen werden gebruikt, teilen met kokend water, de kogel was nog het beste… Enfin, ik vertel je niets nieuws…

Hij staat alweer enige jaren fier overeind, Dzjerzjinski; in een parkje vlak bij mijn huis. Afgelopen zomer hebben ze hem opgelapt; ik kwam er dagelijks langs, sprak met de arbeiders, zo maak je de geschiedenis hier in wezen aan den lijve mee.

'Wat was hij voor iemand?' vroeg ik op een ochtend een kereltje, dat met een vette lap bezig was iets op te poetsen.

'Een hele goeie vent, een echte Rus, een patriot.'

Zo gaat dat dan, in de journalistiek, je schrijft gewoon op wat de mensen zeggen, ook al is het onzin, want Dzjerzjinski was een Pool en, zoals je weet, een beul bovendien.

Wat me terugbrengt op mijn roman over Lenin, een hoogst actueel boek! Eigenlijk zou het... Gisteren was ik in het Gorkipark; er werd geschaatst op klassieke walsachtige muziek, onder lichtslingers die reeds om drie uur 's middags worden ontstoken, want om kwart over vier treedt het daadwerkelijke duister in. Gekweld door een zekere onrust stapte ik langs de bevroren rivier voort naar het Kremlin, naar de Alexandertuin, waar sinds kort een standbeeld is verrezen van Vladimir de Heilige, de vorst die in 988 in Kiev het christendom aannam, een sculptuur dat ik nog niet eerder had gezien. Het was bitterkoud; zo koud dat je eigenlijk niet wist waar je het zoeken moest; de rode kantelen van het Kremlin waren bijna door vorstnevels aan het zicht onttrokken. Vladimir de Heilige wordt nu gezien als de aartsvader van Rusland; ze hebben ook Ivan de Verschrikkelijke weer uit de kast gehaald, Stalin en wie nog meer. Het is allemaal politiek, J, zeker na de annexatie van de Krim en de oorlog in Oost-Oekraïne... Enfin, daarover zul je zelf van alles hebben gehoord, toen je van de zomer door Oekraïne rondwaarde... Ik heb dit vele jaren geleden voorspeld, ik zag het allemaal aankomen, want ik ben hier niet zomaar een passant... Weet je wat het is? Ook in Rusland loopt alles door elkaar heen; de machthebbers winkelen uit de geschiedenis zoals het hun uitkomt. Net als bij jullie in het Westen, waar de populistische en neo-populistische bewegingen zijn opgekomen, de zogeheten pest van het nationalisme, is men in Rusland nog altijd op zoek naar wat tegenwoordig 'een narratief' heet. En wat denk je? Volgens velen past Lenin als oproerkraaier, als atheïstische omvergooier van de macht, niet langer in het patriottistische neo-imperialistische, Russisch-orthodoxe narratief; zijn zijn dagen als gebalsemd lijk in het mausoleum geteld, wordt hij wellicht*

– eerder dan we denken – overeenkomstig zijn wens alsnog bij zijn moeder en zuster begraven op de begraafplaats in Petersburg waar ook een deel van mijn schoonfamilie ligt, niet ver van de graven van Toergenjev, Blok en Garsjin... Maar wie heeft er een roman geschreven omtrent de balsemperikelen van Lenin? Niet om het een of ander, J, maar zelfs internationaal sta ik daarmee alleen. Een jaar geleden, meen ik, vroeg ik jou mij de rechten terug te geven. Mijn vertrek bij jullie volgde niet na zomaar een onenigheid of een treurig misverstand, maar eerst nadat jouw broodheer mij op een gruwelijke wijze als mens, als schrijver, heeft getracht te schofferen, te vernederen, te kleineren. Met de nadruk op getracht. Enfin, je vroeg destijds voor de rechten een bedrag dat ik met dat hele boek nog niet eens heb verdiend, terwijl ik er twee jaar zware arbeid in heb zitten, volledige toewijding. Het kan toch niet zo zijn, J * – wetende tot wat voor smerigheid de mens in staat is, zowel hier in de voormalige* USSR *als elders op de aardbol – dat een gerenommeerd Nederlands uitgeefhuis het werk van een auteur in een kerker gooit, met als enige mogelijkheid tot vrijheid een absurd hoge afkoopsom?*

De mooie tijd van het jaar nadert, de dagen dat iedereen tot bezinning komt, de voorbije maanden met weemoed overziet, terugkijkt, vooruitblikt, berouw toont, genoegdoening voelt, trots, schaamte, verdriet, vreugde, in rouw verkeert wellicht. De dagen die mij persoonlijk gestolen kunnen worden, maar ik wens je alvast het allerbeste toe.

En verzoek je mijn Lenin-boek komend najaar, als het eeuwfeest van de Petrogradse putsch wordt gevierd, opnieuw uit te geven. Of om anders de rechten voor een menselijk bedrag aan mij terug te geven.

Voor een menselijk bedrag.

Niet voor dat wat lijkt op een wraakneming.

Met beste groet,

Pieter

Het antwoord dat ik vanmorgen kreeg op bovenstaande brief die ik vorige week schreef aan mijn vroegere uitgever, althans aan zijn charmante adjudant, viel me niet tegen. Vanwege de naderende feestdagen was hij in Amsterdam nogal druk. Maar als het nieuwe jaar er eenmaal was zou hij de mogelijkheid van een herdruk zeker overwegen.

Van vreugde begon ik een deuntje te fluiten uit een opera.

Intussen heeft mijn zwager al een maand of twee zijn zeilboot, inderdaad een prachtboot, de Nautilus. Het probleem is dat de investering die hij samen met zijn partner heeft gedaan pas op zijn vroegst over een maand of vijf de eerste financiële vruchten kan opleveren, als eind april het laatste drijfijs van de Neva en de monding van de Finse golf is verdwenen. Het leerprogramma voor zijn cursisten heeft hij inmiddels gereed. Hij begint bij de sextant om hen vervolgens naar de nieuwste digitale navigatietechnieken te voeren. Zijn droom is op een dag zeillessen te kunnen geven op een schip dat geheel van hem alleen is, ergens in de warme Europese wateren. Een mens moet dromen hebben. Om te kunnen leven heeft hij zijn glycerinehandeltje weer opgepakt. De vaten die hij nog in voorraad had staan ergens opgeslagen op een fabrieksterrein. De verkoop doet hij vanuit huis. Hoe hij het allemaal redt is een raadsel. Maar het sanctieregime dat het Westen, als retributie voor Ruslands annexatie van de Krim, heeft ingevoerd heeft een vreemd neveneffect: de binnenlandse productie groeit, wat een voorzichtig gunstig gevolg heeft voor mijn zwagers zakelijke activiteiten. Hij is altijd opgetogen, optimistisch, vol energie en goede moed, al heeft ook hij vorig jaar zijn vader moeten verliezen, is hij net als mijn vrouw inmiddels wees.

Een maand na de aankoop van het schip, toen ik na een reis naar uitgerekend de Krim een paar dagen in Petersburg terug was, wilde hij mij met alle geweld zijn nieuwe bezit tonen. Ik was per slot van rekening de medefinancier.

Het was droog maar guur novemberweer; een schrille wind blies onder de grijze wolken. Ik kwam terug van de broodfabriek bij ons aan de overkant, waar vanuit een raam in een zijmuur door een vrouw in een doktersjas de handelswaar wordt verkocht, toen mijn zwager belde. Ik had zin om met de warme rozijnenbroodjes even onder de wol te kruipen, maar mijn zwager hield vol en een halfuur later stond hij bij ons voor de deur. Omdat hij geen auto meer heeft – en ik evenmin – gingen we met de metro helemaal naar het noordoosten van het Vasilius-eiland, naar het haventje waar de boot voor de winter in een botenhuis zou worden gestald. Hoewel de eerste nachtvorst al was geweest lag de Nautilus nog aan een steigertje tussen andere jachten te dobberen in het loodgrijze water. Ik had de beelden op mijn netvlies van de gezegende plaatsen die ik ooit heb bezocht – de jachthavens van Menton en Nice, die in Spanje en op de Canarische eilanden waar ik enige tijd had gewoond, de blinkend witte zeilen van scheepjes die dobberden op het azuur rond de Peloponnesos. Het verschil met de omgeving hier was bijna grotesk. Een fabriekspijp stond even verderop jodiumkleurige rook uit te stoten; meeuwen cirkelden er luidkeels schreeuwend rond. Ik moest eraan denken hoe ik, een eeuwigheid terug, als twintiger voor het eerst hier aan het water had gestaan voor mijn contrabande met illegale bijbels. Op de golfjes dreef tussen de aangespoelde rotzooi een soort kroos waarvan ik me afvroeg of het niet was gemuteerd: het groen was slijmerig, bijna transparant, als van synthetische signatuur.

'Nou, wat vind je ervan?' Mijn zwager knikte trots naar het jacht, waarvan ik de lengte op een meter of zeven schatte.

Ik uitte mijn bewondering, vroeg hoelang de boot hier nog bleef liggen, met het oog op de ieder moment invallende winter.

'Het is een duiveltje, een raspaardje van polyester!' ging mijn zwager geanimeerd verder. 'Door zijn superbe tuigage en de rolkeerfok vlot en zeer wendbaar. Doorgelat grootzeil, extra Blazerzeil. Vier slaapplaatsen, volledig gereviseerde 16-pk-motor met vouwschroef. Vloeikompas, marifoon, navigatiesysteem, alles compleet! Bouwjaar 1988. Ik had hem liever een paar jaartjes jonger gehad, maar dat kwam met het budget helaas niet uit. Enfin, nog een week, dan gaat-ie lekker naar binnen...' Aleksej wees op een vervallen loods met een golfplaten dak. 'Vandaar dat ik je ook belde. We gaan nu namelijk een heerlijk eindje varen. Hoe zullen we de taken aan boord verdelen?'

Toen mijn zwager hoorde dat ik niet alleen niet zeilen kon, maar zelfs in mijn gehele leven nog nooit aan boord van een zeilboot was geweest – zeilen, skiën, hockey: het waren voor mij aberraties voor de rijken – grijnsde hij. De enigszins stompzinnige grijns van iemand die denkt dat-ie wordt belazerd, er nog niet geheel zeker van is, maar met de stand van zijn gezicht alvast een voorschot heeft genomen op de bevrijdende clou. Toen hij begreep dat ik de waarheid sprak, kon hij er niet over uit. Ik kwam toch uit het land van water? God had de aarde geschapen, en de Hollanders Holland, was hem vroeger als kind geleerd. Hoe was het in vredesnaam mogelijk dat ik onwetend was van de genoegens van het kalm ronden van een boei, het gijpen van het grootzeil, het in de gaten houden van de bakstagen, het fluks laten losschieten van een loef? Enfin, ging hij verder, terwijl hij me bij de arm nam naar de loopplank toe, dan gingen we maar even een bochtje draaien op de motor. Hij wilde me laten voelen hoe heerlijk de Nautilus de golfden kliefde, haarscherp op het water lag.

Een kwartier nadat we de Finse Golf waren op gegaan kwam er een waterig zonnetje achter de wolken tevoorschijn; de golven spatten hoog op, het vuilwitte schuim smaakte in de verte naar azijn. Ik had eenzelfde soort poncho aangetrokken als mijn zwager die ons goed droog hield. Een paar mirakels grote zeevogels vlogen eerst met ons mee. Ik had geen idee wat het waren, vroeg het Aleksej, maar door het gieren van de elementen hoorde hij me kennelijk niet. Plots was de luchtescorte verdwenen. Het water werd wat kalmer; de zon gaf warmte. Trots, als was hij kapitein van een oceaanstomer, stond Aleksej aan het stuurwiel. Hij zette koers naar het westen, in de richting van Kronstadt, en leek mijn aanwezigheid na een tijdje geheel vergeten. Met zijn volle, donkerzwarte haardos had hij fysiek weinig gemeen met zijn vader, mijn schoonvader, die zo kaal was geweest als een biljartbal. Maar ze deelden twee zaken: een vriendelijk, zachtmoedig karakter en een passie voor techniek.

Na het afronden van zijn ingenieursstudie had Aleksej lange tijd gevaren op internationale handelsschepen, wat na de val van de Sovjet-Unie in 1991 tamelijk eenvoudig was geworden. Hij was een zogeheten 'goedkope' arbeidskracht, een ex-Sovjetburger, een witte neger, had zich voor een paar duizend dollar per jaar laten monsteren door rederijen die waren gevestigd op Cyprus, Malta en op de Filipijnen, totdat hij op een dag genoeg had van de uitbuiting. Ook zijn vader en grootvader hadden gevaren: de oude Boris Nikolajevitsj, mijn vrouws lievelingsopa van vaderskant, was gedurende de oorlogsjaren kapitein geweest op de Witte Zeevloot om de zogeheten 'Moermanskkonvooien' met Amerikaanse hulpgoederen aan boord voor de Sovjets in de strijd tegen Hitler te begeleiden. En ook mijn vader, op zijn beurt, had gevaren. Niet als onderdaan van de communistische Sovjet-Unie, maar van een koninkrijk aan zee waar het kapitalisme heerste en waar hij als zeventienjarige (geschonden uit de oorlog gekomen) was gedwongen als koksmaatje het ruime sop te kiezen om zijn maatschappelijk en financieel volkomen aan de grond verkerende familie te ondersteunen. Dat was destijds zo, als je van je ouders hield en er geen geld was: dan steunde je het gezin. Een slimme, intens verlegen, lieve man, snakkend naar kennis en boeken, die derhalve nooit had kunnen doorleren.

Alleen ik, bedacht ik, terwijl een golf met een woeste klap de voorkant van de boot raakte, waarbij mijn zwager een triomfkreet slaakte van verrukking, had geen ervaring met de verlokkingen en de gevaren van de zee. Ik nam plaats op het achterdek, waar het water het minst opspatte. De contouren van Aleksej tekenden zich scherp af tegen de novemberlucht. Wat een vriendelijke, goede zwager had ik toch aan hem. Hij was bijna de enige familie die ik nog had. De rest had in een recordtijd de geest gegeven. Het hele decor van mijn jeugd was in een paar jaar tijd vrijwel volledig weggevaagd. Vloog ik naar Nederland, dan kon ik vaak meteen door naar het crematorium in Driehuis-Westerveld om weer van een kennis, een beminde of een familielid afscheid te nemen, totdat ook mijn ouders waren gestorven en ik eigenlijk het liefst zelf dood wilde. De dood is als een vlooienplaag die bezit neemt van een huis en amper te bestrijden is. Meestal gaat hij daarbij aan andere families lange tijd voorbij.

De moeder van Julia was zes jaar eerder in een Petersburgs ziekenhuis feitelijk vermoord. Op een herfstmiddag was mijn vrouw hevig ontdaan thuisgekomen. Bij mama was blaaskanker gediagnosticeerd. Ongeneeslijk. Meteen togen we met een zak geld naar het ziekenhuis, wetende dat zonder steekpenningen het doodvonnis sowieso was geveld. Bij het medisch personeel en de dokteren was echter weinig animo te bespeuren. Waarover maakten wij ons druk? De patiënt was al bijna vierenzeventig, een stokoude vrouw! De poen aanpakken deden ze natuurlijk wel. Dagelijks ging Julia haar moeder in het ziekenhuis zelfgekookt eten brengen; niettemin ging haar toestand snel achteruit. Op een ijzige februarimorgen was het gebeurd. Dezelfde middag stonden we in de Dostojevskistraat, waar een van de Petersburgse filialen der rituele diensten was gevestigd. De sneeuw lag hoog in de straten opgetast. Mensgrote ijspegels fonkelden aan de zinken dakgoten. 'Wat komen jullie doen?' Een portier met een gezwollen wodkakop keek ons vragend aan. 'De begrafenis van onze moeder regelen,' gaf mijn zwager als antwoord. 'Een kist uitzoeken. Ze is vanmorgen overleden.' 'Luxe of gewone dienst?' 'Dat weten we nog niet. We willen eerst...' 'Aansluiten bij balie 3.' De poortwachter maakte chagrijnig een zwaai naar links. 'Maar eerst jullie poten vegen! Voor de duivel, het is hier geen stationsrestauratie!' We kochten een mahoniehouten kist. Evenzeer verteerd door rouw als door twijfel, besloten mijn vrouw en haar broer tot autopsie. Hadden ze dat maar niet gedaan. De uitslag was namelijk onthutsend: van kanker bleek in het geheel geen sprake. Hoewel we de beste doktoren hadden benaderd die er waren, hun handen hadden gezalfd met roebels en dollars, was mijn schoonmoeder gestorven aan een banale verwaarloosde blaasontsteking. 'Ze hebben haar vermoord!' Julia gilde het uit. 'Ze hebben mama in dat ziekenhuis gewoon *vermoord*!' In andere delen van de wereld was er misschien de mogelijkheid geweest zich te wenden tot een medisch tuchtcollege, tot een rechter. Maar hier waren er grofweg twee opties – ofwel je schikken in het lot, ofwel opkrassen naar het buitenland.

O, wat leek niet alleen de teraardebestelling van Julia's moeder op de joodse begraafplaats buiten de stad, maar ook de crematie het jaar ervoor van haar vader in een sombere fabriekswijk in het noorden van Sint-Petersburg op een prachtige zomerdag alweer lang geleden! Ik werd weemoedig, overmand door herinneringen aan die dag waarover ik de volgende kleine notitie had gemaakt:

Na de crematie gisteren van mijn schoonvader zetten de familie, vrienden en kennissen van de overledene zich aan een tafel in de openlucht aan de 'pominki' – het traditionele begrafenismaal. De hemel boven Petersburg, die deze tijd van het jaar 's nachts amper donker wordt, was helderblauw. Er was salade, er was kip, er was vis, er was wodka. Net als op veel bladzijden van de Russische lite-

ratuur begonnen sommige mannelijke aanwezigen de spanning na de plechtigheid wel erg enthousiast weg te drinken. Zoals een bruiloft in Rusland door de drank dikwijls uitloopt op een vuistgevecht, zo zijn de verhalen over ruzie tijdens de pominki talrijk. Lees de verhalen van Tsjechov, Tolstoj en andere Russische schrijvers er maar op na.

Bij ons verliep alles kalm.

'Over Tsjechov gesproken,' begon oom Viktor tegen mijn vrouw. 'Je weet dat je moeders familie oorspronkelijk uit zijn geboortestad Taganrog afkomstig is. Voor de revolutie hadden we daar wijngaarden. We deden zaken met de vader van Tsjechov, die een kleine koopman was.'

Voor het eerst vernam mijn vrouw de details over hoe haar voorouders door Stalin naar het kamp werden gevoerd. De glazen wodkakruikjes werden leger; de stemmen luider. Toen begon iemand over mijn schoonmoeders moeder, in de jaren dertig een absolute Joodse schoonheid. Op een ochtend werd ze – 25 jaar oud – met een zwarte auto van haar werk opgehaald. Dat betekende destijds: het kamp, verkrachting door een partijbaas of een nekschot. Ze reed het KGB-hoofdkwartier in Leningrad voorbij, en werd uiteindelijk afgezet in het chique Hotel Astoria, waar een oude vriendin haar op een kamer begroette. 'Dag, ben je blij me te zien?' Ja, dat was ze. Haar vriendin was getrouwd met een Kremlinbaas en inmiddels zo wereldvreemd dat ze niet besefte wat voor doodsangsten mijn vrouws grootmoeder had uitgestaan. 'Op een dag zijn al deze verhalen verdwenen, net als onze geliefden,' snikte mijn vrouw. Ik zei, voor één keer eens een optimist, dat ik dat niet wenste te geloven. Althans, zolang er nog mensen zijn die schrijven.

Terwijl ik naar de gestalte van mijn zwager staarde, bijna onbeweeglijk aan het roer op het gegrom van zestien paardenkrachten nog steeds koers zettend naar Kronstadt, moest ik denken aan een van de laatste keren dat ik mijn schoonvader had opgezocht in zijn houten buitenhuisje. 'Weet je wat het is, jongen?' had hij me toen verteld, terwijl hij in het keukentje van de datsja, sprookjesachtig ingekapseld door de sneeuw, het deeg kneedde voor de *pelmeni* – de Russische ravioli. 'Mijn leven lang ben ik omringd geweest door leugens. Toch heb ik er altijd het beste van willen maken. Ik kon goed leren, werd ingenieur. En later partijlid. Je geloofde er niet in, sterker: je *haatte* het. Zoals je weet voer mijn vader in de oorlog op de Witte Zee, als hydrograaf en later als kapitein. Hij werd ervoor gedecoreerd. Maar iedere dag, ie-de-re dag verkeerde mijn moeder in angst dat hij op een keer niet meer zou thuiskomen. Niet vanwege de ijzige golven, maar door de repressie. Toen Stalin in 1953 overleed, rende mijn moeder naar de winkel voor een fles Sovjetchampagne. 'Eindelijk, de schoft is dood!' Als kind al had ik alles door. Maar goed, ik werd dus partijlid. Ik had per slot van rekening een vrouw, een gezin. Zo gingen de jaren voorbij. Als je jong bent is het leven zalig. Ik werd twee keer als specialist voor langere tijd uitgezonden – een keer naar Roemenië, later naar Finland. De schepen die daar voor de USSR werden gebouwd moest ik certificeren. Maar ook daar, op je buitenlandse post, werd je voortdurend in de gaten gehouden. Je moest op de ambassade steeds verplicht lezingen bijwonen. Over marxisme en dat soort onzin. Je werd uitgehoord. Door types als die president van ons nu. In Dresden was hij destijds als spion belast met exact dat soort werk: het volgen en het uithoren van mensen. Nu is hij opnieuw een gelovige, namelijk een gelovige in de leugen die hij zelf heeft gecreëerd. De leugen dat hij God is – de tsaar die ongestraft links en rechts kan stelen. En straffen uitdelen.' Nadat hij even naar de Wit-Russische gaskachel was gelopen, een moloch dat stond te knallen in 't gangetje van kromgetrokken hout, was mijn schoonvader, die het met een pensioentje van honderdzestig euro in de maand moest zien te redden, verdergegaan met vertellen. 'Maar goed, toch waren we op onze manier gelukkig. Ik kreeg een deel van mijn salaris in valuta. Een drol, maar niettemin: *harde valuta!* Zo kon ik op mijn veertigste mijn eerste auto kopen – een Wolga. Iedereen benijdde me natuurlijk. 's Zomers gingen we altijd op vakantie naar de Baltische Zee. Indertijd hadden we louter prachtzomers!'

Toen ik eind jaren tachtig mijn toekomstige schoonouders in hun krappe flatje achter het Smolny-instituut voor de eerste keer had bezocht was de oude Boris Nikolajevitsj nog in leven. De tachtigjarige held van de Witte Zee, met zijn hoofd als een kalebas en zijn grijsborstelige wenkbrauwen, woonde in bij zijn enige zoon en schoondochter, zoals destijds ook mijn grootmoeder van moederskant en mijn opa van vaderskant lange tijd bij ons thuis hadden ingewoond, een fenomeen waarom ik op het chique lyceum in Haarlem faliekant werd uitgelachen. Op zijn Tataarse pantoffels met rood borduursel schuifelde mijn vrouws lievelingsopa neuriënd door het keukentje. Plots hief hij zijn hoofd, keek me met opvallend heldere ogen aan, kneep me in de wangen en sprak tot zijn kleindochter: 'Wat zei je nu, liefje? Een Hollander? Maar het is een gezonde vent! Als hij het maar langer uithoudt dan nummer één...'

Nadat ik de gepensioneerde scheepskapitein had verteld dat ook mijn vader in de jaren vijftig had gevaren, zwol zijn bejaarde zeemansborst van trots over de keuze van zijn kleindochter tot slagschiphoogte, als in dat beroemde gedicht van Komrij. Mijn schoonvader werkte eind jaren tachtig bij het Scheepsregister in de stad, in een monumentaal pand vlak naast de Hermitage. Zijn maandsalaris was het equivalent van zes pakjes Marlboro, dan wel van anderhalve kilo surrogaatkoffie of een Poolse spijkerbroek. Ik sprong de familie een beetje bij. Mijn schoonvader volgde fanatiek de politiek. Hij was een vijftiger, de toekomst lag nog deels open voor hem. Er zou nu spoedig een einde komen aan de pest van het communisme. Hij was vol hoop. Op een mistige herfstmiddag trok hij me, direct nadat ik het flatje was binnengestapt, mee naar het flikkerende donkergroene oog van de Sovjet-tv. Gorbatsjov sprak! Slecht één keer, drie jaar later, in 1992 toen Julia en ik inmiddels in een huurflatje aan de Hollandse kust woonden, heeft mijn schoonvader ons bezocht. Het huwelijk met zijn vrouw lag toen al jammerlijk in splinters; van een bezoek van mijn schoonmoeder is het nooit gekomen.

Mijn schoonvader sprak gebrekkig Engels, mijn ouders slechts een paar woorden. We gingen bij hen eten. Toen mijn vader de Hollandse biefstukken had opgediend, de gebakken krieltjes, de schalen met twee soorten groenten – bloemkool en worteltjes – en er iets sterks tevoorschijn werd gehaald om te toosten, ik meen een fles bessenlikeur die mijn moeder nog had staan, was het ijs meteen gebroken. Twee mannen uit twee werelden, met totaal verschillende levens. Maar ze hadden beiden in hun jonge jaren gevaren. Anekdotes, door mij of Julia simultaan vertaald, vlogen over en weer. Zoals die van mijn vaders scheermessensmokkel uit Zuid-Amerika. Nooit was hij gesnapt omdat hij de contrabande verstopte in de karkassen van koeien die vervolgens werden ingevroren. De douane in Hamburg, waar het vlees aan land ging om te worden ontdooid en verwerkt, had hem nooit gesnapt. Al snel begonnen ze elkaar bij de voornaam te noemen; als twee wereldleiders die het goed met elkaar konden vinden. Binnenkort zou het niet alleen met de ideologieën op de aarde, maar ook met de naweeën daarvan voorgoed gedaan zijn. Wat waren de politici de afgelopen driekwart eeuw toch runderen geweest! We waren allemaal mensen, we waren allemaal gelijk, met dezelfde wensen. Mijn schoonvader prees de biefstuk: precies op de juiste manier gebakken, vlees van dergelijke kwaliteit had hij in zijn leven niet eerder gegeten. Mijn moeder keek, vervuld van trots en warmte, de gehele tijd dankbaar zwijgend toe. Toen er afscheid werd genomen, met accolades, had mijn vader de woorden *spasibo* voor 'dank u wel' en *do svidanija* voor 'tot ziens' inmiddels geleerd, die ook door mijn moeder – tipsy van haar halve glaasje – werden nagebrabbeld, terwijl niemand wist dat het bij deze ene ontmoeting tussen hen zou blijven. Wandelend langs het Zandvoortse strand, de volgende dag, begon mijn schoonvader te vertellen over de zeven jaar die hij als jongen in Kaliningrad had doorgebracht, in het voormalige Oost-Pruisische Königsberg. De zee hier deed hem denken aan zijn jonge jaren daar. Als kind had hij gezien hoe de Sovjets veel van de panden, die in de bijna allesverschroeiende vuurhel van het naar Berlijn oprukkende Rode Leger gespaard waren gebleven, alsnog hadden verwoest. Zoals het oude slot van de stad. Uit pure vernielzucht, haat! Toen we halverwege Noordwijk waren, stond mijn schoonvader even stil, keek me recht in de ogen en sprak plechtig: 'Jongen, ik moet met je praten. Nee, niet over mijn dochter: dat zit wel goed. Ik bedank je voor alle Rembrandts, Frans Halsen en Van Goghs die je me hebt laten zien, de grachtenpanden, de prachtige winkels. Over vijf dagen ga ik terug. Mag ik je iets bekennen? Ik heb nog wat spaargeld, overgehouden van mijn jaren destijds in Finland. Twaalfhonderd Duitse marken. Ik zou er graag een tweedehands Mercedes van kopen; daarvan heb ik mijn leven lang gedroomd. Van een Mercedes! Zou je me daarbij willen helpen?'

Zijn verdere verblijf stond in het teken van één ding: het vinden van die auto. We reisden met de trein stad en land af. Een Rus in de polders was toen nog een tamelijk exotisch fenomeen. Omdat de meeste verkopers van occasions langs de snelwegen gevestigd waren, huurden we alsnog een auto. Hoon werd overal ons deel. 'Twaalfhonderd mark? Zeg die snurker maar dat een beetje knappe turkenbak minstens het dubbele kost.' Niettemin vonden we er uiteindelijk eentje: een bruine Mercedes uit het jaar 1980. 'Dit is mijn wagen!' Toen hij hem op een veldje in het Gooi zag staan, glom mijn schoonvader als opgepoetst zilverwerk. Precies juist geprijsd. Er was evenwel één klein probleem: het was een klasse-occasion, een zeldzaam buitenkansje, maar de wagen reed niet. De koppakking was kapot. Mijn schoonvader, die vol opwinding om de automobiel heen draafde, mompelde dat hij ingenieur was. Die koppakking zou hij in Rusland wel verhelpen! Ik legde driehonderd gulden bij, voor het vervoer van de wagen naar de haven van Amsterdam, waar mijn schoonvader – hij had alles van tevoren reeds uitgestippeld – de auto kwijt kon voor transport naar Rusland. Toen de Mercedes de volgende dag aan boord werd getakeld van het vrachtschip Maksim Gorki wilde mijn schoonvader met alle geweld achter het stuur van zijn nieuwe aankoop plaatsnemen. Ik zie hem nog, in de wagen bungelend door de lucht in een gigantisch net van kettingen aan de hijskraan, zielsblij naar mij zwaaien. De koppakking wist hij inderdaad te fixen. Negen jaar lang reed mijn schoonvader trots als een pauw langs de paleizen van de weer tot Sint-Petersburg herdoopte voormalige tsarenstad, door sommige inwoners met afgunst nagekeken. 'Kijk daar eens, een smerige kapitalist!'

De imposante koepel van de kathedraal van Kronstadt grauwde in de verte. Mijn zwager, nog steeds met kaarsrechte rug aan het roer, draaide zijn hoofd naar mij om, wees met één hand los van het stuurwiel naar voren, riep: 'Kronstadt!'

Ik had me op het achterdek genesteld, in de luwte van een verhoging, weg uit de wind en van het opspattende water.

Omdat ik al weken met die vermaledijde revolutie in mijn kop zat, dreven de gedachten aan mijn overleden schoonvader af naar 1917, naar de zomer van dat jaar toen de matrozen van de toenmalige marinebasis van de Baltische Vloot op het eiland Kronstadt, de meest genadeloze, wreedste revolutionairen van allen, begin juli naar het centrum van Petrograd waren getrokken om daar terreur te bedrijven, om te roven, te moorden, te verkrachten. De revolutiedagen van februari waren achter de rug. De tsaar was afgetreden en bracht zijn dagen als gewoon burger – onder de naam Michail Romanov – door op een van zijn vroegere buitenverblijven, in het Alexanderpaleis in Tsarskoje Selo, te midden van zijn gezin, als vanouds domino spelend, schrijvend in zijn dagboek, sigaretten rokend en wandelend in het park. Nog onwetend van het feit dat hij in augustus met de trein naar Siberië zou worden vervoerd. Eerst naar het gouverneurshuis in het provincienest Tobolsk, later naar de stad Jekaterinenburg in de Oeral waar hij met zijn gezin in de kelder van een koopmanshuis door de soldaten van de revolutie bruut zou worden afgeslacht. Ministers, hoge ambtenaren en andere machthebbers van de oude tsaristische regering waren in de februaridagen na klopjachten in het openbaar gelyncht of hadden zich vrijwillig naar het hol van de opstand begeven, naar het Taurische Paleis, waar ze zich doodsbang overgaven en onder luid geroep ook hen te vermoorden werden overgebracht naar de cellen in de Peter- en Paulvesting waar ze nog maar kort ervoor hun tegenstanders naartoe hadden gestuurd. Met een plechtigheid zoals de wereld die niet eerder had gezien waren de martelaren van de revolutie in een zee van rode doeken en vaandels onder de klanken van de *Marseillaise* begraven op de oude paradeplaats van de stad, het Marsveld. Bijgewoond door een half miljoen mensen. Omdat de grond bevroren was moest men explosieven gebruiken om het gat voor het massagraf te maken (zoals men zeven jaar later ook dynamiet zou inzetten bij de arctisch bevroren grond op het Rode Plein in Moskou, nadat Lenin de geest had gegeven, en op bevel van Stalin een provisorisch houten mausoleum werd opgezet om het lijk van de leider, dat gebalsemd zou worden, voor eeuwig te bewaren). Alle legertitels waren inmiddels afgeschaft; gewone soldaten hoefden niet langer naar hun vroegere officieren te salueren. Bij een beeldenstorm waren de tweekoppige adelaars en andere tsaristische symbolen in hallen, gangen en van de gevels van overheidsgebouwen met bajonetpunten, pikhouwelen en legerscheppen weggehakt. Ook in het Marinski-theater was het schitterende keizerlijk blauwe toneelgordijn vervangen door een rood geval, terwijl de goudgetreste mannen in hun dienstfrakken, die voorheen de welgestelde bezoekers met kalme statigheid naar hun plaatsen brachten, plots smoezelige grijze jasjes droegen. Als voorbode van de ruim zeven decennia egalitaire grauwheid en grijsheid die het land van Moermansk tot Vladivostok als een doodslaken zou overspannen. Maar Sjaljapin, de legendarische operabas, bleef er optreden. Er reden steeds minder trams, ook het aantal huurkoetsiers was geslonken. Er heerste angst dat de stad door de Duitsers zou worden bestormd en bezet; steeds was er de dreiging van aanvallen met vliegtuigen en zeppelins. Men leed massaal aan tyfus, tuberculose, schurft en scheurbuik. De rijen voor brood en andere levensmiddelen waren onverminderd lang. Bandieten en straatrovers schuimden de straten af, waarbij ze het vooral hadden voorzien op iedereen met een bourgeois-uiterlijk. Al snel durfden nog maar weinigen in dure kleren de straat op, uit angst om door de kinderen van de revolutie – boeren, het stadsproletariaat, soldaten die waren gedeserteerd, vrijgelaten bandieten die hun kans schoon zagen – te worden gemolesteerd. Intussen werd er op de vulkaan nog altijd geleefd. In stadspaleizen bleef de hoogste adel onder kristallen kroonluchters, bediend door lakeien in livrei, feestbanketten geven met levensmiddelen uit hun voorraadkelders, alsof de zwarte storm buiten slechts van tijdelijke aard was en spoedig zou gaan liggen. Op de Nevski Prospekt wemelde het van de hoeren, net als in de woelige dagen tijdens het uiteenvallen van de Sovjet-Unie, net als vandaag de dag. Voor hoeren gaat men naar de Nevski. De duale macht in het land was in handen gekomen van de Voorlopige Regering en de Sovjet, met als *trait d'union* tussen beide rivaliserende blokken de jonge voormalige advocaat en socialist Alexander Kerenski, die – hysterisch van aard, ziekelijk, maar tegelijkertijd vervuld van een steeds groter wordende grootheidswaanzin – een bliksemcarrière had gemaakt tot minister van Oorlog en uiteindelijk premier werd. Als een Napoleon betrok hij het Winterpaleis, zette in zijn eentje tussen de gouden spiegels in de balzaal een operastem op, genietend van zijn plotselinge almacht, als een groot kind dat zijn stormachtige succes eigenlijk niet geloven kon. Hij schreef zijn oekazes aan het bureau van de tsaar, sliep in het hemelbed van Alexander III, tussen de zijden lakens met dubbele adelaar, om kort daarna door de bolsjewistische bende van Lenin te worden verdreven (hij wist te ontkomen, leefde enige tijd in Frankrijk en in Duitsland en zou het als inwoner van de Verenigde Staten nog uithouden tot het jaar 1970; de man die in het bed van de tsaar de geur van driehonderd jaar Romanov-dynastie had opgesnoven had ook de Stones en de Beatles nog gehoord). Lenin was in april 1917, na ruim zestien jaar ballingschap, vanuit Zwitserland in een verzegelde trein door Duitsland, via Zweden en Finland teruggekeerd naar Petrograd, waar hem op het Finland-station door zijn bolsjewistische aanhang een ontvangst werd bereid als van een messias. Weer speelde een orkest de *Marseillaise*; door het oplichtende koper van bombardons en trompetten, rode vaandels en een erewacht van matrozen, opgetrommeld door de bolsjewieken met hun gevoel voor propaganda en spektakel, werd Lenin in de uitzinnige chaos naar buiten gedreven en door de menigte, wier hoofden al even vol dramatiek werden beschenen door zilveren zoeklichten, op de koepel van een pantserwagen gehesen waar hij beloofde om aan de schaamteloze leugens van het roofkapitalisme voorgoed een einde te maken. Wat weinigen beseften en nog steeds niet beseffen is dat op dat moment de Russische democratie nog een kans had. Tsaristisch Rusland had een democratisch Rusland kunnen worden, met een grondwet – net als elders op het oude continent. Maar Lenin wilde van geen enkele samenwerking met de Voorlopige Regering weten. Hij was een apostel van de dood, gearriveerd voor de vernietiging. Hij droomde van een terreurregime, een schrikbewind als dat van na de Franse Revolutie in 1789, wilde een burgeroorlog ontketenen in Rusland en vervolgens elders in Europa, om het dubbele juk van het kapitalisme en het imperialisme mondiaal af te werpen. Omdat Rusland officieel in oorlog was met Duitsland – de Britse en Franse ambassadeurs in Petrograd trachtten als vertegenwoordigers van hun bondgenoten eerst de tsaar, later de Voorlopige Regering onvermoeibaar te bewegen de strijd niet op te geven – werd Lenin door velen gezien als een regelrechte landverrader. Met Duitse hulp was hij met zijn kornuiten in de speciale trein door het vijandige Duitsland geleid, via een myriade van zakelijke en andere constructies ruim voorzien van D-mark-bankbiljetten en zelfs goud van de *Kaiser*. Hij zou als spion naar huis zijn gekomen om het heilige Rusland te gronde te richten, zodat de Duitsers hun handen vrij hadden om te vechten tegen de Fransen aan het westelijke front. Na zijn aankomst sloeg Lenin zijn tenten op in het kort ervoor door de bolsjewieken gevorderde stadspaleis van de voormalige maîtresse van de tsaar Nicolaas II, Matilda Ksjesinskaja, een fraai art-decopand niet ver van mijn huis, vlak naast de moskee van de stad met zijn nog altijd indrukwekkende koepel van azuurblauwe steentjes. De ballerina, die twee maanden eerder nog *De schone slaapster* in het Mariinski-theater had gedanst bij een speciale galavoorstelling voor een bezoekende delegatie van de geallieerden, was door soldaten, matrozen en andere bolsjewistische individuen, met modder aan hun laarzen binnenstormend, rondzwaaiend met bajonetten en geweren, verdreven uit haar somptueuze behuizing, die kon bogen op onder meer een grote zaal voor privévoorstellingen, een wintertuin met citrusvruchten en palmen, een andere zaal met koepeldak en een balkon. Hier, in deze sprookjesachtige omgeving waar de kunst en de fijnzinnigheid hadden gebloeid, onder de kristallen kroonluchters en zijden draperieën, begon Lenin met zijn schrille stem, zijn neurotische motoriek en Aziatische moordenaarsogen aan de exercitie van de dood. Soldaten die dat nog niet hadden gedaan hitste hij op alsnog te deserteren, om de huidige Voorlopige Regering omver te werpen, om mensen met geld en vermogen die dat niet wilden delen om te brengen. Met zijn intimiderende demagogie wist hij te bewerkstelligen dat vrouwen over de Nevski Prospekt begonnen te marcheren, zingend op de melodie van een oude Russische hymne: 'We zullen plunderen! We zullen kelen doorsnijden! We zullen buiken openrijten!' Maar toen het eenmaal zover was, toen in de eerste week van juli 1917 de matrozen van Kronstadt, die tijdens de februaridagen op hun eilandvesting hun officieren reeds massaal hadden afgeslacht, met hun boten aanmeerden aan de granieten kades van de stad, toen deze opgestookt door Lenin en zijn adjudant Leon Trotski een poging deden om de revolutie te kapen – in een nieuwe golf van geweld en plunderingen – had dezelfde grote revolutionair Lenin, zodra eenmaal bleek dat de opstand niet zou lukken, met afgeschoren baard en vermomd als een vrouwtje doodsbang meteen de benen genomen naar Finland.

Lenin was in de eerste plaats vooral laf.

'Voor de duivel!' De stem van mijn zwager deed mij uit mijn revolutiegepeins ontwaken. '*Bljad*, alle hoeren!'

We hadden zojuist een boei gerond, wilden de terugweg naar het haventje inzetten toen met een stofzuigergeloei en een penetrante schroeilucht de motor was stilgevallen. Aleksej liep haastig naar het achterdek, wierp een blik op het water, en verdween in de kajuit.

Met gebogen rug tuurde ik vanaf het dek langs het witmetalen trappetje naar beneden, vragend wat er aan de hand was.

'Een vastloper! Onbegrijpelijk! De verkoper heeft me bezworen dat alles deze zomer nog volledig is gereviseerd.'

Aleksej deed een paar vruchteloze pogingen de boel aan de praat te krijgen. Uiteindelijk klom hij naar boven en hees alsnog het grootzeil. De wind klapte vervaarlijk boven onze hoofden. Voor het eerst van mijn leven zeilde ik. Er was zeedamp opgekomen. Mijn zwager vloog heen en weer over het dek; trok aan riemen, takelde.

Ik vroeg hem of ik kon assisteren.

Ik kon volgens hem beter naar beneden gaan; als ik hier aan dek bleef moest ik uitkijken voor de giek.

'Hoe bedoel je?'

'De giek! Een potentiële guillotine!'

Ik droop af naar de kajuit van de Nautilus, voor een derde betaald met het spookgeld van mijn nog altijd ongeschreven boek.

Een paar nachten is het al onder de dertig graden vorst geweest; de winter dit jaar is bij vlagen buitengewoon streng. Niet alleen hier in Petersburg, ook elders in het land.

Een maand na het zeiltochtje met mijn zwager werd ik tijdens een wandeling in een bos nabij het stadje Sergijev Posad, veertig kilometer buiten Moskou, overvallen door een sneeuwstorm. Ik bevond me ineens in een windturbine vol kippendons. Het was de eerste sneeuw van het jaar. Ik was op veel onherbergzamere plekken in Rusland geweest, niettemin beving mij de paniek. Alsof ik op de hielen werd gezeten door een roedel wolven, in een soort horrorkoorts, was ik in de sneeuwjacht die dwars door de kale takken van de bomen heen sloeg naar het stadje teruggerend. Eenmaal in Moskou had ik het gevoel aan een onbestemd onheil te zijn ontsnapt.

Ik wilde die avond drinken, belde twee vrienden. Gerbrand, een hoogblonde Fries met een Oekraïense moeder, een artiest met een panter-act die anderhalf jaar eerder naar Rusland was gekomen om er werk te zoeken, nu het met het temmen van wilde dieren in Nederlandse circussen gedaan was. En Igor, kunsthandelaar, beroepsvrijgezel. Beiden twintig jaar jonger dan ik. Voortreffelijke gozers. We spraken af in Zjan Zjak, een eethuisje aan een van de boulevards. Het tentje was ooit het hol geweest van een andere revolutie, namelijk die van vier jaar ervoor, in de winter van 2012 op 2013, toen men in Moskou massaal de straat op was gegaan om te protesteren tegen de vervalste verkiezingen, de onderdrukking, de persbreidel, de staatscensuur, de fraude en de corruptie.

Zwermen meisjes en jonge vrouwen zaten als vanouds met karaffen wijn aan de ronde marmeren tafeltjes, tussen de zilveren wandspiegels, die het bekijken en bekeken worden, het taxeren, het glimlachen, het flirten en de prooi binnenhalen vereenvoudigden. Een Rus met het hologige, baardige gezicht van een icoonheilige, speelde op een accordeon en gaf het etablissement de allure van een Parijse bistro. Maar door het klapwieken van de tijd was de signatuur van Zjan Zjak op bizarre wijze veranderd. De dames à la Pussy Riot, die hier dikwijls met hun rumoerige aanhang waren neergestreken, de artistieke, intellectueel-maatschappelijk bewogen types, hadden het land verlaten, waren ondergedoken of hadden de handdoek ogenschijnlijk in de ring gegooid.

Met ijzeren vuist was het revolutionaire vuur, zonder dat er ook maar één vonk van leek te zijn overgebleven, gedoofd.

‘Wat moest je nou in dat bos?’ Nadat ik had verhaald over de sneeuwstorm waardoor ik die middag was overvallen keek Gerbrand me gnuivend aan. ‘Toch niet om je te verhangen?’

Igor richtte een niet-begrijpende blik op de dierentemmer, die slechts een grapje had gemaakt. Snel begon de halve Fries, die ik op een dag al mijn boeken had gegeven, te vertellen over de geschiedenis die hij eens van mij had gelezen over mijn zoektocht naar een landgenoot, een orgelbouwer wiens lijk, bungelend aan een boom in een winterbos nabij de Wolga, op een ochtend door ijsvissers was aangetroffen.

'Wat schrijf jij rare verhalen,' sprak Igor.

'Alles is waargebeurd,' zei ik terug.

Hoe laat precies herinner ik me niet meer, evenmin de omstandigheden waaronder. Na wat flitsen, doordrenkt met de anijssmaak van sambuca, die we na het bier en de wijn waren gaan drinken, bevond ik mij in een auto. Wat zeg ik? Het was een limousine, een automobiel zoals die doorgaans werd ingezet bij bruiloften, maar die de twee meisjes die zich op een gegeven moment bij ons hadden gevoegd geheel ter beschikking stond. Ik zat tussen mijn vrienden tegenover de meisjes, beiden donkerharig, van wie het ene een blauwe bontjas droeg met een witte kraag en de andere een witte pels, die met blauwig bont was afgezet. De mantels hingen open. Ze hadden het heet. De sterkedrank had me flink geraakt; ik was ten prooi geweest aan een black-out. Een reeks details was inmiddels verdwenen: de conversatie aan tafel, het ogenblik waarop de meisjes bij ons waren aangeschoven, waarop er kennelijk besloten was collectief op te breken.

Pas door de vrieskou buiten kwam ik weer bij zinnen. Met zijn vijven dreven we door de stad; langs de pistachegroen geïllumineerde hoge gebouwen, de baaierd van licht bij het Witte Huis, de eveneens overdadig verlichte brug naar Hotel Oekraïne, waar de brunettes bleken te logeren en ons hadden uitgenodigd.

'Twee plus twee is vier,' sprak ik. 'Jongens, laat me er hier alsjeblieft uit. Ik neem wel een taxi naar huis. Nog veel plezier!'

Maar de meisjes, die beiden als waanzinnigen waren begonnen te roken, verordonneerden mij te blijven.

‘Wat doe je hier eigenlijk?’ Het was de Russin in de blauwe nertsmantel, die ik eind twintig schatte. De limousine was gestopt bij het hotel, de portieren gingen open; we betraden een karmijnrode loper, die vanuit de draaideur kaarsrecht over de sneeuw uitgerold lag.

‘Ik vroeg wat je deed...’ Het meisje in de blauwe pelsjas nam me ondernemend bij de arm. Haar roofdierachtige profiel, dampend door de mascara heen, bewoog zich nu vlak naast mij.

‘Hij is schrijver,’ zei Gerbrand.

‘En jij?’ kwam het uit de lippenstiftmond van het andere meisje, dat door Igor daadkrachtig naar de ingang werd geleid.

‘Dierentemmer.’

‘Ja, en mijn vader is de koning van Siam!’

‘Panters,’ verduidelijkte Gerbrand doodserieus.

Eind jaren tachtig had ik in Hotel Oekraïne veel groepen toeristen ondergebracht, als Intourist of Kosmos, de toentertijd futuristische hotelkolos in het noorden van de stad vol zaten. Ook zelf had ik er een paar keer gelogeerd. Het heette inmiddels Radisson Royal Moscow. De imposante entree met zijn hoge plafonds en marmeren pilaren was natuurlijk intact gelaten, maar het fraaie interieur van superbe stalinbarok was deels eruit gesloopt en vervangen door een poenige luxe die zowel Russen als kosmopolitische buitenlanders waardeerden.

‘Waar gaat u heen?’ De portier had Gerbrand staande gehouden.

‘Hij hoort bij ons!’ riepen de dames in koor.

In de lift wurmde de witte bontjas haar tong meteen in Igors mond. Lenig, kreunend. Onder vioolmuziek stegen we omhoog. De namen van de dames waren me ontschoten. Half dizzy, met droge keel, stond ik naast de jonge Russin in haar blauwe pelsmantel die zich poesachtig tegen me aanvlijde... Olga... Natuurlijk: het lieve kind heette Olga. En het andere

Anastasia. Maar er was hier sprake van een misverstand. Ik wierp een smekende blik op Gerbrand, met zijn hoogblonde knappe Friese kop hangend tegen de gecapitonneerde liftwand. Ik smeekte hem woordeloos mij van het meisje te verlossen, zodat ik snel naar beneden kon om een taxi naar huis te nemen.

'En dus gaan we hier een paar maanden wonen,' sprak Anastasia, terwijl we over de gang draafden, waar het sleetse Sovjetparket was vervangen door koningsblauw tapijt met gouden sterren.

'Waarom?' vroeg Igor.

'Onze mannen willen dat we ons een beetje vermaken. Ze zijn op een speciale missie, naar de Verenigde Staten. Wij mogen niet mee. Die rotpolitiek! We komen uit Siberië, uit Krasnojarsk. Zijn jullie weleens in Krasnojarsk geweest? Gelukkig hebben we daar een huis met binnenzwembad. Terwijl we onder de palmen in het warme water zwemmen giert buiten de Siberische kou. Maar verder is het er doodsaai! We willen hier aan yoga gaan doen. En vegetarisch leren koken.'

We betraden een suite, bestaande uit drie in elkaar overlopende vertrekken, immens van afmeting, met nog altijd de hoge stalinplafonds, elk verschillend van stijl, kleurstelling en meubels.

'Wat voor boeken schrijf je? Detectives zeker?' Olga had in navolging van haar vriendin haar pelsmantel neergesmeten op een blauw-roze gestreepte sofa, waarna we waren doorgelopen naar een modern vertrek waar vrijwel een gehele wand bestond uit een flatscreen.

'Soms komen er inderdaad lijken in voor,' mompelde ik.

'O, hoor je, Nastja? In zijn boeken komen ook lijken voor… Wat zeg je? Nee, géén champagne! Whisky, ik wil Ierse whisky!'

Ongevraagd kreeg ook ik een flinke bel whisky in mijn handen gedrukt, met het getingel van ijsblokjes. Ik nam een paar hete slokken, die goed reageerden met het bier, de wijn en de sambuca. Een kristallijnen berusting kwam over mij, terwijl ik me bezon hoe ik mij zo snel mogelijk van het gezelschap zou kunnen losmaken.

'Je lijkt op mijn vader!' Nadat ze baldadig haar pumps had uitgetrapt was Olga bij me op schoot gekropen. 'Die was ook kaal. Toen ik zeven was verliet hij ons – mijn moeder, mijn zusje en mij... De schoft... Kom, geef me eens een zoen! Hé, hoor je me niet? Zoenen!'

Gerbrand zat weggezakt in een witleren kuipstoel. Met een blikje bier in zijn handen staarde hij door het panoramaraam naar buiten, over het als Manhattan vonkende wolkenkrabber-decor van de stad.

'Nou, dat wordt niks...' Olga maakte zich van mij los, kroop op handen en voeten naar mijn Friese vriend, met vertrokken gezicht, plagerig temend: 'Hé, jij daar! Je was toch dierentemmer?'

Het ongeloof over zijn professie sloeg om in krijsende bewondering toen Gerbrand haar op zijn smartphone de foto's toonde van zijn optredens in beroemde circussen over geheel Europa, met zijn drie zwarte panters. Van de klootzakken in zijn vaderland mocht zijn act niet meer. De roofdieren droegen halsbanden van fonkelende nepbriljantjes. Tussendoor riep ze haar vriendin, om haar te attenderen op het wonder, maar die was allang met Igor verdwenen.

Stilletjes maakte ik me uit de voeten; achter een gecapitonneerde deur in het laatste vertrek klaterde reeds de stortbui van de douche, met op de achtergrond gekir en het kalme bronzen gebrom van Igor.

Vlak voordat ik de gang op stapte trilde mijn iPhone, die ik gedachteloos opnam. Het was Julia, mijn vrouw. Uit Sint-Petersburg.

'Waar ben je?' vroeg ze.

'Uitstekend! Ik ga juist weg.'

'Ik vroeg niet hoe het met je gaat, maar waar je bent...'

Ik begon haar te vertellen van mijn krankzinnige avontuur eerder die dag in het bos, nabij het stadje Sergijev Posad. Ik was er zomaar in een sneeuwstorm beland. Alsof ik in een witte tornado zat.

'Wat moest je in een bos?' De stem van mijn vrouw klonk ver weg. 'Hé, wat moest je daar in een bos?! Waar ben je nu?'

'Gewoon...' Vanachter de badkamerdeur klonk een hoge gil; de kreet van een vrouw die door een bruut hardhandig werd ontvoerd.

'Wat was dat?'

'Een gil, ik weet het ook niet...'

'Waar ben je?'

'Ik heb weer drie weken achter elkaar zitten schrijven. Ik word er doodziek van. Ik wilde stoppen. Ik doe het allemaal voor je broer...'

'Je bent straalbezopen...'

'Een paar wijntjes... Ik stap nu naar buiten...'

'Waar ben je?'

'Hotel Oekraïne...'

'Waar?'

'Herinner je je het nog? Toen met die Fopmans...'

Ik stapte naar buiten, de gang op van het hotel waar eind jaren tachtig de stank had gehangen van doorgekookte groene kool, de geur van crisis, van gebrek, van beginnend bandietendom en valutatemeiers, nu gemetamorfoseerd tot sprookjesachtige luxe.

'Hoor je, Juul? Ik sta nu buiten...'

Mijn vrouw begon te snikken, te huilen. Huiverend bleef ik staan, op het koningsblauwe tapijt met de gouden sterren. Het was Ljolja. Onze middelste poes was nog steeds ziek, of liever: weer ziek geworden. Iedere dag had Julia me ervan met whatsapps op de hoogte gehouden; me verteld van haar bezoeken aan de dierenarts achter het Vitebsk-station, over de medicijnen, de injecties die ze haar inmiddels moest toedienen.

'Je moet naar huis komen… Het maakt me niet uit wat je doet en waar je bent… Voor mijn part zit je daar in Moskou in een hotel met twee hoeren… Maar je moet snel naar huis komen… Kom je naar huis?'

Om drie uur de volgende middag nam ik de Sapsan-Express, de Russische flitstrein die drie uur en vijftig minuten later in Petersburg aankwam. Julia wachtte me op in een bontmantel, een aftands ding dat ze het jaar ervoor ergens bij een oude dame tweedehands had gekocht.

'Hoe gaat het?' vroeg ik haar.

Ze viel me in de armen; haar gezicht was warm en nattig, gezwollen van verdriet. 'Ik probeer er alles aan te doen, echt alles…'

De aangekomen passagiers sleepten wild met hun koffers; kruiers op hun platte karretjes reden er brullend doorheen, een vorstige bries joeg kilo's sneeuw over de rails. Jonge matrozen in lange zwarte jassen, met zwarte bontmutsen op, verdwenen in een dieselgestookte trein aan de overkant van het spoor. Het was al donker. Maar alles onder de smeedijzeren overkapping baadde in een warm geel licht.

'We moeten naar de Dostojevskistraat,' zei Julia.

'Hoezo?'

'Ampullen, ik heb er ampullen besteld…'

Door de boycot waren de medicijnen die Ljolja nodig had nergens meer te krijgen. Op internet had Julia na lang zoeken een bedrijfje gevonden dat ze nog in voorraad had. Met de metro reden we meteen door. Toen we weer boven de grond waren had ik moeite mijn rolkoffertje door de stugge sneeuw te trekken. Het bedrijfje bleek een particulier appartement, gevestigd in een naar bedorven visnat meurend portiek. We belden aan. Een grijsstalen deur ging open, een geslachtloze vogelkop nam het geld aan, de deur ging dicht, even later ging die weer open, een pakketje werd ons overhandigd en alles werd weer gesloten.

Het pand lag pal aan de overkant van de begrafeniswinkel waar we een paar jaar eerder de doodskist voor Julia's moeder hadden gekocht. Ook toen hadden er ijspegels aan de dakranden gehangen.

'We nemen een taxi,' sprak ik toen we buiten stonden, en mijn vrouw aanstalten maakte om naar de metro te gaan. 'Ik ben langzamerhand doodmoe van dat openbaar vervoer...'

'Niet ergens anders van?' merkte Julia zachtjes op.

Op de Nevski Prospekt fonkelde de kerstverlichting, als was een juwelenkist zo groot als een oceaanstomer vanuit de hemel over de stad uitgestort. De etalages straalden majestueus, op bijna imperiale wijze, een occidentale welvaart uit. In een parkje stond een huizenhoge kerstboom van Swarovski-kristal, de sneeuw eromheen lichtblauw kleurend. We reden over de kade langs de Neva. Ter hoogte van het roodbakstenen monster van de Kresti-gevangenis, aan de overkant van de witbevroren rivier, bogen we af naar rechts, ons gezegende buurtje in. Door de autoramen heen rook ik de zoete broodgeur; er werd alweer gebakken voor de volgende dag.

Het stuk tussen de Sjpalernajastraat en de onze was dik besneeuwd. De banden van de taxi knerpten. Ik moest denken aan de dagboeknotitie die ik toevallig die middag in de trein had gelezen van Louis de Robien, een jonge Franse graaf die van 1914 tot 1918 militair attaché in de stad was geweest. Uitgerekend op dit stuk van nog geen honderd meter, in deze slagader van de revolutie, had hij in juli 1917 na de zware gevechten tussen de bolsjewistische soldaten en de kozakken die de Voorlopige Regering nog steunden, twaalf gesneuvelde paarden zien liggen tussen de plassen die her en der rood waren gekleurd. Het vel van de dode dieren was strak en glanzend, vanwege de regen.

Om mijn vrouw niet de kans te geven te beginnen over het telefoongesprek van de avond ervoor, al had ik niets te vrezen, vertelde ik haar over het boek dat ik inmiddels begonnen was. Een soort kroniek. Doorgaans hield ik mijn literaire plannen voor me – uit angst voor de mislukking. Maar ze wist van het voorschot; van de tien mille die ik haar broer had geleend voor die zeilboot. Ik kon niet langer zwijgen.

'Over de Russische Revolutie?' Terwijl we stapvoets langs de drankkiosk reden, waar het wemelde van de schimmen van dronken zwervers en beroepsalcoholisten, snoof ze: 'Rotonderwerp.'

'We zijn er!' verkondigde de chauffeur. 'Tsjaikovskistraat 40!'

Net als in West-Europa en elders op de aardbol maakte men zich in Rusland op voor de feestdagen. Er gebeurde weinig in het land; ik schreef voor de krant mijn stukken, handelde wat andere schrijfopdrachten af, in de hoop tussendoor nu eens goed vaart te kunnen maken met het boek dat ik onder handen had.

De vorst hield aan; de sneeuw buiten op straat werd amper geruimd. Op een ochtend werd bij de drankkiosk een bejaarde vrouw in een oudroze jas, het oudroze van ouderwetse poederdozen, omvergetrokken door haar bouvier, die even verderop een andere hond had gezien en van pure geestdrift was gaan rennen. Ze werd door het loeisterke blaffende beest over de ijsribbels een paar meter meegesleurd. Ik had haar overeind geholpen. Ze had helse pijn aan haar pols; in een taxi bracht ik haar naar een kliniek aan de Litejnij Prospekt. Het warme natte gehijg van de bouvier in mijn nek maakte me panisch. De arts was een moederlijke vrouw van een jaar of vijftig. De zware kneuzing behandelde ze gratis. Nog niet alles in het land was verrot.

Iedere avond stak Julia kaarsen en waxinelichtjes aan in de

huiskamer van ons opulente tweekamerappartement. Ik had vers, goed droog hout gehaald voor de open haard, van een houtvester die als een eenzame kabouter leefde in een bos nabij de Finse grens. Voor het metrostation honderdtwintig meter van ons huis, voorbij de broodfabriek, werden de eerste kerstbomen verkocht. Een orkest van oorlogsveteranen, blauwbekkend in hun vaalblauwe gewatteerde gevechtspakken, met verweerde koppen waarop het doorstane leed in Afghanistan, Tsjetsjenië en elders was gegraveerd, stond er musicerend en zingend omheen; naast de gebruikelijke omaatjes die er vanaf kistjes aardappelen, appels en knoflook verkochten, ter aanvulling van hun magere pensioen van omgerekend honderd euro, in een stad waar een kop koffie inmiddels drie euro kostte. Een eeuw na de revolutie was het verschil tussen arm en rijk niet alleen in de stad, maar over het gehele land weer even groot.

Ons metrostation – Tsjernysjevskaja – is vernoemd naar de utopische socialistische filosoof en schrijver Nikolaj Tsjernysjevski, die na de publicatie in 1863 van zijn roman *Wat te doen?* ter dood was veroordeeld, en na een schijnexecutie zoals ook bij Dostojevski werd verbannen naar Siberië. De hoofdpersoon van zijn verhaal, de ascetische, gewichtheffende, vleesetende Rachmetov, die zijn nachten doorbrengt op een spijkerbed om zich voor de naderende revolutie te harden, was in zijn tijd een held voor de jeugdige populisten, studenten en andere voornamelijk welgestelde jongeren die naar 'het volk' waren gegaan, naar het platteland, naar de soms minder dan als varkens levende boeren, om daar te getuigen van hun goedheid, communes op te richten, dromend van de idyllische en rechtvaardige maatschappij die de schrijver zijn lezers had voorgehouden. Maar net als later in de geschiedenis wilden slechts weinigen voor een beter leven van de armen ook daadwerkelijk offeren. Men werd lid van de juiste groeperingen, las de juiste bladen, maar liep het volk, voor wie ze doorgaans slechts een abstracte warmte voelden, intussen op straat hooghartig voorbij. *Wat te doen?* was ook een grote inspiratiebron geweest van Lenin, die, de lezer weet het inmiddels, een tijd lang in de Tsjaikovskistraat woonde, zoals even verderop – in de Mochovajastraat – de schrijver Ivan Gontsjarov zijn roman *Oblomov* voltooide, en weer vijf minuten verderop Josif Brodski in zijn communale flatje zijn mythische poëzie schreef, voordat hij door het Sovjetregime werd verbannen. Om van Zinaida Hippius op haar beletage aan het einde van onze straat maar te zwijgen. Welbeschouwd woonde ik hier midden in de literatuur, maar intussen lukte het me niet langer te schrijven.

Hoe fraai het kaarslicht 's avonds ook brandde, hoe heerlijk mijn vrouw ook kookte, hoe behaaglijk knapperig de haard ook loeide als we tegen negenen met een boek bij het vuur gingen zitten, door de weer opgespeelde ziekte van Ljolja lag over alles een doem.

'Och, mijn prinsesje, mijn liefje, mijn schoonheid,' zong Julia onze middelste poes geruststellend toe, als we haar twee keer per dag – 's middags en 's avonds – een injectie moesten toedienen.

Ljolja was niet alleen de middelste, maar ook de kleinste. Daar waar onze kater Persik de charmeur van ons huishouden was, de donjuan die met zijn dikke zandkleurige vacht iedere vrouw meteen wist in te palmen, en de bontgekleurde Moesja de luie afgezant van Boeddha, etaleerde Ljolja met haar grijsblauwe vacht en ogen van marineblauw smaragd op haar elfde nog steeds de energieke onbevangenheid van een kind. Op iedereen stapte ze nieuwsgierig af. Maar zodra Julia haar luidkeels begon te prijzen, het 'prinsesje, liefje en mijn schoonheid' door het huis galmde, terwijl ze naar de keuken liep om de ampullen die we hadden gekocht in de Dostojevskistraat te prepareren, wat gepaard ging met het plasticgeritstel van de steriele naalden, was ze als een bliksemstraal verdwenen – onder ons antieke bureau, achter de zware overgordijnen bij de verwarming; of ze had zich watervlug verstopt in de wandkast in de slaapkamer, onder de truitjes, sokken, jurken en andere kleding van mijn vrouw, wier garderobe eeuwig een rommeltje was.

'Ljólja, Ljólotsjka!' riep ik dan, want terwijl Julia verderging met de voorbereidingen, moest ik haar halen.

De weken ervoor was Julia op doktersadvies begonnen met het toedienen van pillen. Als nabehandeling van de operatie waarbij de darmkoliek deels kon worden verwijderd. Hoe slinks ook het medicijn door haar eten werd vermalen, Ljolja rook er even aan, draaide zich beledigd om en liet alles staan. Uiteindelijk had Julia het rechtstreeks toedienen van de tabletjes onder de knie gekregen; het was een trucje. Terwijl ik voor mijn werk reisde door het land of verbleef in Moskou, werd ik met een zee van berichten voortdurend op de hoogte gehouden. Haar eetlust was goed, het gezwel in haar darmen stabiel, maar sinds anderhalve week was er volgens de dierenarts achter het Vitebsk-station iets mis met het bloed. Het was alsof ik mijn moeder weer hoorde praten over mijn vader, in de laatste maanden van zijn leven. 'Maak je geen zorgen, jongen. De dokter is heel kundig. Hij zegt dat alles goed is, behalve het bloed...'

Sinds anderhalve week was er bij Ljolja een infuus aangebracht in haar linkerachterpoot; omzwachteld met verband. Zodra ik haar gevangen had, begon ze luidkeels te protesteren, zich miauwend uit alle macht verzettend; donders goed wist ze wat er stond te gebeuren. Mijn vrouw stond klaar met een dwangbuisje, een jasje van synthetisch materiaal dat met klittenband werd gesloten, zodat onze poes tijdens het toedienen van de injectie niet kon bewegen. Toch moest ik haar stevig vasthouden, terwijl Julia het gaas verwijderde, het dopje van het infuus losschroefde en de vloeistof die we in het duistere portiek hadden gekocht langzaam inbracht. Het eerste shot deed het meeste pijn; de patiënte krijste het uit, daarna werd het minder. Tijdens de procedure keken Moesja en Persik van een afstandje toe; vol verbaasd onbegrip over het leed dat hun speelkameraad zomaar werd toegebracht. Maar zodra het klittenband los was, stapte Ljolja weer soeverein door de kamer, strekte zich op het parket behaaglijk uit, geeuwde met haar roze tongetje, waarna ze zich korte tijd later als vanouds nestelde op de leuning van Julia's stoel, met Persik aan de andere kant en Moesja erboven, doezelend balancerend boven op de smalle rugleuning. Alles leek normaal.

Op een ochtend wilde ik de deur uit gaan om een kerstboom te kopen bij het metrostation; dennengeur in huis associeerde ik met het ultieme geluk. Mijn vrouw smeekte me het niet te doen: stel dat onze poes met het infuus in de takken bleef haken. Die middag knutselde Julia van groen karton en rood micapapier een kerstboom. Met een brandend waxinelichtje erachter stond hij op de schoorsteenmantel. De avonden brachten we lezend door bij het haardvuur. Bij ieder glas wijn dat ik mezelf inschonk mompelde mijn vrouw dat dit nu toch echt het laatste was. Hoewel ik me juist wilde verdoven, voerde ik als rechtvaardiging aan dat ik de drank nodig had, dat ik zonder alcohol geen heldere gedachten had, laat staan de originele inzichten en invallen die ik nodig had voor het boek dat ik bijna nog helemaal moest schrijven.

Terwijl ik mijn vrouw heimelijk bestudeerde, verzaligd in de nimbus van haar drie poezen, thee met frambozenconfituur drinkend, dacht ik aan de voorbije zomer, toen we een paar weken hadden doorgebracht in het huis van mijn broer in Zuid-Frankrijk, een uur rijden van Toulouse. Julia wilde de meiden beslist meenemen. Toen ze zich dat op een avond liet ontvallen tegen een bevriend Nederlands echtpaar, dat een paar dagen in Petersburg was om hun studerende zoon te bezoeken, oogstte ze ingehouden geproest.

'De meiden?' herhaalde de vrouw.

'Ik laat ze voor geen prijs hier alleen,' had Julia herhaald. 'Ze kunnen niet zonder mij. Misschien blijf ik daar wel een hele maand. Ik neem de meiden mee in het vliegtuig. En die boef van een Persik natuurlijk ook, al kost me dat een vermogen...'

'Hoor je dat, Bas? Ze neemt haar meiden mee.'

Mijn vrouw, hoewel uitstekend Nederlands sprekend, had niet in de gaten dat ze door onze gasten in de maling werd genomen. Ik had mijn woede verkropt en verdronken, zoals altijd. Drie weken hadden we met onze kat en poezen in Frankrijk doorgebracht. Naast het huis stond een knoestige notenboom, waaronder ik dagelijks tegen vijven mijn eerste fles wit openmaakte, terwijl Ljolja en Persik elkaar door het hoge dorre gras als hazen achternazaten.

Steeds had ik de vraag vermeden; een week nadat ik begonnen was mijn vrouw te assisteren bij het toedienen van de injecties vroeg ik haar of onze poes nog een kans had. Die dag was ze voor de zoveelste maal naar de dierenarts achter het Vitebsk-station geweest.

'Natuurlijk heeft ze een kans! Zestig procent, dat heeft de arts vanmiddag nadrukkelijk herhaald... Maar het bloed is nog steeds niet helemaal goed. En ze heeft op de foto iets nieuws gezien... Dat hoeft op zich helemaal niets ernstigs te zijn... O, Natalja Grigorievna is zo'n fantastische vrouw... Ze heeft zelf ook drie poezen, ze weet wat het is. Wist je dat haar familie voor de revolutie een gigantisch landgoed bezat buiten de stad? Alleen haar grootmoeder heeft de dans weten te ontspringen... De rest werd afgemaakt... Wel is Ljolja de afgelopen dagen nogal afgevallen... We hebben haar weer gewogen... Maar dat schijnt normaal te zijn, met die medicijnen... Ljolja, liefje, waar ben je?'

Ondanks de medicatie was onze poes achteruitgegaan. Ze was sterk vermagerd. Niet langer kroop ze als vanzelfsprekend bij mijn vrouw op schoot; steeds vaker hield ze zich afzijdig, nestelde zich tussen de kleren in de slaapkamerkast. Haar ogen stonden nog altijd helder, maar door haar grijsblauwe vacht heen staken broos en dun haar botten. Julia zag het kennelijk niet; of wilde het niet zien. De poezen waren haar alles. Ze was een kattenvrouw, maar dan getrouwd, met mij als man.

'Kijk toch eens!' Toen Ljolja een dag later parmantig de kamer kwam binnenstappen, de witte pluk van het verband komisch krullend aan haar linkerachterpoot, straalde mijn vrouw. 'Ze is bijna weer de oude! Ze komt er stilaan helemaal bovenop! O mijn prinsesje, mijn schatje, mijn schoonheid! Kom eens snel hier, mijn lieve schat!'

De avond erna ging het fout.

Voor de krant had ik wat getikt, we waren laat gaan eten; na het toedienen van de injectie was Ljolja afgedropen naar de klerenkast in de slaapkamer. Buiten sneeuwde het. Tegen twaalven wilde ik juist naar bed gaan, toen Ljolja in de kamer haar opwachting maakte, hevig trillend, strompelend. Het was alsof onze zieke poes een schoteltje pure alcohol had gedronken. Toen viel ze om, naar de linkerkant. Mijn vrouw slaakte een paniekkreet. Ze snelde op de poes toe, tilde haar op, drukte het dier tegen haar borst, kuste de blauwe vacht, haar intussen lieve woordjes toefluisterend. De arts bellen! Nu meteen! Natalja Grigorievna had mijn vrouw haar mobiele nummer gegeven. Julia mocht haar elk moment van de dag lastigvallen, al was het midden in de nacht. Waar was verdorie haar telefoon? Het nummer van de arts zat in haar mobiel. Ik belde mijn vrouw: haar smartphone lag in de spleet tussen het kussen en de leuning van de stoel waaruit ze zojuist was opgestaan.

Even later stapte ik door de striemende sneeuw. Ik was op weg naar de Kirotsjnajastraat, een kleine tweehonderd meter van ons huis, naar de apotheek die dag en nacht geopend is. In mijn broekzak zat het papiertje waarop mijn vrouw het recept had geschreven van een of ander kalmeringsmiddel dat de arts had doorgegeven. De volgende ochtend om kwart over acht moest Julia zich met de poes als eerste melden bij de kliniek achter het Vitebsk-station. Een tijdelijke achteruitgang bij poezen die onderhevig waren aan zware medicatie was niet ongewoon.

Ondanks het late uur was het in de apotheek barstensvol. Zo vol dat ik met een vrouw, wier vollemaansgezicht in marterbont was gevat, buiten moest staan. De piepkleine farmacie was een plek waar het nachtleven op een bizarre wijze samenkwam; drugsverslaafden kochten hier hun medicijnen, half illegale preparaten voor de cocktails waaraan ze verslaafd waren. De hele nacht door stopten er auto's. Voor de vitrinekast die er speciaal was ingericht met preservatieven, intieme gels en potentiepillen. Maar ook 's nachts was er kennelijk grote behoefte aan doodgewone aspirientjes, poeders en levenselixers die er werden verkocht; achter de beslagen ramen bewogen de gestaltes van de klanten, met rode gezichten, het gros ingepakt in bont. Terwijl ik toekeek hoe de sneeuwvlokken in het flauwe schijnsel van de lantaarnpalen tegen de donkere hoge huizen wegsloegen, werd ik overmand door een woelende onrust.

Binnen in de apotheek was amper beweging; de vrouw met het vollemaansgezicht naast me mompelde dat ze hier 's avonds nog werkten als vroeger onder de communisten. Tussen de recepten door gingen ze gerust even theedrinken. Intussen lag haar man met een acute bronchitisaanval thuis te creperen! Vlak naast de apotheek was een jugendstilpand, een leikleurige vervallen kolos, waarvan de moderne deurbel met een felgroen lichtje meteen opviel. Al twee keer was er een taxi gestopt, een man uitgestapt, die na het indrukken van de bel naar binnen was gegaan.

'Een hoerenkast, de hele stad is één groot bordeel!' had de chauffeur van een taxi die ik de vorige dag op straat had aangehouden uitgebracht. 'Ziet u al die huizen, al die gevels? Sommige zien er mooi opgeknapt uit. Maar daarachter is het een vuilnisbelt. Ik heb twee dochters, zestien en zeventien. Als ze straks een baantje krijgen – *als* ze al een baantje krijgen – moeten ze drie maanden werken voor zo'n mobiele telefoon. Ik zit al twintig jaar achter het stuur. Er is geen straat in de stad waar géén hoerenkast zit. Ik maak me zorgen over mijn dochters. Ik ben helemaal klaar met dat kapitalisme. Vroeger deelden ze hier in het Winterpaleis de lakens uit, nu in het Kremlin. De massa zwijgt, doet niks. En intussen is dit land eeuwig een bordeel!'

Waar blijf je nu toch? Julia stuurde me een whatsapp. *O, ik weet niet wat te doen, kom snel! Ljolja houdt maar niet op met trillen.*

Ik antwoordde haar dat het bij de apotheek waanzinnig druk was, maar dat ik zo snel mogelijk thuis zou zijn.

Een jongen met jezushaar kwam naar buiten. Holle oogkassen, volkomen uitgeteerd. Krokodil heet de troep, waarvan ze hier de ingrediënten verkochten. Op een dag valt het vel de verslaafden zo van de botten, als suddervlees van een ossobuco-schenkel. De stakker zette een bivakmuts op, stak de brand in een sigaret en verdween. De vrouw met het vollemaansgezicht ging naar binnen, zodat ik alleen achterbleef.

De sneeuwval werd verder aangejaagd door de felle wind.

In de trein uit Moskou, lezend in een kroniek over de jaren van vlak voor de revolutie, was ik erachter gekomen dat ook Raspoetin lange tijd bij mij in de buurt had gewoond. Uitgerekend hier in de Kirotsjnajastraat, op nummer 12, honderd meter verderop. Bij het tsarengezin in Tsarskoje Selo was de voormalige Siberische keuterboer toen al kind aan huis. Een mooi gezin, van vier prachtige dochters en één jongen. Door de keizer en de keizerin werd Raspoetin als 'onze vriend' aangesproken; op zijn beurt mocht hij hen 'mama' en 'papa' noemen. Dat de heilige dwaas met zijn onmiskenbaar bovennatuurlijke gaven – zelfs per telegram en over de telefoon – een paar maal het leven van het aan hemofilie lijdende zoontje had gered stond vast. O, wat had ik de tsarina, ondanks haar hysterische, egoïstische en onverzettelijke teutoonse karakter, die in haar buitenpaleis als een soort kluizenaar was gaan leven, in een sfeer van iconen, heilige relikwieën, gebedsgenezers, wonderdoeners, in dat opzicht altijd begrepen. Welke moeder met een ziek kind ging niet tot het uiterste? Inmiddels hing de wondermonnik met zijn diep in de oogkassen liggende hypnotiserende ogen, als hij niet ten paleize was, of thuis met thee en koekjes zijn aanbidders van beiderlei kunne ontving, op liederlijke wijze de beest uit. Hij nam meisjes, hooggeplaatste dames en andere personen van het vrouwelijk geslacht mee naar badhuizen om zich samen met hen 'te verheugen' in orgieën. Hij zag hen als de noodzakelijke werktuigen van de zonde; de zonde die in dit ondermaanse in het aangezicht van God eveneens noodzakelijk was, want zonder zonde was er volgens hem geen verlossing mogelijk.

De taxichauffeur van de vorige dag had gelijk. De stad, eigenlijk het gehele land was een bordeel, of liever gezegd: weer net zo'n groot bordeel als een eeuw geleden. De geheime tsaristische politie had Raspoetin op zijn seksuele strooptochten gevolgd; in de rapporten waren zijn escapades met de accuratesse van de totalitaire staat bijgehouden. Vanaf hier in de Kirotsjnajastraat had hij zich op zijn patentleren laarzen, een vreesaanjagende sprookjesfiguur met een pluisbaard, ontelbare malen per automobiel of drosjka, een koets met één paard ervoor, in een bontmantel of slechts in een witzijden zomerhemd met een karmozijnrode ceintuur, begeven naar plekken in de stad – de Hooimarkt, de Nevski – waar de hoeren voor het oprapen lagen.

'Waar blijf je nou?' klonk de stem van mijn vrouw, die me nu was gaan bellen. 'Waarom duurt het verdomme allemaal zo lang?'

Een kwartier later, toen ik eindelijk met het verdovende preparaat bij ons in de kamer stond, trof ik Julia aan in haar stoel, de zieke poes stevig tegen haar borst aangedrukt. Naast de marmeren open haard, waarin het vuur niet langer knappend loeide maar smeulde.

De volgende morgen moest Ljolja in de kliniek achter het Vitebsk-station meteen aan het infuus. Een tweede operatie was geen optie: de arts zou proberen de resten van het gezwel, die ze een maand eerder niet had kunnen verwijderen, alsnog intraveneus te bestrijden. De procedure duurde zeven uur. Na vier uur kwam Julia terneergeslagen en uitgeput thuis. Ze wilde niets eten, slechts een kop thee. De omslagdoek van lavendelblauwe kasjmier die ik haar op een lentedag had gegeven, ter ere van het verschijnen van mijn zevende roman, had ze bij Ljolja achtergelaten. Vanwege haar geur. Zodat de poes zich daar in de kliniek enigszins thuis voelde, niet helemaal verlaten en alleen.

Na een halfuur ging mijn vrouw er alweer naartoe.

De dag erop volgde een tweede infuus. Intussen zat ik aan mijn bureau, stukken schrijvend voor de krant; aan mijn boek kwam ik in het geheel niet toe. Voor het schrijven van proza moet een mens gelukkig zijn, een lange periode kunnen overzien zonder al te veel verplichtingen, verkeren in een toestand van volmaakte harmonie en rust; het was een raadsel dat ik toch nog tien boeken had geschreven.

Toen Julia mij tegen de avond op mijn mobiel belde, wist ik meteen dat het over was, nog voordat ik opgenomen had. ‘Kom alsjeblieft snel naar de kliniek. Ljolja is overleden. We hebben haar alsnog laten inslapen… Het kon niet anders… Er was geen hoop meer… O, wat moet ik doen?’

‘Ik kom eraan…’ zei ik.

Een uur later brachten we onze middelste poes in een taxi naar huis. De lavendelblauwe doek met Ljolja erin gewikkeld lag bij Julia op schoot. De kliniek had aangeboden haar te verdelgen; het maakte deel uit van het dienstenpakket. Verdelgen? Hoe konden ze dat afschuwelijke woord in hun mond nemen?

Maar zodra we thuis waren overviel Julia de twijfel. Wat moesten we met Ljolja doen? We hadden geen datsja, noch een tuin. Toen besloot mijn vrouw dat we haar die avond nog zouden begraven in de Taurische Tuin. 'Hoe laat is het nu? Zeven uur? Ik ga met Ljolja eerst een paar uurtjes slapen. Maak me om tien uur wakker. Zorg dat je een schep hebt, voor het graf... Dan gaan we...'

Op de overloop van de *kommunalka* onder ons had ik dikwijls allerhande gereedschap zien staan – koevoeten, hakbijlen, emmers, ook cementscheppen. Ik liep de trap af. Nadat ik lukraak had gedrukt op een van de zeven bellen die met draadjes, stukjes plastic en zelfs pleisters van ellende aan elkaar hingen, dook vrijwel meteen de hoogrode zeerobbenkop van Gennadi Nikolajevitsj op. Sinds hij met een bijl een kastje in elkaar had gebeukt had ik hem niet meer gezien.

'Een schep? Waarom?'

Ik verzon het eerste het beste dat mij te binnen schoot.

'Wat staat ertegenover?'

Ik zei dat ik boven nog een fles whisky had, Schots. Het was een cadeautje dat ik eens na een voordracht had gekregen.

Kort na tienen gingen we op pad. Terwijl mijn vrouw zich in haar pelsmantel hees, en vervolgens een zwartwollen sjaal om haar hoofd drapeerde, had ze me gevraagd Ljolja even van haar over te nemen. Het was voor het eerst dat ik het dode lichaam vasthield. De stijfheid, de beruchte *rigor mortis*, was door de kasjmieren stof heen op een afschuwelijke manier voelbaar. 'Die jas ziet er misschien niet uit,' zei mijn vrouw, wazig glimlachend. 'Maar hij is heerlijk warm. Ik heb er destijds maar vijftienhonderd roebel voor betaald! Fijn, mijn zonnetje, dat je die schep zo snel hebt geregeld...' Via de spiegel begluurde ik mijn vrouw; nog steeds met een glimlach haar verdriet maskerend. Toen zei Julia: 'Kom, we gaan! Geef Ljolja maar weer aan mij.'

Door de hoge, brede, kaarsrechte Tsjaikovskistraat blies een straffe poolwind. De bovenste sneeuwlaag was bevroren; onder onze zolen kraakte het alsof suikerglazuur werd vermorzeld. De schep die ik van mijn alcoholische onderbuurman had geleend sleepte ik half achter me aan. Het blad van het loodzware ding was aangekoekt met opgedroogde resten beton. Zwijgend stapte Julia naast me voort, de doek met de poes wederom dicht tegen zich aangedrukt, als wilde ze het dode dier voor de messcherpe wind behoeden. Er waren amper voetgangers op straat. De meeste ramen waren zwart. Slechts in het Chinese eettentje, twee panden voor de bloemenwinkel met de morsdode, als van graven geroofde boeketten, was enig leven. Het was gevestigd in een kelderverdieping die jaren leeg had gestaan. De lampionnen bij het trappetje naar beneden wierpen zegelrode vlekken uit over de sneeuw.

We passeerden het pand waarin Lenin had gewoond. Sinds ik me was gaan verdiepen in de Russische Revolutie, zweefden de beelden uit die jaren die ik had opgedaan uit geschriften, dagboeken en ander materiaal voortdurend door mijn hoofd. Vierentwintig jaar later zou de blokkade volgen, de bijna negenhonderd dagen die de stad door de Duitsers belegerd was geweest, waarbij een miljoen mensen door de honger, de kou, de uitputting, ziektes en bombardementen waren gestorven. Een miljoen doden, in één stad! Hoeveel van hen hadden er in onze straat gewoond? In ons portiek? In ons appartement wellicht? En hoeveel van hen waren er destijds bij deze bittere koude door de Tsjaikovskistraat getrokken, langs de tegen de luchtaanvallen verduisterde gevels, niet met een dode poes, zoals wij op dit moment, maar met een slede waarop het lijk lag van een familielid, een man, een vrouw, een kind of een andere beminde, om deze naar het verzamelpunt te brengen? Al waren veel lijken zomaar onderweg in de sneeuw achtergelaten, omdat de levenden niet langer de kracht hadden, soms van zwakte naast de slede zelf dood waren neergevallen. Het waren de overlevenden van de burgeroorlog die in de jaren ervoor als een moordende zeis over het land was getrokken, geïnitieerd en aangejaagd door de satan wiens vroegere woonhuis we zojuist waren gepasseerd, de schoft die ooit hier moest hebben gelopen, precies op dit stuk trottoir, waar ik nu voortschreed met mijn vrouw, de betonschep schurend achter me aan. We naderden het pand van Zinaida Hippius, die op een dag in 1917 droog uit iemands mond noteerde: 'Ze schieten officieren die samen met hun vrouw vastzitten dood. Zo'n stuk of tien, elf per dag. Ze brengen ze naar de binnenplaats. De commandant, een sigaret tussen z'n lippen, telt ze – en ze worden afgevoerd.' Dezelfde dag verhaalde ze over ene professor Nikolski, wiens vrouw krankzinnig was geworden nadat haar man door de bolsjewieken was gefusilleerd en zijn schitterende bibliotheek geconfisqueerd. Kort daarna moest de zoon zich melden voor militaire training. Lachend kreeg hij van zijn commandant, een bolsjewistische grappenmaker, te horen: 'En weet je waar het lichaam van je pappie is? Dat hebben we aan de beesten opgevoerd.' Dat de dieren in de zoölogische tuin met goedkeuring van Lenin werden voorzien van de verse lijken van de gefusilleerden uit de cachotten van de Peter- en Paulvesting, die even verderop lag, wist iedereen.

Het hek naar de Taurische Tuin was 's nachts dikwijls afgesloten, maar ditmaal fortuinlijk genoeg open. We betraden de aan vier kanten door fraaie negentiende-eeuwse panden met beletages en torentjes, paleizen en andere gebouwen uit de tsarentijd ingesloten woestijn van sneeuw; de schimmen van de bomen tekenden zich paarsig af tegen het schijnsel van de straatlantaarns. De lage hemel was van lei. Ik sloeg een arm om mijn vrouw heen. Ze verzuchtte dat ze liever alleen liep. Langzaam begaven we ons over de sneeuw, die hier stroef knerpte, naar de bevroren vijver waarop ik eerder die week kinderen had zien schaatsen en met sleetjes van de hellingen eromheen naar beneden zien roetsjen. Vaders en moeders er trots omheen; vreugdekreten slakend in de ijle vrieslucht. Voorbij het paviljoentje, waar bruidsparen zich 's zomers lieten fotograferen en lokale maffiosi met hun liefjes champagne dronken, bleef mijn vrouw abrupt stilstaan. Ze knikte: 'Zie je die groep berken daar? Voorbij die kastanjes? Daar komt nooit iemand...'

We verlieten het pad, ploegden ons door de sneeuw, die hier een halve meter hoog was, naar een zevental berken die dicht opeenstonden. Dit deel van het park was 's zomers een zonneweide; voor de revolutie al verzamelplaats van homoseksuelen. Nadat mijn vrouw de precieze plek had aangewezen, in het midden van de heksenkring van bomen, ving ik aan met het wegscheppen van de sneeuw. Een windvlaag vanaf de Neva trok door de kale takken boven ons; witte poeder viel naar beneden. Toen ik een laag sneeuw had verwijderd bleek de bodem zo hard als graniet. Hoeveel kracht ik ook zette, alles was diepbevroren. Met de puntige zijkanten van de schep begon ik op de aarde in te hakken; de betonresten spatten ervan af. De gehele tijd keek mijn vrouw zwijgend toe. Ondanks de vorst was ik enorm gaan zweten; de druppels aan mijn neus bevroren terstond. Na een minuut of tien had ik het gat gereed. Zwijgend knikte ik naar mijn vrouw, naar haar in een zwartwollen sjaal gevatte madonnaprofiel. Julia trad met de dode poes in haar armen naar voren. Wat er precies gebeurde ontging me; misschien was ze plots bevangen door een duizeling, struikelde ze over een klomp aarde, maar mijn vrouw gleed uit en viel achterover. Ljolja kwam even los van haar, belandde dan weer veilig in haar schoot. Ik had mijn vrouw niet op tijd een hand kunnen toesteken om haar te behoeden voor de val – ook dat al niet.

Toen we door de Tsjaikovskistraat terugliepen naar huis, sprak ze: 'Weet je dat ook de weduwe van Dostojevski hier bij ons in de straat heeft gewoond? Misschien is dat leuk voor je boek. Op welk nummer precies weet ik niet, maar zal ik het eens voor je uitzoeken?'

In gedachten zag ik voortdurend de lavendelblauwe doek verdwijnen onder de klompen bevroren zwarte aarde die ik erop had gegooid, terwijl mijn vrouw naast mij zachtjes stond te snikken. Uiteindelijk had ik alles met de betonschep zo egaal mogelijk gemaakt.

Een nachtje sneeuw en je zag er helemaal niets meer van.

VIJFDE HOOFDSTUK

Maar laten we terugkeren naar de late jaren tachtig, naar Moskou, de hoofdstad van de Sovjet-Unie, waar ik na mijn mislukte Leningradse bijbelmissie samen met Fopmans de vestiging bestierde van een Nederlandse reisorganisatie. Vitale tijden! Het werk als coördinator, inkoper van hotellogies, alsook begeleider van groepen had me na een jaar niet alleen volkomen uitgeput, maar was me stilaan ook gaan tegenstaan. De zwarte handel, waaraan ik zelf driftig meedeed, had surrealistische proporties bereikt. Omdat de officieren in de kazernes niet langer bang waren voor hun meerderen werd de hele boel onderhands verpatst. Pantserwagens, tanks en ander legermaterieel dat nog in perfecte staat was, werd gedemonteerd en als schroot verkocht voor de export naar het buitenland – een praktijk waarmee ook Pozorski in Leningrad zich al had beziggehouden. Het leverde deviezen op. En wie in het land van de 'houten' roebels, die inmiddels feitelijk honderd keer minder waard waren dan de door de staat vastgestelde wisselkoers, harde valuta bezat was koning. Vrijwel alles was op de bon; maar zelfs als je bonnen, *talony*, bezat was daarmee dikwijls niets te krijgen. Ruilhandel beheerste alles, samen met het kersverse fenomeen van de coöperatieve bedrijfjes, de dekmantel waaronder de grotendeels nog altijd vigerende communistische Sovjetwetgeving – die het maken van winst, privébezit en het functioneren van de markt zeventig jaar lang had verboden – met de vaart van een heidebrand werd uitgehold.

Slechts één keer was ik tussendoor een weekje thuis geweest. Urenlang had ik doorgebracht in Haarlemse en Amsterdamse winkels om de zaken aan te schaffen die mijn Russische relaties me hadden opgegeven: de gebruikelijke medicijnen, koffie, thee, ondergoed, spijkerbroeken, videobanden, tampons, tandpasta, blouses en jurken, schoenen, winterlaarzen – alles gespecificeerd op kleur, vorm en maat – benevens een espressoapparaat, een spelcomputer, een laptop en een fax, alsook zaken die ik zelf nodig had – drop, kaas, preservatieven – met op het laatst op Schiphol zoveel mogelijk flessen Johnnie Walker (Black Label) die in het land waar ik mijn heil had gezocht vrijwel alle deuren konden openen, zelfs die van strafkampen en gevangeniscellen.

Drie maanden na de opstand in Tbilisi brak er in Siberië een zeepoproer uit; al spoedig ook elders in het land. Het leger van mijnwerkers, stakkers die zich met zieke longen als menselijke mollen kruipend door de lagen steenkool begaven, om deze met gevaar voor eigen leven met pikhouwelen af te hakken, hadden – als ze eenmaal weer boven de grond waren – zelfs geen zeep om het gruis van hun gekloofde handen, uit hun poriën en dikwijls door conjunctivitis en staar aangetaste ogen te wassen. Op mijn laatste reis, in Novosibirsk, had ik wanhopige kompels midden op een bloedheet plein zien zitten, met hun helmen rammend tegen het onder de hete Siberische zomerzon bijna gesmolten asfalt. Ze waren met boemeltreintjes naar de stad getrokken om de lokale overheid te dwingen hun gezinnen zeep, maar ook extra brood, worst en andere levensmiddelen te geven. Het Sovjetkaartenhuis stond op instorten – dat voelde je, dat rook je. Mensen aan de vooravond van een cataclysme wekken als eerste dierlijke instincten bij zichzelf tot leven. Telkens was ik dolblij als ik na een reis terug was in Moskou, in mijn kamer van Intourist aan de Gorkistraat, met beneden in de kelderbar de vertrouwde hoeren. Toen hij begin oktober op zijn beurt was teruggekomen van een reis naar Siberië, sprak Fopmans: 'Wij moeten nu eens serieus gaan praten.'

Mijn partner nam me opnieuw mee naar een badhuis. Ditmaal niet naar een instelling ergens in een verre buitenwijk, maar naar de eersteklas-afdeling van Sandoeni nabij de Smedenbrug. De superbe locatie met zijn entree als van een Venetiaans palazzo, de houten banken in de centrale ontspanningszaal, bekleed met saffiaanleer, de Tataarse bedienden die je slippers aanreiken, de lakens waarin je je kunt hullen als een Romeinse senator, om in een van de alkoofjes met gordijntjes te worden bediend met bier, wodka, thee en warme garnalen, de zweetsessies in het hellehok, waar de temperatuur als er zojuist vers water op de stenen oven is gegooid zomaar de negentig graden kan bereiken, de mannen die elkaar op de trapsgewijs oplopende houten banken afranselen met natte bundels bergentwijgjes, de middeleeuws aandoende witvilten mutsen op hun vuurrode hoofden, de koude plonsbaden na afloop van iedere saunagang, de tafels van glad graniet waarop masseurs met de spierbundels van gladiatoren de gestoomde lichamen te lijf gaan, heb ik later – her en der in mijn verhalen en romans – een plaats gegeven. Maar toen, op die najaarsdag in 1989, zat ik er voor het eerst en keek mijn ogen uit naar de naakte, merendeels getatoeëerde lichamen om me heen, de meeste opvallend pezig, een enkele slechts met een buikje. Hele torso's, dijbenen, armen en zelfs hoofden waren veranderd in iconen – Moeders Gods met kind, kathedralen met uivormige koepels, doodshoofden, vuurspuwende draken, portretten van Lenin, Stalin en in wulpse poses verkerende halfnaakte meisjes, dollartekens, zwaarden, messen, sterren.

Sommige van de kerels knikten Fopmans vanuit de verte met een blik van herkenning toe; andere schudde hij losjes de hand, viel hij in de armen, kuste hij zelfs. Met opzet had hij me op deze dinsdagmiddag meegenomen – het tijdstip dat de *banja* traditioneel werd bezocht door voormalige gevangenisboeven, oplichters, kleine en grote criminelen, leden van de Sovjetmaffia die zich door de nieuwe wind die er over de natie raasde niet langer schuilhielden, zich in hun eerste tweedehands Mercedessen met een verbijsterende arrogante zelfverzekerdheid manifesteerden. De Tataren vlogen voor hen, bogen als knipmessen, kregen een uitbrander als een dienst niet snel genoeg werd geleverd, werden dan weer bedolven onder fooien, voddige roebelbiljetten die snel verdwenen in de diepe steekzakken van hun wijdvallende grijze broeken. Fopmans had de tatoeages leren lezen; hij kende de symbolische betekenis van de meeste afbeeldingen die in cellen, kampbarakken en god-weet-waar met speciaal omgebouwde elektrische scheerapparaten waren aangebracht, de pigmentmengsels bestaande uit urine en geblakerd rubber. Precies wist hij te vertellen hoelang en waarvoor iemand gevangen had gezeten, welke positie de crimineel bekleedde in de hiërarchie. De tweekoppige adelaar, die velen hadden, was de uiting van de algehele minachting voor de Sovjet-Unie. Een roos op een borst vertelde dat iemand achttien jaar was geworden in de cel; een vlinderdasje om de nek, voorzien van een dollarteken, betekende een veroordeling vanwege diefstal van staatseigendom; een mes door de nek dat de drager ervan een medegevangene had vermoord en zich bereid toonde dat in opdracht van anderen wederom te doen.

Nadat we ons na twee stoomrondjes hadden genesteld in een alkoof, de klamme lakens om ons heen, en een broodmagere Tataar twee grote pullen bier bracht, zei Fopmans dat hij vond dat ik er nogal gedeprimeerd uitzag. Ik begon, zijn opmerking negerend, of liever gezegd: eroverheen pratend, te vertellen dat ik een paar weken eerder bij een nieuwe kassadame van het Bolsjoj-theater dertig kaartjes voor *Het Zwanenmeer* had weten los te krijgen, in ruil voor een Atari-spelcomputer die ik uit Amsterdam had meegebracht. Het apparaat had nog geen tweehonderd gulden gekost; de kaartjes hadden me ruim twaalfhonderd dollar opgeleverd. Ik had goed gedraaid. Maar steeds meer kleine scharrelaars begonnen onder onze duiven te schieten.

'Het feest is bijna afgelopen...' Nadat Fopmans een slok bier had genomen, krulden zijn kinderlijk dikke lippen op bijna burleske wijze op. 'Dat wil zeggen: we staan aan de vooravond van iets nieuws. In Novosibirsk heb ik twee interessante kerels ontmoet, geleerden, leden van de Academie van Wetenschappen...'

We moesten, ging mijn partner verder, zo snel mogelijk voor onszelf beginnen. Wie bezat de juiste contacten en de expertise om in de wirwar van de nieuwe coöperatieve bedrijfjes die waren ontstaan hotellogies in te kopen? In Moskou waren we vrijwel eenoog. Maar ons huidige baantje was apennootjes, klein bier. Hij was de dertig inmiddels gepasseerd. De tijd begon te dringen. Naast het reiswezen lag onze toekomst vooral in de import; daar was het grote geld te verdienen, het fortuin dat ons toegloorde. Voorlopig zouden we doorgaan met onze huidige activiteiten. Maar vanaf nu dienden we ons te richten op het opzetten van een infrastructuur. Hij gaf ons drie maanden, tot het nieuwe jaar. Dan moest alles min of meer op de rails staan. 'Maar wat is er toch met je? Ah, ik zie het al: onze kerel is verliefd! Opgeslokt door de hormonen en de serotonine... Nou, vertel op! Wie is het?'

Ik bloosde betrapt, maar zweeg.

Drie weken eerder had ik inderdaad een meisje ontmoet. Tijdens een reis die ik met een collectief Leidse kunsthistorici had gemaakt langs de archipel van eeuwenoude stadjes rond

Moskou als Zagorsk, Vladimir, Soezdal en Kostroma. Een brunette uit Leningrad. Ze was lerares Duits op een lyceum nabij de Hermitage en werkte af en toe bij als gids, om haar magere, meer dan magere inkomen van honderdtwintig roebel in de maand aan te vullen – een bedrag waarvoor je in de valutabar van het hotel waar ik woonde nog geen drie biertjes kon kopen. De organisatie die haar had ingehuurd had haar aan onze groep toegevoegd. Ze had een treinkaartje tweedeklas gekregen van Leningrad naar Moskou, waar de bus klaarstond die het gezelschap tien dagen langs de zogeheten 'Gouden Ring' zou voeren – 's zomers arcadische decors van kloosters, wouden van uivormig gekoepelde kerken en koopmanswoningen, met ganzen, kersenboomgaarden en bijengezoem, 's winters alles feeëriek bedolven onder de sneeuw.

Duits bleek voor de vaderlandse kunsthistorici gelukkig geen probleem. Binnen twee dagen had ze iedereen betoverd met haar donkere elegante verschijning en onuitputtelijke kennis over de geschiedenis en de architectuur van de plaatsen die we bezochten.

Iedere morgen stond de zon stralend aan de strakblauwe hemel. Overdag liep de temperatuur op tot boven de vijfentwintig graden. Iedereen genoot met volle teugen van de 'oudewijvenzomer', maar de septembernachten waren al koud. In Zagorsk, het centrum van de Russisch-orthodoxe Kerk dat stilaan uit zijn communistische winterslaap was gewekt, en waar we de eerste nacht hadden doorgebracht, was ik reeds ten prooi geweest aan wanhoop. De aanwezigheid van de frêle Russin met haar grijsgroene ogen had me vanaf de eerste minuut betoverd. Maar de trouwring, fonkelend aan haar linkerhand als ze met balletachtige souplesse gesticulerend stond te vertellen voor een schilderij, een icoon of beeldhouwwerk, had bij mij meteen alle hoop de grond in geboord.

De gehele natie was ten prooi aan leeswoede. Overal in het land rook het naar de goedkope drukinkt van pamfletten en krantjes die zwarte vingers maakten en berichtten over de laatste stormachtige politieke ontwikkelingen in Moskou. Ook hier in de provincie, waar de plattelandsbevolking, die merendeels nog altijd werkte voor de staatsboerderijen, elke dag meer kampte met de mensonterende tekorten aan levensmiddelen, de totale ineenstorting van de infrastructuur, de sociale en economische degradatie. Rond de zwart-wit-tv in de hotellobby dromden schoonmakers, bedienend personeel, portiers en even uit de keuken geknepen koks samen, om te kijken naar de verslagen uit de hoofdstad. In hun ogen fonkelden verbijstering, ongeloof en hoop.

Maar anders dan miljoenen van haar landgenoten leek onze gids amper in politiek geïnteresseerd. Als de kunsthistorici na het schamele diner dat vrijwel onveranderlijk bestond uit varkensvlees, kip en puree nog wat gingen drinken in de hotelbar, vol lokale maffiosi en wulpse hoeren die bij de Russen op dienstreis gretig aftrek vonden, droop zij met een boek meteen naar haar kamer af. Tijdens de gezamenlijke maaltijden schoof ze steeds bij iemand anders uit de groep aan, nooit bij mij. Tegen mij was ze vriendelijk, maar tegelijkertijd afstandelijk, formeel.

Op de vierde dag arriveerden we in Kostroma. Na de lunch begaven we ons van het hotel onder de brandende zon naar het Ipatjev-klooster, gebouwd op de plek waar de naar de stad genoemde rivier uitmondt in de Wolga. Leeuweriken doken van alle kanten met hun luchtacrobatiek op. In sommige delen van het voormalige koopmansstadje waren de houten trottoirs van vroeger op wonderlijke wijze gespaard gebleven. Onderweg stond Julia stil bij de negentiende-eeuwse brandweertoren, een meesterwerkje met een zuilengalerij, zo vervallen echter dat de rode bakstenen overal door het gele pleisterwerk heen kwamen. Ze vertelde hoe het stadje historisch gezien hecht verbonden was met haar geboorteplaats. In het voorjaar van 1913, na een orgie van feestelijkheden, waarbij de Nevski Prospekt het decor was geweest van tal van festiviteiten vol pracht en praal, het GOD BEHOEDE DE TSAAR met guirlandes van gekleurde lichtjes boven de straten hing, de adel zich te buiten ging aan luisterrijke bals, terwijl de armen werden bedeeld met cadeautjes en gratis maaltijden uit de gaarkeuken – de band tussen de tsaar en zijn volk leek hechter en de revolutie verder weg dan ooit – waren tsaar Nicolaas II en zijn vrouw Alexandra vanuit Sint-Petersburg op bedevaart gegaan naar Kostroma, om te herdenken dat de keizerlijke dynastie driehonderd jaar eerder, met de kroning van Michail Romanov tot eerste tsaar, in het Ipatjev-klooster was gesticht. De wieg van de Romanovs, die vier jaar later ten onder zouden gaan, stond hier.

Nadat ze met de gebruikelijke waterval van details had verteld over de fresco's die ons omringden, had ze mij in een gang van het eeuwenoude klooster voor het eerst een speciale blik toegeworpen.

Die avond klopte ik tegen negenen aan op haar kamerdeur. Er werd niet opengedaan. Ik klopte nog een paar maal. Tevergeefs. Vervolgens was ik naar buiten gegaan. Ik stak een sigaret op, begon te dwalen onder de absurde sterrenhemel in het parkje rond het hotel. Met een zwarte doek om haar schouders trof ik Julia aan op een bankje.

'Waarom heb je zojuist bij mij aangeklopt?' vroeg ze.

Ik vroeg, met bonzend hart in mijn keel, hoe zij dat wist.

'Dat weet ik gewoon...' Met de blik van een verwond hert keek Julia even naar me op. Ze gebaarde me te gaan zitten, pakte mijn hand, kneep erin, zei dat ze alles wist, dat ze zelf al die tijd niets aan mij had laten merken, omdat het simpelweg niet kon.

'Je bent getrouwd,' zei ik.

'Hoe weet je dat?'

Ik knikte naar de ring om haar vinger.

Maar dat was het niet, dat wil zeggen: dat was het óók.

O, het was allemaal zo voos, zo verwarrend en zonder hoop, begon Julia te snikken. Ze haatte dit land: nog altijd de grootste gevangenis op aarde. Ze haatte haar leven, de totale uitzichtloosheid, want als de schoften die nu de macht hadden verdreven waren, kwamen er andere schoften, daarvan was ze overtuigd, en daarna weer nieuwe. Nooit zou het in dit land normaal worden. Plots liet ze mijn hand los, keek me met haar wijd opengesperde betraande ogen ontredderd aan, en sprak: 'Ga van me weg, hoor je me? Ik breng je ongeluk. Ga van me weg!'

Zes dagen later was ze in Moskou weer tweedeklas op de trein naar Leningrad gestapt. Het gezelschap kunsthistorici had haar na afloop van de reis bedeeld met een enveloppe met dertig gulden – anderhalve gulden de man voor tien dagen. Maar voor zo'n meisje, had de Leidse dame die met haar bekakte stem in de bus de danktoespraak had gehouden mij toevertrouwd, was dat natuurlijk een vermogen.

Een telefoon had ze thuis niet. Bij ons afscheid op het station had ze me een papiertje gegeven met haar adres erop.

'Kom je me snel opzoeken?' vroeg ze.

Ik knikte plechtig.

De volgende dag al was ik haar achternagereisd, gebruikmakend van de halve week die ik vrij had tot mijn volgende trip. Mijn gehele wezen was vervuld van de nacht die ik uiteindelijk bij haar had doorgebracht, in een van de houten huisjes op het terrein binnen de witgekalkte hoge muren van een middeleeuws klooster in Soezdal, ingericht als verblijf voor toeristen. Om vijf uur 's ochtends werden we gewekt door ijl belgerinkel: de nonnen die mondjesmaat naar de abdij waren teruggekeerd, werden opgeroepen voor het ochtendgebed.

De armoede waarin ik Julia aantrof trof me als een mokerslag. Ze woonde in een kommunalka op het Vasilius-eiland – een pijpenla van tien vierkante meter, tweeënhalf bij vier, met een enkel dubbelglazig raam dat uitkeek op een binnenplaats als een vuilstortkoker waartoe het daglicht amper doordrong. De ratten die er doodgemoedereerd rondkropen lieten hun vette lichamen van de dakgoten op de zinken vuilnisbakken vallen, vochten en piepten luid. Ze leefde te midden van een opeenstapeling van huisraad. Aan één muur stond een antiek buffet, met allerhande lades en prachtig geslepen facet-ruitjes. Vlak ernaast een zwartgelakte piano, onder de krassen en butsen, merk Odessa. Met eveneens zwarte viltstift stond op het rode streepjesbehang erboven het volgende geschreven: *Ich bin frei!* Voorts was de behuizing volgepropt met boeken, boeken, boeken. De verzamelde werken in het Russisch van Flaubert, Stendhal en Maupassant stonden broederlijk naast de bruinleren banden met Goethe, Schiller en Thomas Mann in het Duits. Een hele plank bestond uit louter woordenboeken, met vrijwel alle talen van het oude Europa. Voor een tafel noch stoelen was er plek. De centrale plaats was een met een paardendeken overtrokken zitbank die uitgeklapt kon worden en diende als bed. Vanaf de gang, waar altijd voetstappen klonken, gemompel, gescheld, gekrijs, hoesten of niezen, trok door de kieren van de deur, die bijna zwevend in de verveloze post hing, voortdurend een gruwelijke stank. Een mengsel van kookluchten, van zich ontlastende mensen, knoflook en zweet, de bedompte muffe uitwaseming van een oud vochtig pand, alsook die van gas die kwam uit de gemeenschappelijke keuken waar zes gammele, als leprozen met dikke korsten overwoekerde gasfornuizen voortdurend lekten, en waar de waanzin van potten en pannen, een gootsteen die eeuwig vol vettigheid en aangekoekt vuil lag, een soepbord in de vensterbank met peuken (het was de enige plek waar mocht worden gerookt) en een batterij ijskastjes en voorraadkastjes die volhingen met dreigbriefjes als: *Niet aan de melk komen!* en: *De meel in dit blik is gewogen* tot: *Ik vermoord je, als je met je poten aan mijn suiker komt!* compleet was.

De eerste avond dat ik bij Julia bleef slapen, had ik vol walging de communale badkamer betreden waar de wit emaillen kuip bijna geheel bruin was geworden door het roestige water, wasgoed aan een myriade van lijnen te drogen hing, kakkerlakken van alle kanten wegschoten en zowel de muur als het plafond een atoomramplandschap vormde van vochtvlekken, verfpokken en oranje schimmels. Ik poetste mijn tanden met bronwater dat ik in een flesje had meegenomen, ademend door mijn neus, trachtend zo weinig mogelijk aan te raken, toen er op de deur werd gebonkt en een doorrookte mannenstem riep dat ik – alle hoeren nog aan toe – moest opschieten, dat hij wel doorhad dat ik een buitenlander was, dat ik niet van hier kwam, dat hij misschien maar beter de militie erbij kon halen, want het was hier geen bordeel, waarna hij begon te bulderen dat ik moest oprotten omdat hij op knappen stond.

In de badkamer stond voor de zestien bewoners tevens de enige wc, zonder bril en met een vlotter die chronisch kaduuk was.

Toen ik terugkwam was de bank met de paardendeken inmiddels opengeklapt en stond Julia het bed met fris beddengoed op te maken. Ze sprak hees: 'Ik schaam me zo. Op een keer wilde ik de badkamer eens goed schoonmaken, maar ze scholden me uit voor teef, en riepen: "Denk je soms dat je beter bent dan wij? Met je piano en al die boeken!"'

Vanaf het allereerste ogenblik dat ik haar had gezien was het alsof ik haar mijn hele leven had gekend, maar dat we al die jaren hadden geleefd in een soort parallel universum; alsof een mysterieuze, toverachtige osmose van tijd en plaats ons alsnog bij elkaar had gebracht. Mijn zoekende dolen over de aardbol tot nu toe had onvermijdelijk geleid naar onze ontmoeting. Natuurlijk was dit alles volledig inbeelding van mijn kant, zo had ik aanvankelijk gedacht, totdat spoedig bleek dat dit gevoel volkomen wederzijds was.

'Waar is je man?' Toen ik voor het eerst de pijpenla was binnengestapt, waar een waterkoker met twee blauwe kopjes op de piano klaarstonden, besloot ik het maar meteen te vragen.

'Dood,' had Julia geantwoord.

Het laatste jaar had ze apart van hem geleefd. Ze waren veel te jong getrouwd, het was allemaal te snel gegaan. Ze pasten niet bij elkaar, waren van plan te scheiden. Die winter was hij met een groep bergbeklimmers naar het zuiden van de Sovjet-Unie vertrokken, naar het Pamir-gebergte op de grens met Afghanistan, waar de gehele alpinistenexpeditie van twaalf man was verongelukt. Geen van de lichamen was teruggevonden.

'Dus je bent weduwe?'

'Het is net of het niet met mij, maar met iemand anders is gebeurd.' Julia vouwde zuchtend een kussensloop uit, krakend van het stijfsel. 'Zeg, kom eens hier! Wat ruik je toch altijd lekker!'

Eenmaal terug in Moskou, me voorbereidend op de volgende reis, had ik het idee te zijn geamputeerd. Ik voelde me volkomen verloren. De gedachte dat mijn Russische geliefde in Leningrad in dat beroerde hok alleen zat, terwijl ze van 's ochtends vroeg tot dikwijls laat in de avond op die school werkte, voor een maandsalaris waarvoor je op de zwarte markt nog geen spijkerbroek kon kopen, kwelde me. Opnieuw werd ik gegrepen door het verlangen de USSR voorgoed te verlaten, om Julia mee te nemen, te redden, al had ik geen idee hoe. Tegelijkertijd drong Fopmans bij me aan haast te maken met ons plan: binnen drie maanden zouden we zelfstandig zijn. En moest ik ook niet eens gaan nadenken over de juridische structuur? Ik had in Amsterdam toch rechten gestudeerd? Ik was toch jurist?

Een week later reeds was alles anders.

Ik bevond me op het juiste moment op de juiste plaats. De tektonische platen onder het Sovjetrijk bewogen zich met een hoog zingend gepiep, althans voor hen die dat horen wilden; als het kruiende ijs op de Neva wanneer de schotsen in het voorjaar tegen elkaar op kropen en door het stromende water naar de Finse golf werden afgevoerd. Ik heb aan de rijkdom geroken. O ja, ik had miljonair kunnen zijn, de rest van mijn leven onafhankelijk, zonder financiële zorgen, om me nog louter te wijden aan de literatuur. Nooit meer zou ik gedwongen zijn geweest, zoals nu, een boek te schrijven ter aflossing van een schuld, van die zielige tien mille die ik een paar maanden geleden als voorschot bij mijn uitgever heb opgenomen ten behoeve van de zeilboot van mijn zwager, terwijl ik juist besloten had het schrijven eraan te geven.

Een dag na mijn terugkeer uit Leningrad arriveerde in Moskou een groep vaderlandse hoteliers, afkomstig uit Den Haag, Wassenaar en Noordwijk. Tweemaal per jaar hadden ze een gezamenlijk uitje. In de vijftien jaar ervoor hadden ze vrijwel de gehele aardbol afgereisd, totdat de secretaris van de club voor de lol de Sovjet-Unie als volgende bestemming had geopperd, het land waarover de laatste tijd zoveel te doen was, met die nieuwe openheid en hervormingen. Het gros had aanvankelijk geprotesteerd – wat moesten ze in dat communistische gruwelland? – maar de secretaris had doorgezet, was gaan informeren en had bij de organisatie waarvan Fopmans en ik de vooruitgeschoven posten in het Sovjetrijk waren een reis geboekt van zes dagen – drie dagen Moskou, drie dagen Leningrad. Met als toevoeging dat geld geen probleem was, dat op het eten niet hoefde te worden bezuinigd en ze wilden verblijven in de allerbeste hotels. In Moskou werd dat Metropol. Omdat de hotelgedeeltes van zowel het Astoria als Europe gerestaureerd werden, werden ze in Leningrad geaccommodeerd in Hotel Moskwa, een architectonisch wangedrocht uit de jaren zeventig op de kop van de Oude Nevski, een toeristenfabriek waar een van de eerste illegale casino's gevestigd was, schorem met apenhoofden de hal bevolkte, en reeds de eerste doden waren gevallen bij liquidaties in het onderwereldcircuit, maar dat gold als het op twee na beste van de stad.

Terwijl ik naar de luchthaven vertrok om het gezelschap af te halen, was Fopmans naar Novosibirsk gevlogen, op kosten van de twee leden van de Academie van Wetenschappen die hij eerder had leren kennen en die nu met zeer concrete voorstellen tot toekomstige samenwerking waren gekomen. Ik herinner me levendig hoe de twintig hoteliers, voornamelijk echtparen, met een paar losse reizigers, in de hal op me af kwamen lopen, een lading koffers meezeulend als voor een wereldreis. Hoewel de oudewijvenzomer juist voorbij was, de eerste sneeuw nog zeker anderhalve maand op zich liet wachten en de bomen aan de Moskouse boulevards in hun brokaten en robijnen tooien stonden te gloeien, stapten ze in solide bontmantels naar buiten. De volgende dag, eenmaal van hun verkeerde klimatologische inschatting doordrongen, waren deze vervangen door kameelharen en kasjmieren mantels. De vrouwen waren behangen met pronkjuwelen, de mannen droegen opzichtige horloges – alles balancerend op de rand van slechte smaak.

Het welkomstdiner had ik georganiseerd in de eetzaal van Metropol, onder het glazen jugendstilplafond, naast het klaterende fonteintje, een locatie die ik later eveneens aan mijn romans en verhalen zou doteren. Nadat ik de Krimchampagne en de zwarte kaviaar in schaaltjes van tweehonderd gram per persoon had laten aanrukken, zaken die officieel niet verkrijgbaar waren maar na zalving van de handpalm van de administrator met honderd dollar onbeperkt werden geleverd, had ik het gezelschap verteld dat ik toevallig in een hotel was opgegroeid, dat mijn ouders eveneens hoteliers waren, waarna ik onmiddellijk als een van hen werd opgenomen. Maar eenmaal terug op mijn kamer in Intourist, na een wandeling door de motregen langs demonstranten die bij het granieten borstbeeld van Marx op het plein naast Metropol hun kelen stonden schor te schreeuwen tegen de communistische junta in het Kremlin die de alleenheerschappij nog altijd weigerde op te geven, werd ik gegrepen door wroeging. Mijn vader lag op dat moment in het ziekenhuis, om voor de tweede maal te worden behandeld voor zijn kanker. Die ochtend had ik gebeld met mijn moeder die, optimistisch als altijd, vertelde dat alles uiteindelijk goed kwam.

Het gezelschap bestond voornamelijk uit hoteliers, maar anders dan mijn ouders, die hun leven lang van 's morgens vroeg tot 's avonds laat hadden gesloofd, mijn vader achter het fornuis, of in zijn kantoortje aan een tafeltje in het magazijn de boekhouding bijwerkend, mijn moeder eten serverend, borden wassend, lakens verwisselend en intussen de zorg dragend voor mijn twee broers en mij – totdat wij zelf in het tot de ondergang gedoemde bedrijf konden meedraaien, wat ik tot in mijn laatste studiejaar heb gedaan – betrof het hier een soort hoteladel, van wie de zorgvuldig gemanicuurde vingers bij zowel de zongebruinde dames als de heren erop wezen dat ze de afgelopen decennia geen vuil kopje in handen hadden gehad, een houten vlonder achter de bar afgeboend of ook maar een kussensloop verwisseld. Het waren investeerders, vastgoedmiljonairs die behalve in Nederland hotels bezaten in Frankrijk, Italië en Zwitserland, waar sommige van hun kinderen studeerden op de hotelschool in Lausanne, die over hun personeel spraken als de Russische landadel destijds over de lijfeigenen. Het loon en de sociale lasten voor de receptiemedewerkers, de koks, de obers en het kamerpersoneel waren de afgelopen jaren veel te hoog geworden. Het kwam allemaal door de socialisten.

Vanaf de eerste minuut had er onder de hoteliers de sfeer van een schoolreisje geheerst. De lacherigheid werd voortdurend gevoed met nieuwe grappen, snedige opmerkingen, soms een enkel woord dat kennelijk teruggreep op een eerdere gemeenschappelijke ervaring en onder het gezelschap een instant geschater teweegbracht. Met zakdoeken, de mouwen van hun tweedjasje of gewoon met de vingers, wreven ze de volgende dag rondjes op de beslagen ramen van de bus en gluurden door de patrijspoorten nieuwsgierig naar buiten. Alles werd druk becommentarieerd: de gebouwen, de grauwheid van de in de motregen trillende onherbergzame straten. Nog nooit hadden ze zo'n spuuglelijke stad gezien. Toen we langs een bouwval reden met PRODOEKTI (levensmiddelen) op de gevel, waarvoor honderden voornamelijk oudere mannen en vrouwen geduldig stonden te wachten, in de aubergine-kleurige en tabaksbruine vormloze regenjassen die iedereen in die late Sovjetjaren droeg, oogstte dat een hoongelach. De dikke rijen wanhopige mensen voor de winkels, als werklozen voor arbeidsbureaus, die een mens visueel terugwierpen naar de crisisjaren van vlak voor de Tweede Wereldoorlog, de zwermen bedelaars bij de trappen van de metrostations werden een bron van vermaak. Ik dacht aan Julia, hoe zielsblij die was geweest met de pot oploskoffie en een doos Franse chocolaatjes uit de valutawinkel die ik voor haar had meegebracht. De hoteliers begonnen over de mensen om hen heen te spreken als over dieren. Ik wist me te beheersen, maar op een gegeven moment hield ik het niet langer, worstelde me in de bus naar voren, greep de microfoon uit de handen van de staatsgids – een Russin van middelbare leeftijd die op de automatische piloot de gebruikelijke reeksen jaartallen, productiecijfers en communistische helden oplepelde – en begon te vertellen over wat er in het land werkelijk aan de hand was, van mijn vele reizen door de USSR de afgelopen anderhalf jaar, van het vuur dat hier weliswaar nu nog smeulende was, maar dat op een dag zomaar kon ontaarden in een uitslaande brand, waarvan de schroeihitte vroeg of laat – al duurde het een kwarteeuw, een halve eeuw – onherroepelijk in het westen van Europa en in de rest van de wereld voelbaar zou zijn.

Toen we twee dagen later in de nachttrein naar Leningrad stapten was iedereen aangeschoten van het vervroegde diner in Metropol. De koffers puilden uit van de souvenirs – sabelbontmutsen, beloegakaviaar in blauwe kiloblikken, antieke en Sovjethorloges, tsaristisch aardewerk, zelfs klompjes goud. Men toonde mij de trofeeën, het bedrag noemend dat ervoor was betaald, gevolgd door de vraag of dat niet te veel was. Ik antwoordde dat ze alles voor een koopje hadden gekregen, wat merendeels klopte. Slechts weinig maakt een mens met alcohol in de aderen zo gelukkig als het besef goede zaken te hebben gedaan. Mijn tweepersoonscoupé deelde ik met een knappe blonde vent van eind dertig, een Hagenaar. Hij had als econoom, organisatiedeskundige, consultant het afgelopen jaar een aantal hoteliers succesvol geadviseerd over een efficiëntere bedrijfsvoering en was door de secretaris van de club als teken van dankbaarheid uitgenodigd. Ook de rest van de hoteleigenaren had hij inmiddels onder contract om de zaken adequater aan te pakken. Kostenbesparing en goedkoop personeel van Afrikaanse oorsprong waren de toverwoorden. Armeense cognac drinkend op onze britsen, terwijl de nacht voorbijtrok, greep de consultant terug op het betoog dat ik twee dagen eerder in de bus had gehouden. Hij sprak zijn verbazing erover uit dat een universitair geschoold iemand als ik zijn brood verdiende met zo'n armzalige bezigheid als veredeld reisleider.

'Je bent toch jurist?'

Ik zei dat dat klopte.

'Nog geen dertig, spreekt vloeiend Russisch en is afgestudeerd in de rechten bovendien. Man, waar ben je mee bezig? Je zit hier verdomme op een gouden ei! En ik ga je helpen dat uit te broeden!'

Hij deed me een voorstel. Het was zo aanlokkelijk dat ik meteen na aankomst Fopmans in Novosibirsk had gebeld. Deze vent moest ik warm houden, had hij me op het hart gedrukt. Wilden we de zaken grondig gaan aanpakken dan dienden we naast een kantoor in Moskou een vestiging in Nederland te hebben. En dat was precies wat de organisatiedeskundige, die Baldwin Borger heette, had voorgesteld.

Drie dagen nadat ik het collectief hoteliers naar de luchthaven van Leningrad had gebracht, was ik zelf naar Holland gevlogen om mijn vader, die twee weken ervoor was geopereerd, eindelijk te bezoeken.

Voor het eerst sinds een halfjaar liep ik door de winderige straten van mijn jeugd. Opnieuw waren er oude panden in het kustdorp afgebroken. De laatste kastanjes, die vroeger in de zomer het amberen zonlicht hadden gefilterd, waren gekapt. De zee ging woest-grijs tekeer onder een hemel van inktblauwe wolken. Terwijl ik over de wereld was gaan reizen zag ik hen met wie ik op de lagere school had gezeten zich op een volstrekt natuurlijke wijze door het wegkwijnende decor bewegen. Inmiddels mannen en vrouwen. De een was loodgieter geworden, de ander bakker of huisschilder, zoals hun vaders. Maar liefst drie werkten er op het postkantoor. De meesten waren getrouwd en hadden kinderen. Uit mijn klas waren er slechts twee naar het lyceum in Haarlem gegaan – ik was er een van, de ander was inmiddels dood. In het derde studiejaar had deze notariszoon, met legerkistjes aan zijn voeten en een oranje hanenkam, op een zolder zijn polsen doorgesneden, gesloopt door de drugs.

Om drie uur was ik op Schiphol geland. Om klokslag zessen zat ik aan tafel tegenover mijn moeder. Ze had mijn lievelingseten bereid – gekookte andijvie met kruimige aardappelen, een gehaktbal drijvend in de jus, chocoladevla met een toef zelfgeklopte slagroom na. Mijn broers waren voor twee dagen vertrokken naar Brussel, om even van de spanningen weg te zijn, en zouden de volgende avond thuiskomen. Vanwege mijn komst had mijn moeder mijn vader bij hoge uitzondering niet die middag, maar 's morgens al mogen bezoeken, vlak nadat de dokters waren langs geweest. Mijn vader was van mijn aanwezigheid in het land inmiddels op de hoogte. Hij had mijn moeder gezegd dat ze de hartelijke groeten aan mij moest overbrengen, maar verzocht of ik met het bezoek nog even kon wachten.

Toen ik mijn moeder bij deze woorden vragend aankeek leken de baleinen in mijn lichaam te knappen. Hier klopte iets niet. Ik staarde in het bijna zestigjarige gezicht van de vrouw die mij had gebaard, roodgeaderd bij de verder opvallend gave wangen, met de goeiige waterblauwe ogen van iemand die nooit had geleefd voor zichzelf, zich altijd voor de ander had weggecijferd; zij die met haar drie klassen huishoudschool nimmer in haar leven had gelogen – daarvoor ging ik door het vuur – maar die nu voor mij iets probeerde achter te houden, ten prooi aan een verdriet dat ze zichtbaar nauwelijks kon bedwingen.

'Wil je nog vla?' Ze was al opgestaan en liet de resten uit het omgekeerde bruine pak in mijn schaaltje ploppen.

De drie dagen voor mijn vertrek uit Leningrad had ik bij Julia doorgebracht, in haar hok. Ze was verzot op alles wat chocolade was. De dikke vla die mijn moeder nu, met de gebogen houding van *Het melkmeisje* van Vermeer, uit het pak liet lopen zou ze heerlijk vinden. Terwijl mijn ziel werd verteerd door de smart en stille wanhoop in mijn moeders ogen, gloeide tegelijkertijd in mij de verliefdheid, wat mijn verwarring en gevoel van verraad nog heviger maakte.

'Mama, wat is er verder nog met papa aan de hand?'

'Zo, jongen...' Mijn moeder likte een laatste klodder die aan de schenktuit was blijven plakken snel af. 'Zal ik nog even wat lekkere slagroom uit de keuken voor je halen?'

Ik schudde mijn hoofd. Mijn moeder nam plaats en begon te vertellen dat de operatie succesvol was verlopen – de buikwond was alweer aardig geheeld – maar dat er helaas iets bij was gekomen. In mijn vaders keel was een tumor ontdekt die ze meteen hadden meegenomen.

'In zijn keel?'

'Er was daar iets niet goed...' Mijn moeder liet haar gekloofde vingers langzaam over het tafellaken gaan, als wilde ze alle plooien en luchtbobbels gladstrijken. 'Je vader kan momenteel niet praten... Alles doen we met een briefje... Ook dat ik jou de groeten moest overbrengen... Ik kan het je laten zien...' Nerveus greep ze in de zak van haar hemelsblauwe werkschort, dat ze ook aan tafel altijd omhad. 'Verrek, waar is dat briefje nu? Dan had ik het je kunnen laten zien...'

Daarna pas vernam ik dat mijn vader niet langer in Haarlem lag, maar negen dagen na de darmoperatie was overgebracht naar de VU in Amsterdam, omdat daar de goede keelspecialisten zaten. De ingreep aan zijn huig was pas twee dagen ervoor uitgevoerd. Mijn vader had het nogal moeilijk, vandaar zijn verzoek mijn bezoek een paar dagen uit te stellen.

Toen ik de volgende ochtend om tien uur de hal van het VU-ziekenhuis binnen liep, had ik mijn smoes klaar: ik was de zoon van een patiënt die kort ervoor was geholpen, woonachtig in het buitenland, slechts heel even in Nederland, en smeekte min of meer mijn vader te mogen bezoeken. Er werd gebeld. Het was onmogelijk. Toen ik volhardde werd er opnieuw gebeld, en sprak het meisje achter de balie: 'Oké, maar dat wordt kwart over elf. Als de dokter is langs geweest.'

Net als vermoedelijk ieder mens had ik in de loop der jaren mijn particuliere voorstellingen gemaakt van de hel. Het bejaardentehuis in de verre buitenwijk in Leningrad, waar ik het jaar ervoor bijbels had uitgedeeld en mevrouw Pokrovskaja, die met haar hoofd nog deels verkeerde in het Rusland van voor de revolutie, een middag in haar invalidenwagentje mee naar buiten had genomen, had het aardse inferno aardig benaderd. Maar toen ik de zaal binnenstapte waar mijn vader lag, begreep ik dat ik nog lang niet alles had gezien. Van de schok en de ontzetting voelde ik hoe het bloed uit mijn gezicht wegtrok en ik lijkwit werd.

Mijn vader lag niet in bed, maar zat in een pluizige paarsbruine kamerjas kaarsrecht op een metalen stoel; eronderuit kwamen zijn melkblauwwitte kuiten en voeten, stekend in zijn leren pantoffels. De ruimte werd bevolkt door andere mannelijke en vrouwelijke patiënten, in diverse stadia van menselijke ontering. Was bij de ene de gehele onderkant van het hoofd chirurgisch weggesneden, de ander miste een onderlip, terwijl de hals van weer een ander was verpakt in met bloed doorvlekt verband. Sommigen hadden de verwilderde blik van dieren. Bij de meesten dreef in hun door de medicijnen opgezwollen oogkassen louter uitputting en berusting. Een medisch kabinet met de granaatslachtoffers van een vuile oorlog, al was de vuile oorlog hier de kanker. Vrijwel zonder uitzondering stak bij iedere getroffene ter hoogte van de adamsappel een plastic luchtpijpje naar buiten, waardoorheen verstikte en hese luchtstroompjes klonken.

Ook mijn vader had zo'n pijpje. Toen ik binnenkwam, staarde hij met zijn negenenvijftigjarige hoofd strak naar buiten, naar de in een vaalgroene mist schuilgaande snelweg naar Amsterdam. De resten van zijn amper grijs geworden zwarte krullen, die hij reeds als jongen had, waardoor hij er zijn leven lang had uitgezien als een Portugese Jood – ergens diep in de genen lag het geheim – waren nat van het zweet.

Behoedzaam draaide hij zich naar mij om en glimlachte triest met zijn intens donkere ogen.

'Dag papa,' zei ik.

Een vochtig gereutel ontsteeg aan het buisje.

Mijn vaders handen, waarmee hij veertig jaar lang zijn

brood had verdiend, eerst als koksmaatje op de grote vaart, later achter het fornuis (dat hij altijd 'de kachel' noemde) in zijn eigen zaak, daalden af naar de zakken van zijn kamerjas, waarvan ik niet eens wist dat hij die bezat. Zijn vingers hadden de tastende, bevende onzekerheid van een blinde.

Hij haalde een potloodstompje en een blocnote tevoorschijn.

'Dag jongen...' Het waren de hanenpoten van een kind.

Ik boog me behoedzaam over hem heen en drukte zwijgend een zachte kus op zijn voorhoofd, gloeiend en klam van het zweet.

'Hoe gaat het daar in Rusland?' schreef mijn vader vervolgens.

Ik fluisterde hem snel toe dat alles goed ging.

Opnieuw bracht hij het stompje naar het papier.

'Mooi... En die Russische meiden?'

Met een samenzweerderige blik keek hij me aan.

'Ik ga misschien met een partner in zaken,' zei ik toen, zonder in details te treden. 'Kijk eens, daar komt het zonnetje door...'

Mijn vader was alweer aan het schrijven, met luchtpiepjes en gesmoord kermend door het buisje. 'Denk je wel om je moeder? Met mij gaat alles goed, maar je moeder heeft er nogal last van...'

Op dat moment begon hij krampachtig te hoesten, diep vanuit zijn bronchiën. Zijn door de eerdere darmoperatie sterk vermagerde lichaam beefde en trilde, op zo'n afschuwelijke wijze dat ik in paniek riep dat ik de dokter erbij zou roepen, maar mijn vader maakte afwerende gebaren. Kennelijk had hij dit eerder gehad, wist hij hoe hij alles zelf weer tot kalmte kon brengen, wat ook zo bleek. Er was slijm naar boven gekomen; met een zakdoek die in zijn schoot lag veegde hij alles snel weg.

'Droog, alles is zo droog...' bracht hij toen moeizaam uit,

met een volledig versleten stem. Hij knikte naar het nachtkastje rechts van hem. Er stond een glas water op, met ernaast pistachegroenkleurige minisponsjes aan witte stokjes, als kinderlolly's. Hij zat aan het infuus, mocht beslist niet drinken – dat had de zuster die mij uiteindelijk met tegenzin had binnengelaten nadrukkelijk gezegd – waardoor zijn lippen boven zijn gehavende keel zo rimpelig waren geworden als de nek van een leguaan. Nadat ik de sponsjes in het glas water had ondergedompeld en mijn vaders mond rondom bestreek, trachtte hij door deze stijf dicht te knijpen, met tournures van zijn tong, illegaal een paar druppels water binnen te krijgen, terwijl hij als een kind dat iets stouts had gedaan, maar tegelijkertijd intens dankbaar naar me opkeek.

'Wat zei je daarnet nu, in zaken?' Toen zijn lichaam weer enigszins tot rust was gekomen, had hij het potlood en de blocnote uit zijn schoot weer ter hand genomen. 'Dat is fijn, jongen, maar wees voorzichtig. De mensen op deze wereld zijn rotzakken.'

ZESDE HOOFDSTUK

De Moskouse trottoirs waren na mijn terugkeer veranderd in diepe loopgraven van opeengeschoven sneeuw. Het vroor akelig, de stromen auto's dreven in parelgrijze vorstdampen spookachtig voorbij.

God bestond, zonder enige twijfel. En ik had hem voor bruut uitgemaakt, voor sadist. Niet alleen de keren dat ik daar machteloos had gestaan, naast mijn vader in zijn metalen ziekenhuisstoel, ook in de weken daarna had ik hem inwendig vervloekt.

Maar er was een wonder geschied: zowel de tweede darmoperatie als die aan de keel was geslaagd. Er was inmiddels een fysiek evenwicht ingetreden, de dokters verwachtten volledige genezing. Toen ik dat, na anderhalf uur op verbinding met Nederland te hebben gewacht, uit de mond van mijn vader zelf had gehoord verdween de met depressies gepaard gaande cocon van angst, van verdriet, van verstopte boosheid waarin ik maanden gehuld was geweest.

Ik kon weer gelukkig zijn, me overgeven aan mijn gebruikelijke onbezonnenheid, al besefte ik inmiddels dat geluk een negatief bepaald begrip was: namelijk de afwezigheid van ongeluk.

Vanwege de ziekenhuisbezoeken, en omdat ik mijn moeder zoveel mogelijk had willen steunen, was ik pas een dag voor mijn terugkeer naar Moskou bij Baldwin Borger langsgegaan. De organisatiedeskundige bezat een kantoor aan de Javastraat in Den Haag, in een wit voormalig patriciërspand, toevalligerwijze op een steenworp afstand van het consulaat van de Sovjet-Unie.

Niet alleen de marmeren entree, ook de van hoge herenkamers tot kantoor omgetoverde ruimtes werden bevolkt door twintigjarige meisjes, in grijsblauwe plooirokken, op de juiste wijze de letter 'r' uitsprekend, die hij als stagiaires betrok van een secretaresseopleiding van een chic instituut vlak in de buurt. Naast twee mannelijke medewerkers – een pas afgestudeerde jurist en een econoom – bezat hij met dat onuitputtelijke reservoir van dames altijd gratis personeel dat de telefoon opnam, gasten ontving, rapporten uittikte, zaken voor hem uitzocht, het archief bijhield, koffiezette en hem af en toe begeleidde naar gesprekken met klanten buiten de deur, waarbij hij de fraaiste exemplaren meenam, hetgeen bijdroeg aan zijn status en zijn succes. Twee van de drie waren er altijd wel bereid om hem als hij daar zin in had even te pijpen, terwijl er op vrijdagmiddag na afloop van de gezamenlijke borrel meestal eentje was die achterbleef, om zich even later op de vloer of op een bureau aan hem te geven – hoe bekakter en gereserveerder het uiterlijk, hoe groter de hoer die uit dat omhulsel kroop. In de treincoupé op weg naar Leningrad, toen we van de cognac waren overgestapt op het bier, had hij me met het gebral van de corpsstudent alles tot in de details toevertrouwd.

'Kerel, wat ben ik blij je te zien!' In een blauw-wit gestreept overhemd, zonnebankgebronsd, begroette hij me vanachter een spierwit kunststof bureau waar een van zijn haremdames me heen had geleid. 'Eerste vraag: wanneer ga je terug?'

Toen ik vertelde dat ik de volgende ochtend het vliegtuig

had naar Moskou, waar ik hoognodig Fopmans moest spreken die pas was teruggekeerd uit Novosibirsk, vertrok hij zijn knappe kop.

'Waarom ben je niet eerder langsgekomen? Moest je soms eerst bij de dames langs?' Grijnslachend liet hij menselijke perslucht tussen zijn fraaie witte tanden door ontsnappen. 'Enfin, ik wil die Fopmans natuurlijk zelf ontmoeten, zodra hij in Nederland is. Het geld ligt op straat in Rusland. Dat heb ik meteen gezien, al hoef ik er zelf zo nodig niet meer naartoe... Zie je dit?' Met een Bic-pen gebaarde hij trots om zich heen. 'Allemaal van mij. Het pand heb ik in tien jaar tijd volledig afbetaald... De beste hypotheek is géén hypotheek. Die wijsheid deel ik ook als eerste met mijn klanten.'

Borger wist dat Fopmans en ik van plan waren zelf reizen te gaan organiseren, als basis voor mogelijke andere activiteiten. De kantoorfaciliteit die we daarvoor in Nederland nodig hadden wilde hij ons met alle plezier geheel gratis verstrekken. De bovenverdieping stond vrijwel leeg. De ruimtes, de telefoons, de dames, de hele verduvelde infrastructuur bezat hij reeds.

'Hoe gaat jullie bedrijf heten?'

Ik zei dat ik nog geen enkel idee had.

Hij begon over het project dat hij als eerste met ons wilde gaan uitvoeren: het organiseren van branchereizen. De afgelopen jaren had hij er voorzichtig ervaring mee opgedaan; pakte je het goed aan dan was het een potentiële goudmijn. Kostte een zesdaags tripje naar Londen doorgaans niet meer dan duizend gulden, als je dit organiseerde voor bepaalde kapitaalkrachtige doelgroepen – juristen, artsen, bankiers, industriëlen, beleggers, noem maar op – dan kon je met gemak drie, zelfs vier keer zoveel vragen. Het maakte eigenlijk niet uit hoeveel je vroeg. Het meeste werd door de bedrijven grif betaald, en kon door particulieren als onkosten bij de fiscus worden opgevoerd. Vermogende professionals snakten ernaar eens weg te zijn van hun werk, van hun partners, hun kinderen, hun gezinnen. Om in het buitenland eindelijk met de lang begeerde collega of een toevallige snol vreemd te gaan. Ze waren bereid kapitalen te betalen, mits alles op de juiste manier officieel werd gepresenteerd en ingekleed, je het programma optuigde met een op de doelgroep speciaal toegesneden lokaal programma: bezoeken aan ziekenhuizen, fabrieken, ontmoetingen met beroeps- en branchegenoten, invloedrijke figuren of politici. Hij zou ons via zijn Europese netwerk groepen aanleveren, wij dienden de reis en het programma ter plekke te organiseren. Verdeling der nettowinst: fiftyfifty. De Sovjet-Unie was nog terra incognita, maar de ontwikkelingen gingen razendsnel, de loop van de rivieren zou spoedig worden verlegd. ‘Zoals ik je in Moskou zei: je zit op een gouden ei! Stel: we hebben een groep van dertig bankiers, die alvast willen komen snuffelen op de toekomstige jachtvelden. We gooien er bij elk drie mille bovenop. Dan praat je over een ton. Tien groepen, en we hebben het over een miljoen. Begrijp je het een beetje?’

Ik knikte, en zei dat ik het natuurlijk begreep.

Bij het schrijven van deze kleine kroniek merk ik telkens hoe zwaar het mij valt om de persoon van Ragnar Fopmans op te voeren.

De cursor van mijn toetsenbord begint terstond te haperen, als het ooglid van een met een tic behepte stakker. Hij heeft bestaan, en alhoewel velen van hen die hier voor en achter de coulissen zijn opgevoerd en nog ten tonele zullen verschijnen reeds lang zijn gestorven, voorgoed van het gezicht der aarde verdwenen, leeft mijn voormalige zakenpartner voor zover ik weet nog steeds. Maar het is niet dat laatste wat mij bemoeilijkt over hem te spreken. Het is de schaamte. De schaamte dat we in het bestaan, dat uiteindelijk voor allen een bloedig slagveld blijkt te zijn, vrienden en dierbaren verliezen, uit onbegrip, hebzucht, geilheid, domheid, lafheid, ijdelheid, haat, verraad, de lust om te gloriëren, de honger naar aanzien, roem, macht en geld, soms uit liefde.

Begin december in het jaar 1989 hadden we onze werkzaamheden voor de reisorganisatie in het oosten van het land definitief gestaakt. Op een morgen had ik de naam verzonnen voor ons bedrijf, waarvan ik nog steeds een ivoorwit visitekaartje in mijn bezit heb:

INTERSOVIET CONSULTANCY
Adviseurs in business & toerisme

'Een prima naam,' zei Fopmans. 'Ik had het zelf niet beter kunnen verzinnen, laten we dat gewoon maar doen.'

De anderhalve week van mijn verblijf in Nederland, pendelend tussen het VU-hospitaal, mijn ouderlijk huis en het uiteindelijke bezoek aan Baldwin Borger in Den Haag, was Julia geen seconde uit mijn gedachten verdwenen. Voortdurend zweefde ze door me heen. Wanneer ik wandelde door het gezellige lampverlichte centrum van Haarlem of Amsterdam, in het hart van het ook toen al op bijna gênante wijze in welvaart badende oude Europa, met zijn perverse boterbergen en via subsidies aan banden gelegde agrarische productie, als ik in een winkel iets kocht, of op de bovenste verdieping van de Bijenkorf een moorkop verorberde bij een kop koffie, werd ik overweldigd door een knagend, mijn gehele wezen beklemmend schuldgevoel.

Ik dacht aan de pijpenla waarin mijn vriendin op dat moment verbleef, aan de schimmel in de gemeenschappelijke badkamer, aan het weerzinwekkende compacte ploffen waarmee de ratten zich vanuit de dakgoten op de vuilcontainers beneden op de binnenplaats lieten vallen. En ook aan de lege schappen in de winkels, het algemene gebrek, de rijen, aan de grauwe, goeddeels in vodden gehulde, muf geurende mensenmassa met inmiddels volkomen gedesillusioneerde gezichten. De gezichten van de bedrogenen, van hen aan wie het vuil van de geschiedenis nu weliswaar steeds verder werd geopenbaard – de onthullingen gingen almaar door, het Kremlin was zelfs met de bekentenis gekomen dat het Molotov-Ribbentroppact tussen Stalin en Hitler in 1939 gepaard was gegaan met de zogeheten 'geheime protocollen' waarbij Polen en de Baltische staten als een stuk koek tussen elkaar werden opgedeeld –, maar die intussen amper nog geloof hadden in de toekomst, die oorlog vreesden, verdere verpaupering. Ze leken alle illusies te hebben verloren, met slechts een vage hoop voor hun kinderen en kleinkinderen, maar bleven niettemin naar hun werk gaan. Naar hun kantoren, ziekenhuizen, ministeries en fabrieken, met hun pontificale portrettengalerijen van socialistische helden, die hun zinloze productie vanwege het ontbreken van orders van hogerhand, sabotage of zuivere lamlendigheid vrijwel hadden gestaakt, maar waar de keukens van de bedrijfskantines tenminste nog borg stonden voor een opschepmaaltijd van soep, koude doperwten, puree en soms wat onbestemd suddervlees. Tegen de avond, onder de tot aan de bleke maan reikende zomerhemel, zachtroze en groen dooraderd, een pistachegroen dat je alleen in Rusland aantreft, dan wel onder het gietijzeren gewelf van het najaar, bevolkten deze mensen in dichte stromen als acteurs de trottoirs, te midden van de krankzinnig hoge stalintaarten, bestormden de roestige trams, de trolleybussen, daalden met roltrappen af in de metro, in de buik van de stad, waar het altijd lekker warm is, als in de buik van een mens. Het werkelijke leven speelde zich nog altijd voornamelijk thuis af, achter de deuren van de krappe flatjes, in vochtige huurkamers, in keukentjes. Een wereld van voortdurend gebrek, angst, zwijgen en leugens, ook al was alles in beweging gekomen, in de zaaltjes waar de bijeenkomsten werden gehouden, in de kranten, steeds vaker ook op radio en tv. Een universum waarvan slechts weinigen elders op de aardbol een idee hadden, een werkelijk besef.

De ontstaansmythe van de Sovjet-Unie mocht in dat jaar dan met de dag verder worden besmeurd, tegelijkertijd hingen de rode lappen met de partijleuzen nog altijd over de straten, terwijl de tegenreactie, een contrarevolutie, voortdurend dreigde. Men vreesde de hooibroei in de kazernes, de luimen van de generaals, de chicanes, samenzweringen en geheime afspraken achter de schermen, net als in het revolutiejaar 1917. Het gros van het ambtenarendom hield zich gedeisd. De *apparatsjiki* overlegden koortsachtig met zichzelf wat te doen, welke bevelen uit te voeren, met wie aan te pappen, wie te negeren. Het bestaan in het door de modder wadende Rusland was weer een gokspel geworden, waarbij de inzet weleens het eigen leven kon zijn.

'Intersoviet Consultancy...' Fopmans had me meegenomen naar een keldercafé op het Poesjkinplein om Tsjechisch bier te drinken. 'Het is echt een prima naam. Je hebt goed werk verricht. Natuurlijk wil ik die Baldwin Borger zo snel mogelijk ontmoeten. We zijn in business, jongen! Overmorgen dienen we hier de Siberische delegatie te ontvangen. Onze Russische partners. Bereid je voor op zware dagen!'

De delegatie uit Novosibirsk, bestaande uit de heren Chinstein en Trofimov, arriveerde echter al de volgende dag. Fopmans belde me om negen uur 's morgens in paniek uit bed. Ze stonden op het vliegveld en zouden met een dienstauto naar de stad worden gereden.

Ik vroeg hem waar we elkaar zouden ontmoeten.

'In Hotel Akademitsjeskaja.'

'Daar zijn er toch twee van?'

'Klopt, ik verwacht je over een uurtje in de lobby van

Hotel Akademitsjeskaja 2. Zeg, jij spreekt toch Spaans, hè? Trouwens, ik kom je wel even met de taxi ophalen.'

In de kamer die we deelden in Hotel Intourist had Fopmans zich al dagen niet laten zien. Onze werkzaamheden in loondienst waren voorgoed ten einde. Voordat we ons eigen bedrijf begonnen besloot hij eerst een weekje – zoals hij het noemde – te marineren. Over Julia zweeg ik; beducht als ik was dat mijn kersverse romance met haar door zijn aan het groteske grenzende seksuele verdorvenheid en zijn zelfzuchtige roddeltong zou worden bezoedeld. De vrouwen en meisjes waren met wagonladingen aan hem voorbijgetrokken, zijn libido was omgekeerd evenredig aan de staat van het land. Hoe slechter het ging, hoe meer hij had kunnen uitvreten. Gelukkig wist ik de helft niet. Zijn perverse bekentenissen, zijn pogingen om mij niet alleen mentaal maar ook fysiek te betrekken bij zijn uitspattingen in badhuizen, rendez-voushotelletjes en ondergrondse casino's, waar de namen en telefoonnummers van vrouwen met viltstift op de jetons werden geschreven, voordat er werd ingezet voor een extra kaart bij de blackjack of bij het *rien ne va plus* van de roulette – het Frans, dat de overgebleven adel nog tot in de jaren twintig onder Stalin was blijven spreken, was terug; soms ging er een kerel met een handvol jetons vandoor, een handvol op afroep beschikbare vrouwen – was ik grotendeels uit de weg gegaan. Vanaf het begin was mijn houding jegens hem zakelijk. Van een werkelijke vriendschap tussen ons zou nooit sprake zijn.

Maar tegelijkertijd was zijn gezelschap vermakelijk. Hij had levenservaring, een verbijsterende kennis die hij kon aanspreken als dat nodig bleek, was slim en energiek, ondanks een zekere lome vadsigheid. Ik begreep dat meisjes niet alleen vielen voor zijn geld, voor zijn koffer met spiegeltjes en kraaltjes uit het Westen, maar ook in de ban konden raken van zijn natuurlijke charme, zijn donkerbruine ogen, met waaiers van huidplooitjes in de ooghoeken, wat hem het aanzien gaf aldoor om het bestaan te moeten lachen.

Zijn achttienjarige frisch vom Gymnasium was op een dag zomaar verdwenen. Inmiddels had hij het aangelegd met een ballettalent uit Archangelsk, een Russisch meisje van zuiver porselein, zestien jaar oud, een en al tengerheid, met opalen, bijna doorzichtige handen – het bloed zag je erdoorheen stromen – van wie ik één keer een glimp had opgevangen, die door haar instituut een kamertje had toegewezen gekregen nabij de Patriarchenvijver, vanwege haar grote belofte voor de toekomst. Het was een spelonk van zuiver genot waar Fopmans zich als een Turkse pasja had genesteld, om zich te laven aan de fysieke genoegens van het kind als ze doodmoe maar fris gedoucht van de academie terugkwam, in ruil voor een zeker bedrag. Rusland is, was en zou altijd het land zijn van de suikerooms. De mooiste eigenschap bij vrouwelijke wezens, had Fopmans eens gezegd, was onzekerheid.

Zodra hij een zweem feminisme bespeurde was hij weg.

Chinstein en Trofimov zaten reeds rokend in de lobby van Hotel Akademitsjeskaja 2 toen we kwamen binnenlopen.

Onderweg in de taxi had Fopmans me met veel details uit de doeken gedaan hoe en waar hij de twee leden van de Academie van Wetenschappen had ontmoet. Toen hij op een vrije middag in een bos vlak buiten Novosibirsk een wandeling maakte, waren ze zomaar uit een houten huisje, oerkreten uitslaand naar buiten gestormd, poedelnaakt de sneeuw in, gevolgd door twee eveneens poedelnaakte blonde jonge vrouwen, wier huid net als die van de mannen door de banja waaruit ze waren gevlucht zo rood was geworden als gekookte kreeften. Niemand van het viertal had aanstoot genomen aan Fopmans' onverwachte aanwezigheid. Integendeel. Met extra overmoed juist begonnen ze door de sneeuw te rollen, stonden schaterlachend op, om elkaar vervolgens in de koude massa terug te duwen, uitbundig krijsend, met de overgave en de kracht van jonge dieren, of zoals ook kinderen wel plegen te doen wanneer ze spelen en weten dat hun ouders stiekem staan te kijken.

Fopmans werd door het viertal mee naar binnen genood. Er stonden flessen bier klaar, wodka, naast een schaal gekookte rivierkreeftjes, nog warm en inderdaad van dezelfde kleur als de huid van hun verorberaars. Een halve citroen werd eerst over de delicatesse uitgeknepen, een citroen die in het Siberië van die dagen een even grote zeldzaamheid was als een pastoor in soutane op een naaktstrand.

'Ik zie u vreemd kijken? Dacht u soms dat we hier geen citroenen hadden?' Een van de mannen had uitbundig gelachen. 'Haha, we hebben hier alles, alles! Ik kan u zelfs Franse druiven laten bezorgen!'

Zijn onverwachte gastheren en de jonge Russinnen, inmiddels in badjas, vingen bij het vuur van de open haard die in een hoek knapperde aan te schransen en te drinken. De beide mannen waren hoogleraren, de blondines hun vroegere studenten, nu hun persoonlijke assistentes. Fopmans werd van het begin af aan behandeld als een buitenaards wezen. In geen jaren hadden ze in deze industriële Siberische uithoek een westerling gezien. De heren waren getrouwd, de vrouwen eveneens. Ze hadden alle vier kinderen. Deze bijeenkomst stond volledig buiten hun privéleven. De datsja was officieel universitair grondgebied.

Chinstein had als begaafd jong student in 1961 als waarnemer deelgenomen aan de proef met de waterstofbom op Nova Zembla. Een groot wetenschappelijk succes, waarbij de ruiten van de huizen op bijna duizend kilometer afstand vanwege de atoomkracht waren gesprongen. In de jaren erna had hij Sacharov een paar maal ontmoet, maar voor de wijze waarop de Nobelprijswinnaar zich – na het einde van zijn verbanning – niet alleen als spijtoptant maar als fanatiek criticaster van de Sovjetwaarden was gaan ontwikkelen kon hij weinig waardering opbrengen. Sterker nog: hij vond hem een verrader. Ook zijn collega Trofimov, een huidarts die zich had gespecialiseerd in medische technologie, meende dat ze in de hoofdstad volkomen op hol waren geslagen. Nog even, en de natie ging teloor! Ze waren gezagsgetrouwe Sovjetburgers, Communistisch Partijlid en bovendien corresponderende leden van de Academie van Wetenschappen. Ze behoorden tot de absolute Sovjetadel. Elk van de mannen was door de overheid een prachtig houten buitenhuis toegewezen. Ze bezaten bovendien ieder een appartement in de stad, terwijl ze om de week met hun assistentjes voor een lang weekend naar Moskou vlogen – vier uur heen, vier uur terug – waar ze hun intrek namen in een van de hotels van de Academie van Wetenschappen die over de gehele USSR sanatoria, herbergen, datsja's en appartementen voor hun leden bezat, waarvan ze vrijelijk gebruik konden maken. De kerels waren natuurlijk Sovjetprofiteurs, parasieten van het systeem, en die blonde wijven niet minder dan hoeren, was Fopmans verdergegaan, terwijl we het in een vitrage van woeste sneeuwval torende beeld van Lenin naderden aan het begin van de Lenin Prospekt. Het waren opportunisten, maar op een gegeven moment had Fopmans begrepen dat hier kerels zaten met wie we wat konden aanvangen voor ons toekomstige bedrijf.

'In Moskou zijn ze politiek veel te hard van stapel gelopen,' had Chinstein mijn zakenpartner op een gegeven moment laten weten. 'Ik ben wetenschapper, welke wetenschapper wil niet vooruit? Maar wat we nu zien is pure sabotage.'

Hoewel moreel trouw aan de conservatieve rode machthebbers in het Kremlin, was er één ding dat hem kwelde: dat het voor nette Sovjetburgers nog altijd vrijwel onmogelijk was naar het buitenland te reizen. Als Jood kon hij misschien een emigratieverzoek indienen – velen waren al verdwenen naar Israël, naar West-Europa, dikwijls als trampoline voor het uiteindelijke doel: de Verenigde Staten. Maar hij was helemaal niet van plan de Sovjet-Unie te verlaten. Dit was zijn vaderland. Hij zat hier goed. Bovendien bezat hij zekere staatsgeheimen die hem het reizen naar het buitenland formeel onmogelijk maakten. Daar had hij inmiddels wat op gevonden: een nieuw binnenlands paspoort waarin als beroep niet 'wetenschapper' maar 'schrijnwerker' was vermeld. Dat stond inmiddels ook in zijn buitenlandse reispas, terwijl een vriend met een hoge positie bij de douane hem een document had geleverd dat gold als een passe-partout. Maar daarmee was slechts de helft van het probleem opgelost: die vermaledijde buitenlandse consulaten bleven met de visaverstrekking moeilijk doen.

'We willen graag op vakantie naar Spanje,' had zijn academische collega Trofimov toen verduidelijkt. 'Samen met de meiden hier.'

Het viertal was hardop begonnen te dromen over de heerlijkheden van de Middellandse Zee, de palmen, de culinaire geneugten, waarover ze via westerse glossy's hadden vernomen. Toen had Fopmans zich laten ontvallen dat hij een vriend had die vloeiend Spaans sprak, met goede contacten bij het consulaat in Moskou, die ongetwijfeld wat kon regelen.

Chinstein had in euforie iets onverstaanbaars uitgebracht.

'Tot wederdienst bereid,' had Trofimov toen gezegd. 'Als goede communisten zijn we natuurlijk tot wederdienst bereid.'

Fopmans had meteen naar voren gebracht wat hij in ruil voor bemiddeling wenste: medewerking van de academici bij het vinden van goedkope ruimte in Moskou voor de vestiging van ons kantoor. Onze hotelkamer in Intourist moesten we binnenkort verlaten en door de stroom toeristen was ruimte elders amper te betalen.

'Kameraad, met één handtekening is dat geregeld,' had

Chinstein monter uitgebracht. 'Een handtekening en een rond stempeltje!'

We stonden stil voor het hotel. Toen ik Fopmans vroeg wie hij als persoon met kennis van het Spaans en met goede contacten bij het Spaanse consulaat op het oog had, antwoordde hij: 'Jou natuurlijk! Man, kijk me toch niet zo vreemd aan. Maak je geen zorgen. We komen er wel uit. Maar gedraag je tegen de mannen. Het zijn onze partners...'

De twee academici zagen er vrijwel precies uit zoals ik me hen van de beschrijvingen van Fopmans had voorgesteld. Ze waren beiden begin vijftig, droegen grijze Sovjetpakken, Wit-Russisch schoeisel met hakken en zolen van geperst karton, overhemden in de kleur van ouderwetse jarretelgordels, een vlezig oudroze, waarvan de boorden de met albinowitte stoppels (Trofimov) en nekharen als zwarte krammen (Chinstein) begroeide adamsappels vrijlieten. Ze mochten dan behoren tot de Sovjetadel, scheermesjes waren hun gewicht in goud waard. Er was een subtiel onderscheid tussen hen die ten volle van de nieuwe tijd profiteerden en zij die toch nog achterbleven. Bij mannen lag dat onder meer bij het al dan niet bezitten van gladde kaken, bij vrouwen vooral in de toon hunner lippenstift, parfums, de snit en de kleur van hun kleding.

Op Chinsteins gebeeldhouwde vogelkop troonde een helm blauwzwart haar. De jongensachtigheid ervan detoneerde nogal met zijn schildpadbrilletje, waarachter twee akelig pientere ogen heen en weer schoten. Hij had daarbij spillebenen en de peervormige buik van een veelvraat. Trofimov, daarentegen, was broodmager en leek in zijn gestalte nog de atleet te herbergen die hij, naar later bleek, in zijn sportieve jeugd was geweest. Zodra Fopmans en ik de sombere hal van het hotel betraden kwamen de mannen overeind. Ze schudden ons vormelijk de hand waarna Chinstein – die in alles de leiding leek te hebben – voorstelde een vroege lunch te gebruiken in het restaurantje op de derde verdieping, al moesten we ons er niet te veel van voorstellen.

'We hebben revolutie gehad, burgeroorlog, de grote vaderlandse oorlog en nu wordt ons arme volk alweer door rampspoed geteisterd,' sprak de natuurkundige, aan wiens linkerpols ik nu pas een blinkend gouden horloge ontwaarde. 'Weet u wat ik vanmorgen buiten zag op straat? Het uitdelen van brood. Door soldaten aan het volk. Uit vrachtwagens. Die tekorten zijn te wijten aan de nieuwlichters in het Kremlin. Als wetenschapper en mens wil ik natuurlijk vooruit. Hervormingen, akkoord. Maar wat er nu gebeurt is je reinste sabotage!'

Met delicatessen die op dat moment amper verkrijgbaar waren, anders dan voor veel geld en met de juiste contacten op de zwarte markt, hadden de heren op de derde verdieping een tafel laten dekken in een verder leeg, verduisterd zaaltje, onder een goudkleurig metalen plafond; de gebruikelijke feesttafel met schalen fruit, donkergroene flessen Sovjetchampagne, de halzen van geribbeld zilverpapier, kruikjes wodka, Georgisch mineraalwater dat rook naar de tandarts en *zakoeski* – koude hors d'oeuvres als rundvlees, varkenspastei in gelei, plakjes veulenvlees, vliesdun gesneden rode zalm, witvis, van mayonaise druipende eieren, dobbelsteentjes rode biet met zilveruitjes, azijn en dille, wit en zwart brood – wat al meteen, voordat het hoofdgerecht arriveerde, door twee in groene zweetjasjes toeschietende obers gedienstig werd aangevuld met julien, de oer-Russische warme lekkernij, ondanks de Franse benaming, bestaande uit kip dan wel paddenstoelen in ragout, heet uit de oven, met een laagje gesmolten kaas en zure room in poppenhuissteelpannetjes opgediend, met witkartonnen kransjes aan de stelen tegen het branden van de vingers tijdens het weldadige palatumvolle romige leeglepelen, alsook botervette blini's voor de rode en zwarte kaviaar, waarvan de laatste in die jaren nog met kilo's tegelijk werd verhandeld, door nachtelijke stropers in wormstekige vissersbootjes op de bovenloop van de Wolga met de hand werd geschept uit de eerst nonchalant met een scherp mes opengesneden buiken van de steur, het met de kostbare kuit meegekomen bloed er zoveel mogelijk in een ronde zeef werd uit gespoeld, gezouten en snel in blikken gestopt, om via een netwerk van smokkelaars over de weg, per boot en door de lucht zijn criminele weg te vervolgen, tot de loungebars van Parijs, Milaan en New York aan toe, met als epicentrum de oude markt van Astrachan, vergeven van de corrupte politieambtenaren, met hun bigotte purperen drankkoppen, die lijken op klaprozen, waar tevens torpedovormige, heerlijke zoete meloenen werden verkocht en af en toe nog weleens een verdwaalde kameel stond, malend met zijn domme kop en scheve kaken, stinkend, belaagd door grote vliegen, aan een paal tussen de zwerfhonden, de zwerfpoesjes en de geopende spierwitte zakken met specerijen uit Midden-Azië, waaronder het stofgoud der saffraan, onder de stralen zonlicht die door de overkapping van het marktzeil heen drongen fonkelend opblinkend, de zwarte kaviaar, het eetbare zwarte goud, waarvan de consumptie in de nadagen van de USSR naar een hoogtepunt werd gevoerd, een laatste opbloei beleefde voor de vrijwel totale neergang, dionysisch, want het decennium daarop, toen ook in het zuiden van Rusland tijdens de achtbaanjaren na het uiteenvallen van de USSR een *free for all* aan de gang was, de vervuiling van het water apocalyptisch was geworden en het laatste staatstoezicht op de overbevissing van de steuren en de stroperij was verdwenen, werd de jacht op de wondervissen, die het met hun stompe koppen honderden miljoenen jaren op de aardbol hadden uitgehouden, niet langer slechts uitgevoerd door arme sodemieters in gammele sloepen, proberend wat bij te verdienen, maar werd aan de laatste beloega's, sevoegra's en asetra's letterlijk de oorlog verklaard door onder anderen moslimkrijgsheren in Dagestan, residerend in marmeren paleizen met gouden kranen achter hoge muren, bewaakt door slaven met kalasjnikovs, die vanuit hun slaapkamers uitkeken op het plaatstaal van de Kaspische Zee, waarop hun privétroepen met schepen uit de vroegere Sovjetvloot en uit het Westen geïmporteerde supersonische speedboten, voorzien van de modernste, met satellieten verbonden detectieapparatuur, de laatste steuren onder water opspoorden, nog voordat ze hun duizelingwekkende oude paaigebied van de Wolga hadden bereikt, de vissen naar boven werden gehaald, met messen als kromzwaardjes de buiken woest werden opengesneden, een jihad tegen de dieren, waarbij de nog lang niet rijpe eitjes met soeplepels werden uitgeschraapt en in plastic bakken geworpen, en de vislijken teruggegooid tussen de golven, het witte schuim even frisdrankachtig frambozenrood kleurde, onder het waanzinnige gejuich van de zeevogels: zaken die ik zelf heb meegemaakt, die ik zou beleven, in een hoedanigheid die ik op dat moment niet voor mogelijk had gehouden, die ik zelfs hartgrondig zou hebben verafschuwd, want later zou mijn leven opnieuw een richting inslaan die hooguit een gek voordien had kunnen bevroeden, en wat – ten slotte – die zwarte kaviaar betreft: voor mij was de tragedie met de steuren, hun langzame maar gestadig en onafwendbaar verdwijnen uit de vrije natuur, het symbool van de ondergang van Rusland, waarbij het de vraag is wat op een dag het symbool zal zijn van zijn wederopstanding, al ben ik dan waarschijnlijk zelf het droeve lot van de steur reeds lang achternagegaan.

'*Prosit, meine Herrschaften!*' bracht Chinstein een paar maal achter elkaar in het Duits uit. '*Prosit! Zum Wohl!*'

We dronken; de twee leden van de Academie van Wetenschappen, Fopmans en ik brachten bij toerbeurt toosten uit. Al spoedig bleek dat niet alleen Chinstein maar ook zijn collega Trofimov enige maanden ervoor Duits was gaan studeren. Ze stonden erop dat we zoveel mogelijk Duits met hen spraken. Eindelijk konden ze eens goed oefenen. De belangstelling voor de taal was door zuiver pragmatische motieven ingegeven. Een jaar eerder hadden ze, gebruikmakend van de wetgeving die de nieuwe tijd hun bood, het eerste semi-particuliere tomografische instituut in het land opgericht. De tomograaf, die op geavanceerde wijze tweedimensionale afbeeldingen produceerde van driedimensionale objecten – mensen, planten, dieren, maar ook 'dode waar' als mammoetresten of chocoladebonbons – was als instrument voor met name medische analyses ook in Siberië een bloeiende toekomst beschoren. Het duo had al een pand betrokken in het stadje Akademgorodok, heerlijk gelegen in de bossen buiten Novosibirsk, alsook medewerkers aangetrokken uit het onuitputtelijke reservoir dat ze als universitaire pauzen vrijwel gratis tot hun beschikking hadden. De infrastructuur voor het bedrijf van de heren Chinstein en Trofimov was die winter van 1989 – kortom – volkomen gereed, alleen ontbrak het aan één ding: een tomograaf.

Ook op het gebied van de micro-elektronica en de medische apparatuur was de Sovjet-Unie bijna een halve eeuw achtergebleven. En hier kwam de reden van de plotse Teutoonse taalkundige interesse van Chinstein en Trofimov om de hoek kijken: Duitsland. Het beleid van Bonn naar het oosten toe was al decennialang dooraderd van een collectief schuldgevoel, een heimelijke nationale boetedoening voor de miljoenen doden die de nazi's hadden veroorzaakt in de USSR, van Smolensk via het schiereiland Krim tot Bakoe. Een lot dat niet alleen Joden en Slavische Üntermenschen als Russen, Wit-Russen en Oekraïners, maar ook Tataren, Kazachen en Oezbeken hadden ondergaan. Schuldgevoel bij een heel volk kan decennia later een kapitaal met een mooie rentebrief blijken te zijn – althans zo pragmatisch zag Chinstein de steun van de Bondsrepubliek die mondjesmaat was gestart met hulpprogramma's voor de noodlijdende Sovjet-Unie, waarbij er ook gelden waren vrijgemaakt voor precies hun beoogde sector. Ergens in het land van Goethe, Mercedes-Benz en Hitler lag een miljoen Duitse D-marken op hen te wachten, die zomaar onverplicht in hun tomograaf-project zou kunnen wegvloeien.

'Stelt u zich eens voor, een miljoen mark!' Chinsteins tong sidderde, alsof zijn mond een rotsspleet was die een vuurrood reptiel herbergde. 'Dat betekent dat we de komende maanden aanvragen moeten indienen, brieven schrijven, mogelijk zelfs naar Duitsland afreizen. We hebben betrouwbare buitenlandse partners nodig die ons daarin kunnen bijstaan. En die hebben we goddank in jullie gevonden. Prosit!'

Maar eerst diende er een andere kwestie in gang te worden gezet, het liefst die middag nog: de aanvraag van visa voor de twee geleerden en hun maîtresses voor hun plezierreisje naar Spanje.

Geen probleem, sprak Fopmans, terwijl hij met toegeknepen ogen een hap nam van het zwijnenvlees dat inmiddels was opgediend.

ZEVENDE HOOFDSTUK

Het verzoek van de twee Siberische academici bleek een fluitje van een cent. Na het overdadige diner was ik tegen vieren met de taxi, enigszins aangeschoten, meteen doorgegaan naar het Spaanse consulaat, dat al bijna gesloten was. De mahoniehouten deur werd geopend door een geblondeerd meisje van midden twintig. Ze was zichtbaar dolblij, bijna verrukt een westerling te zien die haar eigen taal sprak.

'Je hebt een zuidelijk accent,' sprak ze, nadat ze me het vrijwel verlaten pand had binnengelaten. 'Waar heb je Spaans geleerd?'

'Op Tenerife,' antwoordde ik.

'Wat heb je daar gedaan?'

'Animator,' zei ik.

'Ah, zo'n poolboy die van iedere nieuwe lading toeristen steeds het mooiste meisje eruit pikt om mee naar bed te gaan.' Haar Moors aandoende ogen hadden een welhaast krankzinnige glans. 'Dus je bent hier om visa aan te vragen voor Russische vrienden? Hebben ze genoeg geld te besteden tijdens de reis? Ah, je hebt al de fotokopieën van hun papieren. Ik kan niets beloven, maar misschien kan ik wat regelen.'

Ze was doctoraalstudent geschiedenis en liep stage op de visumafdeling. Marta, afkomstig uit Madrid. Haar grootvader had tijdens de Spaanse Burgeroorlog gesympathiseerd met de communisten, was in de jaren dertig zelfs tweemaal met een geheime militaire missie in Moskou geweest. Als bijvak had ze Russisch gekozen, waarna ze uiteindelijk had besloten haar scriptie te schrijven over de Spaanse gemeenschap in Moskou. Archiefonderzoek diende ze ter plekke te doen. Het baantje van een halfjaar op het consulaat was een buitenkans.

Dezelfde avond nog nodigde ze me bij haar thuis uit, in een flatje op de twaalfde verdieping van een blokkendoos die speciaal bestemd was voor diplomaten en andere buitenlanders, met Sovjetbewaking en een wit-rood geblokte slagboom ervoor. De ramen werden bijna verduisterd door de ijzige vlokken van de sneeuwstorm die 's middags was opgestoken. Tussen de geïmporteerde westerse meubeltjes brandden drie groene druipkaarsen. Marta had een chorizoworst in plakjes gesneden en groene olijven in een bakje gedaan, samen met andere Spaanse heerlijkheden die om de week per diplomatieke post vanuit Madrid werden aangeleverd. De eerste fles rioja was binnen een halfuur gedaan. Ze opende een tweede. Toen ze ook die had leeggeschonken stond ze op, greep met inktvisarmen woest een fles whisky van een boekenplank en schonk zichzelf in haar wijnglas bij. Ze had het figuur van een diva, mollig, maar op de manier zoals mannen dat graag hebben.

Ik had al begrepen dat ze de afgelopen vier maanden, hier in dit concentratiekamp voor diplomaten, doodongelukkig was geweest. Het was allemaal fout gelopen. Door de vloed aan visumaanvragen, door het werk waarin ze bijna verzoop, was ze amper aan archiefonderzoek toegekomen. De geschiedenis van de Spaanse gemeenschap hier kon haar inmiddels gestolen worden. De wetenschap was niets voor haar. Ze had het puur en alleen gedaan voor haar opa. Ze haatte de Russen inmiddels, ze haatte dit land. Terug in Spanje zou ze van studie veranderen, Italiaans, Duits en Engels leren en daarna iets gaan doen in het toerisme. Ze had een felle Madrileense tongval. Door haar speekselrijk uitgesproken medeklinkers werden haar roodgewelfde lippen voortdurend bevochtigd. Op het consulaat werkten alleen maar oude kerels. Stuk voor stuk hadden ze het aangelegd met een Russisch wijf – de meisjes die de stempels zetten, zaken uittikten, het administratieve werk deden. Hoeren waren het, allemaal hoeren.

'Ja, smerige *putas*!' De Spaanse was wankelend opgestaan, liet zich naast me op de bank neerploffen. Met één vloeiende beweging bracht ze een hand naar mijn kruis, terwijl ze haar andere als een verstikkende klem op mijn mond legde. '*Callate!* Zwijg!'

Behendig werd mijn gulp losgeknoopt.

Na een paar bezoekjes van mij aan Marta was het met de visa gelukt. Toen de twee Siberische academici en hun liefjes drie weken later eindelijk konden afreizen naar Spanje, had mijn nieuwe leven reeds een aanvang genomen. Het aanvankelijke plan was dat ik voor een halfjaar naar Nederland zou terugkeren, om daar het kantoor in de Javastraat op te zetten. Fopmans zou hetzelfde doen in Moskou.

Een Nederlands verblijfsvisum regelen zou een helse klus worden, maar voorzichtig had ik Julia gepolst of ze met me mee wilde. Met de ernst, de toewijding en de degelijkheid van de Russische intellectueel had ze zich meteen op het Nederlands gestort, met een leerboek uit 1923 dat ze ergens in een bibliotheek had opgeduikeld.

Maar het liep allemaal anders. Een week voor zijn vertrek werd Fopmans gegrepen door de geelzucht. Zijn oogwit had de kleur gekregen van verschaald bier. Zijn reeds dikkige gezicht was nu ten prooi aan een permanente pafferigheid. Hij hijgde, zweette, als moest hij voortdurend de kater verwerken van een zware zuippartij. Voor driehonderd dollar smeergeld had hij in allerijl een bloedtest laten uitvoeren in een kliniek voor generaals van het Rode Leger. De instelling bleek net zo'n primitieve droefenis als de ziekenhuizen elders in het land. Er was onbetwist besmetting met het hepatitis B-virus vastgesteld. Hij was woedend. Terwijl hij zijn zestienjarige ballerina uit Archangelsk er vloekend van langs gaf, nam hij gulzige teugen uit een flesje koolzuurhoudend Kaukasisch mineraalwater, want met de alcohol was het voorlopig gedaan. Voor geen prijs zou hij zich verder overleveren aan de Sovjetgezondheidszorg. Zo geschiedde het dat niet Fopmans maar ik het Moskouse filiaal ging bemannen. Terwijl hij in Nederland werd behandeld voor zijn aandoening kon hij ondertussen in het pand van Baldwin Borger aan de Javastraat onze vaderlandse dependance opzetten.

Mijn nieuwe kantoor, annex woning, was gevestigd in een *chambre en suite* op de zesde verdieping van Hotel Akademitsjeskaja 2, met uitzicht op het Oktoberplein en het machtige standbeeld van Lenin. Hoewel het land inmiddels in complete chaos verkeerde, hier en daar zelfs balanceerde op de rand van anarchie, was de Sovjetbureaucratie nog altijd hardnekkig. Om in het hotel van de Academie van Wetenschappen te kunnen verblijven diende ik een officiële wetenschappelijke titel te hebben. Nog voordat ze op het vliegtuig naar Las Palmas waren gestapt, hadden de twee Siberische partners alles keurig geregeld. Ik bezat een identiteitsdocument met pasfoto en stempel, vervat in een uitklapbaar boekje met roodleren omslag, zoals ook agenten van de KGB hadden – voordat ze iemand arresteerden zwiepten ze het even open, puur voor de vorm, de meeste verdachten zouden nooit weten wie hun belagers waren – waarin stond dat ik, doctor P.A.J. Waterdrinker, was aangesteld om op het grondgebied van de USSR onderzoek te doen naar de werking van de tomograaf voor de periode van een jaar. Referentie: professor Chinstein, Lev Abramovitsj, Universiteit van Novosibirsk.

Omdat ik in deze hoedanigheid niet hoefde te betalen in harde valuta, maar in roebels die ik op de zwarte markt had gekocht, kostte het verblijf me een schijntje, nog geen zes gulden per dag.

Julia had ik precies een halfjaar ervoor voor het eerst ontmoet. Dat ik haar op een gegeven ogenblik uit haar Leningradse hol zou wegslepen, uit de deprimerende buurt op het Vasilius-eiland die tijdens de revolutie van 1917 een broeinest was geweest van verzet, en waar mensen nog altijd leefden tussen ratten en schimmelmuren, stond vast.

'Mijn god,' had ze verzucht, toen we de dubbele hotelkamer op een februarimiddag betraden; in haar leven had ze nog nooit zo ruim gewoond. 'Kijk eens wat een mooie meubels. En die grote badkuip!'

Het Nederlands had ze zich met een verbijsterende snelheid eigen gemaakt. Onze conversatie bestond al snel uit een mengelmoes van Duits, Nederlands en Russisch. Natuurlijk had ze zich verheugd op een verblijf in Nederland, maar de wijziging van mijn aanvankelijke plan had ze met een volkomen vanzelfsprekendheid geaccepteerd. Ze vroeg zelfs niet naar de reden. Hoewel ze een diepe afkeer had van Moskou zou ze me volgen en me bijstaan bij het regelwerk, de telefoontjes, de afspraken. Vlak voor zijn vertrek had ze Fopmans ontmoet, tussen marmeren pilaren van de eetzaal van Hotel Oekraïne, waar hij te midden van een orgie van flessen mineraalwater zat te lunchen met een corpulente Rus die ik beslist moest leren kennen. Toen Julia in de taxi terug opmerkte dat Fopmans een gezicht had als een oude citroen, vertelde ik haar pas van de geelzucht. Ze blies even, als een jong katje, zweeg lange tijd, en zei toen: 'Heb ik het nou goed begrepen dat die dikke Rus met jullie wil handelen in boter? Waarom uitgerekend boter?'

Ik vertelde haar van de boterberg, van de pakhuizen die

over heel Europa vol lagen met agrarische overschotten; dat men in Europa de boeren subsidie gaf om hen te stimuleren minder te produceren.

'*Stjo?* Wat?' Terwijl we door de straten reden, waar nog altijd mensen, murw en platgeslagen, in rijen voor de vrijwel lege winkels stonden, keek Julia me aan alsof ze water zag branden. 'Ik dacht dat ik hier in de Sovjet-Unie in een gekkenhuis was geboren. Boeren geld geven om *minder* te produceren? Zweer me alsjeblieft dat het niet waar is!'

Zoals ik reeds zei: het waren vitale tijden! In de eerste weken van 1990 begon Fopmans me vanuit Den Haag te bestoken met faxen waarin hij telkens met nieuwe voorstellen kwam voor onze handel. Hij had imposant briefpapier laten maken, waarop in twee talen – in het Engels en in het Russisch – in schreefloze letters stond:

INTERSOVIET CONSULTANCY
Adviseurs in business & toerisme

Alle brieven en andere documenten ondertekende hij als 'general director'; voor mij had hij de titel 'senior advisor' bedacht.

Met Baldwin Borger bleek hij het meteen goed te kunnen vinden. Voor de tweede week van maart hadden ze reeds de eerste branchereis gepland. Zes dagen Moskou-Leningrad, voor dertig bankiers. Niet drie, maar meteen vier mille per persoon hadden ze boven op de kostprijs gegooid. Ruim een ton brutowinst. Het zag ernaar uit dat alles precies zo zou gaan als Baldwin Borger mij had voorgespiegeld.

Vanwege de almaar wassende stroom reizigers naar de Sovjet-Unie werd het met name in Moskou steeds moeilijker om goede hotelaccommodatie te krijgen. De val van de Berlijnse Muur had een nieuwe euforie in Europa teweeggebracht. Verbijsterd, met open mond, hadden Fopmans en ik destijds in de lobby van Hotel National zitten staren naar de tv-beelden van de Ossi's die juichend naar het Westen overliepen. Mijn partner had verzucht dat deze ontwikkeling weleens slecht kon uitpakken voor onze handel. We moesten het hebben van onze unieke kennis, van onze exclusiviteit. De zaken gingen volgens hem te snel. Maar het omgekeerde bleek het geval. De zinderingen elders in het Oostblok, dat in een paar weken tijd als een zeepbel goeddeels was uiteengespat, waren op elke straathoek in Moskou voelbaar. Ondanks de hervormingen hadden de Communistische Partij en de KGB de macht nog altijd stevig in handen. De contrarevolutie lag op de loer. Steeds vaker klonken er geruchten over op revanche beluste conservatieven die Gorbatsjov beschuldigden van verraad, het land rap zagen uiteenvallen, wegglijden in een bourgeoisstaat, weg van de dogma's van Lenin.

Overdag waren er overal volksopstootjes, relletjes, waarbij mannen en vrouwen hardhandig werden afgevoerd. Ik hervatte mijn regelmatige bezoekjes aan de politieke bijeenkomsten in Dom Kino. Het geweten van de natie, Andrej Sacharov, was kort ervoor overleden, maar tussen de intellectuelen, de kunstenaars en de vertegenwoordigers van het bohemien-Rusland bewoog zich opnieuw zelfverzekerd de manvrouw met het korte peenhaarkapsel die ik daar eerder had zien optreden – een soort Angela Merkel avant la lettre – en die wederom met de vuist omhoog vanaf het podium waarschuwde voor de etnische cocktail die op ontploffen stond.

De nervositeit in de stad leek pas 's avonds laat tot rust te komen, als de metro niet langer reed, geen gewone sterveling zich nog op straat waagde en buitenlandse auto's bijeenkropen voor de nachtclubs, die nog niet van neonverlichting waren voorzien – dat zou pas later komen – maar verduisterd. Op de van sneeuw ontdane trottoirs ervoor klonk het getik van hakken, gegil, soms een pistoolschot, komend vanuit de verte.

Om half acht 's morgens zat ik al aan mijn bureautje om de eerste zaken uit te werken. Als nachtmens en langslaper lag Julia in de kamer ernaast meestal nog als een poes te pitten. Op weg naar het badkamertje met de marsepeinroze badkuip deed ik de gecapitonneerde tussendeur zo zachtjes mogelijk dicht. Ik had een typemachine met cyrillisch schrift. Het groene lampje van de fax stond altijd aan. Ieder document dat ik maakte voorzag ik van de ronde stempel van ons nieuwe bedrijfje.

Om negen uur verschenen in het pikkedonker de eerste schimmen van mensen op het Oktoberplein bij het Leninbeeld. Binnen een paar minuten was dit uitgegroeid tot een dampende volksoploop. In het schijnsel van een enkele lantaarnpaal zag ik iedere ochtend het volgende tafereel: vanuit een legertruck, waarvan de overhuiving aan de achterkant was opengeklapt, stond een vrouw van middelbare leeftijd met een pelsmuts op, in een witte doktersjas waaronder wederom bont uitstulpte, broden uit te delen, of liever: ze wierp ze in de massa van omhooggestoken armen en handen. Wanneer ik het raam openzette hoorde ik het ijle roepen van mannen en vrouwen om *chljeb*, om brood. Het ontaardde in protesterend geschreeuw als de trucklading op was en nog lang niet iedereen was voorzien, er zelfs drommen nieuwkomers kwamen, waarbij er af en toe werd gevochten. Men vocht letterlijk om brood. Bij het aanschouwen van die deerniswekkende armenzee moest ik telkens denken aan mijn vader, hoe die als zeventienjarige in de jaren vijftig uit nood was gaan varen op de Nederlandse koopvaardij, dikwijls had aangelegd in de havens van Buenos Aires en Montevideo en daar dan straatarme jongemannen op de kade had zien staan, in het Spaans schreeuwend – *Por favor! Por favor!* – om als menselijke lastdieren het scheepsruim te mogen legen.

‘Dat vond ik altijd zo erg…’ had hij me dikwijls toevertrouwd. ‘Die arme sodemieters, met hun armen omhoog, smekend om werk. En dat je dan als eenvoudig koksmaatje helemaal niks kan doen.’

Opnieuw was er een revolutie in het land aan de gang. En zoals bij elke nog niet uitgebroede revolte was de uitkomst volstrekt ongewis.

De alcoholonthouding vanwege zijn hepatitis B had Fopmans de energie van een kernreactor bezorgd. Op een ochtend was hij met het plan gekomen om tevens reizen in sub-licentie uit te voeren: anderen verkochten in Nederland de tour, wij leverden in de USSR het complete hotel- en excursiepakket, volledig buiten Intourist om. Voortaan zouden we alleen nog maar zakendoen met de nieuwe coöperatieven.

Meteen al bij de tweede reis ging het mis. Ik had alles uit handen gegeven aan de directeur van het kersverse bedrijfje Wonderreizen, die in het centrum van Moskou nabij de Smedenbrug een hele vleugel van een artiestenhotel van het Russische Staatscircus was gaan exploiteren. De directeur van het staatshotel zat in het complot. Ze verdeelden de poet, terwijl ze van de universiteit meisjes betrokken om in de musea, de kerken, de kloosters en in de stad te gidsen. Een dag voordat de groep van vijfendertig mensen uit Amsterdam in Moskou arriveerde, vernam ik dat de Rus met wie ik het contract had afgesloten tijdens een ijsvisreis in Siberië met zijn auto door het ijs was gezakt. Behalve hij waren twee andere inzittenden (lokale meiden) omgekomen. De hoteldirecteur liet weten dat hij inmiddels met een ander in zee was gegaan, dat de afspraken van de overledene niet langer golden – ‘Handtekening? Wilt u soms zeggen dat de handtekening van *een dooie* daar bij u in het Westen waarde heeft?’ – dat hij het gezelschap niet kon accommoderen en dat ik het verder maar moest uitzoeken.

In allerijl wist ik de groep de volgende dag onder te brengen in een stadskazerne nabij het Sokolnikipark waarvan de soldaten op oefening waren in de bossen buiten Moskou. Via een oud contact, een kolonel die ik een jaar eerder eens moederziel alleen straaldronken op een bankje had aangetroffen en met wie ik verder was gaan drinken. Op een gegeven moment waren we in de zwarte dienst-Wolga zingend kriskras door de stad gaan rijden. Hij was verliefd geworden op een zes jaar oudere actrice uit Tomsk en was van plan te scheiden. Volgens hem had ik zijn leven gered door zijn chauffeur, toen hij eenmaal half bewusteloos op de achterbank lag, op te dragen hem niet thuis af te zetten maar bij Hotel Intourist, waar ik hem de volgende morgen als een doodziek groot kind met een kop slappe thee en een onaangeraakt bord roerei voor zijn neus aantrof in de ontbijtzaal. Hij had me zijn telefoonnummer gegeven, plechtig belovend dat ik altijd een beroep op hem kon doen, zolang het althans geen oorlog was. Hij gaf me zijn woord van eer. Het woord van eer van een Rus die als sergeant het leven had gered van drie maten in Afghanistan, waar hij tien jaar eerder met het Sovjetleger was binnengevallen – sommigen van zijn legioen waren door de moslims gevangengenomen en levend gevild, hij zweeg verder liever. Nu, een jaar later, had ik alsnog met succes van zijn aanbod gebruikgemaakt.

De corpulente Rus die aanvankelijk geïnteresseerd was in het door onze bemiddeling winstgevend aanwenden van een deel van de Europese boterberg liet zich nooit meer zien. Zo ging het vaak: vijf van de zes contacten liepen op niets uit, velen waren kletsmajoors, bietskommers, scharrelaars, oplichters, gaven zich uit voor iemand anders dan ze waren. Het was het tijdperk van de grote persoonlijke leugens, terwijl het monopolie van de staatsleugens door de aanhoudende stroom nieuwe onthullingen over het bloedige Sovjetverleden snel ten einde liep.

Het werk stapelde zich op. Al spoedig zaten Julia en ik hele dagen op ons hotelkantoortje te bellen, te faxen, brieven en verzoekschriften te tikken op de typemachine die was geproduceerd door het bedrijf Vogelvreugde uit Minsk, in 1981. We hadden nog maar drie reizen in commissie uitgevoerd, de eerste profijtelijke branchereis met de bankiers moest nog komen, maar volgens Fopmans was deze poot van ons bedrijfje in wezen een bijkomstigheid. Het werkelijke kapitaal viel te verdienen in de handel. De export en vooral de import. Vanuit Moskou moest ik hem aanvragen voor zaken en goederen aanleveren, waarna hij in Den Haag de juiste partijen kon gaan benaderen.

'Geen gepruts meer,' had hij me op een middag vanuit de Javastraat op het hart gedrukt. 'De tijd van het gesjoemel met militaire horloges, kaviaar en theaterkaartjes is voorbij. We gaan het nu groots aanpakken! Ik stuur je zo direct een fax door met namen en adressen die ik heb gekregen van onze Siberische makkers. Ze komen binnenkort weer even naar Moskou. Ontvang ze groots, het zijn onze vrienden.'

De voedselbevoorrading in de stad werd met de dag beroerder. Ook de valutawinkels raakten leeg. Op onze dubbele kamer hadden we een apparaat voor het zetten van koffie en thee, maar we konden er niet koken. Al vanaf laat in de middag zaten academici in het restaurant van ons hotel voornamelijk te zuipen, onder elkaar of met hun liefjes. Chinstein en Trofimov waren bepaald niet de enigen die hun bevoorrechte academische status ten volle benutten. Op de menukaart stond nog maar één gerecht: boeuf stroganoff. Nadat ze er een paar maal door aangeschoten kerels was lastiggevallen, vertoonde Julia zich niet langer in de eetzaal. Zo werd iedere dag tegen achten 's avonds op een serveerboy onze boeuf stroganoff naar onze kamer gebracht. Steeds door dezelfde ober in een wit jasje. Een magere, intens donkere man van rond de veertig met een ronduit Spaans, ingevallen gezicht, tragisch, grootogig en bleek, als een personage op een schilderij van Goya. Na enige tijd vertelde hij me dat hij inderdaad de nazaat van een Spanjaard was, een tot het communisme bekeerde boer uit de omgeving van Segovia, die in de jaren dertig met zijn vrouw en drie tienerzonen naar Moskou was gekomen en er was gebleven. Toen sprak hij verlegen, fluisterend bijna: 'Mijn grootvader, bijna iedereen van mijn familie, is in de goelag omgekomen.' Je hoefde maar te krabben aan de huid van een willekeurig mens en het vergoten bloed van de recente geschiedenis spoot er als een doorgesneden kalfsslagader uit. De kelner was uitmuntend studiemateriaal geweest voor Marta, maar ik zweeg. Julia stond naast me, aandachtig luisterend naar de man. Het leek me beter dat ze onwetend bleef van de voluptueuze Spaanse op het consulaat, met haar licht krankzinnige ogen.

De boeuf stroganoff was in zwarte roebels spotgoedkoop, nog geen drie Hollandse dubbeltjes. Ondanks de voorname benaming van het gerecht was het rundvlees amper te eten. Het leek te bestaan uit strookjes laarzenleer, de beige saus waarin wat zieltogende stukjes rode ui en paddenstoelen dreven rook voornamelijk naar verschroeide knoflook, met een zweem van de scheut wodka waarmee deze kennelijk was afgeblust. Maar we hadden amper keuze. Een professor met een geitensikje hoorde ik in de lift tegen een collega schamper opmerken dat de keuken van het hotel beslag had weten te leggen op een paar koeien uit een stal die de Academie van Wetenschappen buiten de stad bezat voor het uitvoeren van proeven met nieuwe medicijnen. Ik twijfelde of het wel een grapje was. In de Russische rioolpers, die na bijna zeventig jaar afwezigheid met wonderbaarlijke souplesse was teruggekeerd – dikwijls met antisemitische, neo-tsaristische en natuurlijk half pornografische inhoud – waren steeds vaker gruwelverhalen te lezen over kannibalisme in de provincie, terwijl onlangs in de Oeral een echtpaar was opgepakt dat in de dierentuin waar ze werkten jarenlang het vlees van afgemaakte zieke beesten had verhandeld op de vrije markt.

Hoezeer de landelijke voedseltekorten ook het Moskouse diensthotel van de Academie van Wetenschappen raakten, aan één ding was geen gebrek: Sovjetchampagne. Een fles zoete of droge bubbeltjeswijn van het merk Sovjetskoje of Kornet kostte omgerekend in guldens nog geen dertig cent. Zes stuivers. Mijn latere alcoholverslaving is in die tijd ontstaan. O, hoe dikwijls lieten Julia en ik tegen de avond, als buiten de slogan aan de gevel van het metrostation tegenover ons – DE PARTIJ IS DE GEEST, DE EER EN HET GEWETEN VAN ONZE TIJD! – werd bestookt door de vrieswind, terwijl de Mercedessen van de eerste roebelmiljonairs in het donker als torpedo's voorbijschoten, de kurken tegen de muren knallen!

Al snel zwoeren we de boeuf stroganoff af. We behielpen ons met brood, een enkel stuk fruit, wat conserven en andere zaken die we in de winkels tussen het onwelriekende mensengekrioel konden vinden. Ons relatieve hongergevoel dronken we weg met champagne. Toen mij op een dag eersteklas stroperskaviaar werd aangeboden kocht ik zeven blikken van een kilo, en zette deze weg in het ijskastje naast mijn bureau. Zelf was ik geen liefhebber, maar dikwijls zat Julia tegen het middaguur met een houten lepel een half onsje weg te snoepen, haar ogen halfgesloten, stralend van stil geluk. Ook ik ben schuldig aan de zwanenzang der beloega's. De vitaminepillen die mijn moeder mij had meegegeven waren al spoedig op, omdat ik erop stond dat ook Julia die ging slikken.

Steeds vaker was ik de deur uit naar afspraken, voor gesprekken met potentiële partners die ik zelf had gevonden of die Fopmans me vanuit Den Haag aan de hand had gedaan. Steeds vaker ook moest ik reizen buiten de stad, tot immense afkeer van Julia, die op ons kantoortje achterbleef om de lopende zaken af te handelen. De groepen toeristen bleven komen, inmiddels liep alles min of meer gesmeerd, de gehele afhandeling had ik uit handen gegeven. Maar niets was zeker, contracten waren nog minder waard dan de almaar dalende roebel, en als er weer iets gebeurde zoals destijds met dat Staatscircushotel moest er snel kunnen worden ingegrepen.

De tijden zonder mobiele telefoon, kunnen de huidige en de toekomstige generaties die zich nog indenken? Maar ook de gewone telefoon, de analoge bereikbaarheid per kabel, was een permanente bron van ergernis en onvoorstelbaar tijdverlies. Fopmans kon mij vanuit Den Haag probleemloos bellen of een fax versturen. Moest ik hem daarentegen voor overleg snel spreken dan diende ik eerst een internationaal gesprek aan te vragen, wat doorgaans neerkwam op een half, soms wel een heel uur wachten. Hetzelfde gold voor het internationaal versturen van een fax.

Op een middag waarop de zon als een machtige koperen pan boven de stad hing zat ik tegenover een Rus, een potentiële klant die geïnteresseerd was in de levering van zestig tweedehands Audi's. Zijn kantoor was gevestigd in een pand aan de Schone Vijvers. De druppende ijspegels aan het raamkozijn kondigden de eerste scheuten aan van de lente.

De man was rond de zestig. Een jaar eerder was hij nog directeur geweest op een afdeling van het ministerie van Transport, zijn zoon zat in het bestuur van de communistische jeugdorganisatie Komsomol, maar intussen had de nieuwe tijd hun geen windeieren gelegd. Ze waren in het gat gedoken dat het grotendeels ineengestorte commandosysteem van de Sovjeteconomie had achtergelaten. Hoe beroerd de zaken in een land ook gingen, een samenleving stond nooit *helemaal* stil, zoals er in tijden van oorlog nooit voortdurend wordt gevochten; iets wat ik pas jaren later zou beseffen toen ik me voor het eerst in de oorlog begaf. Het bestaan gaat meestal gewoon door. De staatswinkels waren leeg, maar er was een geheel ondergronds systeem ontstaan, of beter: een parallelsysteem waarin bakstenen werden geproduceerd en verhandeld, buizen, timmerhout, benzine, consumptiegoederen als kleren, schoenen, speelgoed, stekkers, pleisters, tv-toestellen, ijskasten, radio's en levensmiddelen, al was dat laatste de achilleshiel van de markt en voor de meeste handelaren bovendien weinig sexy, vanwege de bewerkelijkheid en het bederf.

De zoon van deze oud-apparatsjik, die ik een week ervoor bij toeval had ontmoet, was opgeleid tot tandarts, maar had zich in een recordtempo de kneepjes van het kapitalisme eigen gemaakt. Met een Amerikaans leerboek marketing en economie, waarvan de Russische vertaling circuleerde in met paperclips en plakband bijeengehouden morsige fotokopieën die op marktjes overal werden verkocht. Hij was nu op dienstreis naar Perm, maar had me bezworen dat er met zijn vader goed zaken viel te doen, dat een deal meteen kon worden gesloten, mits ik met het juiste voorstel kwam. Vader en zoon bezaten reeds een semi-particulier transportbedrijf over het spoor. Het vervoer van grondstoffen als nikkel en eveneens oud schroot naar de haven van Leningrad, Vladivostok en Moermansk leverde hun iedere dag miljoenen roebels op. Ze zwommen bijna letterlijk in het geld, probeerden zoveel mogelijk om te zetten in harde valuta, kochten onroerend goed en roerende goederen maar zochten tevens andere investeringen voor de langere termijn. Het plan was om het eerste particuliere taxibedrijf in de stad op te zetten, gericht op het segment klanten dat met dollars kon betalen, zoals in de meeste restaurants alleen nog maar in harde valuta kon worden afgerekend. De dollar, de munteenheid van de door velen in het Kremlin diep verachte en zelfs gehate Verenigde Staten, had het land als een schimmel overwoekerd. Om de investering binnen zes maanden terug te verdienen – dit was de maximumtermijn, in de nadagen van de USSR en in de achtbaanjaren die zouden volgen was de *return of investment* bij de meeste deals doorgaans slechts drie maanden – maar om tegelijkertijd niet in te boeten aan de luxe, het comfort en de kwaliteit die ze als bedrijf wilden gaan leveren, dienden de Audi's niet ouder te zijn dan drie jaar maar beslist ook niet duurder dan een zeker bedrag, waarvan ik me de hoogte nu niet meer herinner.

Toen ik Fopmans een paar dagen eerder de eerste verzoeken van de zoon omtrent de auto's had doorgegeven, had hij me al na een uur juichend teruggebeld. Hij was gaan rondvragen, een handelaar in Noord-Brabant had de wagens staan, precies zestig in getal en alle wit metallic gespoten. Op iedere auto zouden we drie mille winst maken, inclusief het transport via Litouwen dat hij al min of meer had geregeld.

Toen ik het kantoor van de Rus uit liep, de gang op van het pand waarin eerder een school gevestigd was geweest en dat nu was omgetoverd tot een bijenkorf van allerhande commerciële onderneminkjes, bedrijfjes, nerinkjes, wist ik zeker dat het me was gelukt. De man had het gehad over een *letter of credit* in dollars via een Duitse bank. Ik bevond me in een oceaan aan Russen, Georgiërs, Armeniërs en andere Sovjetburgers met fraaie plannen, toekomstvisioenen en verhalen. Maar als het aankwam op vooruitbetalen, boter bij de vis, haakten de meesten spoedig af.

De winterzon viel door de hoge ramen in strenge banen neer op de geglazuurde tegelvloer. De eerste deal buiten onze toeristenbedoening om was vrijwel zeker rond. Ik was ten prooi aan een bijna bedwelmende zinsvervoering. In de weken ervoor had Fopmans me soms ongeduldig uitgefoeterd, gemaand om haast te maken met de andere zaken. Nu kon hij tevreden zijn. De eerste tonnen waren op komst.

Om mij heen klonken stemmen, telefoongerinkel, voetstappen, gemompel, nerveuze commando's. Sommige deuren van de vroegere klaslokalen stonden open en gaven zicht op de ruimtes, volgestouwd met bureaus als biljarttafels waaraan mannen en vrouwen koortsachtig zaten te werken. In één ervan keek Lenin in een bedachtzame pose bozig op het neo-kapitalistische gekrioel onder hem neer. Kon hij uit zijn houten omlijsting van de wand stappen, dan had hij iedereen hier voor hoeren en kakkerlakken uitgemaakt, om vervolgens te verordenen het gajes terstond standrechtelijk te executeren.

Maar de meeste lokalen waren potdicht, als was zakendoen iets geheims, ongeoorloofd en onbehoorlijk, een activiteit die het daglicht maar beter niet kon zien. Ik liep langs de deuren met de emaillen bedrijfsborden. Op een ervan stond: INGEVROREN VARKENSVLEES, terwijl dat ernaast meldde: GEBROEDERS IVANOV, HANDELAREN IN BIJENGIF. Gevolgd door: VIDEORECORDERS DIRECT VAN DE FABRIEK, TAIWAN – TWEEDEHANDSBUIZEN, METALEN GEBINT EN KABELGOTEN – JOERI BEYLIN, MUNITIE EN GEWEREN VOOR DE JACHT – ACHMEDOV, TSJETSJEENSE OLIE – BERNSTEIN, JURIST – ROMANOV, POOLVOSSEN- EN OPOSSUMBONT – SIDOROV, SNELLE MEDISCHE LABORATORIUMTESTS – FIRMA DE REGENBOOG, SPORTKOSTUUMS EN -SCHOENEN (ADIDAS) – KOGAN, FILMIMPRESARIAAT – NATASJA VOLKOVA, FOURNITUREN – DAVID SMIRNOV, MODELLENBURO – FIRMA DE CHARMES VAN ASTRACHAN, RODE EN ZWARTE KAVIAAR/DELICATESSEN – BLUEJEANS, POOLSE EN AMERIKAANSE SPIJKERBROEKEN – SOLDATOV & COHEN, JURISTEN – SACHALIN, INGEVROREN RODE ZALM – KARPOV & KARPOV, GEÏMPORTEERDE RUITENWISSERS EN AUTO-ONDERDELEN – SAUER, COMMUNICATIE – NIKKEL, KOPEREN TELEFOONKABELS & SCHROOT – NIKOLAJEV, SIBERISCH BIER – DOKTER L. FEINSTEIN, INTIEME MEDISCHE HYGIËNE, en zo ging het in de kloosterachtige gang van zeker negentig meter lang verder. Toen ik OLGA & OLGA, SEKSUEEL DAMESONDERGOED voorbijliep vloog de deur ervan juist open. Een blondine op naaldhakken tiktakte naar buiten, me met wapperende kunstwimpers arrogant passerend. Ik wilde me omdraaien, maar werd min of meer bestormd door de schim van een man wiens gezicht ik door de verblindende luister van de binnenvallende zon niet kon zien, die uitriep: 'Nee maar, hoeveel zomers, hoeveel winters?' (de begroeting van Russen die elkaar lange tijd niet hebben gezien) waarna ik vrijwel meteen verdween in een lammycoat-omhelzing, vrieskoud van de straat, en ik pas nadat ik me half had omgedraaid het gezicht herkende van Pozorski.

'Mijn hemel...' Hij duwde me van zich af, keek me vol ongeloof en tegelijkertijd stralend aan. 'Wat doe jij hier? Mijn oude bijbelleverancier! Ik dacht dat je dit land voorgoed had verlaten.'

Sinds onze ontmoeting anderhalf jaar ervoor in Hotel Europe met de hysterisch geworden mevrouw Pokrovskaja had ik hem niet meer gezien. Zonder verder iets van mij te laten horen was ik destijds van Leningrad naar Holland teruggekeerd. Maar dat leek hij vergeten.

Ik moest beslist op hem wachten, ging hij opgewekt verder. Hij had hier een paar zaken te doen. Het zou tien minuten, hooguit een kwartier duren. Hij verdween achter NIKKEL, KOPEREN TELEFOONKABELS & SCHROOT, liep vijf minuten later nog even binnen bij SOLDATOV & COHEN, JURISTEN, beduidde me toen hij terug was op de gang dat hij nu echt bijna klaar was en verdween vervolgens voor een minuut of tien achter de deur met OLGA & OLGA, SEKSUEEL DAMESONDERGOED waarvan de blondine op de hoge hakken inmiddels was teruggekeerd met een glazen pot thee die ze god-wist-waarvandaan had gehaald.

Pozorski bleek verderop een eigen kantoor te bezitten, in een spinaziegroen pand vlak achter het Loebjankaplein. Het bevond zich in een schuin omlaaglopende straat waar de KGB in de jaren dertig, op het hoogtepunt van de vervolgingen en de terreur, martel- en executieplaatsen had. Het hoogteverschil in het oude buurtje kwam goed te pas: het bloed stroomde met spuitwater zo weg, de roosters in van het Moskouse riool, waarna de lijken per vrachtwagens werden afgevoerd naar de crematoria en de massagraven buiten de stad.

'Mijn lieve god, wat ben ik blij jou weer te zien!' Pozorski trok uit een lade voortvarend een fles whisky tevoorschijn, vergoot een paar plenzen en schoof mij ongevraagd een glas toe. 'Proost! En hoe gaat het met jou?'

Ik knikte monter, ten teken dat het mij goed ging. Nog steeds voelde ik een instinctieve afkeer van de man, maar besefte tevens dat ik mij in mijn nieuwe hoedanigheid niet langer aan hem kon onttrekken.

Hij was een potentiële partner.

Op zijn kantoor wemelde het van de aantrekkelijke meisjes. Af en toe kwam er eentje binnenlopen, legde een papier voor hem neer met het verzoek het te ondertekenen en verdween dan weer. Net als in het gebouw waar ik Pozorski tegen het lijf was gelopen, was het pulseren van de nieuwe tijd overal voelbaar. OLGA & OLGA, SEKSUEEL DAMESONDERGOED was een nevenactiviteit, bedacht door een van zijn maîtresses. Het was min of meer begonnen als grap, maar de business groeide als kool en leverde inmiddels een vermogen op.

Tijdens een verblijf van drie maanden in Boedapest had Pozorski anderhalf jaar ervoor contact gelegd met de Hongaarse partners met wie hij inmiddels videorecorders en andere elektronische apparatuur uit Japan importeerde. De Sovjetmarkt bleek onverzadigbaar. Het was een gouden business, al deed hij zijn oorspronkelijke schroothandel er nog altijd bij. Met zijn oude makker Nikolaj Borodin, de havendirecteur in Leningrad, was hij gebrouilleerd. Of liever: de man was niet meer onder de levenden. Na een megadeal met een scheepslading koper en nikkel was Borodin er met het geld vandoor gegaan. Pozorski had hem in Moermansk opgespoord, zijn deel van de winst alsnog gekregen, had zijn partner alles vergeven maar een week later was er iets vervelends gebeurd. Op een ochtend werd Borodin bij twintig graden vorst ondersteboven naakt bungelend aan een boom aangetroffen. Met een touw was hij aan zijn linkerenkel opgehangen. Zijn huid was blauw en wit. Het moest een langzame, afschuwelijke dood zijn geweest.

'Ik heb er een nacht van wakker gelegen! Maar het zijn de tijden, lieve vriend...' Pozorski droeg inmiddels een bril met dieporanje glazen die het zicht op zijn ogen hinderlijk ontnam en een ziekelijke oranje weerschijn over zijn wangen legde. 'Kom, vertel nu eens over jezelf.'

Uiteindelijk had hij me meegenomen naar Aragvi, het Georgische restaurant aan de Gorkistraat dat ooit het toneel was geweest van de uitspattingen van Stalins jongste zoon. Zonder introductie kwam je er niet binnen, maar Pozorski bleek de administrator, de obers, de serveerster, zelfs de leden van het orkestje dat er op een balkonnetje speelde bij naam te kennen. Hij begon te verhalen over de genoegens van het Kaukasische land, over de weelderige schoonheid van Tbilisi, over de heerlijke gerechten die aanstonds zouden worden gebracht, in de veronderstelling dat ik nimmer in Georgië was geweest. Intussen zag ik de beelden voor me van de mannen, de vrouwen, de studenten en de priesters van wie sommigen – een paar uur nadat ik ze in april het jaar ervoor op de Roestaveli Boulevard had zien demonstreren – zouden worden weggejaagd, afgemaakt, doodgeslagen door het leger.

Plots begon Pozorski over onze bijbelhandel, op de weemoedige toon van een oude man die het had over een jeugdzonde. Zijn sinaasappelkleurige gezicht glom. Over het inmiddels gebrachte warme kaasbrood schaterde hij het uit. Hij had iedereen destijds mooi te pakken gehad! Vlak na aankomst van de eerste lading heilige schriften uit Rotterdam had hij het volgende vernomen: dat ook een protestantse bond in Denemarken de geestelijke nood van hun geloofsbroeders in de USSR met Russische bijbels wilde lenigen. En zo was de tweede lading van nog eens tachtigduizend bijbels een week later per boot vervoerd naar Denemarken. Daar werden ze door hem verkocht aan een kerkelijke organisatie om vervolgens opnieuw over zee de tocht te aanvaarden naar Leningrad, vanwaar ze onder de gelovigen waren gedistribueerd.

Pozorski had voor mij een toneelstuk opgevoerd.

'Wat denk je van de oorlog in Nagorno-Karabach?' veranderde hij toen even abrupt van onderwerp. 'Onze Armeense en Azerbeidzjaanse vrienden staan elkaar naar het leven! Socialistische broeders! Waar moet dat heen? Gruwelijk, gruwelijk... Maar tegelijkertijd beleven we prachttijden. Weet je wat, kameraad? Eindelijk gaan we zakendoen! Bereid je voor, ik zal je rijk maken!'

ACHTSTE HOOFDSTUK

Naast Petersburg houd ik in Moskou een flatje aan, zolang het duurt althans. De letteren zijn voor mij een schip van bijleg gebleken en de journalistiek is een stervend paard. Ik woon hier op tien minuten lopen van het Rode Plein, in de Grote Tatarenstraat. Mijn werkhok is zo klein dat, wil ik er de krant lezen, ik bij wijze van spreken eerst het raam moet openzetten. Maar ik heb er een paar boeken geschreven, ook hier!

Vanochtend besloot ik mijn dagelijkse wandelingetje naar het Gorkipark af te wisselen met een ritje met de tram die vlak bij mijn huis stopt. Er lag nog sneeuw, met de glazuurachtige blauwe glans die wijst op de eerste dooi. Terwijl ik naar de halte liep, hoorde ik opgewonden getjilp van vogels in de zwarte populieren. Ik snoof de ammoniakgeur op van de naderende lente, zoals ik in juli (op het hoogtepunt van de zomer) dikwijls reeds de humus van de herfst ruik.

Voor een paar roebel kocht ik een kaartje, ik ging zitten – en we reden. We denderden de brug af over de rivier de Moskwa, met rechts de Stalintaart waar Paustovski een deel van zijn memoires heeft geschreven en links in de verte het silhouet met blinkend koepelgoud van het Kremlin, onder een smeedijzeren hemel. Voor mij zat een heertje met een volkomen paarse neus, vanonder zijn nattige beverbontmuts naar buiten starend. Ik schatte hem zeventig. Oude mannen in het openbaar zijn schaars in Rusland. Het gros gaat vroeg dood. Zij die blijven leven houden zich koest of zitten weggestopt, niet zelden tussen de kromgetrokken iconen en het kaarslicht van kerken.

Was de bejaarde een geboren Moskoviet? In dat geval moest het schimmenspel dat naar alle waarschijnlijkheid in zijn hoofd plaatsvond deels overeenkomen met dat van mij. Het schimmenspel dat komt met de jaren, waarbij dat wat je om je heen ziet in een permanente dialoog verkeert met de beelden van vroeger. Mijn lot had ik met dit land verbonden, met de literatuur, met mijn Russische vrouw, al was er tussen ons geen boog van vlees ontstaan die dat voor de wrede buitenwereld kon schragen.

Bij de negentiende-eeuwse binnenste boulevardring aangekomen kroop de oude tram knerpend, met een hoog metalen gegier bij iedere zwenking, langs een pand waar ik als twintiger meisjes met slechts een dot wit bont in hun aars op een podium onder flikkerlicht had zien dansen. Nu was het clandestiene restaurant veranderd in een luxueus bankgebouw, met glazen deuren en een marmeren ingang. Het stadscentrum oogde op veel plaatsen hypermodern. Nergens reden zoveel dure auto's rond als hier. Sommige winkels hadden in de tijd dat ik hier had gewoond wel vier keer een nieuwe bestemming gekregen. Waar ooit stinkende hompen Sovjetrundvlees werden verkocht, later geïmporteerd textiel, weer later de eerste mobiele telefoons, zat nu de Moskouse jeugd in een loungecafé met cappuccino's en latte macchiato's te scrollen op hun iPhones en iPads. Zou ik hun vertellen dat ik ooit, toen ik ongeveer hun leeftijd had, in deze stad een uur had moeten wachten om iemand elders in Europa aan de lijn te krijgen, dan zouden ze me wellicht even verbaasd aankijken, maar vermoedelijk eerder verveeld het hoofd afwenden voor die kale spookverschijning afkomstig uit de prehistorie. De generaties volgen elkaar steeds sneller op, waarbij deze niet beseffen dat ze daarmee voortijdig het eigen doodsvonnis tekenen.

In 1929 (het geboortejaar van mijn vader) bracht de omstreden Italiaanse auteur met fascistisch aura, Curzio Malaparte, een bezoek aan Moskou en Leningrad. Hij verkeerde tussen de laatste menselijke brokstukken van het twaalf jaar eerder ineengestorte tsarenrijk, maar vooral tussen de inmiddels ontstane nieuwe bolsjewistische elite. Het hoogste echelon van het communisme, de hebzuchtige, wrede, liederlijke clan van de marxistische adel rond Stalins troon, hun vrouwen, dochters, maîtresses, de profiteurs, de dandy's, de pederasten, de proletarische *merveilleuses*, de actrices, de ballerina's, die – deze zin is vrijwel een letterlijk citaat – de plaats had ingenomen van de aristocratie van het oude regime en die kort daarna, na vreselijke geheimzinnige processen, onder het vuur van executiepelotons zou sneuvelen op de binnenplaats van de Loebjanka.

De geschiedenis herhaalt zich niet, de geschiedenis rijmt.

En soms is die zijn eigen spiegelbeeld.

Malaparte had de opkomst van de Sovjet-Unie meegemaakt, het eerste vijfjarenplan, ik ruim een halve eeuw later de geleidelijke maar gestage ondergang.

Toen ik *Het bal in het Kremlin* in handen kreeg, de vele jaren later neergeschreven literaire weerslag van zijn verblijf in het Moskou van vlak voor het begin van de Grote Terreur, bracht de lectuur van deze merkwaardige proustiaanse roman me even volledig van de kaart. Door zijn ogen liet hij me zien wat ik later met mijn eigen ogen zou zien – op dezelfde plek, maar in een andere tijd. Hij beschrijft het Moskou waarin hele wijken werden gesloopt om letterlijk ruim baan te maken voor de wegen waarmee Stalin van het Kremlin naar zijn datsja in de bossen kon scheuren. Na de Napoleontische brand van

1812 waren de meeste houten woningen, koopmanshuizen en stadspaleizen vervangen door stenen gebouwen. Er waren charmante boulevards verrezen naar het voorbeeld van Parijs; toch had de stad met zijn vergulde en kleurig glanzende betegelde kerkkoepels, kloosters met veldjes vol hoenders, geiten en koeien, huurkoetsiers en boerenkarren altijd een landelijk, bijna arcadisch karakter behouden, dat met de rancuneuze afbraak en de socialistische betonnen nieuwbouwwoede snel verdween. Ook ik heb in de bijna kwarteeuw die ik voornamelijk in Moskou heb doorgebracht huizen en buurten, die me inmiddels lief waren geworden, door toedoen van hebzuchtige bureaucraten en schooiers zien verdwijnen.

Een krankzinnige metamorfose. Niet alleen letterlijk, maar ook politiek en sociaal.

Al voor het uiteenvallen van de Sovjet-Unie maakte ik de eerste aanzetten mee tot de massale roof in de jaren negentig van de vorige eeuw van een kliek cynische en gisse lieden die de wereld spoedig daarna zou kennen als de oligarchen. De usurpators van olie- en gasvelden, van mijnen die goud uitbraken, koper, tin, aluminium, ruwe diamant. De helden van zowel de internationale serieuze als de roddelpers, met hun bij elkaar gegraaide sprookjesachtige vermogens van miljarden dollars, hun kastelen van buitenhuizen, poenige motorjachten, kunstverzamelingen, vrouwen, maîtresses, zonen en dochters die nu de nieuwe Russische adel vormen. Ze wonen niet langer in Sint-Petersburg, in imperiale luister residerend rond het Winterpaleis van de Romanovs, noch in speciale gebouwen met eigen goed bevoorrade winkels, bioscopen en andere voorzieningen zoals Stalin die in Moskou liet bouwen voor zijn meelopers, paladijnen en beulen die later slachtoffers zouden worden, zoals Malaparte beschrijft. Ditmaal resideren ze in megalomane, op een halfuur rijden fraai in de bossen buiten Moskou gelegen onderkomens, in een cirkel dicht rond de nieuwe tsaar in het Kremlin. Ze worden opnieuw gewiegd door bedienden, kindermeisjes, koks, lijfwachten, privéchauffeurs, tuinmannen, yoga- en sportleraren, ze zijn even gericht op aardse genietingen, aanzien en vluchtige roem als hun voorgangers, en hun levens worden op het moment dat ik dit schrijf – de geschiedenis herhaalt zich niet, die rijmt – wellicht wederom bedreigd door een revolte.

De bejaarde met de paarse neus en de beverbontmuts was inmiddels uitgestapt. Terwijl het trammetje er flink de gang in zette, over de boulevard in de richting van de Schone Vijvers, begon het buiten smerig te korrelsneeuwen. Ik dacht aan de vermoedelijk verzonnen, maar schitterende passage waarin de oorlogsverslaggever, diplomaat en romancier Malaparte – in gezelschap van het genie Michail Boelgakov – in Moskou nabij de Arbat de hoogbejaarde en verarmde vorst Lvov op straat tegenkomt, de eerste premier van de Voorlopige Regering. Op zijn grijs bebakkebaarde hoofd vervoert hij een gouden fauteuil om deze te verpatsen op de rommelmarkt onder de groene bomen aan de Smolenski-boulevard, waar zijn mede-adellijke lotgenoten (wonderlijk nog in leven, niet vermoord of gevlucht) de overblijfselen van hun vroegere bevoorrechte bestaan – ringen, iconen, porselein, ingebonden boeken, verkleurde zijden dassen, kozakkendolken, er staat zelfs een meisje dat haar onderbroek omhooghoudt – te koop aanbieden aan diplomaten, buitenlanders, de profiteurs van het communisme, hun echtgenotes, dochters en minnaressen.

In de eerste dagen van de Februarirevolutie in 1917 in Petrograd reed vorst Lvov in zijn dienstautomobiel dagelijks door onze Tsjaikovskistraat, op weg naar de chaos in het Taurische Paleis, dat plots was overspoeld door arbeiders, soldaten en matrozen, en in de tuin waar mijn vrouw en ik een paar maanden ervoor stiekem onze poes hadden begraven.

Ik dacht aan Julia, vroeg me af hoe het haar zeshonderd

kilometer verderop verging, hoe het was met de poezen. Juist toen ik haar wilde bellen ging in mijn broekzak mijn iPhone over.

'Hoi, waar zit je?'

'In de tram,' zei ik.

'Waarom?'

Ik zei dat ik op weg was naar een politicus die ik voor de krant moest interviewen; de afspraak was over een halfuur.

'Hoe is het verder?'

'Snertweer hier... En daar?'

'Korrelsneeuw,' antwoordde mijn vrouw. 'O, wat verlang ik naar de lente. Gaan we dit jaar nu eens echt op vakantie? Altijd maar dat schrijven van jou. Wanneer komen we nu eindelijk aan leven toe?'

Ze vroeg hoe het stond met mijn boek. De week ervoor pas had ik haar verteld dat het werk dat ik onder handen heb dreigde uit te draaien op een soortement kroniek van ons eigen Russische bestaan.

'We hebben zojuist onze intrek genomen in Hotel Akademitsjeskaja 2, winter 1989...'

'Godallejezus...' Ze sprak Nederlands, er was geen woord Frans bij. 'Ben je daar pas? Maar dan moet je nog een kwarteeuw!'

Ik beloofde mijn vrouw dat ik zou opschieten. De tram nam een flauwe bocht; stroef en grommend reed hij langs de Schone Vijvers, op het ijs waar het onder de slingers witte lichtjes een drukte van belang was. Aan de overkant was een paviljoen. De uitspanning stond deels op palen in de vijver en werd 's zomers omringd door plezierbootjes, nu door de zwermen schaatsers. Binnen zat veel volk. Ook ik had er vaak gegeten en gedronken, in gezelschap van Russische vrienden en met collega's, vaderlands journaille met wie ik niet langer omgang had. Ik had nog maar weinig mensen over die ik vertrouwde. In geval van nood had ik niemand om bij aan te kloppen. Samen met mijn vrouw zou ik het alleen moeten rooien. Die gedachte was bevrijdend.

'Wat klink je somber,' verzuchtte Julia.

'Nee hoor, alles gaat uitstekend!'

Het gesprek dat ik even later had met een nazaat van een prerevolutionaire staatsman was op zich stof voor een novelle. Ik kon er in de krant maar vijfhonderd woorden over kwijt. Ik verstuurde het interview naar Amsterdam en was die middag verdergegaan met mijn boek. Tegen mijn gewoonte in: eigenlijk kan ik alleen maar 's morgens vroeg schrijven – kater of geen kater.

Maar ik moest me haasten, meters maken.

Wanneer ik nu terugkijk op mijn jaren als zakenman in het nog communistische Moskou, dan word ik vooral overmand door schuldgevoel. Schuldgevoel jegens mijn vrouw.

Ik was voortdurend onderweg, Julia achterlatend in die ellendige dubbele hotelkamer, met uitzicht over het bijna dagelijks in een deprimerende winterse mist verkerende plein met de huizenhoge Lenin, overgeleverd aan het restaurant met de beroerde boeuf stroganoff op het menu, met in de hal steeds meer zwendelaars, veile vrouwen en verdachte types. Voor Intersoviet Consultancy handelde ze de binnenkomende faxen af, de telefoontjes en de andere lopende zaken. Op een gegeven moment had ze Fopmans vanuit Den Haag vaker aan de lijn dan ik. Intussen bewoog ik me voort in het op zijn grondvesten schuddende Sovjetrijk, op zoek naar mogelijke lucratieve deals, die me in alle uithoeken van het land brachten.

Via een relatie uit Moskou werd ik in Kazan voorgesteld aan een Tataar in een strak zwart glimmend pak, met een paars kalotje op zijn kale hoofd, een grijs puntbaardje en smaragdogen die vuur leken te spuwen. Hij was de importkoning van de Tataarse hoofdstad en bleek in vrijwel alles geïnteresseerd. Vol trots sprak hij over het feit dat de eerste moskeeën stilaan hun oude bestemming zouden terugkrijgen. Net als veel Russisch-orthodoxe kerken hadden die zeventig jaar lang gefungeerd als opslagschuur voor graan, tractoren of gewoon leeggestaan. Bij ieder woord tikten de kralen van zijn bidsnoer. Zodra het gesprek op baar geld kwam opende hij met een stompzinnig lachje zijn weke mond, toonde een totaal verrot gebit met één enkele gouden hoektand en brouwde het toverwoord van die tijd: *barter*. Baar geld? Hij deed uitsluitend zaken op basis van ruilhandel. Voor tienduizend Amerikaanse spijkerbroeken was hij bereid tonnen lokaal gewonnen ruwe olie te leveren, timmerhout, koper, schroot, wat ik maar wilde. Toen hij vroeg of ik iedere maand een container Franse rode en witte wijn naar Kazan op transport kon zetten, in ruil waarvoor hij onbeperkt fragiele Tataarse schoonheden kon leveren om te werken als danseres in het Amsterdamse uitgaansleven, wist ik niet hoe snel ik me uit de voeten moest maken.

Het gros van mijn inspanningen leverde niets op. De gedachte aan de zinloosheid van mijn afmattende bezigheden, zinloos anders dan dat deze gericht waren op het verdienen van geld, probeerde ik zoveel mogelijk van me af te zetten. Ik las amper nog een boek, had geen tijd om naar het theater te gaan, was steeds vaker en steeds langer van Julia weg. De deal met de Audi's ging door, al was het aantal op het laatst van zestig naar veertig verlaagd. Toen de auto's door drie trailers met Pools nummerbord op een fabrieksterrein ergens buiten Moskou werden afgeleverd, had Fopmans me een paar uur eerder al een fax gestuurd dat het geld via de letter of credit op zijn bankrekening was gearriveerd. We hadden ruim een ton winst gemaakt. Om het te vieren was hij meteen met een van de receptionistes van het kantoor aan de Javastraat voor drie dagen naar Parijs gegaan.

De behandeling voor zijn geelzucht verliep voorspoedig.

De reizen in licentie leverden ons maandelijks enkele duizenden dollars op, maar het werkelijke geld kwam steeds vaker van losse handel. Ik hervatte mijn omgang met Pozorski, die me twee keer per week mee uit eten nam, waarbij onze toekomstige samenwerking steeds vastere vormen kreeg.

'Bloemen!' exclameerde hij op een avond bij een glas bier. 'Weet je wel hoe verzot Russische vrouwen zijn op bloemen? Voor bloemen, chocolade en seks zal men in dit land zijn allerlaatste geld blijven uitgeven.'

We zouden een importlijn tussen de Hollandse bollenvelden en Rusland opzetten voor verse snijbloemen; volgend voorjaar al moesten de eerste tulpen in speciale koelwagens naar Moskou vertrekken.

Ik stelde mijn partner van het plan op de hoogte. Fopmans was verrukt.

Intussen hield het onheilspellende gerommel achter de coulissen aan. De immense armoede en het alomtegenwoordige gebrek dat ik in Moskou en tijdens mijn reizen aantrof maakte me soms letterlijk misselijk. Het aantal *bomzji*, daklozen, dronkaards, geesteszieken, stakkers die door de ineengestorte bureaucratie nergens een heenkomen meer hadden, nam met de dag toe. Door de militie werden ze als beesten opgejaagd. 's Nachts kropen ze als ongedierte voor de vrieskoude weg bij de warmwaterbuizen die op veel plekken zomaar over straat liepen. Hun droevige verschijning was de eigentijdse echo van de *bjezprizorniki* die Moskou in de jaren twintig en dertig kende, de kluwen van zwerfkinderen wier ouders door de terreur en de collectivisatie van de landbouw door Stalin, verstopt in treinwagons, op schepen of eenvoudigweg lopend, naar de hoofdstad waren gekomen, waar ze gekleed in vodden en dikwijls letterlijk zwart van het vuil straatbendes vormden, leefden van bedelarij, diefstal, gewapende straatovervallen en zelfs moord, terwijl ze zich massaal prostitueerden – er waren kinderbordelen – totdat ze in 1936 opeens waren verdwenen, volgens sommigen naar tehuizen waar ze het beter hadden dan wanneer hun ouders waren blijven leven, volgens anderen naar oorden waar ze werden mishandeld, uitgebuit, verkracht of door beulen, zoals de fantasie het ingaf, vermoord.

De eerste branchereis begin maart met de dertig bankiers die Baldwin Borger had aangeleverd was een ongekend succes. Hoewel de Sovjet-Unie nog geen bankiers kende in letterlijke zin, had ik onder meer een ontmoeting georganiseerd met hoge ambtenaren van een aantal Sovjetministeries die Pozorski voor mij had geregeld, en die heimelijk vanaf hun bureaus allang voor zichzelf waren begonnen. Ze vielen mij uit dankbaarheid letterlijk om de hals omdat ik hen rechtstreeks in contact had gebracht met sleutelfiguren uit de wereld waartoe zij zelf op een dag hoopten te behoren: die van het internationale bankwezen. Voorts was er een treffen met studenten economie en geschiedenis, alsook een bezoek aan een badhuis waarbij de heren collectief zo dronken werden dat toen de parade van halfnaakte meisjes begon de een na de ander voor de bijl ging, en ze aan hun trillende pinken werden meegevoerd naar alkoven achter vettige rode gordijntjes.

De vier mille per persoon die Fopmans en Borger boven op de reissom hadden gegooid had inderdaad geen enkel probleem gevormd: van iedere deelnemer werd het bedrag voldaan en afgeschreven als onkosten door hun werkgevers. De fiscus zou de reis grotendeels betalen. Van de honderdtwintigduizend gulden brutowinst ging de helft naar Baldwin Borger. Het gouden ei dat hij me destijds had beloofd waren we begonnen uit te broeden. Een paar dagen na afloop van de reis moest ik over de telefoon van Fopmans een kwartier lang gescheld op onze Haagse partner aanhoren. In zijn ogen had hij voor die vijftig procent niets uitgevoerd en deden wij in de Sovjet-Unie in wezen al het werk.

'Maar in ruil mogen wij toch gratis bij hem kantoor houden?' diende ik hem van repliek. 'Bovendien is het zo afgesproken.'

'Daar gaat het niet om!' viel Fopmans tegen me uit. 'Enfin, laat godverdomme ook maar zitten. Wat weet jij eigenlijk van zakendoen?'

Sinds enige weken stroomde het geld in Den Haag binnen, maar zelf had ik er nog niets van gezien. Ik leefde van wat ik in de anderhalf jaar ervoor had verdiend met mijn strapatsen als veredelde reisleider. We hadden ook niet veel nodig. Het hotel van de Academie van Wetenschappen was bijna gratis, in de stad viel niets te kopen en bovendien hadden we geen tijd om geld uit te geven.

Toen Julia eind april jarig was, nam ik haar mee naar het enige pizzarestaurant dat de stad sinds enige tijd kende. Zojuist had ik een deal gesloten over de export van Russisch timmerhout naar Antwerpen die ons bedrijfje opnieuw zeker een ton brutowinst zou opleveren. Tussen de berichten over de oorlogsdreiging in de Kaukasus en de groeiende tweespalt in de Communistische Partij over de te varen koers door, werd over het westerse fenomeen van de allereerste pizzeria in de kranten volop geschreven.

Het restaurant was gevestigd aan het begin van de Koetoezov Prospekt, niet ver van de stadswoning van de vroegere partijleider Leonid Brezjnev. Omdat er alleen in dollars kon worden betaald was een bezoek aan de pizzeria voor de ruim twaalf miljoen inwoners van de stad illusoir, afgezien van een vliesdunne laag corrupte ambtenaren, zwarthandelaren en maffiosi, die met de eeuwig zwaar opgemaakte meiden om hen heen het beeld bepaalden. Er stond een heel peloton bewaking voor de deur. De hyperkapitalistische tent, waar de Coca-Cola 'zomaar als water uit een kraan klaterde' (zoals een verbijsterde journalist van de *Pravda* had opgetekend) zat dag en nacht stampvol.

In dat koude voorjaar van 1990 at Julia voor de eerste maal in haar leven een pizza en dronk ze voor het eerst buitenlandse wijn. Van de twee glazen pinot grigio raakte ze zo aangeschoten dat ze op een gegeven moment een gedicht van Slauerhoff in het Nederlands begon te reciteren, gevonden in een boek dat ze kort ervoor ergens had opgeduikeld en dat ze woord voor woord uit het hoofd had geleerd. Trots, vervuld van gloeiende liefde keek ik toe hoe ze even later haar tiramisu oplepelde.

Alles was tijdelijk. Ook dit uitputtende, krankzinnige leven hier was van voorbijgaande aard. Zou ik het haar nu vertellen? Het geheim dat ik bij me droeg, maar waarover ik met haar nog nooit een woord had gewisseld? Namelijk dat zakendoen, het verdienen van geld mij geen moer kon schelen? Dat ik er in wezen niet geschikt voor was, door puur toeval in deze business verzeild was geraakt, maar volkomen walgde van de telefoontjes, de faxen, het reizen en het onderhandelen over contracten. Dat bij alles wat ik deed op de achtergrond altijd één ding mij werkelijk bezighield: de literatuur, de drang iets te scheppen. Intussen was ik reeds achtentwintig en had ik niet alleen nog nooit een letter gepubliceerd, maar zelfs helemaal nog nooit iets geschreven. Ik had besloten mijn bezigheden voor Intersoviet Consultancy voorlopig voort te zetten, net zolang tot ik geld genoeg had om met Julia minstens een paar jaar ergens vrij te kunnen leven. Kalm en in stilte zou ik mijn eerste roman schrijven, waarna een stroom boeken zou volgen, al had ik nog geen idee waarover.

'Ik wil nog een glas van die heerlijke wijn...' zei Julia, met een baldadigheid die ik bij haar niet eerder had gezien.

Op dat moment viel er een groep proleten binnen; de laagste sport van het hoofdstedelijke afpersingsgilde in hardblauwe trainingspakken, de bobbels van de boksbeugels en pistolen vlak bij die van hun piemels.

Ik vroeg snel om de rekening, betaalde en toen we in een

Wolga die voor de deur stond te wachten naar onze hotelbehuizing terugreden, lispelde Julia dat ze zo direct beslist nog champagne wilde.

'Welke?'

'Zoete! Lekker bij die smaak van tiramisu in mijn mond!'

'Natuurlijk liefje, *dorogaja*, al wil je een hele badkuip vol.'

Julia begaf zich met de lift meteen naar boven. Ik stapte af op de administrator van het restaurant en deed mijn bestelling: tien dozen zoete Kornet. In zwarte roebels kostte dat omgerekend zesendertig oude Hollandse guldens. Om de zaak te bespoedigen stak ik de Rus een biljet van twintig dollar toe. Alsof het de gewoonste zaak van de wereld was, werden even later door twee mannen in stofjassen tien dozen met twaalf flessen Sovjetchampagne bij onze kamer afgeleverd. Toen ik Julia vertelde wat ik van plan was, had ze me met een juichkreet onder de douche getrokken. Daarna maakte ze de badkuip met kokendheet water zorgvuldig schoon, en veegde ze het roze email van de kuip met een kussensloop droog. Intussen was ik in het kamertje begonnen met het knalfestijn. Langzaam maar gestaag vulde het goudsprankelende vocht de badkuip. Mijn vriendin en ik dronken tussendoor teugen van de zoete Sovjetbubbels, voordat we ons een voor een naakt met kreetjes in de kuip lieten zakken.

De volgende ochtend werd ik tegen tienen uit bed gebeld door de receptioniste beneden in de hal, die me vertelde dat er iets voor mij was gearriveerd. Het bleek een brief van mijn moeder, in een enveloppe die volgeplakt was met foto's van onze koningin.

Zandvoort, 11 maart 1990

Lieve jongen,

Hier is een brief van je moeder. Hoe gaat het, mijn zoon, daar in dat verre Rusland? Is het daar nog steeds zo koud? Ik denk vaak aan je en dan denk ik: waarom moet onze jongen nou helemaal in dat vieze verre land wonen, waarom heeft hij niet gewoon een nette baan hier op kantoor? Je hebt er toch voor doorgeleerd? Daar begrijp ik weinig van.

Met je vader gaat het intussen weer goed. Hoe is het mogelijk? Ik denk dat God mijn gebeden heeft verhoord, want ook al ga ik alleen nog maar met Kerstmis naar de kerk: Onze-Lieve-Heer bestaat wel degelijk en Hij heeft het beste met de mensen voor, ook al begrijp ik niet waarom er dan nog steeds zoveel rottigheid in de wereld is. Maar papa is bijna alweer helemaal de oude, wie had dat kunnen denken? Hij hoeft nog maar één keer per maand voor controle naar het ziekenhuis, met de bus en de trein, want de taxi wordt niet langer meer vergoed. Ik ga dan altijd met hem mee, na afloop drinken we beneden in de hal koffie met een moorkop of een saucijzenbroodje, we maken er maar een uitje van. Wel heeft hij vaak last van een droge mond, daar heeft hij spul uit een spuitje voor, en het slikken gaat nog altijd een beetje moeilijk, want er is daar toch het een en ander weggesneden. Ik schrijf je eigenlijk voor het volgende: je ziet dat ik in de enveloppe een briefje van honderd gulden heb bijgevoegd, en nou maar hopen dat alles in goede orde bij jou aankomt en onderweg niet ergens kwijtraakt of wordt gestolen.

Waarom dat geld? Dat komt als volgt: jij kent toch nog wel Theo Veen? Die was vroeger bij ons knecht, vlak na de oorlog. In de oorlog hebben jouw grootvader en hij samen krantjes rondgebracht en toen hij twee jaar na die vreselijke periode nog steeds geen werk meer had heeft je grootvader hem maar in dienst genomen. Eerst in het veilinggebouw, later ook in het restaurant, als manusje-van-alles, zeg maar. Jij was toen nog lang niet geboren. Ik zie hem bijna iedere dag in het dorp op de fiets voorbijkomen, maar wist helemaal niet dat hij al een tijdje getrouwd is met een Russisch vrouwtje, ene Sima. Toen ik ze van de week samen tegenkwam en ik hun vertelde (het vrouwtje spreekt al heel behoorlijk Nederlands) dat ik een zoon heb in Rusland, in Moskou, keek ze me met een bleek gezicht verschrikt aan. Ze liep meteen door. Maar van de week belde Theo hier aan. Hij vertelde dat zijn vrouw nog steeds angst had, dat ze mij natuurlijk niet kende en dat ze geschrokken was van mijn woorden. Zelfs hier in dit kleine Hollandse kustdorpje, zo vertelde Theo, bleek de Sovjet-Unie dus niet ver weg! Toen gaf hij me die honderd gulden met het verzoek die aangetekend aan jou op te sturen, want Sima schijnt nog een zus te hebben in Moskou, of een halfzus – dat heb ik niet zo snel begrepen. Ik zal haar adres in Moskou zo direct onder aan de brief schrijven. Zou je haar dat geld kunnen geven? Het rechtstreeks aan haar opsturen kan op de een of andere manier niet, of is te gevaarlijk voor haar. Het schijnt dat die zuster het heel moeilijk heeft. Ik zie af en toe beelden uit Rusland op tv, dan denk ik: wat een rotwereld is dit toch en waarom moet mijn zoon uitgerekend in dat smerige land zo ver weg zitten. Misschien dat je die vrouw daar zelf ook nog wat zou willen toestoppen, laten we zeggen nog eens honderd gulden extra, dan krijg je dat geld later wel weer van je vader en je moeder terug.

Wanneer bel je weer eens, jongen? Dat vinden we altijd zo fijn, ieder keer als je belt. Ik weet dat het duur is, maar we hebben het zo graag. Het is bijna alweer half maart, de bulldozers op het strand hebben hun werk gedaan en de strandpaviljoens zijn alweer open. Afgelopen zondag was het warm weer, de terrassen zaten vol. We gaan naar de zomer toe, wat in het leven altijd een goed teken is. Bel je snel weer? Een dikke kus voor je van mij, en ook van je vader.

Je moeder

PS: O ja, ik heb ook nog deze foto bijgevoegd, van Theo en zijn vrouw. Zou je die ook aan haar zuster daar in Moskou willen geven?

Het epistel had er anderhalve maand over gedaan. Dat het geld was gearriveerd mocht een wonder heten: buitenlandse brieven en pakketjes werden door postbeambten in de uitgebroken bureaucratische anarchie massaal opengemaakt, om te kijken of er wat te roven viel.

Nog dezelfde middag namen Julia en ik de metro naar het Riga-station, waarachter de straat lag die mijn moeder had opgegeven. Alle kou was sinds enige dagen uit de lucht, de natuur was simpelweg geëxplodeerd, het was heerlijk lauwwarm Russisch voorjaarsweer.

De persoon die we moesten hebben heette Rena. Mijn moeder had geen telefoonnummer genoteerd, maar misschien had de vrouw, zoals veel Russen, helemaal geen telefoon. De binnenplaats met de drie chroetsjovflats waar ze woonde zag eruit alsof er zojuist een zware veldslag was geleverd. De bakstenen muren waren zwartgeblakerd. De regenpijpen en dakgoten hingen er verroest en totaal verwrongen bij. Twee zwervers scharrelden er met tassen rond, onder de reeds met zachtgroene bladeren getooide kastanjes, op zoek naar lege flessen voor het statiegeld. Onderweg waren we een staatswinkel VLEES gepasseerd, met de gebruikelijke lange rij ervoor waarin luid tegen elkaar werd gescholden, geduwd, totdat een Russin in een bebloed wit hemd naar buiten was gestormd en als een dokwerker begon te schreeuwen dat iedereen moest ophoepelen, dat de voorraad varkensvlees op was, dat er misschien volgende week dinsdag een partij gehakt werd aangeleverd vanuit Wit-Rusland. Maar iedereen bleef gewoon staan, uit fatalistische moeheid, of simpelweg omdat men de verkoopster niet geloofde.

Ook de deurcode wisten we niet. Ik drukte maar op de 4, het appartementsnummer dat in de brief stond vermeld. Door een intercom klonk een zwakke lage stem: '*Kto tam?* Wie is daar?'

We vertelden wie we waren.

'Hoe weet ik dat u de waarheid spreekt?'

Julia nam het gesprek over en even later ging de stalen voordeur met een droge klik van het slot open. We beklommen een trap in een opvallend schoon portiek. Overal hing de penetrante geur van pas aangewend bestrijdingsmiddel – het voorjaar was de tijd voor de aanval op kruipend ongedierte. Op de derde verdieping stond een vrouw van over de zestig met een blozend gezicht, kort grijs haar en vriendelijke grijsblauwe ogen ons in een deuropening op te wachten. 'Komen jullie namens Sima? O, wat ben ik blij... Ze heeft al tijden niets meer van zich laten horen. Ik heb geen idee hoe het haar vergaat... Kom binnen, kom binnen... Hier staan de pantoffels, ik heb ze in alle soorten en maten... Sima is bang dat ze me door te schrijven of te bellen hier in de problemen brengt... Ze heeft er denk ik geen idee van hoe snel alles hier verandert... Kom binnen, lieve kinderen... Mijn hemel, nu heb ik zomaar de jeugd in huis... Julia, zei je? En Pieter? Wat een mooie namen, ga zitten, lieve schatten, ik ga thee zetten... Ik heb zelfs nog wat suiker... In de winkels hier is niets meer te krijgen, helemaal niets, maar suiker heb ik altijd... Zonder suiker wil ik niet meer leven...'

We trokken onze sloffen aan en gingen naar binnen.

'Wat ziet ze er beeldig uit...' Hoofdschuddend van verbazing bekeek de Russische even later de foto die ik haar had gegeven, van haar zuster en haar man, genomen voor de holle boom bij Kraantje Lek in Overveen. 'Door dat jurkje lijkt ze wel een jonge meid!'

Plots, van de ene op de andere seconde, kreeg de vrouw het te pakken. Ze trok helemaal wit weg, begon te zweten en te trillen, mompelde dat er niets aan de hand was, dat ze dit wel vaker had, maar verzocht ons snel weg te gaan, ze moest nu meteen gaan liggen. Voor ik het wist stonden we weer buiten en was ik straal vergeten haar het meegebrachte geld te overhandigen. Wel hadden we ons telefoonnummer achtergelaten.

Twee dagen later – op de 1e mei – was het zulk warm en stralend weer, dat het leek of de Lenin Prospekt waarop ik vanachter mijn bureautje op onze hotelkamer uitkeek niet in het centrum van Moskou lag, maar ergens in Malaga, Jakarta of Rio de Janeiro. Ik zette de ramen wijd open. De gouden kerkkoepels in de verte waren in permanent conclaaf met de gouden zon. Overal in de zachte bries wapperden de lichtrode vlaggen. Wagens met luidsprekers op het dak reden voorbij om de bevolking met de feestdag geluk te wensen. Julia had voorgesteld naar het Rode Plein te gaan, om naar de parade te gaan kijken. Omdat ik nog wat moest afmaken bleven we thuis en zagen we even later op onze zwart-wit-tv de rechtstreekse beelden van de gebeurtenissen een kleine drie kilometer verderop.

Terwijl ik wat facturen schreef, een brief aan een houthandelaar in Tomsk en vervolgens begon aan mijn wekelijkse verslag aan Fopmans in Den Haag, bekeek ik met een half oog op de buis de festiviteiten die een halfuur eerder van start waren gegaan.

Het volk trok volgens de traditie met spandoeken langs de machthebbers boven op Lenins tombe, fabrieksarbeiders, leden van de vakbonden, met leuzen die de afgelopen twee jaar steeds meer van hun ideologische hardheid hadden verloren. Verdwenen waren het afschrikwekkende ONZE ATOOMRAKETTEN RAKEN IEDER DOEL IN EUROPA! Of: LANG LEVE DE ERFENIS VAN LENIN! En: DE SOVJETMACHT ZAL ALLES OVERWINNEN! De demonstratie dreigde nu uit te draaien op een vertoon van nationale onvrede. De angst in de gangen van de Sovjetmacht voor de toorn van het vulgus, dat ditmaal de prijs voor de hervormingen van de laatste jaren had moeten betalen, was wellicht even groot als die bij de tsaristische elite vlak voor de catastrofe van 1917.

Gezien de gespannen toestand in de stad hadden de autoriteiten in Leningrad, bevreesd voor ongeregeldheden, de gehele vertoning afgelast. Maar de hoofdstad Moskou kon zich natuurlijk niet laten kennen. Als vanouds stond Gorbatsjov tussen zijn getrouwen enigszins verveeld de parade ter ere van de arbeid af te nemen, alsof het dagelijkse routine betrof, met een glimlach af en toe poezelig een hand opstekend, de meizon weerkaatsend op zijn kale gevlekte schedel. Voor het eerst in ruim zeven decennia leek het Kremlin de regie niet langer volledig in handen te hebben. De banieren met teksten als WEG MET PRIVÉBEZIT! en GEEN EXPERIMENTEN MEER! en WIJ WILLEN GEEN MARKTECONOMIE! die staalwerkers, kompels en anderen wier leven de afgelopen jaren een regelrechte hel was geworden naar de vader van de perestrojka en de glasnost ophielden waren een rechtstreekse slag in diens gezicht. Maar Gorbatsjov bleef stoïcijns, kalm, beheerst, zoals altijd. Ook toen er na een halfuur iets gebeurde wat niemand voor mogelijk had gehouden: vanaf de kant van de Alexandertuin en het roodbakstenen gebouw van het Historisch Museum kwamen groepen demonstranten in formatie aanmarcheren die niets met de eerdere kritische vereerders van de arbeid van doen hadden.

Julia keek zwijgend vanuit haar stoeltje toe, af en toe iets grommend, terwijl ik mijn werk inmiddels had gestaakt.

Het Rode Plein werd nu bestormd door een soort banistiek verzet, werd het terrein van een oorlog van vlaggen, waarbij de rood-geel-groene Litouwse driekleur en de zwart-blauw-witte nationale vlag van Estland voor de apparatsjiki omhoog werden gehouden, in hun omkransing van rode Sovjetvaandels, gepaard met leuzen voor vrijheid, volledige onafhankelijkheid. De optocht voor de hardliners boven op de tombe met het lijk van Lenin kreeg een ronduit macaber karakter toen er niet alleen vanuit de stoet, maar ook vanaf de overvolle tribunes borden werden getoond met teksten die niet – zoals een halfuur eerder – opriepen tot verandering van koers van het huidige regime, maar in feite tot zijn revolutionaire einde, zoals COMMUNISTEN, JULLIE LAATSTE

DAGEN ZIJN GETELD! En: WEG MET HET POLITBURO! Alsook HET MARXISME-LENINISME LIGT OP DE MESTVAALT VAN DE GESCHIEDENIS!

'*Bozje moj*, mijn lieve god...' Julia kwam half uit haar stoel overeind, terwijl ze met verschrikte ogen de bizarre taferelen bleef bekijken. 'Besef je wel wat daar gaande is?'

Tegen de middag, we wilden juist de deur uit gaan om te kijken of er ergens nog iets te doen was, misschien waren er in het Gorkipark wel kraampjes met eten of drinken, werden we gebeld door Rena. Ze stond in een openbare telefooncel nabij het Riga-station. Ze verontschuldigde zich voor de toestand van twee dagen eerder, maar drong erop aan dat we haar om een uur of zeven zouden bezoeken.

'Ik verafschuw alles wat communistisch is, maar het is vandaag per slot van rekening toch een feestdag,' sprak ze.

Ook de tweede ontmoeting met deze goedhartige Russin, in haar armoedige flatje van vijfendertig vierkante meter, staat me bij als de dag van gisteren. De houten tafel in het krappe keukentje was volgebouwd met allerhande hapjes, overduidelijk uit haar mond gespaard, terwijl er ook een flesje met geel spul stond, zelfgemaakte advocaat, heerlijk zoet en met wodka aangelengd.

Opnieuw was ze een waterval van woorden. Haar mededeelzaamheid – zou ik spoedig begrijpen – werd niet alleen ingegeven door een eenzaam bestaan zonder man, kinderen en vrijwel geen omgang met familie, maar was eveneens de compensatie voor een leven van angstig zwijgen. Ondanks het leeftijdsverschil van ruim dertig jaar spraken Julia en Rena al snel met elkaar alsof ze zusters waren. Als kind was Rena voor het laatst naar de 1 meiparade gegaan, een tv had ze niet. De dramatische gebeurtenissen op het Rode Plein een paar uur eerder waren haar volledig ontgaan. De gehele dag was ze bovendien op jacht geweest naar een stukje rundvlees, dat ze licht aangebraden had en in koude plakken met mierikswortel en dille had opgediend. Toen Rena zelf ingemaakte cantharellen in wolken azijn en knoflook op onze borden legde begonnen de dames een vertoog over de geneugten van paddenstoelen zoeken, terwijl ik me concentreerde op de heupflacon Armeense cognac die de gastvrouw speciaal voor mij uit de kast had gehaald. Op de geblakerde binnenplaats gingen de vogels in de kastanjes als waanzinnigen tekeer. Na een glaasje of vier maakte de drank me heerlijk loom, ik doezelde bijna weg. Het leven van de blozende Russin, die haar enigszins dikkige, met sproeten overdekte witte armen had gestoken in een witte blouse, kwam in brokstukken tot mij. Haar halfzus Sima was zeven jaar ouder dan zij en anderhalf jaar eerder voorgoed vertrokken naar Nederland. Hun moeder was in 1896 geboren in een Oekraïens stadje aan de Dnjepr, de oudste dochter in een groot en arm Joods gezin. Als arbeidster in een tabaksfabriek, waar ze tien uur per dag achter elkaar sigaretten moest draaien, had ze zich al snel bekeerd tot de bolsjewieken. Toen na de revolutie van 1917 de burgeroorlog was uitgebroken had ze op een dag de broer van Lenin, Dmitri Oeljanov, vanuit Kiev de grens over gesmokkeld naar veilig gebied. In de jaren dertig hadden Rena, haar halfzus en haar moeder enige tijd in de Oezbeekse hoofdstad Tasjkent gewoond, waar haar vader – Sima's stiefvader – een baan had aangeboden gekregen als commercieel directeur in het pas geopende grote warenhuis. Ondanks de armoedige omstandigheden waarin ze ook daar leefden, had ze er als kind genoten van de aanblik van de kamelen, de geweven tapijten, het warme weer en het verse fruit, dat in het Moskou van die tijd ook nergens te krijgen was. Maar van de ene op de andere dag was het afgelopen. Het gezin moest terugkeren naar Moskou, waarna haar vader al snel door de KGB werd gearresteerd, in de gevangenis verdween en later in een strafkamp. Hij zou er nooit meer van terugkeren. In de oorlog waren ze met zijn allen vanuit Moskou vertrokken naar de industriestad Sverdlovsk in de Oeral, vanwaar de twee zusters samen levensgevaarlijke tochten ondernamen op zoek naar voedsel, terwijl hun moeder half illegaal bleef werken in een fabriek en op de baby paste die Sima op haar negentiende van een soldaat, die inmiddels naar het front was vertrokken, had gekregen.

Julia zat stilletjes te luisteren, terwijl ze machinaal en langzaam stukjes zwart brood wegkauwde. Ineens liet ze zich in het Nederlands tegen mij ontvallen dat ze hoognodig naar de wc moest.

'Hier in het gangetje rechts,' sprak Rena toen bijna zonder hapering in het Nederlands, met licht Duitse tongval.

Mijn vriendin en ik keken elkaar verbijsterd aan.

'Ja, ik spreek nog altijd een paar woorden Nederlands...' ging Rena in het Russisch met een beschaamd glimlachje verder. 'Mijn lieve vadertje kwam per slot van rekening uit Amsterdam...'

Als bij toverslag was ik uit mijn alcoholische sluimering ontwaakt. Idioot die ik was! Waarom had ik dat niet eerder begrepen? Van het bestaan van deze vrouw tegenover mij was ik al jaren geleden op de hoogte. Haarscherp, bijna woordelijk, stond mij een stuk voor ogen dat Karel van het Reve eens in *Het Parool* had geschreven over Nederlanders die hadden gewerkt voor de Russische geheime dienst en waarin hij zich onder meer herinnert hoe hij op een dag in 1936 de communist Jef Swart op de Jozef Israëlskade met twee meisjes zag spelen. 'Op straat gaf Jef,' zo verhaalt Van het Reve, 'een staaltje weg van wat de meisjes "aan één pootje jojoën" noemden: hij hield ze elk aan een been ondersteboven en maakte jojo-bewegingen. De meisjes vonden het prachtig.'

En nu, vierenvijftig jaar later, hier in een Moskous keukentje, zat een van deze meisjes tegenover me. Haar halfzuster Sima was de dochter van misschien wel de grootste revolutionair die Nederland ooit heeft gekend, Henk Sneevliet, die in 1934 een van de inspirators was van het Jordaanoproer, de enige rebellie tegen het gezag in Nederland, waarbij op barricades met rode vlaggen twee dagen lang door het proletariaat werd gevochten tegen het leger, als destijds in het centrum van Petrograd, met zeven doden en tweehonderd gewonden tot gevolg. Toen ik haar vroeg of ze inderdaad de dochter was van Jef Swart, de man die in de Amsterdamse Warmoesstraat voor de oorlog een armoedig kantoorboekhandeltje had gedreven, als dekmantel voor zijn werkzaamheden als geheim agent voor Rusland, om een paar jaar later vrijwel spoorloos te verdwijnen in Stalins vleesmolen, keek Rena ons verbaasd aan. Natuurlijk, maar dat wisten we toch? Had haar zuster dat daar in Holland dan aan niemand verteld?

Zou iemand mij op dat moment hebben verteld dat deze vrouw, wier moeder eens de broer van Lenin een gevaarlijke grens over had gesmokkeld, op een dag met betraande ogen aan de kist van mijn beide ouders zou staan, dan had ik haar of hem voor gek versleten.

Maar de wet van het toeval mag dan doorgaans heersend zijn, die van de krankzinnigheid verslaat natuurlijk alles.

NEGENDE HOOFDSTUK

Die zomer van 1990 behoort tot een van de gelukkigste zomers van mijn leven. Ik bracht hem voornamelijk door in en rondom Moskou, met een paar uitstapjes per nachttrein tussendoor naar Leningrad, onder meer om kennis te maken met de ouders van Julia.

Ondanks de voortdurende neergang, de verpaupering en de toenemende politieke chaos in het land, kreeg ik in het zakendoen steeds meer bedrevenheid. Het ene na het andere succes volgde. Ik was verliefd, mijn vader was bijna geheel gezond; als alles zo doorging zou ik tegen het einde van dat jaar genoeg geld hebben verdiend om Julia mee te nemen naar Europa, om daar ergens in alle rust mijn eerste boek te schrijven en intussen na te denken over de toekomst.

Het zou anders gaan.

Maanden had ik hen niet gezien, maar vanaf mei waren de twee academici uit Novosibirsk vrijwel permanent in Moskou vanwege hun tomograaf-project. Ieder bewoonde een eigen suite in mijn hotel, op de bovenste verdieping. De miljoen D-marken uit Duitsland lagen nu binnen handbereik. Aan alle formaliteiten was inmiddels voldaan. De aanvraag voor subsidie was ingediend, omkleed met verzonnen onderzoeksrapporten, aanbevelingen, prognoses, een stapel van zeker een halve meter papier vol handtekeningen en stempels die de heren, als heersers op hun universiteit, zelf hadden vervaardigd en die ik in porties in grote bruine enveloppen naar de Duitse ambassade had gebracht, waar ik telkens een ontvangstbewijs kreeg, ook weer met een stempel.

Omdat ik door hun voordracht voor een appel en ei in mijn hotel kon wonen deden Chinstein en Trofimov onbeperkt beroep op mij. Op een ochtend moest er – nadat er een telegram was gekomen uit Berlijn – in allerijl een rapport uit het Russisch worden vertaald in het Duits, een eveneens volkomen uit de duim gezogen betoog waarin de heren uitlegden dat de tomograaf met name in Siberië zeer van node was om speciale neurologische en botafwijkingen te onderzoeken die door onbekende oorzaak voornamelijk voorkwamen bij kinderen.

Nadat Julia het stuk in een sessie van negen uur achtereen zwoegen had vertaald en Chinstein het daarna min of meer uit haar handen had getrokken, zonder het geringste bedankje, laat staan een vergoeding, kreeg ze voor het eerst een soort zenuwtoeval. Wie waren die twee oplichters? Waarom omringde ik me met dat soort types? Hoelang zouden we nog hier in dit hotel vol zuiplappen en hoeren blijven? Wat voor leven was dit eigenlijk? Jarenlang had ze gestudeerd; ze was vastberaden te promoveren op een onderwerp uit de Duitse barok, maar intussen zat ze hele dagen achtereen aan een bureau, en moest ze nu ook al in houterig Russisch geschreven sprookjes van een stel charlatans vertalen. Hoe beroerd en armoedig ze ook in Leningrad woonde, steeds vaker had ze heimwee naar haar boeken, haar piano, haar eigen spullen en haar bed.

'Wat ben je eigenlijk van plan verder te doen? Gistermiddag belde die Pozorski me weer op. Ik heb het je nooit willen vertellen, maar dat doet hij wel vaker. Op een keer nodigde hij me zelfs uit naar een restaurant. Toen ik vertelde dat ik van jou hield, reageerde hij: "Maar hij hoeft er toch helemaal niets van te weten?" Hij wilde jou gisteren met alle geweld spreken, maar toen ik zei dat je ergens buiten de stad was, en dat er op deze aardbol nog steeds geen telefoon bestaat waarmee we andere mensen zomaar draadloos kunnen bellen, begon hij tegen me uit te varen. Hij noemde me *soeka*, teef... Hij klonk zeer gespannen... Vreemd dat hij je vandaag nog niet heeft teruggebeld. Die Pozorski met zijn mooie kop vertrouw ik voor geen kopeken. Hoe ken je hem eigenlijk? Hij is zeker ook een oude vriend van je partner Fopmans?'

Uit gêne had ik het altijd voor mij gehouden. Nu pas bracht ik haar ervan op de hoogte dat Pozorski anderhalf jaar eerder in Leningrad het contact was geweest voor mijn smokkelbijbels.

'Smokkelbijbels?'

In het kort vertelde ik haar van de geschiedenis met Siderius.

'O, en wat houd je allemaal nog meer voor me achter?'

'Eigenlijk...' praatte ik er snel overheen, 'ben ik door het woord Gods hier in de Sovjet-Unie beland. Zonder dat hadden we elkaar nooit ontmoet. We zijn tot elkaar gekomen door het geloof.'

Julia knorde iets, ontevreden dat ik haar geen fatsoenlijk antwoord had gegeven. Toen biechtte ik haar mijn plannen op: dat ook ik het leven hier stilaan moe was, dat ik genoeg geld had verdiend om het een paar jaar uit te houden en ergens in stilte te kunnen schrijven.

'Schrijven? Maar ben je dan een schrijver?'

Het antwoord daarop wist ik zelf eigenlijk niet.

Vanaf begin juni heerste er een bijna ondraaglijke hitte. Zodra de mogelijkheid zich voordeed verlieten we de stad met een *elektritsjka*, een van de honderden dikwijls nog kolengestookte boemeltreintjes die de reizigers – op houten banken, het comfort van het begin van de eeuw – wegvoerden van de betonnen ellende, de uitlaatgassen en het alomtegenwoordige gebrek naar de bloeiende natuur, die zich met zijn blauwe linten van helder dartelende beekjes, overhuivingen van zon doorstoven berkengroen en het gezang van nachtegalen niets van de menselijke crisis bleek aan te trekken. De tuintjes gaven overdadig aardbeien die langs de kant van de weg werden verkocht. De Russische aardbeien waren klein, donkerrood, zwartbespikkeld en mierzoet. We wasten ze schoon in het water van de riviertjes en verorberden kilo's achter elkaar, om de lange winter definitief uit ons lijf te verdrijven.

Julia betreurde het dat we in ons hotel geen gelegenheid hadden om te koken. Ieder jaar maakte ze aardbeienjam – het rozige schuim dat tijdens het bereiden ontstond was het lekkerst – waarna de confituur in weckpotten ging om te bewaren.

Soms bleven we ergens overnachten, te midden van het kabaal van de ontwaakte bossen, waar spechten met hun drilboortjes bezig waren de stammen te bewerken, uilen met hun lage stemmen de heersers bleken van het woud en er op een ochtend – in het hutje dat we de dag ervoor verlaten hadden aangetroffen – twee jonge herten met hun grootogige hoofden nieuwsgierig verbaasd naar binnen stonden te gluren.

Terug op onze hotelkamer in Moskou lagen de binnengekomen faxen in golven papier op de grond. Toen ik eens drie dagen achtereen niet bereikbaar was geweest – Julia en ik waren teruggegaan naar het klooster in Soezdal, waar we elkaar voor het eerst hadden bemind – viel Fopmans zo hevig naar me uit, dat hij op een gegeven moment de hoorn erop had gegooid. Tien minuten later kwam er een fax binnen waarop hij in zijn kleine, vinnige, bijna onleesbare handschrift had neergepend dat ik niet in Moskou was voor vakantie, dat het er nu om ging dat we doorpakten en dat hij nieuwe initiatieven van me verwachtte. Ook meldde hij dat hij vanaf 1 oktober weer in Moskou zou zijn. We zouden stuivertje wisselen. Hij zou zijn intrek nemen in Hotel Akademitsjeskaja 2, waarna ik zijn werkzaamheden in de Javastraat kon overnemen.

Begin augustus hadden we een derde branchereis. De tweede, eind juni, was commercieel enigszins een tegenvaller geweest – de dertig artsen die Baldwin Borger had verzameld waren op het laatst begonnen te steggelen over de prijs. Niettemin hadden we er een halve ton brutowinst aan overgehouden.

Ditmaal was het weer even vol in de roos als de eerste keer: de dertig *captains of industry*, van zeepgiganten tot baggeraars, van rijke reders tot rijke kippenboeren, hadden zonder mankeren de vier mille die we op de kostprijs hadden gegooid betaald. Ze kregen er een programma voor terug waarbij ik zelfs een ontmoeting had geregeld met een adviseur van de opkomende rebel Boris Jeltsin ('Als Borja aan de macht komt, heren, dan zult u in dit land miljarden dollars kunnen gaan verdienen! Ik zal eenieder van u zo direct mijn visitekaartje geven!') en opnieuw begon Fopmans te zeuren dat de vijftig procent commissie aan Borger voor het opstellen van een simpel lijstje met deelnemers eigenlijk veel te veel was.

Toen ik mijn partner een week later over de telefoon vertelde dat het spaargeld waarvan ik tot dusver had geleefd bijna op was, en ik graag een voorschot wilde hebben op mijn aandeel in onze gezamenlijke verdiensten, merkte Fopmans op waarom ik daar niet eerder mee was gekomen. Maar natuurlijk, hij ging het meteen regelen! De volgende morgen al stond er een Russische vriend van hem voor mijn hoteldeur die me – met de complimenten van Fopmans – een enveloppe overhandigde met vijfduizend dollar. Ik wisselde er vijfhonderd van om in zwarte roebels, nam de rest van de dag vrij en troonde Julia mee naar een paar coöperatieve winkels die pas waren geopend en waar voor harde valuta leuke modieuze kleren werden verkocht. De jurk en de pumps die ze uiteindelijk – na eindeloos twijfelen – uitkoos, had ze na het passen meteen aangehouden, de oude kleren en schoenen gingen in een plastic zak. Die avond aten we opnieuw in de pizzatent aan het begin van Koetoezov Prospekt. De ramen stonden wijd open naar de bijna subtropische avondlucht, en toen we in de wapperende lauwte van de taxi terugreden naar huis vertelde ik Julia dat ik in oktober naar Holland zou terugkeren, dat ik nog niet wist wat ik zou doen – het kantoor in Den Haag bemannen, of inderdaad meteen mijn eerste boek schrijven – maar dat we snel een aantal zaken in gang moesten zetten, waarvan het belangrijkste natuurlijk was het verkrijgen van een visum.

'Maar hoe moet dat dan?' Julia was door mijn woorden zo nerveus en opgewonden dat ze begon te stotteren.

'Wacht maar, dat regel ik wel...'

De volgende morgen begaf ik mij voor het eerst naar de Nederlandse ambassade in Moskou, een oud stadspaleisje in okergele tinten, de plek waar ik later nog vaak zou komen, waar ik een paar van de mooiste momenten van mijn leven zou beleven, maar die mij op dat moment voorkwam als een onneembare vesting.

De bewaker voor de deur liet me niet door. Toen ik vertelde waarvoor ik kwam, werd me toegebromd dat ik hier verkeerd was, dat alle visumzaken waren overgebracht naar de Bolsjaja Ordinka, helemaal aan de andere kant van het centrum, over de rivier.

'Betreft het soms een visum voor een Jood?'

'Hoezo?' vroeg ik.

'Gaat u nou maar naar de Bolsjaja Ordinka,' zei de bewaker snel, en hij noemde het huisnummer. 'U ziet het daar zelf wel.'

Ik nam een taxi, reed de Stenen Brug over, met links van mij het Kremlin, en stopte even later voor een pand met aan de gevel inderdaad wederom een loom naar beneden hangende Nederlandse vlag.

Op de straat ervoor was het een drukte van belang. Vanaf schragen werden boeken verkocht, zoals intussen op veel plaatsen in de stad, waar de kiosken naast steeds meer obscure antisemitische krantjes, oppositiebladen die de machthebbers de nieren lieten proeven, ook allerhande, snel vertaalde pulplectuur verkochten, softpornoachtige troep met advertenties waarin dames en meisjes hun diensten aanboden, naast boeken met titels als *Hoe ik in zes maanden miljonair werd – Hoe vind je werk in de Verenigde Staten?* En *ABC voor de emigrant naar Europa.* Hier op deze plek werden geschriften aangeboden als *De zegeningen van het beloofde land* en *Inleiding tot de Joodse spijswetten*, en *Mythes en waarheid over de Palestijnse terreur.* Toen ik anderhalf jaar eerder op mijn hotelkamer in Boechara van mijn bed was gelicht en door de drie Oezbeekse agenten in hun groenlinnen pakken tot op mijn piemel was uitgekleed, had ik gedacht dat de oudste van het stel louter antisemitische onzin uitkraamde toen hij me toedichtte dat ik een spion was omdat de Nederlanders hielpen met het laten uitreizen van Joden. Maar het bleek waar: Israël had in Moskou geen eigen gezantschap, en om de een of andere reden had het Nederlandse consulaat de taak voor de vertrekkende Sovjetjoden overgenomen.

Toen ik na eindeloos wachten in de rij, waar ik tot mijn vreugde een paar oude mannen met intens bleke gezichten en rossige baarden zangerig Jiddisch hoorde spreken, eindelijk aan de beurt was, werd mij ook daar door een Russischsprekende medewerkster kattig gevraagd of ik hier was voor een visum voor een Joodse Sovjetburger.

'Nee,' gaf ik als antwoord, nog onwetend dat ik daarmee deels onwaarheid sprak. 'Voor een gewone Russin.'

Mijn accent verraadde mij.

De vrouw verdween naar achteren. Een paar tellen later kwam een Nederlandse kale jongeman van rond de dertig in een blauwe blazer naar voren lopen. Hij keek me zelfverzekerd aan, stelde zich aan me voor en begon te vertellen dat hij in de anderhalf jaar dat hij hier zat meerdere mannen met een Russische naar het Westen had zien vertrekken, maar dat het in veel gevallen fout was gegaan. Besefte ik wel waar ik na een vermoedelijk vrolijk verlopen toeristenreisje hier – de man waagde het zelfs naar me te knipogen – aan begon? Veel Russinnen waren eropuit een buitenlander aan de haak te slaan. Zodra ze eenmaal in Europa waren begon doorgaans de ellende. Door zijn onbeschofte betoog was ik zo geschokt, zo uit het veld geslagen, dat ik niet op zijn woorden inging maar kalm de vraag herhaalde aan welke formaliteiten ik diende te voldoen om voor mijn vriendin een visum voor een halfjaar te regelen.

'Goed, ik geef u weer over aan mijn assistente,' reageerde de diplomaat duidelijk gepikeerd, terwijl zijn kwaliteitskaakspieren verstrakten. 'Die regelt het verder met u. Een fijne dag nog.'

De Russin achter de balie had het ongenoegen van haar baas subiet geroken. Ze besefte dat ze carte blanche had om het mij zo moeilijk mogelijk te maken, zette haar toon op de vinnigste stand, deelde me mee dat ik morgen eerst maar eens met mijn partner en de benodigde documenten – ze gaf me een gefotokopieerd lijstje – moest langskomen en richtte zich, alsof ik ineens lucht voor haar was, op de persoon in de rij achter mij. Toen Julia en ik de volgende morgen weer op het consulaat stonden, liet de diplomaat zich niet langer zien en werd ons door de assistente, nadat ze snel een blik op de papieren had geworpen, meegedeeld dat ze onmogelijk de aanvraag voor een visum voor het Koninkrijk der Nederlanden van mevrouw in ontvangst kon nemen omdat ze nog altijd met een Rus was getrouwd.

'Mijn vriendin is weduwe,' zei ik.

'Hier staat dat ze gehuwd is.'

Terwijl Julia muisstil naast me stond, amper nog durfde

te ademen, bijna genetisch bepaald doodsbenauwd als ze was voor alles wat met autoriteiten te maken had, vertelde ik dat haar man drie jaar eerder bij een bergexpeditie in het zuiden van de USSR was verongelukt en dat geen van de slachtoffers ooit was gevonden.

'Dan wil ik graag een doodsverklaring... Meneer, komt u terug zodra u die heeft... De volgende graag...'

Officieel stond Julia in Leningrad ingeschreven. Nog dezelfde dag reisden we er met de nachttrein heen, waar we volkomen gesloopt aankwamen. In haar hok op het Vasilius-eiland haalden we haar geboortebewijs, werkboekje en andere benodigde papieren op, waarna er iets gebeurde waarvoor ik geen verklaring heb, wat behoort tot de absurditeiten in dit bestaan. Daar een telefoonboek ontbrak, zoals in alle Sovjetsteden, belde Julia een vriendin met de vraag of die ergens een goede notaris wist – en van de duizenden notarissen die de stad rijk was stonden we een halfuur later voor het hek van een notariskantoor aan de Tsjaikovskistraat, zestig meter van het huis waar we vijftien jaar later zouden gaan wonen.

'Een doodsverklaring?' De notaris met de naam Wainstein, een kereltje met een adamsappel die dicht was begroeid met stugge oranje stekels, waardoor er een onbekende tropische vrucht aan zijn keel leek te ontspruiten, keek ons vanuit een met versleten groen leer gecapitonneerde stoel verontwaardigd aan. 'Mevrouw, u weet toch dat wij hier zijn om de wet te bevorderen, niet om die te verkrachten?'

Toen we de zaak hadden uitgelegd, knikte de jurist. Hij ontblootte zijn tanden, zette zijn opalen vingertoppen alle tien zorgvuldig tegen elkaar en noemde zijn prijs. Dezelfde dag nog reisden we met de nachttrein terug naar Moskou, in het bezit van het benodigde document.

De eerste man van Julia was nu ook op papier dood. En zij was officieel weduwe.

De miljoen D-mark voor de Siberische academici kwam eerder dan verwacht. Eind juli waren Chinstein en Trofimov voor zes dagen vertrokken naar Bonn, Berlijn en de mooie Beierse hoofdstad München, waar ze voor het eerst kennis hadden gemaakt met witbier en ter plekke besloten de rest van hun leven nooit meer iets anders te drinken.

Ze hadden er een bankrekening geopend. De subsidie zou niet in natura maar in giraal geld worden verstrekt. De Duitse autoriteiten wilden alle schijn van het bevorderen van de eigen economie vermijden, zodat de heren vrijelijk konden beslissen waar de tomograaf aan te schaffen. Dat mocht in Duitsland zijn – de Bondsrepubliek had een uitstekende reputatie op het gebied van medische apparatuur – maar ook in de Verenigde Staten, Japan, of elk ander land. De miljoen D-mark was een schenking 'om niet' van de Duitse overheid aan het Russische volk, aan het Sovjetland dat op dit moment zo'n moeilijke periode doormaakte, en al werd het woord *Wiedergutmachung* angstvallig vermeden: Chinstein wist, met zijn Joodse afkomst, dat zijn weldoeners als bijenwas waren in zijn handen. Toen hij bij de ontmoeting met de toekenningscommissie in Bonn vernam dat de zaak bijna geheel rond was, maar dat er opnieuw een paar extra stukken benodigd waren, waarna de definitieve toekenning spoedig zijn beslag zou kunnen krijgen, werd de academicus ongeduldig en had hij alles in de strijd gegooid. Hij was gaan snikken, en verborg zijn gezicht achter zijn imposante Siberische vingers. Terwijl Trofimov zwijgend toekeek liet Chinstein via de tolk weten dat reeds zijn overgrootvader – arts in een *stjetl* nabij Minsk – voor de Eerste Wereldoorlog hulpeloos had moeten toekijken hoe kinderen in zijn handen als insecten stierven, omdat de tsaristische autoriteiten hen hadden afgesloten van toegang tot medicijnen. Tussen de Joden en de rest van de inwoners van het Russische rijk had een glazen wand bestaan. In de jaren dertig, vlak voor het uitbreken van de nieuwe wereldbrand, was het niet anders geweest. Besefte men hier wel hoezeer het lot van honderden kinderen in Siberië, lijdend aan mysterieuze botafwijkingen en neurologische kwalen, die snel tomografisch onderzoek vergden, in hun handen lag? Iedere maand, iedere week, iedere dag was er een. Zijn eigen vader – God hebbe zijn ziel – was bij de belegering door de nazi's van Stalingrad een hand kwijtgeraakt, het was louter te danken aan...

'*Einverstanden!*' had de voorzitter van de subsidiecommissie uitgeroepen. '*Sie bekommen unsere Hilfe sofort!*'

Een week later stond het geld op hun Beierse bankrekening.

Terwijl Trofimov mij in geuren en kleuren uit de doeken deed hoe zijn partner de Duitsers te pakken had gehad, moest Chinstein voortdurend gniffelen. In zijn jeugd was hij een niet-onverdienstelijk toneelspeler geweest. Voordat hij de faculteit der natuurwetenschappen zou betreden, had hij nog getwijfeld of hij niet zou kiezen voor de kunst, maar goddank had hij toch voor de alma mater gekozen.

Sinds hun triomf was het fortuinlijke duo niet meer uit Moskou weg te slaan. Ze droegen zwierige buitenlandse pakken, hun kakementen waren gladder dan ooit. De maîtresses uit Novosibirsk lieten ze naar hun suites overkomen. Op een morgen verscheen er voor de deur van ons hotel een zwarte BMW met chauffeur waarin het viertal, dat verkeerde in een permanente feestroes, zich door de stad liet vervoeren. De bolide hadden ze voor een schijntje gekocht. De gezinsfoto van de bolwangige oorspronkelijke Duitse eigenaar, van wie de wagen op een dag was gestolen waarna deze door het inmiddels poreuze oosten naar de USSR was vervoerd, illegaal ingevoerd en vervolgens verhandeld op de zwarte markt, trilde nog altijd aan het magneetje op het dashboard. Toen ik met de twee academici weer eens mee naar een restaurant ging trok de blonde vriendin van Trofimov het magneetje eraf, deed het raam open en wierp het vol walging naar buiten.

Op een zondagmiddag liet Chinstein Julia een monsterlijk grote doos Franse chocolade bezorgen. Zoiets kostte in Moskou een vermogen. Mijn geliefde deed een moord voor chocolade maar liet de bonbons een voor een in de wc-pot plonzen, en trok tussendoor een paar maal woest door, foeterend dat ze met dergelijke oplichters niets te maken wilde hebben. Inmiddels was ons duidelijk geworden wat de twee Siberiërs, die tussendoor een weekje naar Novosibirsk waren teruggekeerd, hadden uitgespookt. Voor minder dan een ton hadden ze via een tussenhandelaar ergens een tweedehands tomograaf op de kop getikt, het apparaat op hun instituut geïnstalleerd, waarna ze van de feestelijke opening foto's hadden opgestuurd naar hun subsidieverstrekkers in Duitsland, en de rest van het gedoteerde bedrag in hun zak hadden gestoken.

Opnieuw wilden ze dat ik een visum voor Spanje regelde. Ze waren van plan met hun dames vanaf september drie maanden door te brengen op een der Canarische Eilanden. En was onroerend goed daar niet waanzinnig goedkoop? Marta van het Spaanse consulaat bleek voorgoed gevlogen, maar de visumaanvraag verliep probleemloos. Het Westen begon steeds coulanter te worden, men begreep het potentieel, al bleef de ijskoude Russin op het Nederlandse consulaat mij het leven zuur maken. Voor de definitieve verstrekking van het visum aan Julia moest ik een verklaring uit Nederland overleggen dat ik over voldoende inkomsten beschikte. Toen ik die niet zo snel kon leveren, moesten mijn ouders zich voor haar garant stellen, die leefden van de fooi die ze na een leven ploeteren hadden overgehouden, maar de brief van hen die uiteindelijk kwam was voldoende en het visum zou worden verstrekt. Vanaf half augustus begon Julia de dagen totdat we Moskou zouden verlaten af te tellen. Ze had een kalender aan de muur gehangen, zette streepjes, bij ieder streepje 's morgens vroeg verzuchtend waarom de tijd plotseling zo vreselijk langzaam ging.

Fopmans bleef me bestoken met faxen, waarin hij bij mij aandrong nu eens te komen met concrete voorstellen hoe we de tulpenhandel volgend jaar zouden gaan aanpakken. Het ging hem allemaal niet snel genoeg. Ook wilde hij in de kunstbloemen gaan: in de Sovjet-Unie was na een eeuw van grijsheid behoefte aan alles wat kleur gaf.

Regelmatig was ik te vinden op het kantoor van mijn oude smokkelbijbelcontact Pozorski achter het KGB-hoofdkwartier, waar het personeelsbestand letterlijk met de dag groeide. Zijn ondergoedpoot was verhuisd en had inmiddels een hele vleugel betrokken. Een proefzending Frans dessous uit Taiwan, een partij die Fopmans bij een liquidatieverkoop in Rotterdam voor een habbekrats op de kop had getikt en tussen de meubels van een verhuiswagen half illegaal naar Moskou had verzonden, was een groot succes geweest. Ze wilden meer. Fopmans begon te faxen naar Taiwan, rechtstreeks naar de bron van de luxe lingerie.

Pozorski polste mij voorzichtig of mijn Nederlandse partner, gezien de reputatie van Amsterdam, niet eens voor hem zou kunnen neuzen naar speeltjes voor volwassenen. Men snakte hier naar dergelijke zaken, al was hij nog altijd voorzichtig: een vent in Rostov aan de Don was onlangs opgepakt met een weekendtas vol dildo's, veroordeeld op grond van overtreding van de Sovjetwetgeving op de openbare zeden en voor drie jaar in de cel verdwenen. De willekeur bij de rechters in het land was nog altijd gigantisch, terwijl de plotse rijkdom van de nieuwe elite kwaad bloed zette bij Sovjetambtenaren, die in het keurslijf liepen van de roebelarmoede en nog niet aan de genoegens van de nieuwe tijd hadden geroken. Hoe welgesteld en schijnbaar onaantastbaar ook, de bijl van de jaloezie, van de wraak, kon iedereen zomaar treffen. Niemand was ervan gevrijwaard. De leden van de kersverse bond van roebelmiljonairs, een groep van voornamelijk twintigers en dertigers, van wie sommige ronduit briljant waren, soms op het krankzinnige af, andere over lijken gingen, en de meest succesvolle beide eigenschappen wisten te combineren, waren zich van bovenstaande bewust. Ze verborgen hun welvarende levensstijl zoveel mogelijk. Niettemin was een van hen een paar maanden eerder opgepakt, nadat hij een militiecommandant in de openbaarheid van een restaurant had geschoffeerd, in zijn dronkenschap had uitgemaakt voor armzalig Sovjetfossiel. De avond erna stond een arrestantenwagen voor zijn huis en werd hij afgevoerd naar een cel, waar hem een sodomiezaak werd aangewreven – van de homoseksuele misdaad bestonden foto's – terwijl de aanklacht werd vermeerderd met het vergrijp van het verspreiden van geslachtsziekten – de verklaring van het slachtoffer lag reeds gereed – en de roebelmiljonair voor drie jaar verdween naar Siberië, waar ondanks de perestrojka en de glasnost nog steeds meer dan een miljoen mensen in de te krappe, van tbc en andere ziektes vergeven barakken van de strafkampen crepeerden.

'We moeten in dit land voorzichtig zijn, kameraad,' had Pozorski me opgewekt toegevoegd, in de oranje gloed van zijn brillenglazen. 'Maar wie niet riskeert zal geen champagne drinken.'

Hoe smoorverliefd ik ook was, het hokken met mijn geliefde op de twee hotelkamers maakte me soms benauwd. De eenzaamheid had ik af en toe nodig – om te kunnen nadenken, om goed te kunnen functioneren. Vaak wandelde ik alleen door de ovenhete stad, waar stofgruis als vulkaanzand laag over het asfalt van de straten joeg, als was ik ergens in het diepe zuiden van Europa, terwijl ik me overgaf aan overpeinzingen. Ik was er niet over uit wat ik met mijn bestaan aan moest.

Hoewel nog geen dertig, waren de levens van de meeste van mijn vrienden in Nederland reeds uitgekristalliseerd. Onze jeugd was met een verbijsterende snelheid voorbijgegaan.

Wandelend door Moskou werd ik gegrepen door een plotse weemoed die me bijna fysiek zeer deed. Aan het leven in de Sovjet-Unie was ik gehecht, om niet te zeggen verslaafd geraakt. Leningrad en Moskou kende ik inmiddels beter dan Amsterdam. Het idee dat ik met mijn geliefde over een paar weken Moskou zou verlaten, ging gepaard met een onheilspellend voorgevoel: dat ik wellicht nooit meer naar dit land zou terugkeren. Het tektonisch verschuiven van de platen van de geschiedenis ging almaar door. Ik was er getuige van, net als in een opera dreigde de saga tot een ontknoping te komen. En juist nu zou ik dit alles moeten achterlaten en verruilen voor een volkomen onzekere toekomst in Nederland.

Zeven dagen voor ons vertrek gebeurde er iets wat aan mijn dweperige droefgeestigheid voor lange tijd een einde maakte. Om elf uur 's morgens had Pozorski me gebeld met het verzoek of hij me over een uur in de lobby van het Mezj kon treffen.

'Het *Mezj?*'

'Het Mezjdoenarodnaja natuurlijk!' Pozorski sprak op een nerveuze, bijna gekwelde toon die ik niet van hem kende.

Ik zei dat ik reeds een afspraak had op het Nederlandse consulaat om het visum van mijn vriendin, dat eindelijk was verstrekt, af te halen.

'Loop naar de duivel met je visum! Over een uur in de hal van het Mezj... Ik zit ergens onder de koekoeksklok.'

Hotel International, dat beter bekendstond onder de letterlijke Russische vertaling Mezjdoenarodnaja, was een paar jaar eerder aan de oever van de rivier de Moskwa verrezen, aan de overkant van de stenen druipkaars uit de jaren vijftig van Hotel Oekraïne. De immense hal had de vorm van een binnenplein, de fonkelende glazen liften gingen als in een Amerikaanse film voortdurend op en neer. Nergens was de tijdreis die je in het Moskou van dat jaar kon maken groter dan hier. Mannen in Italiaanse maatpakken stapten er met diplomatenkoffertjes voort, vergaderden, zaten reeds aan de vroege lunch in een van de vele restaurantjes of scharrelden er wat rond in de winkeltjes waar zaken werden verkocht die elders in het land – niet met de dag, maar met het uur werden de tekorten groter – vanwege hun exotische schaarste stilaan in musea voor likkebaardend publiek tentoon konden worden gesteld.

Met Julia was ik er eenmaal geweest. We hadden laarzen gekocht, waarna we *Eisbein* met *Sauerkraut* hadden gegeten bij de Beierse Stube op de tweede verdieping. 'Sauerkraut!' had ze in haar vrijwel perfecte Duits gezegd, als was ze niet in Leningrad maar ergens in Hamburg geboren. 'Weet je dat dat het eerste Duitse woord was dat ik leerde? Sauerkraut! Het tweede was *Scheisse*, het derde *Liebe*...'

De zitjes vlak onder de koekoeksklok, die een halve wand bestreek en het pronkstuk van het hotel vormde, waren alle leeg. Nog geen minuut nadat ik er had plaatsgenomen kwam een hyperbeschaafd heerschap van zestig met een groen diplomatenkoffertje kalm op me aflopen. Zijn notenkleurige schedel was egaal kaal, hij had een grijze sik en donkere ogen waarin een warme glanzende uitdrukking lag.

'Mister Pozorski?' Voordat ik kon antwoorden had hij al zedig naast me plaatsgenomen. Een gouden horloge ritselde om zijn pols, en hij verspreidde een citroenachtige geur met vleugen nicotine.

Ik vertelde dat ik niet Pozorski was, maar een vriend van hem, en dat ik juist op hem wachtte.

'Aha, *I understand*,' zei de man in het Engels, met een Arabisch accent. 'Waar is het spul?'

'Het spul?'

Op dat moment begon de reusachtige koekoeksklok boven ons hoofd te slaan. Elfmaal achtereen galmde het mechanische vogelgeluid door de hal. Sommigen bleven even stilstaan, onder wie een slanke vrouw en een peutermeisje – overduidelijk expats – die likkend aan hun roomijsje verrukt naar het spektakel omhoogkeken.

Het was nog niet voorbij, of over de intercom – als op een internationaal vliegveld – hoorde ik mijn naam worden omgeroepen.

Telephone for mister Waterdrinker, please go to the reception.

Ik stond op, nam met een vriendelijk hoofdknikje afscheid van mijn exotische buurman en liep naar de balie, waar een meisje een telefoonhoorn al ongeduldig naar me ophield. Het was Pozorski. Hij klonk nog altijd nerveus, maar iets minder gejaagd dan een uur ervoor. Hij vroeg of ik er al was – prima, prima... – en vertelde dat ik bij de receptie moest vragen naar ene Tanja Pantelejeva. Zij was een vriendin van hem. Ze zou mij een sleuteltje geven van een kluis. De kluisjes bevonden zich achter in de hal, vlak naast de garderobe. Ik moest er een koffertje uit halen, dat overhandigen aan de man die in de hal naast me was gaan zitten, in ruil zou ik een koffertje terugkrijgen en dat was alles.

'Waarom?' vroeg ik Pozorski. 'Zeg, hoe weet je trouwens dat er zojuist een man in de lobby naast me zat? Wat is dit allemaal?'

In de hoorn klonk gezucht. Helaas zat Pozorski voor zaken vast in de buurt van Orjol. Graag was hij zelf naar het hotel gekomen, maar hij redde dat eenvoudigweg niet en zijn klant zou over een paar uur naar huis terugvliegen. Die was intussen van alles op de hoogte. Een noodgeval. Als oude kameraad en vriend kon ik, voor de duivel, toch wel even een koffertje voor hem aannemen?

'Vanavond kom ik het ophalen... Dank alvast, makker! Binnenkort gaan we ons weer eens in Aragvi vermaken!'

Terug op mijn hotelkamer legde ik de aktetas onder het bed, zette met de waterkoker oploskoffie en begon een nieuwe aanvraag voor dertig Volvo-occasions uit te werken. Anderhalf uur later kwam Julia met een verrukte glimlach op haar gezicht binnenvallen. Ze was naar de dierentuin geweest, waar twee witte Siberische tijgerwelpjes waren geboren. Voor de eerste keer waren ze die dag aan het publiek tentoongesteld. Ze had er wel een uur gestaan, een heel filmrolletje volgeschoten en popelde dat ergens te laten ontwikkelen. Toen ik haar vertelde van mijn ontmoeting kort ervoor in Mjezdoenarodnaja en het koffertje trok ze bleek weg. Koffertje? Wat voor stomkop was ik? Waarom had ik dat zomaar aangenomen? Misschien was het wel een bom.

'Een bom?' Ik lachte. 'Waarom zou iemand mij een koffertje met een bom willen geven? Je hebt te veel Hollywoodfilms gezien.'

Julia pareerde, nogal gepikeerd, dat ze in haar hele leven nog nooit ook maar één Hollywoodfilm had gezien, maar dat ik kennelijk niet wist wat er in het land gaande was. Pas nog waren een maffiabaas en drie van zijn lijfwachten in de Oeral door een autobom opgeblazen. Eerder ook in Leningrad en andere steden. Ze wist het, ze had het voorvoeld: ik had me nooit met die Pozorski moeten inlaten.

'Liefje, liefje...' sprak ik toen sussend. 'Ik weet precies wie en wat Pozorski is, maar hij heeft mij nog nooit besodemieterd. Kom, ik zal het koffertje er even bij pakken, dan weten we meteen wat erin zit...'

Ik had het nog niet gezegd of mijn vriendin was naar buiten gefladderd, de gang op. Door de deur riep ze me toe dat ik het zelf maar moest weten, dat ze me had gewaarschuwd.

Terwijl de klamme hitte van de late augustusdag als een vaatdoek in de slaapkamer hing, zeeg ik neer, trok het koffertje vanonder het bed vandaan en legde het op de sprei. Met twee compacte klikken ging het eenvoudig open. Bij de aanblik van de inhoud moest ik grinniken, overgaand in bevrijdend gebulder. De spanning dat er misschien toch iets explosiefs in zat, was er alsnog even geweest. Aan handel in baar geld was ik gewend geraakt, maar de onberispelijke pakketjes groengrijze dollars die me toegrijnsden imponeerden me hevig.

Vanaf de gang werd gebromd waarom ik stond te lachen.

Jolig riep ik iets terug.

Als een poesje sloop Julia de slaapkamer binnen. Ze staarde even naar het geld, vroeg toen fluisterend hoeveel het wel niet zou zijn.

Ik pakte een stapeltje, trok het papierbandje los en telde snel de gladde nieuwe briefjes. Honderd. Tienduizend dollar. Er lagen honderd stapeltjes. Een miljoen. Zo zag een miljoen dollar er dus uit.

Het stelde niets voor.

Niettemin lag daar een leven vol vrijheid.

De volgende middag had Pozorski nog niets van zich laten horen. Hoe vaak ik ook belde, hij nam niet op. Ook de dag erna kwam er van mijn Russische partner geen enkel teken van leven. Nadat ik voor de zoveelste maal naar zijn kantoor had gebeld, nam een secretaresse eindelijk op. Ze meldde op verontschuldigende toon dat de telefoon er bijna twee dagen uit had gelegen, dat meneer Pozorski buiten de stad was maar tegen de avond werd verwacht.

Het koffertje had ik verstopt tussen de kleren in de wandkast, maar intussen konden we de deur niet uit. Wie liet er nou een miljoen dollar cash alleen achter? Nadat we tegen achten 's avonds bij de roomservice de boeuf stroganoff maar weer eens hadden besteld en ik de hoorn had neergelegd, ging de bakelieten telefoon op mijn bureautje over.

De receptie. Beneden in de hal stond ene meneer Pozorski.

‘Kunnen we hem naar boven sturen?’

‘Met het grootste genoegen!’ sprak ik opgetogen.

Terwijl ik de aktetas uit de wandkast haalde, mompelde Julia bokkig dat ze in de slaapkamer bleef. Voor geen prijs wilde ze de Rus onder ogen komen. Ik was met het koffertje de gang nog niet op, of Pozorski kwam met een alcoholische grijns juist de lift uit rollen. Hij begroette me vol pathos, als op een toneel, en gaf me twee hete kussen.

‘Mijn verontschuldigingen, grote vriend! De militie in Orjol heeft me twee dagen vastgehouden. Wat zeg je daarvan? Mensen die dit land vooruithelpen, die hun vizier hebben gericht op de toekomst, worden vastgehouden. Terwijl de slaven van de staat, de aartsluiaards, vrijelijk blijven rondlopen. Ah, fijn, erg fijn...’ ging hij verder, toen ik hem het koffertje in handen had gedrukt. ‘Nou, wat vind je ervan?’

‘Waarvan?’ vroeg ik, niet-begrijpend.

‘Zeg me niet dat je niet even hebt gekeken wat erin zit. Dat is volstrekt normaal! Een miljoen dollar. Jij bent een van de weinigen in deze stad die ik vertrouw. Vandaag een miljoen voor mij, morgen of overmorgen voor jou. Waar is trouwens je lieve vriendin? Wat, in Leningrad? Enfin, we zien elkaar snel in Aragvi. Makker, deze man is doodmoe en gaat nu heerlijk lang slapen. Gegroet!’

Toen ik terugkwam in onze dubbele hotelkamer, lag Julia languit op bed te lezen. Wederom in een leerboek Nederlands, waaruit ze me ditmaal, langzaam en secuur, een gedicht voorlas van Martinus Nijhoff, waarvan het ritme haar deed denken aan het werk van Josif Brodski.

Om acht uur de volgende morgen, toen ik me amper fatsoenlijk had aangekleed, rinkelde de telefoon op mijn bureautje weer. Het was wederom de receptie. Met het verzoek of ik beneden kon komen.

In de vestibule stonden twee militieagenten. Ze lieten me meteen weer naar boven gaan om mijn papieren te halen, bestudeerden even later uitvoerig mijn paspoort en visum, waarna ze me een korrelige foto lieten zien van Pozorski met de vraag of ik hem kende. Ik vertelde dat ik hem de avond ervoor nog hier in het hotel had gezien.

'Om acht uur 's avonds?'

Ik knikte, wetende dat ze de informatie controleerden die ze hadden gekregen van de receptie, die wettelijk verplicht was van iedere bezoeker de naam en het paspoortnummer te noteren. Mij werd vriendelijk verzocht mee te gaan naar het bureau. Daar hoorde ik dat Pozorski de vorige avond om twintig over acht, nauwelijks een kwartier nadat ik afscheid van hem had genomen, met kogelgaten in zijn beide slapen was aangetroffen aan de kant van de weg, vlak bij het Gorkipark.

'Dus u doet hier in dit land tomografisch onderzoek?' vroeg een van de ondervragers, een bedaarde Rus in grijs uniform.

'Onder andere,' zei ik.

'En wat weet u van een koffertje?'

Pozorski was de eerste mens die ik had gekend die door een kogel om het leven was gekomen. Opnieuw nam ik me voor dit gedoemde land voorgoed te verlaten. Niet wetend dat de Rus, die ik dankzij mijn smokkelbijbels had ontmoet, de eerste zou zijn van een lange reeks mensen in mijn bestaan die zouden worden vermoord.

In wezen moest alles nog beginnen.

TIENDE HOOFDSTUK

Ten behoeve van mijn boek over de Russische Revolutie begaf ik me vorige week tegen elven 's ochtends naar de vroegere stadsvilla van Matilda Ksjesinskaja, de voormalige minnares van tsaar Nicolaas II en destijds prima ballerina van het keizerlijke ballet.

Het was heerlijk mild Petersburgs meiweer. De blauwe minaretten van de nabijgelegen negentiende-eeuwse moskee glommen majestueus in het zonlicht. In het parkje achter mijn rug stoeiden en kwetterden de vogels in het prille groen. Lange tijd bleef ik staan voor het balkonnetje van het in style moderne gebouwde huis uit 1906, dat de beroemde ballerina (gewaarschuwd dat haar leven gevaar liep) vlak voor de Februarirevolutie was ontvlucht, waarna ze zou belanden in Frankrijk waar ze in het jaar 1971, kort na haar honderdste verjaardag, overleed. Ook zij die als tiener drie jaar lang de satijnen lakens had gedeeld met de laatste tsaar, en die vervolgens door zijn familie allerwegen in de watten zou worden gelegd (na de tsaar hield ze het nog met twee grootvorsten van de Romanovs), had evenals de tussenpaus van de revolutie, Alexander Kerenski, op het einde van haar leven de Beatles en de Stones gehoord en vermoedelijk – als vitale oude vrouw – de tv-beelden gezien van de smerige napalmoorlog in Vietnam.

Meteen na aankomst met de trein uit Zwitserland had Lenin zijn intrek genomen in de somptueuze villa, die kort ervoor door zijn bolsjewistische kameraden met rode vlaggen was bestormd en ingenomen, waarna het rancuneus uitwonen van het pand begon. Het antieke meubilair werd woest opzij geschoven, de subtropische palmen in hun potten stonden te versterven, de legendarische Romeinse badkamer van de kunstenares verwerd tot een afvalbak voor peuken, papier, vodden en andere troep, de vestibule veranderde in een doorgangshuis van stinkende, de godganse dag rokende en zonnebloempitten uitspuwende soldaten, opportunisten en ander volk, terwijl de witte concertvleugel uit Berlijn die de privédansstudio sierde werd bekrast en overgoten met thee, wodka en andere drank, en haar oosters ingerichte slaapkamer het zenuwcentrum werd van de *Pravda*, de *Waarheid*, de krant die in zijn eerste dagen evenmin de waarheid sprak als zeventig jaar later, toen ik deze als student las, met zwarte vingers van de goedkope drukinkt.

Hier, op dit balkonnetje, was de zegetocht van het kwaad begonnen. Van de krachten van de duisternis, van de dood, toen Lenin – met de klanken van de *Marseillaise* en de *Internationale* die hem kort ervoor op het Finland-station hadden begroet nog in zijn oren – zich even later van het welkomstdiner had losgemaakt, naar buiten was gegaan en een kleine menigte die beneden op straat verwachtingsvol was blijven staan wachten met zijn snerpende stem begon toe te spreken, als opmaat voor een rede die hij een paar uur later binnen zou houden, waarbij hij – tot verbijstering van de meeste aanwezigen – iedere samenwerking met de Voorlopige Regering verwierp, omdat die zou neerkomen op het verraad van het socialisme, en voortgierend zijn eerste oproep deed tot de algehele verwoesting.

Op dat moment werd het lot van Rusland en van vele tientallen miljoenen zielen bezegeld. Door één vent.

Dikwijls had ik het pand bezocht. In de tot tentoonstellingszalen omgetoverde vroegere woonruimtes van de Russische balletlegende waren de Oktoberrevolutie en de andere politieke omwentelingen sindsdien met artefacten als vuurwapens, propagandaposters, originele documenten, foto's en bewegend beeldmateriaal weergegeven. Met het goedkeuringsstempel natuurlijk van de huidige machthebbers in het Kremlin. Virulent patriottisme was de nieuwe ideologie. Naar de stommefilmfragmenten van de als een eenvoudige kozak geklede laatste tsaar, de voor een menigte orerende Lenin, maar vooral naar die van de Nevski Prospekt in februari 1917 waar voorbijgangers in nerveuze, schokkerige gang in de sneeuw voorbijkomen, kon ik oneindig lang blijven kijken.

Nu was ik hier even terug voor mijn boek: de non-fictie, mijn nieuwe stiel, vereiste het voortdurend controleren van de werkelijkheid.

Ik wilde het pand binnengaan, toen een beschaafde man van rond de zestig, die al een tijdje verderop met een professioneel ogende camera de architectonische krullen van het huis stond te fotograferen, mij in het Engels met een zwaar Frans accent aansprak.

'*Mister, dzies is dze famous balcony?*'

Naast hem stond een grietje van een jaar of zestien. Ze had gitzwart punkhaar, glamourachtig gestileerd, alsof ze zojuist terugkwam van een dure kapper. Onderlippiercing. Haar opstandige ogen waren door de mascara zwarte vlekken, voorts was de rest van haar kleding gitzwart, evenals de soldatenkistjesachtige schoenen aan haar voeten.

'*Ma fille!*' sprak de man met opluchting in zijn stem, nadat ik hem maar meteen in het Frans had geantwoord dat dit inderdaad het balkonnetje was vanwaar Lenin na een ballingschap van bijna zestien jaar in de lente van 1917 het volk voor het eerst had toegesproken.

De man was gepensioneerd fotojournalist, sinds een jaar

had hij zijn Parijse appartement verruild voor het familiehuis in de Ardèche. Hij was al eenenzestig, kwam nog maar weinig in de hoofdstad: de jeugd moest nu een kans krijgen. Toen hij dit vertelde liet het meisje haar mascaraogen rollen, ten teken dat ze zich voor de woorden van haar vader schaamde en zich tevens stierlijk verveelde. Voor een Fransman was de man ongewoon mededeelzaam. Dit lekkere weer hier had hij niet verwacht. Op Charles de Gaulle had het nog geregend. Hij had veel gewerkt in Aziatische, Afrikaanse en Latijns-Amerikaanse landen. Tot een bezoek aan de voormalige Sovjet-Unie was het vreemd genoeg nooit gekomen, hoewel hij als jongeling de revolutie had aangehangen: Lenin was voor hem lange tijd een held geweest.

'Mijn dochter hier probeer ik te behoeden voor mijn fouten van destijds,' ging de man verder, terwijl het meisje stuurs begon te turen op haar iPhone. 'Hoewel, het is denk ik al te laat.'

'Hoezo?' vroeg ik.

Op dat moment kwam het kind plots tot leven. Op een toon alsof ze sinds het ontbijt geen woord meer tot haar vader had gericht, kreunde ze het woord *putain*, keek me uitdagend aan, trok een zwarte lap van haar bovenlichaam en toonde me haar linkersleutelbeen en -schouder waarop de kop van Lenin in blauwzwarte tinten was getatoeëerd.

Zijn dochter, vervolgde de man op schampere toon, had zich het lot van de verdrukten in de wereld aangetrokken. Haar tien jaar oudere vriend was een van de voormannen van een extreemlinkse organisatie uit Nantes. Samen met andere antifascistische organisaties was hij bij meerdere bijeenkomsten van Le Pen in actie gekomen. Hij had winkelruiten ingegooid, maar ook aanvallen uitgevoerd op banken en advocatenkantoren, uit protest tegen het kapitalisme.

'Putain...' klonk het weer uit de mond van het meisje.

Zijn dochter en aanstaande schoonzoon – nooit eerder had

ik een Fransman met zoveel zelfspot horen praten – had hij uitgenodigd om mee naar Rusland te komen, naar de stad waar de Rode Terreur was begonnen. Maar zijn dochters vriend wilde niets van een cultureel programma weten. Hij had gegaapt bij het idee aan een bezoek aan de Hermitage, weigerde ook naar deze historische plek mee te gaan. Al voor de tweede dag zat hij ergens in een kelder vanaf de vroege ochtend te zuipen met een stel Russische kameraden die hij op internet had opgedoken en die er dezelfde extremistische ideeën op nahielden als hij.

Nadat de monoloog van de Fransman wederom was verstoord door een minachtend putain, het stopwoordje dat de Franse jeugd tegenwoordig te pas en te onpas gebruikt, begon het tweetal te kibbelen, op zo'n onverwacht agressieve manier dat de man mij ten afscheid snel een knikje gaf en zijn dochter meetrok naar een parkje. Tegelijkertijd ging mijn telefoon. Het was Julia. Haar broer was onverwacht bij ons langsgekomen en wilde me snel over een bepaalde kwestie spreken.

'Het huis van Ksjesinskaja?' snoof mijn vrouw, toen ik zei waar ik stond. 'Wie is daarin nu geïnteresseerd in Holland? Kom maar snel... We zitten al aan de koffie... Ik heb chocoladecake gebakken...'

Toen ik een kwartier later thuis was, zat mijn zwager met een bruine veeg van de chocoladecake om zijn mond aan de ronde tafel, de allesbietser Persik spinnend om aandacht bij hem op schoot.

Door mijn verblijven in Moskou had ik Aleksej lange tijd niet gezien. Hij oogde even jong, fris en optimistisch als altijd. Zojuist had hij met zijn zuster afgesproken de volgende dag naar het graf te gaan van hun vader. Binnenkort was hij een jaar dood, ze wilden de zerk met een hekje eromheen verfraaien.

'Anders ga je morgen met ons mee?' vroeg mijn zwager.

Ik mompelde afwerend dat ik het te druk had: begraafplaatsen probeer ik zoveel mogelijk te mijden, ik ben er te vaak geweest. Terwijl Julia een tweede plak cake op mijn bordje legde, gooide ik het snel over een andere boeg en merkte op dat mijn zwager er zongebruind uitzag.

'Het ruime sop,' sprak Aleksej. 'Nergens wordt een mens zo snel bruin als op het water. Vorige week hebben mijn compagnon en ik de Nautilus uit de hangar gehaald, een raspaardje! We hebben alles schoongemaakt, afgesopt, het tuigwerk nagekeken... Weet je dat we voor de komende zomer al veertig cursisten hebben? En dan moeten we nog reclame gaan maken. Die zeilschool wordt een klapper... Dat is ook de reden...' Schielijk wierp Aleksej een blik op zijn zuster, nam een slok koffie en vervolgde: 'Dat is ook de reden dat ik even bij je langskom... De glycerinehandel heb ik weer opgepikt, maar het gaat mondjesmaat, mondjesmaat... Door de crisis is iedereen beroerd van betalen geworden... Soms kan ik twee, drie maanden op mijn geld wachten... En nu is er iets gebeurd, een kleinigheid, maar ik moet je er even over spreken... Het gaat om de toekomst van mijn nieuwe bedrijf.'

Drie dagen eerder waren mijn zwager en zijn partner voor een proefvaart de Finse golf op gegaan. Alles wat kon blinken aan boord blonk, de zeilen stonden strak in de wind, de draagvleugelboten met toeristen op weg naar de spuitende fonteinen van Peterhof, het Russische Versailles, stampten over de golven voorbij. Midden op zee hadden ze de zeilen neergelaten om de motor te testen. Deze sloeg niet aan. Eerst dachten ze dat het een lekke benzineslang was. Bij vertrek hadden ze, bij nader inzien, allebei al gemeend iets te ruiken. Maar de slang was heel en de tank zat vol. Wat ze ook deden – beiden waren geschoold ingenieur – de rotzak reageerde niet. Ze hesen opnieuw de zeilen, maar eenmaal aangemeerd kregen ze de motor met geen mogelijkheid meer aan de praat.

Er werd een specialist bij gehaald, die na wat gesleutel op onheilstoon verkondigde dat het zuigersysteem kaduuk was, dat vervanging ervan vrijwel even duur was als de aanschaf van een geheel nieuwe motor. Door de ingestorte roebelkoers was de import van onderdelen krankzinnig duur geworden. 'Mijn partner kan nog twee mille eigen geld inbrengen,' was mijn zwager verdergegaan. 'Dat zou erop neerkomen dat ik een kleine drie mille euro extra van jou moet lenen. Maar gezien de bestaande inschrijvingen, de overweldigende belangstelling, denk ik dat ik je dat geld met de rest grotendeels in het najaar reeds kan terugbetalen.'

Ook zonder de smekende blik van mijn vrouw was ik natuurlijk wel door de knieën gegaan. Mijn zwager sprong van vreugde van tafel op. Toen mijn zwager met de cash vertrokken was, voelde ik me meteen ridder te voet.

'Waarover maak je je zo druk?' vroeg mijn vrouw. 'Ik geef zoveel mogelijk lessen Duits. En jij verdient toch nog genoeg?'

Vooralsnog had ik inderdaad geen klagen. Maar de angst voor de werkloosheid had als een gif van mij bezit genomen.

'Je ziet denk ik spoken...' Mijn vrouw trok Moesja op haar schoot en begon haar verwoed te aaien. 'Hoe vaak heb je voor die krant wel niet je leven gewaagd? Om maar te zwijgen van al die nachten dat ik hier thuis van de zenuwen wakker lag, als jij weer eens naar zo'n rotoorlog vertrokken was. Het zijn daar toch geen onmensen?' Ze glimlachte, en ging verder: 'Maar dank je, haasje, dat je Aljosja hebt geholpen. Na de dood van papa heeft hij het veel moeilijker dan hij laat blijken... Hij is zo moedig... Ik hoop dat alles nu verder goed gaat...'

Die middag kreeg ik twee mailtjes uit Nederland. Het eerste verheugde me. Het tweede dompelde me onder in diepe twijfel.

Vol trots meldde mijn uitgever dat ze opnieuw had overlegd met de hoffelijke adjudant van de uitgever die twee boeken van mij in gijzeling had genomen. De rechten van mijn Lenin-boek zouden niet voor tien, ook niet voor de later voorgestelde zesduizend euro, maar voor slechts de kosten van het zetsel kunnen worden overgenomen. Een herdruk van de roman in het najaar, als het eeuwfeest van de Russische Revolutie wereldwijd werd herdacht, ging men nu op de uitgeverij overwegen. Maar het belangrijkste was natuurlijk het nieuwe werk dat ik onder handen had. Hoe ver was ik daar inmiddels mee? En werd het niet eens tijd dat ik alvast iets ter lezing opstuurde?

De week ervoor had ik wat fragmenten gemaild naar een oude vriend, wiens oordeel ik altijd had vertrouwd en die eruditie en een literair gevoel paart aan een succesvol bestaan in de wereld van de e-commerce. Hij is er miljonair mee geworden. De bladzijden die hij had gekregen had hij inmiddels gelezen. Er zaten best aardige passages tussen, maar volgens hem liet ik een geweldige kans liggen door verkeerde accenten te leggen, door bepaalde zaken veel te summier te behandelen. De geschetste verschillen tussen arm en rijk in het Petrograd van die dagen, met aan de ene kant van de Neva de gezegende wijken van de welgestelden, de neoclassicistische stadspaleizen met biljartkamers, balzalen en oranjerieën, waar de ananassen voor de desserts het gehele jaar door werden geoogst, de theaters, de cabaretrestaurants en de bordelen, en aan de andere kant van de rivier de proletarische stadsdelen, de stinkende fabrieken en scheepswerven, de gaarkeukens en de krotten waar de arbeiders woonden, kampend met scheurbuik, luizen en honger, waren zeker niet beroerd getroffen. Maar graag wilde hij er meer van. Nooit had hij geweten dat de uitgebuite massa op een dag letterlijk en masse het ijs was overgestoken om bij de bevoorrechten hun recht te halen. Zag ik dan niet de parallellen met de huidige tijd? Met de nieuw ontstane meridiaan van onrecht?

Ditmaal werd die niet gevormd door een rivier maar door een zee. De Middellandse Zee waarover inmiddels legioenen stakkers de overtocht naar Italië en Spanje hadden gemaakt en van wie er duizenden in de golven waren verdronken. Nu waren het niet de adel, de bourgeoisie en de rijke kooplieden in Petrograd waartegen men in opstand kwam, maar betrof het een welhaast mondiale revolte tegen de vleespotten van het hedonistische Europa. *Ik heb het je al vaker gezegd: de literatuur is tegenwoordig niets verhevens meer. Iedereen schrijft. En zonder engagement kom je nergens. Ook in de kunsten komt het uiteindelijk aan op geliktheid. Je moet met je werk zien aan te sluiten bij de actualiteit. In de talkshows op tv zien te komen. En als je daarbij af en toe verhevenheid moet pretenderen*, so be it. *Grote groet, Felix.*

Het briefje had hij geschreven op zijn dakterras in Cap d'Antibes, waar hij tussen de geurige parasolpijnbomen een optrekje heeft met uitzicht op de azuren zee, en waar hij zijn meeste tijd slijt. Vermogend worden in de e-commerce kan tegenwoordig vanaf elke plek op de aardbol.

Na de eerste staking in februari 1917 in de Poetilov-munitiefabriek werd ook door de arbeiders in de noordelijk gelegen Viborgzijde en Petrogradzijde het werk neergelegd, waarna de hongerige hordes, mannen, vrouwen, kinderen, aangevoerd door linkse volksmenners, inderdaad het ijs waren op gegaan, richting de stad, nadat ze door politiekordons en kozakken op de brug waren tegengehouden. De eeuwenlange opgekropte volkswoede en haat werden als eerste gericht op de leden van de gevreesde tsaristische politie, die vanwege hun scheerkwastachtige hoofddeksels 'farao's' werden genoemd, en vanaf hun zwarte hengsten met hun sabels tot op het laatst genadeloos op de opstandige mensenmassa's hadden ingehakt. Er werden klopjachten op hen georganiseerd.

Met bajonetten werden ze van de bevroren daken af gewerkt, waar ze zich hadden verschanst en op de demonstranten hadden geschoten. Onder gejuich vielen ze in de sneeuw te pletter. Anderen werden als ratten in gaten in het kanaalijs verzopen. Hoofden van afgeslachte farao's werden als trofeeën op stokken over straat meegevoerd, onder triomfantelijk geschreeuw. De oproerlingen trokken langs de gevels van de elegante winkels (ON PARLE FRANÇAIS, MAN SPRICHT DEUTSCH, ENGLISH SPOKEN), de begeerde plekken met luxe geïmporteerde waren waar kort ervoor nog de leden van de buitenlandse gemeenschap en de adel hun inkopen hadden gedaan, begroet door portiers in frak die gedienstig de deuren openhielden, de clientèle met een hoofdbuiging nodend over koningsblauwe lopers naar binnen te gaan, die nu met planken en schotten waren gebarricadeerd. Onstuimig trok de meute langs de huizen van de gegoede burgers, van wie het gros geen werkelijk idee had van de collectieve sociale ondergang die hen, als vertegenwoordigers van de boerzjoei, spoedig erna te wachten stond. Uit het roodbakstenen fort van de Kresti-gevangenis aan de Neva-oever (ga je bij mij in de Tsjaikovskistraat halverwege naar rechts, dan loop je er recht op af) werden de gedetineerden door de bolsjewieken bevrijd, niet alleen politieke gevangenen maar ook criminelen – dieven, verkrachters, moordenaars. Vrijwel meteen gingen ze over tot wederom roven, plunderen, moorden en verkrachten, ditmaal met de zegen van de socialistische opstand die was uitgeroepen uit naam van de humaniteit, soms verkleed als soldaten of revolutionairen. Van de ene lichtflits op de andere waren ze van de gevangenishel beland in de hemel van de totale anarchie, waarbij niet langer de wetten van de mensen bestonden, noch die van God, maar men zich kon overgeven aan het zalig pulseren van het bloed, opgezweept door alcohol, cocaïne en hormonen of alle drie tegelijk. Zij die behoorden tot de oude keizerlijke garde, de cadetten die zich na de inname door de bolsjewieken van het Winterpaleis niet hadden overgegeven of door de op hol geslagen mensenroedel waren gepakt, probeerden in hun schuilplaatsen wanhopig de tsaristische epauletten van de schouders te rukken. Ze waren bereid al hun bezittingen weg te geven in ruil voor de simpele buis, de lekke schoenen en de gescheurde werkbroek van een arbeider. Maar doorgaans werden hun smeekbedes niet verhoord en vielen ze alsnog ten prooi aan de Rode Gardes. Bij het bloedbad in Hotel Astoria hadden de daar gelegerde Britse officieren erger voorkomen door voor de bestorming de drankvoorraad in de fameuze wijnkelders grotendeels kapot te slaan, de vaten met cognac en whisky te laten leeglopen. Maar acht maanden later bleken de honderden particuliere wijnkelders in de stad en die van de Romanovs in het Winterpaleis ongeschonden. De Rode Gardisten die eropuit werden gestuurd om deze te vernielen, teneinde een uitbraak van de totale augiasstal te voorkomen, slaagden amper in hun taak. Velen konden de verleiding van de champagne en de wijn die ze, geboren in de modder van hun dorpen, nooit eerder hadden gedronken, niet weerstaan. Met het knallen van de eerste champagneflessen begon het grote plunderen. De catacomben van het Winterpaleis werden het decor van danteske taferelen waarbij mannen, staande tot hun enkels in de wijn, elkaar beschoten, het bloed van de doden en gewonden zich mengde met de alcohol, terwijl buiten op straat matrozen, soldaten en toevallige voorbijgangers straalbezopen in de goten lagen, met schuine hoofden likkend en drinkend van de wijn die stroomde uit de bij de roof verloren gegane en gebroken flessen.

Zinaida Hippius, die honderd meter van mijn huis in de Tsjaikovskistraat haar dagboek bijhield, waarbij ze als chroniqueur van alle menselijke laagheden over haar eigen ontberingen amper klaagde, voorspelt op 26 oktober 1917, een dag na de inname van het Winterpaleis door de bolsjewieken, met profetisch voorgevoel: 'Hoe deze regering het zal doen, zal diegene zien die het er levend van afbrengt. Van de mensen die kunnen lezen en schrijven zullen er denk ik weinig overblijven. De Petersburgers zijn nu in handen van een 200.000 man sterke ongeregelde bende: het garnizoen, onder aanvoering van een handjevol schurken.'

In de maanden erna wordt haar dagboek een getuigenis van wanhoop, een gitzwart boekhoudkundig verslag van de ondergang.

In juni 1919, als de burgeroorlog in het land woedt, alles in de stad reeds is genationaliseerd, 'gebolsjewiseerd', de warenhuizen, de ondernemingen en fabrieken onteigend, terwijl de lichamen van hen die zijn blijven leven opgezwollen zijn van de honger, de handel van speculanten en dieven bloeit, zeeën van mensen zomaar worden opgepakt en ook Hippius inmiddels twee huiszoekingen van communistische verkliksters achter de rug heeft, schrijft ze: 'Wij leven al zo lang met een stroom van (officiële) woorden als: "verpletteren", "wurgen", "verdelgen", "verwoesten", "vernietigen", "in bloed smoren", "het graf in slaan", enzovoort, enzovoort, dat de dagelijkse herhaling in de pers van deze eigenlijk niet af te drukken grofheden geen uitwerking meer op ons heeft: alleen nog maar aan het gemummel van oudjes doet denken (...) Dit is nog nooit in de geschiedenis vertoond. Een enorme stad die zelfmoord pleegt. En dat onder de ogen van Europa dat geen vinger uitsteekt.' Dan dreunt ze ons, vanachter de katheder van de voorbije tijd, charismatisch toe: 'Met klem wijs ik erop dat geen van al de dingen waarvan de bolsjewieken tegenover Europa melding maken bestaat:

Er is geen revolutie.

Er is geen dictatuur van het proletariaat.

Er is geen socialisme.

Er zijn geen Sovjets: die ook al niet.

De basis, de pijlers, het fundament waarop het bolsjewistische regime rust en dat tevens als zijn onfeilbare wapen fungeert is *de leugen*... We bereiden ons voor op het graf: in ijzige kou, volslagen duisternis en doodse stilte... Ik heb gedroomd... Over de bolsjewieken... Dat ze ten val werden gebracht... Door wie? Door nieuwe, vreemde mensen... Wanneer? Op zevenenveertig februari...'

Vanaf de allereerste minuut van tragedie had ze alles al doorgehad.

Die zevenenveertigste februari werd uiteindelijk 26 december 1991 toen Michail Gorbatsjov als president van de Sovjet-Unie aftrad, nadat eerder de augustuscoup tegen hem was mislukt en hij vanuit zijn gijzeling op de Krim naar Moskou was teruggekeerd. Daarmee hield de USSR officieel op te bestaan. Eerder al had de kersverse Russische president Boris Jeltsin verklaard dat het bezit van de Communistische Partij, inclusief het hoofdkwartier, de scholen en de hotels, zou worden genationaliseerd.

De cirkel was rond.

Al wekenlang wilde ik het huis van Hippius bezoeken om te weten wie er nu woonde. Maar hoe kwam ik er binnen? Op een warme regenachtige junimiddag had ik bij het immense pand met de torentjes op een willekeurige bel gedrukt. Een bewaker met afschrikwekkend bolle oogleden was meteen naar buiten geschoten, een pistool aan zijn heup. Nog voordat ik mijn vraag goed en wel had gesteld, begon hij te brullen dat hier helemaal geen Gipsus of wie dan ook woonde, nooit gewoond had ook, dat dit een *particulier* huis was waarvan de bewoners gesteld waren op hun privacy. Hij vroeg naar mijn papieren. Toen ik weigerde die te laten zien voer hij opnieuw tegen me uit. Ik moest, *bljad*, alle hoeren nog aan toe, niet denken dat ik als buitenlander speciale rechten had. Integendeel! Nu reeds kon hij mij bij de politie aangeven vanwege hooliganisme. Van mijn poging dit pand illegaal binnen te dringen bestonden video-opnames.

Weer thuis nestelde ik me achter mijn bureau en hervatte mijn schrijven. Twee uur later kwam Julia thuis van de hogeschool nabij het Finland-station, waar ze sinds een halfjaar Duits geeft. Bekaf viel ze neer in haar kuipstoel, zich omringend met onze twee overgebleven poezen. Zoals gebruikelijk zonk ze weg in haar stapel Franse kooktijdschriften. Na een tijdje zei ze: 'Ik heb vannacht toch zo heerlijk gedroomd. Heerlijk gewoon...' Hoewel ik natuurlijk blij was dat er bij ons in de Tsjaikovskistraat nog steeds werd gedroomd, een eeuw na de door Hippius beschreven nachtmerrie, verdacht ik mijn vrouw ervan zaken te verzinnen. Ze had gedroomd dat mijn boek over de revolutie een succes werd, dat we genoeg geld hadden om nu eens een hele maand op vakantie te gaan, waarbij ze me olijk aankeek, met een nauwelijks verholen glimlachje, dat al snel verstrakte: 'Ik ben het bestaan hier soms toch zo volkomen moe. Vandaag is bij ons opnieuw iemand de laan uit gestuurd. Omdat ze tegen haar studenten iets kritisch zou hebben gezegd over het Kremlin. Haar neef deed een paar maanden geleden mee bij de demonstraties in Moskou. De arme jongen zit nog steeds vast. Bijna al mijn vrienden van mijn oude faculteit Duits willen weg... Ze zijn de corruptie en de willekeur spuugzat ... Zeg, haasje, moeten wij ook niet eens... Hé Persik, schooier, wat moet dat daar?!'

Onze kater was in de gordijnen geklommen. Hij bleef even hangen, zich ervan verzekerend dat iedereen keek. Nadat hij zich had laten neerploffen stoof hij in één beweging weg naar de slaapkamer, mijn vrouw en mij met tranen in de ogen achterlatend.

Van het lachen natuurlijk.

ELFDE HOOFDSTUK

Tijdens het scheren vanmorgen dacht ik opeens dat een mens misschien niet over de opstanden van vroeger, maar beter over de revoluties in zijn eigen leven moet schrijven. Hoe saai, uitgedokterd en ogenschijnlijk evenwichtig ook – in ieders bestaan valt achteraf minstens één breukvlak aan te wijzen dat de richting van zijn of haar leven volkomen heeft veranderd. Bij mij was dat in het najaar van 1990, toen ik met Julia het nog altijd als een hogedruksnelkookpan trillende en stampende Moskou had verruild voor het polderland waar ik was geboren.

De liquidatie van Pozorski had daar weinig mee te maken. Dat Fopmans mij zou afwisselen was reeds besloten. Maar op dat moment was ik ronduit opgelucht het decor vaarwel te kunnen zeggen waarin ik twee jaar lang had rondgedoold. Ik kon niet wachten bij mijn partner mijn geld op te nemen. Volgens mijn berekeningen was het een kleine twee ton netto. Genoeg om het jaren mee uit te zingen. Af en toe had ik al eens bij Julia gezinspeeld op het huren van een appartementje ergens in Amsterdam, of misschien in Rome, Barcelona of Parijs, op de volkomen vrijheid om te schrijven, waarna we misschien ook konden gaan denken aan... Steeds had Julia mij afgekapt, uit bijgeloof, en ook omdat ze nog steeds het volgende niet kon geloven: dat haar voor zes maanden een Nederlands verblijfsvisum was verstrekt – de consul aan de Bolsjaja Ordinka was op het laatst zeer coulant geweest – en dat de lichtblauwe KLM-tickets van Sjeremetjevo-2 naar Schiphol voor eind oktober reeds klaarlagen, in de lade van het bureautje waaraan we eerder dat jaar onze eerste oneetbare boeuf stroganoffs hadden weggewerkt.

Intussen was Pozorski morsdood. Voor ons vertrek moest ik van de militsia nog drie keer voor verhoor op het bureau langskomen, waarbij er al snel werd begonnen over mijn zakelijke banden met de uit Leningrad afkomstige vermoorde Rus (die ik niet kon ontkennen en dus ook niet ontkende) en men steeds terugkwam op het koffertje. Ik wist niet welk koffertje er werd bedoeld: dat wat ik aan de man met het Arabische uiterlijk had overhandigd of dat wat ik in ruil van hem had teruggekregen, het zeegroene geval met de miljoen dollar cash. Ik bleef alles bot ontkennen, speelde de vermoorde onschuld, totdat de sergeant met een roofdierachtige grijns in een vaalblauw uniform die me steeds aan de tand had gevoeld, voor de zoveelste keer de wodka van de vorige avond van zijn smoel weggeeuwde en riep: 'Goed, flikker nu maar op. Dat ons leger geheimen kwijtraakt door oplichters als u, is volledig te wijten aan de idioten die nu in het Kremlin zitten. Maar hun dagen zijn geteld. Het is beter dat u zich in dit land nooit meer laat zien.'

En hij smeet mijn paspoort, dat hij aan het begin van iedere ondervraging van me had ingenomen, vol walging neer op het bureaublad.

Buiten op Schiphol roken we allebei meteen de zee.

'Het lijkt wel of de lucht hier lichter is,' zei Julia.

Mijn ouders hadden geen auto. Ik had hen op het hart gedrukt niet naar de luchthaven te komen. We zouden een taxi nemen en een halfuurtje later thuis zijn. Al dagen van tevoren had mijn vader bij zijn vaste slagertje de beste biefstukken besteld. Toen we aankwamen zaten mijn twee broers reeds lachend aan tafel. Het was vreemd die avond naast mijn Russische geliefde te liggen op mijn oude kamertje, dicht tegen elkaar aan in mijn jongensbed. Een breder bed hadden mijn ouders zo snel niet kunnen regelen. Ze wisten ook niet wat ik verder van plan was.

De dag erna was de dag van het grote snuffelen. Mijn moeder snuffelde aan Julia, mijn vriendin snuffelde aan mijn moeder en aan mijn vader, en ook ik snuffelde aan mijn beide ouders, die ik zo lang niet had gezien.

'En, jongen, wat ga je nu doen?' hengelde mijn vader, wiens postuur door alle chirurgische ingrepen akelig was geslonken. Hij wist niet van mijn successen. Telkens als we elkaar de maanden ervoor over de telefoon hadden gesproken, en hij me vroeg hoe het zakelijk ging, had ik me op de vlakte gehouden. Ik wilde hem verrassen. Zodra ik mijn deel van de verdiensten van Fopmans had geïnd zou ik een van duizendjes uitpuilende enveloppe bij mijn ouders op tafel leggen, hen bedanken voor alles wat ze voor me hadden gedaan, zodat ze in ieder geval de komende jaren zorgeloos zouden kunnen leven.

Al direct na de landing op Schiphol had ik Fopmans vanuit een telefooncel gebeld. Hij wist van mijn komst. Alle papieren, de contacten voor de lopende zaken, de gehele correspondentie had ik keurig geordend in Moskou achtergelaten op de dubbele hotelkamer die hij van me zou overnemen. Hem wachtte een gespreid bedje, al had ik hem nog niet op de hoogte gesteld van de dood van Pozorski, waardoor hij voor zijn beoogde bloemenhandel een andere partner zou moeten zoeken. Ik had besloten met Intersoviet Consultancy te stoppen, maar zou de eerste maanden in Den Haag natuurlijk het kantoor bemannen, helpen met het zoeken naar vervanging, en me daarna definitief als partner terugtrekken.

'Dit is het antwoordapparaat van Ragnar Fopmans. Voor dringende en urgente zaken graag kort inspreken na de piep.'

Niet alleen op Schiphol had ik zijn antwoordapparaat gekregen, ook de dag erna, telkens als ik hem vanuit mijn ouders' woonkamer probeerde te bereiken. Uiteindelijk had ik een alternatief nummer gedraaid van het kantoor in de Javastraat. Ik kreeg een meisje aan de lijn dat na het horen van de naam Fopmans meteen ophing. Nadat ik had teruggebeld en vroeg naar Baldwin Borger, gebeurde hetzelfde: de verbinding werd subiet verbroken. Toen ik kort erna Fopmans' huisnummer weer had gedraaid, en de boodschap voor 'dringende en urgente zaken' voor de zoveelste maal klonk, nam Fopmans uiteindelijk zelf op. Mijn partner begroette mij uiterst joviaal. Hij vroeg hoe de reis was verlopen, verontschuldigde zich voor zijn onbereikbaarheid en meldde dat we elkaar de volgende dag tegen een uur of vier in zijn nieuwe appartement in Amsterdam beslist moesten ontmoeten. Hij zat nu nog in Parijs. Zijn huistelefoon had hij doorgeschakeld naar die op zijn hotelkamer – dat kon tegenwoordig, de techniek ging razendsnel. 'We hebben veel te bespreken... Wat zeg je, Borgmans? Dat is een verhaal op zich... Morgen vertel ik je alles... Ik ga nu nog even genieten... Parijs in de herfst, een mooiere plek op de aardbol is er niet... Ik probeer me fysiek en moreel wat op te laden, mij wachten weer maanden van grijze Russische ellende...' Hij noemde het adres van zijn nieuwe behuizing, in een straat nabij de Nederlandsche Bank.

Die ochtend hadden Julia en ik urenlang over het strand en door de duinen gewandeld. De Noord-Hollandse hemel koepelde stralend blauw. De oktoberzon was bijna warm. Hoewel het aan de kust ontbrak aan pijnboombossen, deed veel hier mijn geliefde denken aan de voormalige Duitse badplaatsen aan de Oostzee. Op een dag, zei ze, zou ze me meenemen naar die sprookjesachtige blonde, van barnsteen vergeven kust waar Thomas Mann ooit een buitenhuis had laten bouwen.

'Thomas Mann?' vroeg ik verbaasd.

Ik vertelde dat de schrijver op het einde van zijn leven, toen hij verbleef in een hotel in Noordwijk (als we goed langs de kustlijn keken, konden we het silhouet van Noordwijk zelfs zien) de Noordzee de mooiste zee ter wereld had genoemd. En dat zijn kinderen Klaus en Erika hier voor de oorlog, toen de verwoesting nog niet had plaatsgevonden, vaak waren geweest.

'Verwoesting?'

Ik vertelde hoe de badplaats waar ik was opgegroeid er voor de oorlog had uitgezien. Een parel van de belle époque met chique winkelpassages, een opulent Kurhaus, een overdekt circustheater en restaurants die zelfs de voormalige Oostenrijkse keizerin Sissi tweemaal had aangedaan. Er bestond een foto van Anne Frank aan het strand, genomen een paar jaar voordat ze zou worden vermoord. Poesachtig knipperde Julia even met haar ogen, terwijl ze vanaf de kustlijn vol ongeloof omhoogtuurde, naar de boomloze boulevard, een akelig samenraapsel van flats en revolutiebouw uit de jaren vijftig. Onbegrijpelijk, verzuchtte ze, dat dezelfde Duitsers die negenhonderd dagen Leningrad hadden omsingeld ook hier met hun sloop voor de bouw van de Atlantikwall hadden huisgehouden. Dat één volk tot zoiets in staat was geweest!

Eerder die dag had ik Julia voor het halen van verse kadetjes meegenomen naar Albert Heijn. Ik had het onvoldoende beseft, ik had me er eigenlijk helemaal geen rekenschap van gegeven, maar op een gegeven moment was het haar tussen de overvolle schappen letterlijk gaan duizelen. De schok van de plotse overvloed was te groot. Het besef dat ze al die jaren niet alleen in een universum van de grote Sovjetleugen had geleefd maar vooral ook in dat van gebrek, een gebrek waarmee tientallen miljoenen van haar landgenoten nog steeds te kampen hadden, terwijl dit alles hier al die tijd had bestaan, volstrekt normaal was, had haar in een korte maar hevige woede doen ontsteken. Daarna was het voorbij.

Nadat we koffie hadden gedronken, met boterkoek die mijn moeder had gebakken, vroeg ik haar of ze met me meeging.

'Waarheen?'

'Naar Amsterdam. Ik heb een afspraak met Fopmans.'

Vanuit de trein zag Julia voor het eerst het Hollandse landschap voorbijkomen. Toen we eenmaal door Amsterdam liepen, langs de grachten, verzuchtte ze dat ze het gevoel had thuis te zijn gekomen. Honderden malen had ze in de Hermitage voor de schilderijen van de Hollandse meesters gestaan. De beelden zaten encyclopedisch in haar hoofd.

Om half vier liet ik haar bij het Rijksmuseum achter. Tegen zessen zou ik haar weer komen afhalen, waarna we zouden gaan eten in een toko die ik af en toe in mijn studententijd had bezocht.

'Eén kaartje graag,' zei Julia tegen de dame achter de kassa, in bijna accentloos Nederlands.

Ik wandelde over de kade naar de buurt waar Fopmans woonde. Op de hoek van de Van Woustraat bleef ik even staan, turend naar de kelderwoning waar ik bijna drie jaar had gewoond. Nooit was ik ongelukkiger geweest dan toen. Eenzamer ook. Ik studeerde slecht, ging amper naar college, had door de week verschillende baantjes, vond bij vrijwel niets of niemand aansluiting. In de van zwerfvuil vergeven straten vol graffiti, in de avantgardistische muziektempels, op de universiteit – overal woei in die tijd de wind van de revolte. Geen woning geen kroning. Oproerpolitie. Sommige van mijn medestudenten hadden gebroken met hun ouders. Die klootzakken met al hun poen, die het in hun jeugd maar makkelijk hadden gehad. Maar zij? Zij studeerden nu voor de werkloosheid, hadden zogenaamd *no future*.

Vrijdag om vier uur 's middags nam ik de trein naar zee, om samen met mijn broers tot zondagavond te werken in het restaurant, hotel, feestzaal, annex eeuwig werkhuis dat mijn grootvader in de jaren vijftig was begonnen, maar dat inmiddels op zijn laatste benen liep. Samen met mijn vader stond ik achter het fornuis. Personeel kon hij niet langer betalen. Door de problemen was hij gaan drinken. Kleintjes bier. Zijn immer smetteloos witte koksjasje herbergde een slappe buik die almaar in omvang toenam. Een combinatie van goedheid en een naïef geloof in de medemens was mijn familie opgebroken. Een kwarteeuw lang hadden mijn vader en de drie broers van mijn moeder, met wie hij de zaak had opgebouwd, vertrouwen gesteld in meneer Van Keulen, de boekhouder. Met zijn grijze vogelkop, immer in een grijs streepjespak met een vestzakje waaruit een gouden horlogeketting bungelde, een verschijning uit de vorige eeuw, kwam hij twee keer per jaar bij ons langs. Als het zomerseizoen nog moest beginnen – zo ergens in maart – en als dat eind september definitief ten einde was, waarna de periode begon van het winterse clubleven, de feesten en partijen, de bruiloften vooral. Van Keulen parkeerde zijn grote Amerikaanse auto vlak voor de deur, stapte uit en trad ons hotel binnen, met het air van een diplomaat die een ambassade betreedt. Al een dag ervoor was iedereen gespannen. Hoewel hij voor zijn diensten betaald kreeg, keken mijn vader en ooms huizenhoog op tegen de rekenmeester, die mijn grootvader al vlak na de oorlog boekhoudkundig had bijgestaan, die ooit een jaar had gestudeerd in Amerika en vloeiend was in het Frans, de taal die hij in zijn in Maastricht doorgebrachte jeugd met zijn familie had gesproken. Vaak had ik mijn moeder horen verzuchten hoe het toch kwam dat we allemaal zo hard werkten, maar zo weinig overhielden. Mijn vader begon over de belastingen, de sociale lasten, de krankzinnig hoge premies en ziektekosten die je als kleine zelfstandige moest betalen. De paar man personeel die we in dienst hadden waren in wezen beter af. 'Maar ik zal het eens aan Van Keulen vragen,' zei mijn vader dan, om maar van mijn moeder af te zijn. Ook voor hem, met zijn twee klassen ulo, was meneer Van Keulen een soort heilige. Intussen had de boekhouder mijn familie niet alleen jarenlang de verkeerde hoogbetaalde adviezen gegeven, maar de boel altijd op slimme wijze bestolen. Toen hij op een dag een tijdelijke juridische volmacht vroeg om een aantal zaken met spoed te kunnen regelen – hij had ons voorgehouden dat hij de vennootschap onder firma zou omzetten in een BV, wat fiscaal en überhaupt voor alles veel beter was – had niemand hem dat durven weigeren. Ik was dertien jaar oud op dat moment. Toen ik 's avonds in bed mijn vader met mijn moeder beneden in de kamer hoorde praten over de stralende toekomst die ons wachtte, hoopte ik maar op één ding: dat we eindelijk eens met zijn allen op vakantie zouden gaan, het liefst naar het buitenland, waar ik nog nooit was geweest. In de week erna voerde Van Keulen een aantal transacties uit, met ons hotel als onderpand. Hetzelfde deed hij met nog zeven bedrijven die hij in portefeuille had. Vervolgens was hij met de noorderzon vertrokken. De oplichting haalde de krant. Zeven jaar later kwam het bericht dat hij was opgespoord. Al die tijd had hij met een dertig jaar jongere vrouw geleefd in Montevideo, waar hij op een ochtend dood was gevonden.

Een geschiedenis als in een film. Maar de catastrofe was compleet. Mijn familie bleef achter met een hypotheekschuld die bijna tachtig procent bedroeg van de waarde van het pand dat in de dertig jaar ervoor voor de helft was afbetaald. Met noeste arbeid van dikwijls zestien uur per dag. De rente stond op dat moment boven de tien procent. De schuld vrat als een kwaadaardig gezwel ons bedrijf van binnenuit langzaam weg. Toen mijn ouders zestig jaar waren, werd alles verkocht om een faillissement te vermijden. Mijn vader had vanaf zijn veertiende gewerkt. Van de veertigduizend gulden die hij overhield moest hij het tot zijn AOW zien uit te zingen. Zijn pensioen was door meneer Van Keulen in Montevideo opgemaakt.

Als goede zoon zou ik alles nu gladstrijken.

Het appartement van Fopmans bevond zich op de derde verdieping van een historisch pand. Ik vond het jammer dat ik Julia bij het Rijksmuseum had achtergelaten. Het liefst had ik haar meteen willen laten zien hoe fraai het interieur van sommige Amsterdamse huizen was.

'*Bonjour!*' Met een elektrisch gezoem had Fopmans opengedaan. 'Zeg, zou je voor mij de krant mee naar boven kunnen nemen?'

Met een verse *NRC* beklom ik langzaam de trap.

In de maanden dat ik mijn partner niet had gezien was hij slanker geworden. Zijn lichaam had bijna iets atletisch gekregen, hoewel zijn gezicht nog even bol was als voorheen. Het gelige was verdwenen, de overheersende kleur was nu weer die van een klaproos.

'De hele wereld blijft maar lyrisch over die Nobelprijs voor de Vrede voor Gorby...' Fopmans wierp een gefronste blik op de voorpagina van de krant, nadat ik die hem had overhandigd. 'Maar volgens mij moet het allemaal nog beginnen. In iedere vrede zit het zaad voor de volgende oorlog reeds besloten. Dat geldt ook voor wat we nu allemaal beleven...' Mijn partner liet het avondblad neervallen op de vloer, stapte er achteloos overheen en nam me toen pas met een grijns in een stevige accolade. 'Hoe gaat-ie, ouwe? Verdomme, wat ben ik blij je te zien. Maar waar is die mooie vriendin van je? Ik dacht dat je haar wel zou meenemen. Wat wil je? Bier? Wijn? Wodka?'

Toen ik de huiskamer betrad, viel mijn mond open van

verbazing. De kamer en suite, die door jugendstilachtige glas-in-loodramen in de tinten geel, blauw en pelikaanroze in het licht was gezet, was zeker negentig vierkante meter groot. Modern en met smaak ingericht.

'Nou?' Op witte sportschoenen, waarvan de zolen over het parket bij iedere beweging stroef piepten, keek hij me vragend aan.

'Een koud biertje graag,' zei ik toen, waarna ik mijn oprechte bewondering voor zijn nieuwe behuizing uitsprak.

De etage had hij snel en voordelig kunnen kopen, liet Fopmans weten toen hij met de drankjes uit de keuken terug was. Hij beduidde me te gaan zitten op de zwartleren bank. Zelf zeeg hij neer in een witleren kuipstoel. Lachend keek hij me aan. Met zijn natte tong nam hij een lik van zijn longdrinkglas, als aan een ijsje. Ik vertelde dat ik Julia had achtergelaten bij het Rijksmuseum, maar dat we elkaar voor zijn vertrek naar Moskou gedrieën natuurlijk nog een keer moesten treffen.

'Hoe zit het nou met dat bloemenproject?' begon Fopmans zakelijk. 'Ik wil dit voorjaar al met de export van start gaan, maar kreeg steeds maar geen feedback van jou...'

Toen ik hem vertelde dat Pozorski de week ervoor door kogels bij een liquidatie was omgekomen, liet hij van enige verbazing of ontzetting niets blijken. Hij bromde slechts iets, nam een slok van zijn baco, liet zijn tong even aan de binnenkant van zijn rechterwang rollen.

'Een hond verdient een hondendood,' sprak Fopmans toen. 'Ik heb het je nooit gezegd, maar ik kende Pozorski al voordat ik jou had ontmoet. Toen jij me destijds vertelde over jouw Russische contact voor die smokkelbijbels, wist ik meteen dat hij het was. Ook ik heb in Leningrad ooit een paar zaakjes met hem gedaan. Hij was een schoft, maar ik had geen hekel aan hem. Toen jij met hem op de proppen kwam, vond ik het prima. Denk je nu werkelijk dat je me iets nieuws vertelt? Een uur nadat het was gebeurd, werd ik al door mijn vrienden in Moskou opgebeld. Hij schijnt zich met nucleair materiaal te hebben ingelaten. De inhalige idioot...! Maar enfin, er zijn duizend andere Russen die met mij in de bloemenhandel willen. Dat wordt een goudmijn! Ieder toneelstuk kent een aantal bedrijven. Ook voor Baldwin Borger is het doek twee weken geleden definitief gevallen. Dat ik hem de helft van de winst van ons eerste branchetripjes heb overgemaakt, was een stommiteit van mij. Een halve ton voor het opstellen van een lijstje met namen, pfoe! Toen ik hem vertelde dat hij de absurd hoge courtage voortaan wel op zijn buik kon schrijven, werd hij laaiend. Hij dreigde me zijn pand uit te zetten. Op een middag heb ik mijn boeltje gepakt en ben vertrokken. Ook hier in huis is het prima werken. Een telefoon en een fax, meer heb je eigenlijk niet nodig. Ik zal je zo direct nog even mijn slaap- en werkkamer laten zien...'

Door zijn woorden was ik zo uit het veld geslagen, dat ik zweeg. Mijn besluit mij als partner terug te trekken durfde ik amper aan te kaarten. Aarzelend vroeg ik wanneer ik mijn deel van mijn geld kon verwachten. De afgelopen maanden had ik in Moskou geleefd van mijn laatste spaarcenten. Ik woonde voorlopig bij mijn ouders, maar wilde met Julia zo snel mogelijk ergens iets gaan huren.

'Welk geld?' vroeg Fopmans toen.

Vermoedelijk had hij me niet goed verstaan. Ik herhaalde mijn vraag, eraan toevoegend dat ik het nummer van mijn girorekening had meegenomen. Het leek me het beste dat het daarop werd gestort.

'Welk geld?!' herhaalde mijn partner, roder en roder wordend. 'Ten eerste, vriend, staat al het geld op mijn rekening. Dat wil zeggen: dat wat er na aankoop van dit huis nog over is. Ten tweede moet je nu eens goed naar me luisteren. Ik bied je aan voor mij te gaan werken. Je krijgt een goed salaris, natuurlijk met terugwerkende kracht. We kunnen het desnoods ook over bonussen hebben, maar ik wil dat je voortaan NOOIT meer over dat geld begint. Wie is de grote instigator van dit project? Hoe heb je al die tijd daar in Moskou, samen met je vriendin, bijna gratis in dat hotel kunnen wonen? Dat is geheel en al te danken aan mijn Siberische contacten! Zonder mijn dagelijkse aansturing was er niets van terechtgekomen. Kortom, ik bied je een aardig salaris, met de belofte dat je over een halfjaar namens mijn bedrijf naar Moskou als senior-consultant kunt terugkeren... De zaak heb ik inmiddels op mijn naam als BV laten registreren... Hé, ja! Je kan nu wel boos opstaan, maar dat laat me volledig koud... Handen thuis, makker! Ik heb de afgelopen maanden iedere avond in de sportschool gestaan... Sambo, de Russische vechtsport! Je zult het nog betreuren, dat je mijn aanbod niet aanneemt... Rechtszaak? Kom maar op met je rechtszaak! Je hebt geen bewijs; er is nul bewijs... De gehele correspondentie tussen ons heb ik vanmorgen uit die hotelkamer laten weghalen... Het ligt nu ergens in Moskou veilig opgeborgen... Ik vraag het je nog één keer: ga voor me werken, kerel... Nee? Prima, adios! Maar wat ben je van plan? Helemaal zonder geld? En doe die vriendin van jou de groeten! Kijken hoelang de liefde nu duurt, leer mij die Russische wijven kennen!'

Een halfuur later stond ik weer bij het Rijksmuseum. Het begon te regenen. Ik school in het bakstenen tunnelgewelf onder het museum, waardoorheen voortdurend fietsers reden. Tegen zessen stond ik bij de uitgang. Met een verzaligde glimlach op haar donkere gezicht kwam Julia even later in de miezerregen naar buiten stappen. Ze zei: 'O, ik ben zo vreselijk gelukkig. Natuurlijk is de collectie Rembrandts bij ons in de Hermitage veel beter. Die *Nachtwacht* vind ik, eerlijk gezegd, nogal tegenvallen. Maar ik heb wel anderhalf uur doorgebracht in de zaal met de kleine Hollandse meesters. En wat hebben ze hier prachtig historisch aardewerk! Wat sta je daar nou droef te kijken? Nou, waar is dat restaurantje van je? Ik rammel van de honger. Niet zo droef kijken, hoor! Het is maar een buitje... Ik ben trouwens gek op regen... O, wat is alles en iedereen hier toch prachtig, leuk en aardig...'

TWAALFDE HOOFDSTUK

Dat het zich conformeren aan en verschuilen achter de groep, zich manifesterend in een lafhartig stilzwijgen dan wel in een bijvallend gejoel of applaus, niet alleen bij volwassenen, maar reeds bij kinderen is ingebakken, besefte ik op een hete augustusdag, toen ik voor het eerst naar het lyceum was gegaan.

Het zomerseizoen was nog volop in gang. Hoewel mijn moeder liever had dat ik de eerste weken de bus nam, stond ik erop dat ik mijn fiets meteen wilde uitproberen. Mijn vader vond het prima. De tijd dat hij me waarschuwde voor kinderlokkers op het strand en in de duinen, waar destijds een florerend homoseksueel leven woedde waarbij veel van mijn vriendjes voor een transistorradiootje, een ijsje of gewoon met een of ander smoesje met een vieze oude kerel in het helmgras of achter de bramenbosjes verdwenen, was voorbij.

Alles was nieuw: de Batavus, mijn naar zadelleer ruikende schooltas, de leerboeken die een tante met gladbruin papier had gekaft. Twaalf jaar lang was ik steeds met mijn moeder in een grijze NZH-bus naar Haarlem gegaan, naar 'de stad', voor een paar nieuwe schoenen, kleren of voor een bezoekje aan de oogdokter, die op mijn achtste een zware vorm van bijziendheid bij mij had geconstateerd. Maar voortaan zou het dus zijn voor school. Het lyceum. En helemaal alleen in mijn eentje.

De grote vakantie had een eeuwigheid geduurd. Zes weken lang hadden mijn oudste broer en ik onze ouders zoveel mogelijk geholpen. Ons jongste broertje, dat we met zijn rode haar en mollige kleuterlichaam allebei innig liefhadden, was voor zes weken ondergebracht bij een strenge tante in Hoevelaken. Mijn moeder kon in het zomerseizoen de zorg voor hem niet aan. Op de binnenplaats sorteerden we lege flessen in kratten. Met stalen sponzen maakten we in de spoelkeuken vette pannen schoon. Er waren tal van andere klusjes, zoals het schillen van honderden kilo's aardappelen die we vervolgens in de frietpers deden, waarbij mijn broer en ik om beurten de hendel overhaalden en de plastic blauwe teil zich gestaag vulde met gladde bleke staafjes die mijn vader even later in het kokendhete vet zou gooien, voor het eerste bakproces.

's Morgens vroeg assisteerden we onze moeder bij het sorteren van het vieze beddengoed in de kamers. Soms gierden we van de lach om verdachte, bijna kleurloze vlekken die we vonden in de lakens. We wisten reeds van de hoed en de rand. Af en toe lachte mama besmuikt met ons mee, met een mislukte blik van afkeuring in haar ogen. Meestal waren we om een uur of elf op het strand te vinden, waar we zonnebakten en zwommen. We werden zo bruin als toffees. We kregen geld mee om een waterijsje te kopen, maar steeds werden we beiden gekweld door een schuldgevoel over het bittere feit dat onze vader en moeder almaar in het hotel moesten werken. Heel soms voegde mama zich na de lunch een uurtje bij ons. In de schaduw van de rieten korf die ze had gehuurd mompelde ze dan: 'Wat een heerlijk windje van zee, o jongens, wat heerlijk toch! Ik moet steeds maar denken aan toen ik zelf jong was...' Maar tegen een uur of drie, half vier was ze alweer vertrokken. Mijn vader verscheen helemaal nooit op het strand.

Als we tegen zessen terug waren in het hotel, waarboven we in een paar krappe kamers woonden, stond mijn vader nog steeds beneden in de keuken, precies als in de uren ervoor, te midden van het gesis van reusachtige paarsblauwe braadsleeën met halve kippen, dampende pannen met soep, groenten, sauzen en andere zaken op het drie meter lange fornuis, zich nu niet opmakend voor de lunch maar voor het diner. Naast de hotelgasten kwamen de eerste losse eters met roodverbrande koppen reeds binnensjokken. In die dagen werkte mijn vader nog samen met koksmaten Kees en Sjoerd, van wie de laatste net als hij in zijn *Wanderjahre* had gevaren op de koopvaardij. Vanaf een slakratje zat ik dikwijls in een hoek stilletjes toe te kijken. Op jonge leeftijd al was ik bij mijn vader te vinden als hij werkte. Ik voelde me veilig bij hem en beeldde me in dat ik me niet bevond in de keuken van een hotelletje aan de Hollandse kust, maar in de reusachtige kombuis van een oceaanstomer op volle zee.

Mijn moeder had het blauwe werkschort van de ochtend tegen die tijd verruild voor een witte blouse en een zwarte kokerrok met een wit schortje erover, net als mijn drie tantes. Terwijl mijn vader de keuken bestierde, fungeerde mijn ene oom als gerant, terwijl de andere glazen spoelend, bier tappend en andere drankjes inschenkend achter de bar stond, en de derde in de loop der jaren de status had gekregen van manusje-van-alles. Soms moest er snel een biervat uit de schuur worden gehaald, begaf plots een lamp of een ijskast het, diende er een kinderbedje te worden geregeld op een kamer, dan weer hadden we door onvoorziene drukte onverwijld extra schnitzels, biefstukken of kabeljauw nodig (de slager en de visboer waren meestal al gesloten, maar we hadden de sleutels gekregen van het koelhuis: alles ging op basis van vertrouwen), terwijl hij tussendoor bij tekort aan glazen, bestek of serviesgoed snel een hardgroen waterafwerend schort voordeed en bijsprong in de afwaskeuken, waar een jongen van negentien met een baardje ('een student', werd hij vol ontzag genoemd) de machtige stalen machine mocht bedienen, iets waarbij ook mijn broer en ik vaak hielpen. Voor de zelfstandige bediening ervan vonden onze ouders ons nog te jong; dat zou pas later komen. Meestal lagen mijn broer en ik tegen half tien 's avonds met rozige hoofden in bed, naast elkaar onder een enkel laken, luisterend naar de geluiden die almaar van straat en van beneden bleven komen. Uiteindelijk doezelden we weg en heel soms werd ik tegen twaalven even wakker, als mijn ouders naar boven kwamen en na een kort gekletter van water meteen gingen slapen, want om half zes moesten ze alweer op voor het ontbijt.

'Dag jongen, dag lieve jongen! Kijk je onderweg wel uit!' Mijn vader in smetteloos kokspak, mijn moeder in haar werkschort, hadden me die ochtend om half acht in het augustuszonnetje, dat al kracht had, uitgezwaaid. Mijn broer was met enig leedvermaak op bed blijven liggen: zijn school, die zich in het dorp bevond, begon pas drie dagen later.

Het traject naar de stad ging deels door de duinen, deels over betegelde fietspaden met links en rechts majestueuze villa's, sommige met rieten daken en gazons ervoor als een half voetbalveld waarop mensen onder parasols aan tafeltjes zaten te ontbijten. Ik was één keer eerder naar de school geweest; wederom met de bus en met mijn moeder, mijn vader moest koken voor een bruiloft en kon niet mee.

De tocht met mijn Batavus kwam me voor als een wereldreis.

Toen ik veertig minuten later bij het bruinbakstenen fort van het lyceum aankwam, was het daar een drukte van belang. Zwermen fietsers. Sommige leerlingen waren al zo oud dat zowel de meisjes als de jongens de stemmen hadden van volwassenen. Veel kinderen van mijn leeftijd werden met de auto gebracht, waarbij hun papa's en mama's hen bij het hek, dat toegang gaf tot een machtig schoolplein met een bordes en een ouderwetse bel, kusten en uitzwaaiden. De meeste ouders zagen er opvallend jong, zongebruind en ontspannen uit. Velen liepen op slippers, sommigen droegen hagelwitte tenniskleding. Er werd druk over en weer naar elkaar gegroet. De ouders kenden elkaar. Door de tas met boeken die ik meezeulde, onderweg was hij er vanwege het gewicht tweemaal afgeklapt, liep ik scheef. Ik was doodbenauwd; het hart klopte mij voortdurend in de keel. Ook sommige kinderen van de klas waarbij ik was ingedeeld bleken elkaar te kennen. Ze spraken elkaar aan bij de voornaam. Ze waren afkomstig uit Haarlem en uit de gezegende dorpen vlak om de school heen. De brugklas was voor hen simpelweg de voortzetting van de zesde klas van de lagere school, die ze net als ik kort ervoor hadden afgerond. Vanaf hun kerkelijke jeugd waren ze al vroeg voorbestemd op dit chique christelijke lyceum te belanden. Wat ik niet wist, maar spoedig zou begrijpen, was dat ik een uitzondering was, met een vader die de kerk tot in het diepst van zijn wezen verachtte, en een stille gelovige vrouw als moeder, maar dat ik bovendien een van de weinigen was die 'van buiten' was gekomen. Van een dorp aan de kust. Met het sociale odeur van rotte vis.

De allereerste les werd gegeven door onze klassenmentor, de leraar aardrijkskunde. Een kleine man met een zongeblakerd smal gezicht, een metalen brilletje en een pluizige baard. Hij moet rond de dertig zijn geweest, maar hij kwam me destijds voor als stokoud. Ondanks de warmte in de klas droeg hij een mantel van allerhande kleurig stiksel. Het was een Afghaanse jas, doceerde hij. Die zomer was hij met zijn vriendin op vakantie naar Afghanistan geweest. Wist iemand in de klas waar dat lag? Afghanistan? Links en rechts gingen vingers omhoog. Doodsbenauwd dat ik nu reeds door de mand zou vallen en meteen zou worden afgevoerd naar de mavo, zodat de hoofdmeester van mijn lagere school met zijn 'dwingende advies' alsnog gelijk kreeg, bleef ik beweginglooos op de achterste rij zitten waar ik me had genesteld.

'In Afrika...' Ik keek naar rechts. Het meisje dat had gesproken had sproeten, een paardenstaart en een welving van borsten.

'Fout, Chantal... Maar je zit in de buurt... Hoe gaat het overigens met je papa?'

'Goed,' kwam het landerig uit haar mond.

'Doe je hem de hartelijke groeten van mij?' ging de leraar toen op familiaire toon tegen haar verder. 'Het theaterseizoen is gelukkig stilaan weer begonnen. Ja, jíj daar, wat is je naam?'

'Theodor,' sprak een jongen met het hoofd van een egel.

'Weet jij soms waar Afghanistan ligt?'

'In Azië,' antwoordde de egel toen op volkomen vanzelfsprekende toon. 'Het wordt omringd door andere interessante landen, zoals India en Pakistan. Ik weet het, want mijn opa werkt in India voor Philips. We zijn er al drie keer op bezoek geweest.'

De klassenmentor knikte instemmend, kwam vervolgens met een woord dat voor mij volslagen nieuw was: introduceren. We moesten ons bij elkaar *introduceren*. Om beurten dienden we zo direct onze naam te zeggen, vertellen wat onze ouders voor werk deden en vervolgens waarnaartoe we deze zomer op vakantie waren geweest. Ik staarde naar de linnen wereldkaart met bruine vernisbarsten rechts van mij aan de wand, en was blij dat begonnen werd op de eerste rij, zodat ik tijd had om te kijken hoe andere kinderen het deden.

De eerste leerling heette Caspar. Zijn vader was tandarts, zijn moeder deed de huishouding; dit jaar waren ze weer gewoon naar Zuid-Frankrijk geweest. De vader van nummer twee, een meisje met de naam Nicole, was directeur van een ziekenhuis, haar moeder werkte als mondhygiëniste – drie weken lang hadden ze gewandeld in Zwitserland. En zo ging het door: advocaten, notarissen, er waren zelfs twee kinderen van hoogleraren onder, hoewel ik nog niet wist dat hoogleraar een ander woord was voor professor. De meesten hadden de vakantie doorgebracht in Frankrijk, op de tweede plaats kwam Spanje, een enkeling was naar Duitsland geweest. Ik vernam van beroepen en landen waarvan ik nog nooit had gehoord (de vader van een meisje was 'actuaris', ze hadden gekampeerd nabij 'Andorra') waarna mijn buurman, een jongen met een hoogblond kinderfilmsterrenhoofd, vertelde dat hij met zijn ouders – beiden werkzaam aan de universiteit – vier weken lang met een camper door de Verenigde Staten was getrokken, wat ontzettend gaaf was geweest, want ze hadden zelfs beren in het wild gezien.

'Zo, en jij daar, jongen?'

De blikken werden nu op mij gericht. Ik begon de wereld om me heen te registreren met vertraging, zoals sommige depressielijders. Ik noemde mijn naam, vertelde aarzelend dat mijn familie een hotel-café-restaurant had, maar dat we niet...

'Aha, een ondernemer!' onderbrak de leraar mij op jolige toon. 'Ziedaar, kinderen: daar zit de zoon van een kapitalist!'

Ik had het woord kapitalist nog nooit gehoord; ik vermoed het merendeel van mijn nieuwe klasgenootjes evenmin. Maar toen de grijns onder het baardje van de mentor zich verbreedde tot een valsetandenlach, die vervolgens overging in gebulder, begon nagenoeg de gehele klas als op commando op gruwelijke wijze met hem mee te lachen en te joelen.

'Kijk eens, kinderen! Eindelijk hebben we weer eens een kind van *een ondernemer* in de klas, van een kapitalist!'

Ik zag mijn vader die ochtend voor me, glimlachend en trots in zijn koksbuis op straat. Ik wilde niet langer dat hij me in het openbaar zoende, maar na de kus van mijn moeder had hij me even in mijn nek geknepen, ten teken van: maak er het beste van jongen, ik hou van je.

Die man, met zijn gesloopte lichaam, was dus een kapitalist. Vermoedelijk was het iets gruwelijks.

Over Fopmans' bedrog durfde ik Julia pas drie dagen later in te lichten. Wat? Hield hij al het geld voor zichzelf? Hadden we dan bijna driekwart jaar helemaal voor niks daar in Moskou op die hotelkamer zitten zwoegen? Maar dat was toch onbestaanbaar? Net als haar Joodse overgrootmoeder, die in 1917 als een van de allereerste revolutionairen enthousiast had meegedaan met het slopen van de orthodoxe kruizen op de gouden kerkkoepels, had ze haar gebalde vuist omhooggestoken en uitgeroepen: 'Als die Fopmans niet eerlijk jouw deel van het geld geeft, dan vermoord ik hem!'

Ze vroeg me naar zijn adres, wilde meteen naar hem toe gaan.

'Laat maar, liefje,' sprak ik.

'Hoezo, laat maar?'

'Dit is een rechtstaat,' zei ik toen. 'In Rusland kun je misschien het recht in eigen hand nemen, maar hier hebben we de rechter. Ik heb geen bewijs, alle papieren liggen in Moskou. Zou ik een zaak aanspannen, dan zou de rechter me na vijf minuten alweer wegsturen.'

Mijn onderkoeldheid was gespeeld. Vanbinnen was ik een vulkaan. Voor mijn geliefde wilde ik me groothouden. Dat Fopmans mij had beroofd van de mogelijkheid mijn al jaren op een houtje bijtende ouders te verblijden met een flink geldbedrag deprimeerde me. Meer dan het geïmplodeerde vooruitzicht op een paar jaar financiële rust. Van mijn verblijf in Sovjet-Rusland had ik twaalfhonderd dollar overgehouden. Smoezelige biljetten die in Moskou van hand tot hand waren gegaan, van hoeren tot zwarthandelaren. Ze stonken. Uit het papier dampte letterlijk het verval van de USSR. Op een ochtend wisselde ik ze om bij de bank. Toen ik met de briefjes van honderd in de binnenzak van mijn jas naar buiten stapte, werd ik overweldigd door radeloosheid. Hooguit kon ik het er een paar maanden mee uitzingen. Maar daarna? Alsnog gaan solliciteren als jurist op een of ander kantoor? Het liefst was ik meteen weer naar het buitenland gegaan. Maar inmiddels droeg ik de zorg voor Julia, die al na een week optimistisch was gaan informeren hoe het in Amsterdam zat met de mogelijkheid om te promoveren aan de universiteit. Ze droomde van een doctorstitel.

Iedere gezamenlijke maaltijd met mijn ouders was die eerste dagen een feestmaal geweest. Voortdurend vielen we elkaar om de hals, we konden van elkanders gezelschap amper genoeg krijgen. Maar al snel vertoonde het huiselijke leven het eerste craquelé. Omdat we niets omhanden hadden, zaten we veel te lang op elkaars lip. Dat Julia dagelijks onder de douche ging kon mijn moeder billijken. Maar tweemaal per dag? Zowel 's ochtends als 's avonds? Was dat niet een tikkeltje overdreven? Het geld groeide haar niet op de rug.

Toen Julia mijn moeder aanbod eens voor ons allen te koken wees ze dat van de hand. De kleine irritaties slopen erin. Een verliefd jong stel diende natuurlijk niet in te wonen bij ouders. Ik zinde erop alvast aan mijn boek te beginnen. Ik kocht een paar schriften, zette me zodra Julia de deur uit was aan het werk, maar kon de concentratie niet opbrengen. De zorgen over het bestaan op korte termijn slokten me volledig op. Soms werd ik midden in de nacht badend in het zweet wakker – het slagersmes dat ik Fopmans juist diep in zijn middenrif had willen steken, trok in blauwe vlekken als mist voor mijn ogen op. Steeds vaker nam ik de trein naar Amsterdam, hopend in de kroeg oude vrienden te ontmoeten. Julia vond het niet erg. Ze moedigde het zelfs aan. Intussen zou zij zich op bed heerlijk begraven onder een berg van boeken die ze op het abonnement van mijn vader en moeder uit de dorpsbibliotheek had gehaald.

Haar Nederlands vertoonde een krankzinnige progressie.

Zo, lieve lezer, ben ik in de journalistiek beland. Dat ging als volgt: de dag nadat ik weer eens naar Amsterdam was geweest, waar ik had gedronken in een café op de Kloveniersburgwal, werd ik gebeld. Het was een vriend van een vriend van een vriend.

'Men heeft mij verteld dat jij veel van Rusland weet,' begon de vriend van de vriend van de vriend, nadat hij zich had voorgesteld.

Ik mompelde dat ik er weleens was geweest.

'Ik heb gehoord dat je wilde schrijven,' ging het aan de andere kant van de lijn verder. 'Wel, dan heb ik misschien wat voor je.'

De volgende ochtend reeds zat ik in de trein naar Amsterdam-Sloterdijk, na een doorwaakte nacht vol wanhoopsgewoel waarin ik me had gevoeld als een generaal op een veldbed in zijn tentje nabij het slagveld, die wist dat hij spoedig zou gaan capituleren.

Mijn ouders had ik niets verteld. Ook tegen Julia had ik besloten voorlopig maar te zwijgen. De journalistiek had ik altijd nogal ordinair gevonden.

De weg van het stationsgebouw langs kantoorpanden, waar de wind met klappen koude regen mijn gezicht striemde, kwam me voor als een roemloze aftocht uit mijn vorige leven. Rookpluimen stegen in de verte op. De verste buitenwijk van Leningrad kon niet treuriger zijn. Maar zodra ik binnen was, viel de behaaglijkheid van een goed gestookt centraal verwarmingssysteem als een jas over me heen, alsook iets van wat ik niet anders kan omschrijven dan menselijke warmte.

'Ah, fijn je zo snel te zien...' Nadat ik mij bij de receptie had aangemeld, was een jongen met een modieuze bril de trap afgekomen. Hij was kunstredacteur en bleek degene te zijn die me de dag ervoor had gebeld. 'Onze godfather zit voor je klaar.'

Even later betrad ik de redactie, een kantoortuin onder

een poolhemel van tl-licht waar mannen en vrouwen, koffiedrinkend, rokend, ontspannen met elkaar kletsend of zijdelings een blik werpend op een van vele tv's die overal stonden, zich ophielden.

'Hier is-ie dan...' sprak de jongen met de modieuze bril.

Ik was meegetroond naar een glazen hok, waar een knappe man van rond de vijftig in een blauw colbertjasje en met een buldogachtig maar aanminnig hoofd, achter zijn bureau kalm zat te bladeren in een blad waarvan de cover werd gesierd door een hoogblond naaktmodel.

Het was de hoofdredacteur van veruit 's lands grootste dagblad.

'*Dobrij djen!* Goedendag!' De man stond op en begroette mij met uitgestoken hand. In zijn ogen lag een ontstoken glans, alsof hij zojuist de kroeg of de studentensociëteit had verlaten. 'Schrik niet! Dit is het enige Russisch dat ik ken. Mijn broer heeft destijds Russisch gestudeerd, vandaar... Wat was je naam ook alweer?'

Nadat ik me had voorgesteld, noodde de dagbladbaas me te gaan zitten en stak meteen van wal. Sinds twee jaar hadden ze een uitstekende correspondent in Moskou, werkelijk een goeie gozer. Maar sinds de val van de Muur bleef alles maar doorgaan. Zelf had hij er geen verstand van, dat gaf hij eerlijk toe, maar volgens hem was het daar in de Sovjet-Unie nog lang niet afgelopen. Kortom, hij zocht iemand op de redactie die vanaf hier alles daar een beetje in de gaten kon houden. Er was onlangs een vacature op de redactie Buitenland vrijgekomen.

'Wat heb je eigenlijk gestudeerd?' vroeg de hoofdredacteur toen.

'Rechten,' antwoordde ik.

'Mooi, ik ook. Je hebt er geen fluit aan. Ik noem het altijd "intellectuele Haarlemmerolie". En wat heb je na je studie gedaan?'

'Animator,' gaf ik als antwoord.

'Help me even...' Op het innemende hondengezicht van de courantier verschenen denkrimpels. 'Animator, dat was...?'

Ik vertelde dat ik destijds cum laude was afgestudeerd, mijn bul had ontvangen in het Athenaeum Illustre aan de Universiteit van Amsterdam, en twee maanden later al in een hawaïrokje op het podium van een hotel op Tenerife stond. Iedere avond diende ik een zaal van een paar honderd zontoeristen met een orkestje te vermaken. Quizzen, missverkiezingen, bonte avonden: dat soort zaken. Anderhalf jaar had ik op de Canarische Eilanden en op het Spaanse vasteland gewoond.

'Haha! Kostelijk!' grinnikte de krantenman. 'En toen?'

Daarna, ging ik verder, was ik naar de Sovjet-Unie vertrokken voor een reisorganisatie – ik hield het maar vaag.

'En nu wil je dus gaan schrijven?' klonk het toen.

Ik knikte zo braaf mogelijk.

'Prima, prima...' Een volslanke secretaresse kwam het glazen hok binnen lopen. Ze meldde haar baas dat zijn auto voor stond. 'Ik kom er zo aan, Estelle... Waar was die lunch nou? Bij Braakhekke toch? Twee minuten...' De buldogwangen werden weer vol welwillende aandacht op mij gericht. 'En wat heb je in de loop der jaren zoal geschreven?'

'Niets,' gaf ik als antwoord.

'Niets?'

'Dat klopt.'

'Maar je kunt wel schrijven?'

'Ik geloof het wel,' zei ik toen.

'Aangenomen!' Terwijl hij iets op een papiertje krabbelde, kwam de hoofdredacteur aamborstig overeind. 'Ik moet nu weg, altijd maar dat vervloekte lunchen... O ja, nog iets: wat is je politieke oriëntatie? Wat? Sociaaldemocraat? Haha, mieters... Je vermaakt me, jongetje, je vermaakt me...' Hij overhandigde me het papiertje. 'Bel zo direct dit nummer maar even, op een van de miljoen telefoons die hier op de redactie staan. Eerst de negen draaien. Dan krijg je een dame die alles verder met je zal regelen. Jaja, ik kom al, Estelle, ik kom...'

Het spookbeeld van een kantoorbaan in loondienst, waaraan ik na mijn afstuderen tot dusver was ontkomen, was alsnog bewaarheid geworden.

Toen ik van Amsterdam-Sloterdijk naar huis was teruggekeerd en vertelde dat ik vanaf volgende week een vaste baan had als redacteur, met een niet-onaardig startsalaris, glommen mijn verwekkers van trots.

'En wat ga je daar dan precies doen?' vroeg mijn moeder.

'Weet ik zelf nog niet.'

Drie weken later al werd het eerste salaris op mijn bankrekening bijgeschreven. Kort erna betrokken Julia en ik in het centrum van het dorp een nogal muffe huurkamer, maar met eigen opgang, douche en kookgelegenheid. Ik had Amsterdam als woonplaats voorgesteld, maar mijn vriendin was inmiddels aan de nabijheid van het strand en de zee gewend geraakt.

Op mijn allereerste werkdag werd mij door een zaalchef meegedeeld dat de functie op de redactie Buitenland niet naar mij maar naar iemand anders ging: een jongen die zeven jaar op de redactie Binnenland had gezeten, daar zijn sporen had verdiend, sporen die ik eerst nog maar eens – de toon werd sceptisch – moest zien te verdienen.

De hoofdredacteur die mij had aangenomen en bij wie ik wellicht mijn beklag had kunnen doen, was voor een week vertrokken naar Oman.

Zo werd ik koppenmaker.

Want behalve het nalezen, corrigeren en op maat maken van teksten die door journalisten van over het gehele land werden aangeleverd, betrof de arbeid op de redactie Binnenland destijds voornamelijk dit: het bedenken van koppen, de pakkende koppen waarom het volksdagblad sinds zijn oprichting in 1893 vermaard was. De eerste week bakte ik er niets van; de tweede week nog minder. Terwijl ik de gebruikelijke vernederingen van de nieuwkomer onderging, steeds naar de automaat werd gestuurd om voor de dames en heren koffie en thee te halen, zon ik op middelen om zo snel mogelijk weg te komen. Onder tl-licht, met een bekertje slappe pleur, in de sigarettenrook van collega's, zat ik te broeden op een kop boven een stukje over een zwangere poes die uit een kastanjeboom was gered en waarvan ik, nadat ik die aan de eindredacteur had doorgestuurd, te horen kreeg: '"Zwangere poes uit kastanjeboom gered". Wat is dat nou voor prutswerk? Dat is bijna de inhoud van het hele artikel. Bovendien is die kop in lood gezet drie letters te lang! Je moet de lezer met een kop meteen het verhaal in trekken. Hoe hebben ze jou ooit kunnen aannemen?'

Maar na een maand was dat allemaal voorbij.

Zodra ik het foefje eenmaal doorhad, moest ik me inhouden om niet te snel te werken. Na een aantal woordvondsten kreeg ik al snel een zekere naam. Ik kon maar niet begrijpen dat een mens zijn geld kon verdienen met het bedenken van een paar woorden boven een stukje.

Van de woningbouwvereniging, waar ik sinds mijn achttiende ingeschreven had gestaan, kreeg ik een halfjaar later een brief dat mij op 'mijn nummer' een flat was toegewezen, aan de rand van de duinen. Toen Julia en ik gingen kijken konden we onze ogen niet geloven: drie hele kamers voor ons alleen, met uitzicht op een manege waar dametjes van het dorp, met zwarte halve kokosnoten op hun hoofd, in een zandbak dociel rondjes reden. Nadat we waren verhuisd begon Julia met de voorbereidingen van het toelatingsexamen Nederlands voor de Universiteit van Amsterdam. We leefden zo zuinig mogelijk. Al het geld dat we overhielden ging naar de inrichting van ons flatje. Toen een nieuw bankstel was gebracht konden we het allebei amper geloven. We bleven een kwartier lang zwijgend naar het meubelstuk staan staren, tussendoor proefzittend, elkaar voortdurend stralend aankijkend. Onderwijl ging ik met de trein naar de krant, waar de dag-, avond- en spoedig ook nachtdiensten elkaar afwisselden. Ik corrigeerde de stukjes van de journalisten, maakte de koppen, en was telkens blij als ik me weer bij mijn geliefde kon voegen.

De geschiedenis met Fopmans bleef nog lange tijd een brok in mijn keel. Maar geleidelijk aan zakte die. Hij kwam terecht in mijn maag, in mijn endeldarm en op een dag poepte ik alles met kracht uit. Ik dacht er niet meer aan. Evenmin dacht ik aan schrijven, aan een bestaan als romancier. Als Julia en ik weleens een kinderspeelplaats passeerden tilde ze soms een peuter zomaar op, hield die verrukt boven haar hoofd, zoals later onze poezen. Eén keer kreeg ze daarbij van een moeder de wind van voren. Toen Julia zich snel verontschuldigde en de vrouw aan haar accent hoorde dat ze een buitenlandse was, werd haar toegedicht dat ze godverdomme uit dit land moest oprotten. Als ik Julia vroeg wat ze een mooie naam voor een meisje vond, kapte ze me meteen af: 'Nee, daarover wil ik niet spreken. Uit bijgeloof.' Ons leven was in een kalme balans gekomen. Ik was gelukkig. Ik denk, maar dat weet ik niet zeker, dat mensen die gelukkig zijn helemaal nooit aan schrijven denken.

De Hollandse jaren vlogen voorbij. Toch bleef de Sovjet-Unie, die al spoedig zou uiteenvallen in Rusland en veertien andere landen, een *leitmotiv* in ons bestaan. Het begon ermee dat op een van de eerste koude winterdagen van het nieuwe jaar een tragisch voorval plaatsvond waardoor ik bijna meteen naar Moskou was teruggegaan.

Die avond had ik late dienst. Van tienen 's avonds tot drie uur 's nachts diende ik met een opmaker de wacht te houden, de telefoon van de nieuwsdienst op te nemen, de persbureaus te blijven volgen, voor het geval er na het zakken van de eerste editie van de krant een ramp of iets anders spraakmakends – een moord, een grote uitslaande brand, de dood van een landelijke of internationale beroemdheid – zou gebeuren.

Onverwijld diende ik dan de drukkerij beneden te bellen, te melden dat de persen spoedig zouden moeten worden gestopt, waarna ik een journalist met piketdienst moest bellen, en als niemand bereikbaar was (wat geregeld voorkwam) aan de hand van persberichten razendsnel zelfs iets in elkaar diende te flansen. Het was werk onder hoogspanning. De dienst werd gezien als corvee en ging naar de paupers van de redactie. Dat de macht over de grootste krant van het land 's nachts werd overgelaten aan iemand die een paar maanden eerder nog nooit een redactievloer had betreden vond ik tamelijk bizar. Doorgaans gebeurde er niets, bracht ik mijn tijd door met koffiedrinken, kletsen met de opmaker en andere op de redactie achtergebleven lieden, van wie iemand soms kroketten ging halen.

Die avond ging tegen elven de telefoon. Ik nam op. De ramp waarover ik werd ingelicht betrof niet een gebeurtenis die alsnog de kolommen van de krant diende te halen, maar een interne aangelegenheid. De correspondent in Moskou, werd mij door een Nederlandse man die zich verder niet aan mij had voorgesteld paniekerig en warrig meegedeeld, was zwaar ziek. Hij was er werkelijk beroerd aan toe. In Moskou was het Siberisch koud. De correspondent had die avond de accu uit zijn auto gehaald, was daarna in zijn flat naar boven gegaan en daar onwel geworden. Er was iets met zijn hart. Er moest snel hulp komen. Ik noteerde het nummer van de persoon, legde neer, en was even ten prooi aan gruwelijke gevoelens. Ergens in de stad waar ik een paar maanden eerder nog had gewoond, de stad die mij vertrouwder was dan Amsterdam, verkeerde iemand van mijn leeftijd in levensnood.

Ik belde de hoofdredacteur.

Koud een kwartier later kwam hij met een rood hoofd gejaagd de redactie binnenstormen, in een blauw blazerjasje, een hockeysjaal losjes om zijn nek. De godfather was in Haarlem, waar hij in een restaurant met wat vrienden had zitten natafelen, meteen in zijn dienstauto met chauffeur gesprongen. Nog geen vijf minuten later hadden zich ook een adjunct-hoofdredacteur en twee redactiechefs rond de telefoon van de nieuwsdienst verzameld, ieder in een particulier waas van alcohol. Zodra ik de heren had ingelicht en hun het contactnummer in Moskou had gegeven, was ik lucht voor hen.

Ze begonnen zaken te regelen, er werd gebeld.

Van alle kanten begonnen nu telefoons te rinkelen.

Al spoedig was duidelijk dat de correspondent, die freelance bij de krant in dienst was, in allerijl speciale medicijnen nodig had die helemaal nergens in Moskou te krijgen waren. Het merk geneesmiddel werd doorgegeven. Kort erna werd gemeld dat de benodigde medicijnen binnen een halfuur met een taxi op Schiphol afgeleverd konden worden, maar dat de eerstvolgende vlucht pas de volgende ochtend om half elf zou vertrekken. Een privévliegtuig kon binnen een uur geregeld worden, maar dat kostte veertigduizend gulden.

'Al kost het me veertig miljoen!' donderde de hoofdredacteur, die de gehele operatie staande efficiënt leidde. 'Die jongen moet worden gered... En jij daar, knul...' richtte de godfather zich plots tot mij. 'Jij kent dat land daar toch zo goed? Jij gaat met dat vliegtuig mee...'

Maar het was te laat. Even later rinkelde de telefoon opnieuw en kwam uit Moskou de tijding dat de correspondent inmiddels was overleden. Toen zijn lichaam naar Nederland was vervoerd en hij een week later in Noord-Holland ter aarde werd besteld sneeuwde het, als in een verfilming van *Dokter Zjivago*. Een dag of vijf erna kwam de godfather op de redactie stilletjes op me toelopen. Hij wenkte mij geheimzinnig, vroeg me mee te komen naar zijn glazen hok. 'Je hebt nog geen letter voor de krant geschreven. Maar ik heb kijk op mensen, ik twijfel er niet aan dat je het kunt...' en hij vroeg me of ik de correspondent in Moskou, die aan een congenitale hartafwijking was gestorven, wilde opvolgen.

Ik tuurde even naar de punten van mijn schoenen, dacht eraan hoe intens gelukkig Julia de dag ervoor was thuisgekomen. Het toelatingsexamen Nederlands voor de universiteit zou ze over een paar maanden reeds kunnen afleggen. Iemand had haar gevraagd of ze er geen oren naar had om twee dagen in de week in een schoenenzaak in de Kalverstraat te werken. Ik dacht aan onze nieuwe flat, zag in gedachten het centrum van Moskou voor me, met zijn armoedige gevels waartegen de van voedsel verstoken zielen zich als wajangpoppen voortbewogen en besloot, zonder Julia eerst te consulteren, voor de eer te bedanken.

Dat voorjaar slaagde Julia met glans voor het toelatingsexamen Nederlands voor de Universiteit van Amsterdam. Ze werd op audiëntie genood bij de decaan van de faculteit Duits. Hij trok niet alleen het niveau van haar bul Duitse taal- en letterkunde aan de Universiteit van Leningrad in twijfel, maar bleek tevens een onversneden racist. 'Wat zegt u? U wilt promoveren? Haha! Maar mevrouwtje, ik ben vaak in het Oostblok geweest, en van mijn bezoeken daar weet ik één ding: dat de mensen daar niet zelfstandig kunnen denken. Wij, hier in Nederland, zijn van kindsbeen af gewend *zelfstandig* en *kritisch* over de zaken des levens te reflecteren. Hier op de academie kennen wij geen angst voor de autoriteiten. Ik denk dat u zich eerst die eigenschap eigen moet maken, naast natuurlijk een grondige inhoudelijke kennis van ons curriculum...'

Dat Julia reeds een reeks publicaties over de Duitse barok in tal van Sovjettijdschriften op haar naam had staan, imponeerde de academicus niet in het minst. Hij schonk haar de propedeuse, bood haar voorts genereus aan te beginnen in het tweede studiejaar, waar in de eerste maanden klassikaal Goethes *Faust* hoofdstuk voor hoofdstuk werd gelezen. Julia voelde zich een gymnasiaste die was verbannen naar een school voor zwakbegaafden. Ze hield het na twee maanden voor gezien en besloot snel een doctoraal te halen in de slavistiek, met als specialisatie de laatachttiende-eeuwse Russische letterkunde. Via haar raakte ik al spoedig verzeild in het Amsterdamse milieu der Russische emigrés. Een door kennis en cultuur afgebiesde wereld waarin Julia zich had geworpen als een geestdriftige hond op een hete zomerdag in een poel koel water. Ze barstte van de energie. Naast haar studie was ze intussen twee dagen in de week begonnen te werken bij Manfield in de Kalverstraat. In allerhande clubjes van Russische en vaderlandse intellectuelen werd die decembermaand druk gediscussieerd over de toekomst van Rusland, nu kort ervoor was geschied wat niemand voor mogelijk had gehouden: de Sovjet-Unie was zomaar opgehouden te bestaan, geliquideerd door de presidenten van Rusland, Wit-Rusland en Oekraïne in een luxueuze jagershut nabij de Poolse grens, waar de heren eerst copieus hadden gedronken en gedineerd – naar verluidt was er een heel wild zwijn doorheen gegaan.

De mislukte couppoging van augustus 1991 was uiteindelijk verzilverd.

Net als een jaar eerder in Moskou bij de 1 meiparade hadden Julia en ik ditmaal op ons flatje aan de rand van de Hollandse duinen met kloppend hart de tv-beelden gevolgd uit Moskou, waar putschisten Gorbatsjov op de Krim gegijzeld hielden en in Moskou de klok probeerden terug te draaien. Ondanks de hoge kosten had Julia voortdurend met haar familie in Leningrad aan de lijn gehangen. Nadat Boris Jeltsin op een tank voor het Witte Huis was verschenen, voor het oog van de wereld met zijn vuist omhoog belovend dat hij niet op zou geven, wisten we dat er een nieuw tijdperk gloorde. Vierenzeventig jaar na de coup van Lenin in Petrograd was een nieuwe Russische Revolutie geslaagd. Voor het eerst sinds mijn terugkeer naar Nederland werd ik gekweld door een verlangen naar Moskou, naar de Russische stad waar de krant inmiddels een nieuwe correspondent had – een sprankelende piepjonge knul, wiens al even sprankelende en gedegen voorpaginastukken ik mocht voorzien van een hoofdkop.

Inmiddels was ik weer zo'n beetje in mijn oude dorpsleven opgenomen. De mensen begonnen mij wederom op straat te groeten en ik groette terug. Mijn moeder herinnerde me er dikwijls aan dat ik nu eens moest langsgaan bij Sima, de Russin wier halfzuster we destijds in Moskou hadden bezocht en die was getrouwd met Theo Veen, de vroegere knecht van mijn grootvader. 'Knecht' – de woordkeuze van mijn moeder was nogal bizar. Eind jaren veertig had mijn grootvader de antiekzaak die hij in de eerste maanden van de oorlog had moeten opdoeken weer opgepakt. In het pand dat hij uiteindelijk met volledige financiering van de bank uit het beheerinstituut had kunnen kopen was hij begin jaren vijftig tevens begonnen met het opzetten van een hotel-café-restaurant, nadat mijn vader zijn werk als koksmaat op de koopvaardij vaarwel had gezegd. Omdat Theo Veen in die tijd zonder werk zat, had mijn opa hem maar in dienst genomen. In de oorlog hadden ze samen illegaal krantjes gedistribueerd – mijn grootvader *Trouw*, Theo Veen *De Waarheid*. Volgens velen was hij nog altijd communist. Maar knecht?

Samen hadden ze jarenlang kasten en banken gesjouwd en uiteindelijk borden met eten rondgebracht. Ze hadden samen gesloofd. Van een verhouding heer-knecht was in het geheel geen sprake geweest, eerder van een soort lotsverbondenheid en vriendschap.

'Wat gaan we spreken, Russisch of Nederlands?' vroeg Julia me, toen we uiteindelijk op een middag voor het eerst aanbelden bij het flatje waar Sima en haar Nederlandse man woonden.

'Ik weet het niet, we zullen wel zien.'

Theo Veen was een kwieke zeventiger. Hij had iets koboldachtigs, een kabouter met een uitslaande brand van witgrijs haar op zijn hoofd en een zwarthoornen brilmontuur dat bijna zijn halve gezicht bedekte – de stereotiepe vaderlandse communist. Nadat hij had opengedaan en ons in een golf van charme had begroet troonde hij ons mee naar een klein, benauwd huiskamertje waar op de centrale verwarming twee ingevroren karbonades lagen te ontdooien; in plastic met gele kortingssticker. Ik rook de weeë geur van varkensvlees.

Destijds in Moskou had Rena een tipje van de sluier over haar even ingewikkelde als tragische familiegeschiedenis opgelicht. Zij die was verwekt door de Amsterdamse Joodse communist Jef Swart deelde met haar halfzuster Sima dezelfde moeder, de Oekraïens-Joodse vrouw die ooit de broer van Lenin het leven had gered door hem de grens over te smokkelen. Sima was de dochter van deze bolsjewiste van het eerste uur en de revolutionair Henk Sneevliet, uit diens derde huwelijk. De twee hadden elkaar in 1921 in Moskou leren kennen en waren een romance begonnen. Sneevliet was naar Rusland gekomen voor het Tweede Congres van de Communistische Internationale, als vertegenwoordiger van de Indonesische Communistische Partij, die deze in Rotterdam geboren activist en zoon van een straatarme sigarenmaker in de jaren ervoor in Nederlands-Indië had helpen oprichten.

'*Privet, rebjata... Kak vasji dela?* Hallo jongens, hoe gaat het met jullie?' Sima Sneevliet, een tengere vrouw met pientere ogen achter een bril met dungeslepen glazen, stak glimlachend een hand uit maar bleef zitten in haar stoel. 'Excuus, kinderen, ik kan niet opstaan. Ik heb mijn enkel gisteren tijdens het wandelen op het strand verstikt...'

'Verzwikt...' corrigeerde de oude knecht van mijn grootvader onmiddellijk. 'Niet verstikt, maar verzwíkt. Verstikt zeggen we als...'

'Ach, jij met je commentaar altijd!' onderbrak de Russische hem, op liefdevol snauwende toon. 'Ga nu maar snel even thee zetten.'

Meteen die eerste ontmoeting al begonnen de twee dames druk met elkaar te kwebbelen; alsof Theo Veen en ik helemaal niet bestonden. Dociel en zwijgend hoorden we toe. Terwijl ze thee dronken met zelfgemaakte perzikconfituur, hadden ze het voornamelijk over praktische zaken. Hoe ze, nu de USSR was uiteengevallen maar er in het land alom chaos heerste, de daar achtergebleven familieleden, vrienden en kennissen materieel konden helpen. Sima had in Rusland twee kinderen achtergelaten, een dochter en een zoon, alsook kleinkinderen.

Vaak voelde ze zich hier in de Hollandse luxe schuldig.

'Jij bent nog zo jong,' sprak Sima op een gegeven moment tegen Julia, 'maar toch ben je oud genoeg om te weten wat het is: te leven in het grootste cachot op de aardbol, wetend dat je er nooit meer uit komt.'

Er zouden nog veel bezoeken volgen. Mondjesmaat vernam ik steeds meer details over het leven van deze inmiddels bijna zeventigjarige vrouw, wier vader in april 1943 op de Leusderheide nabij kamp Amersfoort met zes andere kameraden door de Duitsers was geëxecuteerd. Vlak na de revolutie van 1917 had Henk Sneevliet niet alleen naast Trotski voor het Winterpaleis in Petrograd de menigte toegesproken, maar daar tevens hechte omgang met Lenin gehad.

Hier, in dit huiskamertje op vijf minuten lopen van het huis waar ik was opgegroeid, was ik slechts twee handdrukken verwijderd van Lenin, de aanstichter van een van de grootste misdaden uit de geschiedenis.

Sima's moeder was na haar scheiding van Sneevliet in 1929 hertrouwd met de toen nog als geheim agent van Moskou werkende Jef Swart. In 1934 vertrokken de toen elfjarige Sima, de zeven jaar jongere Rena en hun moeder met de boot van Nederland naar Leningrad, met eenzelfde vrachtschip als ruim een halve eeuw later mijn smokkelbijbels. Jef Swart was hen al voorgegaan. Na een laatste afscheid in Amsterdam zou Sima haar vader nooit meer terugzien. Ruim een halve eeuw daarna diende ze haar identiteit angstvallig verborgen te houden. Een buitenlandse afkomst of zelfs connectie bleef voor de KGB tot op het laatst verdacht.

De twee meisjes gingen uiteindelijk volledig in de Sovjetmaatschappij op. Jef Swart, die in Moskou werkte als inkoper van een speelgoedfabriekje, werd in 1938 opgepakt. Na een verblijf in de Boetyrka-gevangenis werd hij voor een verzonnen misdaad veroordeeld tot vijf jaar dwangarbeid ('met het recht om te corresponderen') en belandde in een strafkamp. Pas na het Twintigste Partijcongres in 1956, waarbij Nikita Chroesjtsjov de 'dooi' inzette, vernamen Sima en Rena dat hij in 1942 in een kamplazaret in de Oeral aan longontsteking was bezweken – dezelfde Jef Swart die ooit over de Amsterdamse grachten had gewandeld en eens in het bijzijn van Karel van het Reve zijn meisjes aan hun benen had laten jojoën.

Sima Sneevliet trouwde en scheidde twee keer en zou de rest van haar leven werken als vertaalster in Moskou bij persbureau Tass, het leven leidend van iedere andere Sovjetburger, totdat ze in 1986 de reële hoop kreeg dat ze op een dag kon terugkeren naar Nederland, naar de duinen rond Haarlem, waar ze als kind met haar moeder had gewandeld, naar Amsterdam, waar ze naar de lagere school was gegaan, naar Westerveld, om het graf te bezoeken van haar vader.

'Jongens, ik heb soep gemaakt...' onderbrak Theo Veen dikwijls de gesprekken. 'Een kop goeie soep en een mens kan er weer tegen.'

Toen ik hem een keer tegenkwam bij de flessenafdeling van de supermarkt, vertelde Theo Veen me dat het eindelijk gelukt was om ook Rena naar Nederland te halen. Net als destijds bij Sima had dat de nodige voeten in aarde gehad. De Nederlandse bureaucratie bleek, zodra je ermee in aanraking kwam, een ware verschrikking. Om hun Joods-Nederlandse afkomst te maskeren had hun moeder, na omkoping van een Sovjetambtenaar, de twee meisjes in de jaren dertig dezelfde, fictieve vader gegeven: Jozef Moïsejevitsj Zjolkovksi, Rus. Uiteindelijk had ook Rena, die oorspronkelijk Renée heette, kunnen aantonen wie ze was. Ze kreeg een Nederlands paspoort. Op een dag kwam deze vriendelijke vrouw, die Julia en mij destijds met zelfgemaakte advocaat in Moskou had ontvangen, eveneens bij ons in de badplaats wonen. Ze was ver over de zestig, sprak bijna geen Nederlands, maar met haar helder glanzende ogen, open gezicht en vriendelijke glimlach veroverde ze al snel de harten van velen in het dorp. Om bij te verdienen begon ze te werken als kinderoppas. Na een halfjaar sprak ze goed Nederlands. De taal die ze de eerste vier jaar van haar leven had gesproken was op wonderbaarlijke wijze naar boven gekomen. Daar waar mijn ouders met de enigszins snobistische, op intellectuele status nogal prat gaande Sima weinig omgang hadden, raakten ze met Renée Swart steeds vaker op straat aan de praat. In datzelfde jaar ontmoette mijn vader Hafid, in de wachtkamer van het ziekenhuis in Haarlem waar ze allebei op controle waren. De Marokkaan bleek al twintig jaar in ons dorp te wonen, in de wijk Nieuw-Noord. Voor de verzekering zat hij nog niet aan zijn max voor de taxi – hij nodigde mijn vader uit samen met hem mee terug te reizen. Tussen Hafid, die dertig jaar lang had gewerkt in een slachthuis, en mijn vader ontstond een vriendschap. Ze hadden op de een of andere manier veel gemeen. Bij mooi weer waren ze vaak te vinden op de boulevard, waar ze samen op een bankje uitkeken over zee. Ook Renée Swart voegde zich na enige tijd steeds vaker bij hen. Op een keer, toen ik wat wilde uitwaaien aan het strand en het drietal vanuit de verte druk gesticulerend zag zitten, had ik mijn pas vertraagd. Daar zaten ze: mijn vader, die in zijn jeugd door de moffen op de vlucht door zijn benen was geschoten, als koksmaat had gevaren op de koopvaardij, daarna zijn leven lang had doorgebracht achter een fornuis totdat hij bijna failliet was gegaan en ziek werd. Hafid, die op een dag was komen aanzeilen vanuit de woestijn, zijn beste jaren had doorgebracht tussen de kadavers en de stank, eveneens door de kanker was getroffen en nu zijn laatste jaren hier sleet, vanwege de kinderen en de kleinkinderen. En Renée, die als kleuter in Amsterdam het Jordaanoproer nog had meegemaakt, haar vader had verloren in een Stalin-kamp en na een kinderloos gebleven leven op haar oude dag was teruggekeerd naar haar geboortegrond. Die drie volkomen verschillende zielen op een bankje bij elkaar grepen me aan. Soms zwegen ze, ieder verdiept in hun particuliere levens en gedachten. Starend over zee.

Op een ochtend tikte de godfather mij op de redactie weer eens tegen de schouder, hij keek me olijk aan en sprak: 'Zeg, ben je met die koppenmakerij eigenlijk nog wel tevreden? Je zit hier nu alweer bijna twee jaar. Wordt het niet eens tijd dat je zelf wat gaat schrijven?'

'Misschien,' zei ik.

Enfin, was de godfather verdergegaan, die ochtend had hij een brief gekregen uit Den Haag. Binnenkort brachten de echtgenotes van de presidenten van Rusland en Wit-Rusland een bezoek aan Amsterdam. Het was volledig informeel. Ze waren uitgenodigd om een veiling bij te wonen van kindertekeningen, gemaakt door de slachtoffers van de kernramp bij Tsjernobyl. Het geld ging naar het goede doel. Graag wilde hij van het bezoek een verslag voor de krant, maar tevens had een bevriende ambtenaar hem iets gevraagd: of hij iemand kende die de twee dames gedurende hun trip, als het ware vermomd als journalist, kon begeleiden. Iemand die de Russische taal machtig was.

'Laat nou maar eens zien wat je waard bent, kerel!'

Twee weken later reed ik in een cortège van Schiphol naar Amsterdam. Ondanks het feit dat het geen officieel bezoek betrof, waren de limousines uit de voormalige USSR ingevlogen. De vrouw van de nieuwe heerser in het Kremlin, de reus die met een gebalde vuist op een tank de erfenis van Lenin door de plee der historie had getrokken, was nooit eerder in het Westen geweest. Het was stralend weer. Amsterdam baadde in moddervette welvaart en was op zijn allermooist. De eerste dag wandelde ik met de dames over de Albert Cuypmarkt, stilletjes gevolgd door drie lijfwachten. De Wit-Russische first lady had op een gegeven moment een koolraap in haar handen en vroeg mij wat het was. Ik wist het Russische woord voor koolraap niet, nog steeds niet trouwens, en redde me eruit door het generieke *kapoesta* (kool) te gebruiken. De veiling was een succes. De gehele tijd was ik stervensnerveus. Bij mijn sollicitatie destijds had ik dan wel beweerd dat ik kon schrijven, intussen was ik nog altijd koppenmaker.

Toen we de tweede dag nabij de Munttoren met de lijfwachten een rondvaartboot in stapten voor een toer door de grachten, voegde zich een dame van middelbare leeftijd bij ons, enigszins plomp, manachtig, met mierikswortelkleurig, kortgeknipt haar. Met een joekel van een handtas op haar schoot nestelde ze zich pontificaal tussen de twee presidentsvrouwen in en nam meteen de leiding over. Ze kwam me vagelijk bekend voor. Maar natuurlijk! Het was de Russin die ik jaren ervoor een paar keer in Moskou had gezien in Dom Kino, orerend vanachter een katheder in het bijzijn van Andrej Sacharov en andere dissidenten. Haar naam was Galina Starovoitova. Ze was inmiddels adviseur nationaliteitszaken van Boris Jeltsin, een belangrijke positie, want het etnische geweld in de Kaukasus was weer in alle hevigheid opgelaaid.

'Wat doen die dames daar?' vroeg mevrouw Jeltsina mij, met omgedraaid hoofd, toen we eenmaal de Wallen waren op gedreven.

Ik vertelde het haar.

'Maar het zijn zulke leuke meiden. Kijk, ze zwaaien zelfs!'

In de hoerenbuurt was kennelijk de mare rondgegaan dat er een boot voorbij zou komen, met aan boord onder anderen de vrouw van de Russische president. Onder de zwaaiende meisjes was een blondine uit haar peeshok naar buiten gelopen, de presidentsvrouw in het Russisch iets toeroepend.

Kort erna steeg uit de handtas van mevrouw Starovoitova een gesmoord wekkergerinkel op. De Russin ontgrendelde de knip en haalde er een telefoon uit, met een accu zo groot als een Friese ontbijtkoek. De absurde omvang van de damesaccessoire werd duidelijk: deze diende louter als foedraal voor de telefoon. Ze drukte op een knop, wendde het hoofd af, bedekte vervolgens met haar bleke hand haar pratende mond, en begon te ratelen. Ik verstond er geen syllabe van.

Toen ze na een minuut of drie het telefoongesprek had beeindigd, borg ze het apparaat zorgvuldig weg en sprak tegen de Russische presidentsvrouw: '*Eto byl Borja.*'

Dat was Borja.

Terwijl we over de grachten van Amsterdam dreven had deze vrouw zojuist hier zomaar gesproken met de man in het Kremlin! Het was begin jaren negentig. Nog nooit eerder had ik een mobiele telefoon gezien.

Wat ik op dat moment niet kon bevroeden, was dat ik de charismatische Russin met het mierikswortelkleurige haar later in mijn leven nog vaker zou ontmoeten, bij politieke bijeenkomsten, manifestaties en persconferenties, totdat ze op een smerige novemberdag in het portiek van haar huis aan het Gribojedovkanaal in de inmiddels weer tot Sint-Petersburg omgedoopte oude tsarenstad werd neergeschoten, tweeenvijftig jaar oud.

Na de liquidatie van Pozorski was het de tweede mens in mijn leven die ik had gekend die door kogels zou sneuvelen.

Een week later kwam tegen achten 's avonds de godfather in zijn studentikoze uitdossing met een rood hoofd de redactie op lopen. Zijn aureool van alcohol was niets bijzonders. Na zevenen zat een groot deel van de redactie aan het bier, de whisky en andere sterkedrank – een traditie die inmiddels, geloof ik, is afgeschaft of zelfs verboden.

De hoofdredacteur stapte op me af, meldde tegen mijn chef dat ik de rest van de avond vrijaf had en vijf minuten later zat ik naast hem op de achterbank van zijn dienstauto met chauffeur, die voor het gebouw had staan wachten. Toen ik naar buiten liep voelde ik nog steeds de blikken van verbijstering en afgunst waarmee men mij op de krant had nagestaard.

'Nou, waar heb je zin in? Qua eten...'

Ik wist eigenlijk niet zo goed hoe te reageren; ik mompelde dat ik dat natuurlijk aan hem overliet, niet wetend waaraan ik de plotse uitnodiging te danken had. Even later stonden we aan de bar van een restaurant aan een gracht, een zee van spiegels en lamplicht, waar we eerst een paar koude biertjes dronken. Na verloop van tijd werden we door een gerant naar een zaaltje genood, helemaal achter in het smaakvol donker gelambriseerde pand, terwijl de godfather minzaam door het voornamelijk vrouwelijke personeel werd begroet. Hij kwam hier overduidelijk vaker. Nog voordat de soep was geserveerd hadden we bijna een fles sancerre op. Daar er vervolgens nog een tussengerecht kwam van Noorse wilde zalm, bestelde de godfather een half flesje chablis, een zogeheten tussenwijntje. Bij het hoofdgerecht en de kaas gingen er twee flessen bordeaux doorheen. Toen ik even naar de wc ging, zag ik dat mijn tong zwart uitgeslagen was van de tannine en ik was blij dat er – voordat de koffie kwam – een verfrissende spumante van het huis werd gebracht. Toen hij begreep dat ik niet van sport hield, had mijn hoofdredacteur het gesprek op de toestand in de wereld gegooid. Er kwam van alles voorbij, waarbij hij af en toe vroeg of het waar was wat er gezegd werd: dat het daar in Rusland stikte van de mooie vrouwen.

'Nou? Vertel eens op... Mij kun je gerust alles zeggen.'

Voor het eerst verhaalde ik over mijn jaren in het buitenland, voordat ik bij de krant gekomen was. De godfather luisterde geamuseerd, af en toe grijnzend als een schooljongen. De rekening werd met een creditcard en een rood briefje van vijfentwintig gulden eronder betaald. Altijd, hield hij me voor, dienden we in deze wereld oog te hebben voor het bedienend personeel. Toen we weer op de gracht stonden en de dienstauto als op afspraak langzaam kwam aanrijden, meldde de godfather dat hij me wel even thuis zou afzetten. Hij woonde vlak bij mij in de buurt, in het villadorp aan het begin van de weg door de duinen die rechtstreeks naar mijn flat leidde. Ter hoogte van Halfweg mompelde hij dat hij nog een enorme dorst had. Hij noodde me uit bij hem thuis, waar hij werd begroet door een eenzame poes die hij snel te eten gaf, het diertje op vaderlijke wijze een stroom lieve woordjes toebrommend. Met een verse fles witte wijn kwam hij even later de Bloemendaalse huiskamer binnen lopen. In Rusland, sprak hij tevreden, had ik in ieder geval goed leren drinken. Nadat hij een slok wijn genomen had, de happende slok die een zwaar dorstige neemt van een glas water, leek er plots een innerlijk evenwicht in hem verstoord.

Hij begon over zijn huwelijk, over de gecompliceerde verhouding met zijn vrouw, over zijn kinderen – een jongen en een meisje, van wie hij zielsveel hield. Nadat ik vanaf de bank lange tijd stilletjes had zitten luisteren, langzaam en machinaal drinkend, had ik hem ten slotte gevraagd waarom hij mij die avond zomaar van mijn redactiestoel had losgetrokken en uitgenodigd. Ik die als koppenmaker, nog eens twintig jaar jonger dan hij, behoorde tot de laagste sport van de krant. Met zijn waterige ogen keek hij me even verbaasd aan en sprak, ineens doodmoe: 'Maar begrijp je dat dan niet? Jij kent het leven tenminste een beetje... Met leeftijd heeft dat geen donder te maken... En je bent geen likker... Het gros op de krant likt en heeft *niets* meegemaakt! Overigens, jouw stuk over dat bezoek van die Russische presidentsvrouw was uitstekend. Zo, en nu ga ik pitten... Mijn chauffeur staat nog buiten, hij zal je naar huis brengen... Zeg maar dat hij morgen de rest van de dag vrijaf kan nemen... Wacht, ik zal de deur zelf opendoen, anders ontsnapt die poes weer...'

Drie maanden later werd ik gepromoveerd naar de redactie Buitenland.

De eerste twee jaar was ons geld opgegaan aan meubels, aan de inrichting van ons flatje, aan het collegegeld en de boeken voor de studie van Julia. Als een valzwaard door een vat met boter ging ze inmiddels door de tentamens heen. Omdat we financieel voortdurend krap zaten, waren we samen nog niet op vakantie geweest.

Voor mijn nachtdiensten had ik een tweedehands autootje moeten kopen. Op een oktoberdag was het eindelijk zover. We gingen naar Zuid-Frankrijk. Na twee dagen Parijs stuurde ik ondernemend door naar Nohant, waar een oude wens van ons beiden in vervulling ging: een bezoek aan het landhuis van George Sand, de schrijfster die zowat alle grootheden van haar tijd had ontvangen. In de eetzaal stond nog altijd een ovale tafel smaakvol gedekt met linnen, porselein, zilveren bestek en ivoorkleurige kartonnen kaartjes met de namen van gasten als Flaubert, Toergenjev en Chopin, die in de kamers erboven op een vleugel een paar van zijn mooiste werken had gecomponeerd. Na mijn mislukte onderneming in de USSR waren ook mijn literaire ambities in het ritme van de ochtend-, avond- en nachtdiensten gesneuveld. In plaats van verhalen en romans had ik slechts een paar stukken geschreven voor de krant. In de heuvels van Nice hadden we voor tien dagen een ruime kamer met apart keukentje gehuurd. Onderweg logeerden we op een chateau, eigendom van een doofstom adellijk echtpaar dat ons heerlijke varkenswangetjes voorzette. In het nabijgelegen Menton bezochten we als eerste de Russische begraafplaats, op zoek naar een Wit-Russisch familielid van Julia van vaderskant, behorend tot de lagere landadel die na de revolutie naar Frankrijk had weten te vluchten en daar met zijn levensgezellin, een Petersburgse freule, begraven zou liggen. Later, voor onze kinderen, zei Julia, terwijl ze me meezeulde langs de met distels overwoekerde Russisch-orthodoxe kruizen, zou deze kennis van grote waarde zijn. Een mens moest wortels hebben. Zonder wortels was je in dit bestaan verloren.

We konden het graf niet vinden.

Iedere avond stond mijn geliefde urenlang in het keukentje te koken, in de weer met de producten die ze had gekocht op de markt met de Italiaanse balkonnetjes onder aan de berg, terwijl ik mijn eerste fles wijn leegdronk en las in de stapel boeken die ik had meegenomen.

Na eindeloos zoeken vonden we in Grasse op een middag de met een bekoorlijke tuin omringde villa van Ivan Boenin. In de verte beneden fonkelde het azuur van de Middellandse Zee. De man die als jongeling in het oude Moskou meisjes had opgepikt, en daarover fabelachtig had geschreven, was hier na het winnen van de Nobelprijs voor Literatuur in 1933 met zijn vrouw gaan wonen. Een grotere hater van Lenin had er bijna niet bestaan. Evenals Zinaida Hippius had Boenin de revolutie aanvankelijk verwelkomd. Als telg van een verarmde adellijke familie uit midden-Rusland had hij, van assistent-redacteur opgeklommen tot journalist, geschreven tegen de armoede, het onrecht en de uitbuiting onder de

Romanovs. Van de verslaggeving was hij al snel overgestapt op de literatuur. Nadat hij in Odessa de eerste moordpartijen had meegemaakt van de bolsjewieken op de Joden had hij zijn geloof in de natuurlijke goedheid van het gewone volk al snel verloren. Hij was een van de eersten die de hebzucht, het verlangen naar wraak en de hypocrisie beschreef van de Rode Leiders die zich de luxe en de bezittingen toe-eigenden van de 'uitgerangeerde mens' – de nieuwe aristocratie die Malaparte later in zijn werk zou opvoeren. 'Het zijn zeelui met grote revolvers aan hun riem,' typeerde Boenin deze usurpatoren vol walging, 'zakkenrollers, criminele schurken en gladgeschoren dandy's gekleed in militaire jasjes, te strakke rijbroeken en dandyachtige schoenen met de onvermijdelijke sporen. Ze hebben allemaal gouden tanden en grote, donkere ogen, vermoedelijk van de cocaïne.' Toen Julia en ik daar in die weelderig begroeide tuin stonden, tussen de velden die de bloemblaadjes leverden voor de even verderop florerende parfumindustrie, mijmerde ik erover hoe de vijftiger Boenin in 1920 met zijn vrouw uiteindelijk aan boord was geklommen van een schip, de ballingschap, tot zijn dood in 1953, tegemoet. 'Dit is de laatste keer dat ik de Russische kust zie. Ik barst in snikken uit.'

Die avond, tijdens het koken, was Julia vanuit het keukentje druk tegen mij begonnen te praten. Het bezoek aan het huis van Boenin had diepe indruk op haar gemaakt. Al snel ratelde ze alleen nog maar over Rusland. Haar geboortestad had ze nu al een paar jaar niet meer gezien. Ze wist dat het er verschrikkelijk was. Haar broer en ouders konden amper rondkomen. Zonder het geld dat we regelmatig per bankwissel naar Sint-Petersburg opstuurden waren ze verdoemd. De corruptie en de misdaad, waarvan wij in Moskou de eerste aanzetten hadden meegemaakt, hadden de Russische samenleving als een agressieve schurft aangetast. De massa keek bij de vorming van een nieuwe dynastie machteloos zwijgend toe. Ze was zich hiervan bewust, maar toch was de heimwee naar Rusland erin geslopen. Sommige zaken was ze begonnen te idealiseren. Een avondje ballet in het Mariinski-theater bijvoorbeeld. Een bord pelmeni met wat kookvocht, zout en zure room in een kantine. Een sneeuwstorm, terwijl je zelf veilig binnenzat. Ze verlangde er natuurlijk naar om na Frankrijk ook Italië, Duitsland en de rest van Europa te zien. Maar ze miste tevens Rusland. Zouden we er niet eens weer een keertje heen gaan?

'Nou? Hé, waarom zeg je niets? Slaap je soms?'

In een opwelling had ik eerder die dag op de boulevard in een toeristenwinkeltje een paar schriften en een vulpen gekocht. Mijn beminde stond te koken, ik dronk wijn, ik verbleef in Nice, maar in gedachten was ik terug in mijn jeugd, in het hotelletje aan de Hollandse kust waar ik de eerste jaren van mijn leven had doorgebracht. Ik sliep niet, ik schreef. Met lange halen, koortsachtig en razendsnel.

Alsnog was ik begonnen aan mijn eerste romannetje.

DERTIENDE HOOFDSTUK

Op een dag in maart eind jaren negentig ging in mijn Moskouse appartement tegen het middaguur de telefoon. Een journalist van het *Haarlems Dagblad*, de krant van mijn 2531 kilometer verderop gelegen geboortestad, vroeg naar mijn reactie op de veroordeling.

'Veroordeling?'

'U bént toch...' Met nadruk op iedere lettergreep sprak hij mijn naam uit, waarop ik niet anders dan bevestigend kon antwoorden.

'Oké, dan graag uw reactie...'

Toen ik wederom liet blijken geen idee te hebben waarop hij doelde, kwam het volgende mij ter ore: een paar uur eerder was ik door de rechter in Haarlem bij verstek veroordeeld tot een boete van vijfhonderd gulden, dan wel een paar dagen gevangenisstraf, vanwege een passage in mijn debuutroman, waarin ik mij had laten kennen als een onversneden antisemiet. 'Waarom bent u vandaag eigenlijk niet zelf voor de rechter verschenen? Bang? Of was het soms schaamte?'

Vanuit mijn werkkamer op de twaalfde verdieping van onze betonnen blokkendoos staarde ik even naar buiten. NOG EEN JAAR EN DAN BEGINT EEN NIEUW MILLENNIUM! had het stadsbestuur om de een of andere reden met koeienletters op de gevel van een pand geplakt. Vervolgens meldde ik opgewekt dat de dagvaarding dan zeker in de postkoets ergens ter hoogte van Minsk was blijven steken, want ik had helemaal nooit een dergelijk juridisch schrijven ontvangen.

'Hmm... Jaja, dat zal wel... Maar heeft u nergens spijt van?'

De volgende dag was de duivel los.

Ik werd nu van alle kanten gebeld.

Julia was op dat moment in Sint-Petersburg. Het ging niet goed met haar moeder.

Mijn debuut, dat na lang marineren in een lade in Amsterdam alsnog was verschenen, bleek de inzet geworden van een 'affaire'. Ik stond op het punt om naar Siberië te vertrekken, maar besloot te redden wat er te redden viel zodra ik eenmaal wist wat er precies aan de hand was.

Het destijds in Nice begonnen romannetje had ik afgemaakt in een flatje aan de boulevard, waar Julia en ik de laatste twee jaar hadden gewoond. Met het boek had ik weinig anders beoogd dan wat sfeer vast te leggen uit mijn jeugd. De hoofdpersoon, een jongetje dat met zijn vader en grootvader in een hotelletje woont, waar op een dag in de feestzaal een wonderlijke Vlaming met zijn gemalin en blonde dochtertje een dansschool begint, groeit op in een door de oorlog gesloopt kustdorp. Het fraaie oude postkantoor had de nazifurie overleefd, maar de wereld moest vooruit. Op een winterdag besluiten de wethouder, die afbraak en nieuwbouw voorstaat, en zijn ambtsgenoot, die het pand wil behouden, om het hardst tegen elkaar te schaatsen. Het standpunt van de winnaar zal ten uitvoer worden gelegd. Als de burgemeester uiteindelijk op de ijsvloer met een pistool het startschot geeft, merkt een omstander met een uitgedoofde pijp tussen zijn tanden op: 'Zeg Kees, jij hebt hbs gedaan, dat is toch tegen de wet? Het wordt hier steeds gekker... Maar ja, wat wil je ook, met zo'n joodje aan het hoofd.' Iedereen die kan lezen, kan tot geen ander oordeel komen dan dat de auteur met deze kleine scène niet anders beoogt dan aan te tonen dat antisemitisme, zoveel jaar na de oorlog, nog altijd sluimerend aanwezig is.

Ik belde vanuit Moskou de burgemeester van mijn vroegere woonplaats die de klacht had ingediend, waarna het Openbaar Ministerie was overgegaan tot strafrechtelijke vervolging. De man, zo bleek al spoedig, was getipt door een op een relletje belust brok journaille en had de gewraakte passage helemaal niet gelezen, laat staan de gehele roman.

'Meneer, ik praat niet langer met u. Als u tegen het vonnis in het geweer wilt komen, dan zie ik u wel bij de rechter.'

Ik vertelde hem van de specifieke geschiedenis van de plaats waarvan hij de eerste burger was. In de jaren dertig had het een grote Duitse presentie gehad, naast veel Joodse inwoners. Bovendien herbergde het dorp na Winterswijk het hoogste aantal NSB'ers van het land, waarmee het een ultieme cocktail was geworden van het interbellum. Als geen ander was ik me bewust van de verschrikkingen van het antisemitisme. Ook mijn Russische vrouw had Joodse wortels. Zou ik op een dag kinderen krijgen, dan waren dat volgens de Joodse wet Joodse kinderen.

'Meneer, ik ga neerleggen. Dit behoort tot de categorie: ik heb Joden onder mijn beste vrienden. Bah, maar wat kan je van jullie ook verwachten... In de oorlog waren jullie al fout...'

Voor het eerst was het woord gevallen.

Ineens was ik *jullie* geworden.

De burgemeester had de hoorn op de haak gekwakt. Verweesd dwaalde ik enige tijd door mijn appartement. In het land waar ik uit de baarmoeder was gekropen, en waar in de oorlog onder stil applaus van velen de Joden naar de kampen waren afgevoerd, hield de simpele verdenking van antisemitisme reeds een veroordeling in.

Ik ging eraan.

De regen viel als staaldraad uit de hemel.

Na vierenhalf jaar waren Julia en ik uiteindelijk naar Moskou teruggekeerd. We hadden onze intrek genomen in een flat in een verre buitenwijk, waar eerder de jonge vent en zijn flamboyante vriendin die we waren opgevolgd hadden gewoond. Op hun beurt hadden zij het huis overgenomen van de weduwe van de arme kerel die op een dag aan zijn hart was bezweken en wiens lijk in onze slaapkamer opgebaard had gelegen. Soms werd ik midden in de nacht wakker, met een beklemd gevoel rond mijn borst – er zeker van dat nu ook mijn tijd gekomen was. Ik voelde me een neuroot. Totdat ik vernam dat mijn voorganger, in alles een evenwichtig persoon, een paar maal exact dezelfde ervaring had gehad.

In de jaren dat we in Nederland woonden waren we een paar keer bij het stel in Moskou langsgegaan. Met bohemienallure hadden ze het huis omgetoverd tot een gastvrij hol van drank, voedsel en woeste erotiek. Je stapte er binnen als in een Russische roman. Terwijl mijn voorganger zou uitgroeien tot een journalist en hoofdredacteur van allure, behoort zijn nog immer flamboyante vrouw tot de beste naoorlogse columnisten van ons land. Hun beider bloei is in Moskou begonnen.

Op de dag van de overdracht van de post, die tevens de zorg inhield van een secretaresse, een huishoudster die heimelijk in dienst was van de KGB, alsook een chauffeur met een rond hoofd vol vleespukkels, schonk mijn voorganger mij het boek *Met twee potten pindakaas naar Moskou* van Karel van het Reve, met als opdracht:

En vijf potten geduld
En tien potten humor
En honderd potten met geld
En na vijf jaar word je gewoon weer opgehaald en mag je terug naar huis. Veel succes! Ph & S

Het zou allemaal wat meer worden.

Ik had mijn vrouw beloofd het er nooit meer over te hebben, maar wat was ik op die dag in maart niet alleen volkomen machteloos en droevig, maar vooral ook ziedend. Ik verwees mijn geboorteland naar de duivel! Een dag na de telefonade met de burgemeester werd ik gebeld door een heer van het CIDI, het Centrum Informatie en Documentatie Israël. Wederom werd door hem vastgesteld dat ik een antisemiet was. Waarom had ik deze vunzigheid geschreven? Ik stak tegen de man hetzelfde betoog af als eerder tegen de burgemeester, verzekerde hem dat de zaak berustte op een gruwelijk misverstand, dat mij er alles aan gelegen was deze kwestie meteen te ontzenuwen, dat ik volledig aan zijn kant stond.

Ook dit als een waakhond op een indringer aangeslagen heerschap hing snel op. Meteen zette ik me aan het schrijven van een lange brief aan hem, waarin ik alles nog eens minutieus uiteenzette. Het epistel bezit ik helaas niet meer, maar het moet ergens liggen in de archieven van deze humane vaderlandse instelling, die niet heeft kunnen voorkomen dat mijn naam nog steeds voorkomt op een lijst van het *Stephen Roth Institute for the Study of Contemporary Antisemitism and Racism* in Tel Aviv.

Maar dit was nog niet alles, het was pas net begonnen.

Omdat ik natuurlijk weigerde de boete te betalen, dan wel een paar dagen op te knappen in een cel, nam ik een advocaat in de arm om tegen het vonnis in beroep te gaan. Hij vroeg een voorschot van een voor hem vanzelfsprekende hoogte. Al mijn spaargeld was ik in één klap kwijt. Mijn uitgever hield zich intussen muisstil. Zodra bleek dat geen sterveling het boek wilde kopen, nu mijn persoon en werk omgeven waren met een odium van vuiligheid, reageerde hij helemaal niet meer.

Na een aantal publicaties doofde de ophef alweer snel.

Vier weken later hing op een ochtend mijn moeder aan

de lijn. Normaal belde ze zelf nooit. Vanwege de kosten. Ze klonk zenuwachtig, nerveus. Mijn vader stond vlak naast haar. Ik hoorde hem haar af en toe iets toefluisteren. Ook zij hadden natuurlijk in de krant het een en ander over de kwestie opgepikt. Ze konden het maar niet begrijpen, ik was toch hun zoon? Het boek hadden ze nog steeds niet durven lezen, want er werden zulke rare dingen over gezegd. In het dorp waren ze al een paar maal staande gehouden. Waarom had hun zoon die arme burgemeester en de Joden op zo'n gruwelijke manier door het slijk gehaald? Ze hadden zich voor mij moeten verantwoorden. Intussen had ook in de badplaats geen sterveling het boek gelezen. Mensen die mijn ouders al hun leven lang kenden, met wie ze zelfs naar de lagere school waren gegaan, wendden op straat abrupt het hoofd van hen af, als waren ze melaatsen.

'Ik vind het zo vreselijk om te zeggen... Het lijkt wel een complete hysterie...' Mijn moeder vertelde snikkend hoe de dag ervoor, tijdens een herdenkingsdienst van de slachtoffers van de Tweede Wereldoorlog, de burgemeester in de Hervormde Kerk de kansel had beklommen, zijn Joodse afkomst nog eens had benadrukt en een preek was begonnen met de oproep dat we moesten oppassen, immer waakzaam dienden te zijn, want crypto-fascistische types als ik waren nog steeds onder ons.

'Wat er nu allemaal over ons wordt gezegd, lieve jongen... We weten het gewoon niet... Wat zeg je, Willem?' Mijn vader nam de hoorn van mijn moeder over, met een aamborstig gepiep dat hij na zijn keeloperatie nooit was kwijtgeraakt. 'Zeun, hoe is het daar?' begon hij opgewekt. 'Wat je moeder zegt is waar, maar weet je wat? Die halve kerk zat vol met NSB'ers. Ik zie ze nog lachend aan de kant van de weg staan, toen wij naar Heemstede werden geëvacueerd... Zet 'm op, jongen... Ja, moeder, ja... Jongen, pas goed op jezelf, hier is je moeder nog even...'

De maanden voor de behandeling in hoger beroep had ik weer veel gereisd. Mijn nieuwe vaderland was politiek, sociaal en economisch een geiser. Een blaasgat dat om de zoveel tijd zijn natte stoom tot hoog in de hemel spoot. Toen ik in december van dat jaar, drie dagen voor kerst, op een grauwgrijze middag moest verschijnen voor het Gerechtshof aan de Prinsengracht in Amsterdam, kreeg ik van mijn advocaat te horen dat een appelzaak van een dubbele moordenaar juist was verdaagd. Voor de behandeling van die van mij had men meer tijd gevraagd.

De rechtszaak had me al veel geld gekost, maar ik was overtuigd van mijn onschuld, van wellicht een misverstand van het Openbaar Ministerie dat zou werden rechtgezet, nu ze mijn boek hadden gelezen. Eenmaal in de rechtszaal bleek deze hoop ijdel, zodra ik door een kenau met een hete aardappel in haar strot op beschuldigende toon werd ondervraagd. De kenau in toga, waaronder nog net de glimp te zien was van twee afgedragen gympen, het sociale merkteken in die dagen van progressiviteit, begon een heel betoog, totdat ze met de zwarte mouw van haar ambtskleed een incriminerend wegwerpgebaar naar me maakte, en ik door haar gelijk werd gesteld met holocaustontkenners.

'Verdachte hanteert in onderhavige zaak dezelfde technieken als holocaustontkenners... Wij persisteren in volledige schuld...'

De helleveeg van het Openbaar Ministerie orakelde daarna nog zeker een kwartier lang verder, maar ik leek niet langer als een compleet mens te bestaan. Terwijl het troebel werd voor mijn ogen en het stemgeluid van de toga langzaam wegstierf, dacht ik aan mijn verblijf een paar maanden eerder in Odessa, waar ik in een vitrine het brilletje had gezien van Isaak Babel, dat door zijn beulen van zijn gezicht was af geslagen, vlak voordat hij in de kelders van Stalin in spartelende bijziendheid zou worden afgemaakt. Op weg naar de mooie stad Odessa, het Marseille van tsaristisch Rusland, had ik Babi Jar aangedaan, het ravijn nabij Kiev waar in 1941 in twee dagen tijd meer dan 33.000 Joden, bijna de gehele bevolking van de stad, door soldaten van de Einsatzgruppen en de Wehrmacht waren vermoord. Ik dacht aan de mensen die ik het jaar ervoor had ontmoet in Birobidzjan, het door Stalin in de jaren dertig voor de Sovjetjoden Siberische Palestina, een van muggen vergeven moerasgebied op de grens van China, tien uur vliegen vanaf Moskou, waar ik mensen had gesproken met dezelfde glinstering in de ogen en hetzelfde open gezicht als Renée Swart, die ik uitgerekend op de dag dat ik met de trein op weg ging naar het Gerechtshof voor het station tegen het lijf was gelopen, onder een zwartblauwinkten hemel, met brandende rode kerststerren en gouden feestverlichting achter de ramen van de omringende huizen, op het winderige plein waar ook in dit dorp de kustjoden naar de vernietiging waren afgevoerd, waarbij ze me had omhelsd en gezoend, en uit zichzelf was begonnen over die rare kwestie waarover ze in het lokale krantje nu inmiddels al een paar maal had gelezen (ze lás inmiddels nog beter Nederlands dan dat ze het al sprak), terwijl haar lippen zich krulden van walging, een uitdrukking die ik nog nooit eerder bij haar had gezien, waarna ik snel grinnikend zei dat het maar handelde om een niemendal, een boete, een paar dagen cel, geen leven in een kamp of de dood, ik grijnslachte even, eraan toevoegend dat het in wezen niet meer was dan een kolderieke farce die niettemin al bijna een jaar duurde, waarna ze me nog eens bemoedigend zoende en in haar regenjas in de kleur van aubergine, een relict van haar voorbije leven in de USSR, verdween; ik dacht aan alles wat Julia me had verteld, haar ouders, de rest van haar familie, over de menselijke morele ontucht, de martelingen, de pogroms, de feesten van de dood, en vooral ook aan al die schrijvers die ik vanaf mijn jeugdjaren innig lief had gehad, wier werk en levens mij overal waar ik ging altijd hadden begeleid, de ontroerende geniale Joseph Roth, de epische Grossman, de soepele Singer en Hilsenrath met hun vitale zwarte humor, en plots werd niet alleen mijn blik weer akelig helder, de afgetrapte gympen bewogen hysterisch over de houten vloer, ook mijn gehoor was weer terug, tot tweemaal toe werd mij wederom het woord 'holocaustontkenner' toegevoegd, in Naam der Koningin, aan de Prinsengracht te Amsterdam, op een bewolkte dag eind december 1999, terwijl iedereen die hier aanwezig was in deze rechtszaal, in dit gebouw dat later werd verpatst voor de bouw van een hotel, donders goed wist, of dat diep had weggestopt in zijn bewustzijn, dat hier niet louter en alleen iemand terecht zat die een romannetje had geschreven, maar tevens en misschien wel in de eerste plaats het dágblad waarvoor hij schreef; dat hier het dubieuze oorlogsverleden van die krant, waarmee ik niets te maken had, in naam van de gerechtigheid over me werd uitgestort, als een po hete pies uit een slaapkamerraam op een stinkende binnenplaats in vroeger tijden.

Ik werd vrijgesproken.

Maar ik was nog geen anderhalve week terug in Moskou, of mijn advocaat hing aan de lijn met de mededeling dat het Openbaar Ministerie in cassatie was gegaan bij de Hoge Raad. Ik was nu verplicht, zoals dat heette, een procureur aan te stellen. Bij de verdediging van een zaak in cassatie ging het helaas over andere geldbedragen dan tot nog toe. De kosten zouden mogelijk meer dan een ton bedragen. Had ik een rechtsbijstandverzekering? Nee? En hoe zat ik er financieel verder bij? Omdat mijn advocaat de casus interessant vond en geloofde in de goede afloop, zou hij de verdere verdediging van mij graag ter hand nemen als ik hem nog eens een voorschot van tien mille zou overmaken. Dat was niet veel: andere kantoren zouden zeker drie keer meer vragen.

Die tien mille had ik echter niet.

Een dag nadat ik hem van alles op de hoogte had gesteld, belde mijn vader. Hij bood meteen aan mij het geld te lenen. Hij kreeg inmiddels AOW. Van de twintigduizend gulden die hij als appeltje voor de dorst nog had liggen, gaf hij me de helft. Ook in cassatie werd ik uiteindelijk vrijgesproken. Het geld kregen we terug, maar ik kan aan deze geschiedenis niet anders dan met walging terugdenken.

Maar laten we terugkeren naar de revolutie van 1917.

De coup van Lenin was slechts het begin en werd gevolgd door een burgeroorlog, een strijd om de heerschappij die duurde tot oktober 1922, vijf lange jaren van vernietiging, plunderingen en moorden, met tien miljoen doden als gevolg, waarbij voormalige generaals en officieren uit het tsaristische leger, aangevuld met een allegaartje van kozakken, lieden van blauw bloed, gewone burgers en intellectuelen van plusieure politieke pluimage, met elkaar wedijverden om de roem, vechtend tegen het Rode Leger onder leiding van de genadeloze organisator Trotski, in een heksenketel van geweld, executies, strafexpedities en wreedheden, terwijl gepantserde treinen zich in een wirwar van vaak rivaliserende legers verplaatsten door het gigantische land, als een voorbijtrekkend circus van Pierlala, en de Witten met graagte nog eens honderdduizend Joden over de kling jaagden, onder het feestelijk geklap van de korte zwepen der kozakken, bolsjewieken priesters aan bomen ophingen en hen, vanonder hun baarden schreeuwend om hulp van God, stokken met scherpgeslepen punten van de anus, dwars door het lichaam heen, naar de keel duwden, of gevangengenomen officieren en soldaten van het Witte Leger een kooi om het naakte lichaam bonden met een rat erin, die werd verhit zodat het beest zich snel door het levende vlees van het slachtoffer begon heen te vreten; de adel in steden als Petrograd, Moskou, Kazan en Jekaterinenburg die in de eerste weken en maanden na de omwenteling niet meteen was afgemaakt of ondergedoken in de anonimiteit was massaal gevlucht; eerst naar andere delen van Rusland, zoals Kislovodsk in de Kaukasus, het gezegende kuuroord met zijn overdekte galerij waar mensen nog altijd uit zelf meegebrachte bekers het ijzerhoudende bronwater drinken, heilzame modderbaden nemen of in de aromatische openlucht van botanische tuinen luisteren naar klassieke strijkjes, een soort Baden-Baden in de Kaukasus die al snel ook een onveilige bestemming werd, nadat het verzet van het Witte Leger in Siberië en elders in het land vrijwel volledig was ingestort; waarna de vroegere elite in paniek begon samen te klonteren op de Krim, het schiereiland dat al spoedig een geologische trechter werd voor hen die het zich konden permitteren en die moedig en krachtig genoeg waren om aan de woede van de bolsjewieken te ontkomen; de klimatologisch en landschappelijk niet minder dan de Kaukasus gezegende Krim, waar ooit de Grieken hun amfora's hadden vervaardigd, en later afstammelingen van het rijk van de Gouden Horde met geglazuurde moskeeën en kleurig houten paleizen een islamitisch sprookjesrijk hadden gevormd – de fraaie restanten ervan zijn nog steeds te bezichtigen – en waar ik halverwege het tweede decennium van deze prachtige nieuwe eeuw, als getuige met een kladblok en een potlood, vanaf het allereerste uur de annexatie zou meemaken door groene mannetjes, ze leken zomaar van de maan gevallen, soldaten zonder insignes, over het schiereiland uitgewaaierde en bij kazernes, vliegvelden en strategische wegen strategisch geposteerde bewapende kerels met zwarte en groene bivakmutsen op, tot de tanden toe modern gewapend, die later wel degelijk soldaten van Moskou bleken te zijn, als geopolitieke retributie van wéér een omwenteling in onze contemporaine Europese geschiedenis, die van de Maidan in Kiev, die ik eveneens vanaf het begin had meegemaakt, de in allerijl opgeworpen barricades van sneeuw en schroot, het roet van rokende autobanden, strijders die elkaar met messen en stokken naar het leven stonden en belaagden, zich schuilhielden in tentjes met houtvuurtjes ervoor, als in een middeleeuws legerkamp, met als surrealistisch contrapunt het zuipen en flirten in de kroegen en restaurants eromheen, alsmede de chique bordelen, die niet alleen de gehele tijd openbleven maar bovendien uitstekend zakendeden, totdat het kakkerlakkengeweld van de volledig in zwart gehulde ordetroepen met hun blinkende integraalhelmen en schilden niet afdoende was en de snipers kwamen, de kogels door viziergeweren met geluiddemper erop werden afgevuurd vanaf de daken, mannen, vrouwen en tieners zomaar neervielen, geluidloos, voor de deuren van McDonald's en het hotelletje waar ik toen zat, bijtend op mijn lippen en niet gelovend wat ik zag, wat het begin van het einde betekende van de Oekraïense president die uiteindelijk was gevlucht, als een dief in de nacht, waarna zijn paleis de volgende dag al openging en door de meute in triomf werd bestormd, zoals destijds ook het Winterpaleis in Petrograd in 1917, gevolgd door een smerige guerrillastrijd in Oost-Oekraïne, die door de plots uit alle hoeken opgedoken experts in deze wereld werd gekenschetst als 'een hybride oorlog', en ik met mijn oude vijftigjarige lichaam, onverzekerd want freelance, tussen de neerkomende bommen, roadblocks en dronken gekken met mitrailleurs trotserend, mijn walging en angst voortdurend verbijtend, in een gehuurd Ladaatje rondreed in de archipel van stadjes als Donetsk, Kramatorsk en Slovjansk, het zieltogende decor waar al dat hybride geweld waarover men in Parijs, Amsterdam en Berlijn de geleerde commentaren schreef zich afspeelde, en ik op een nacht werd gearresteerd, van mijn bed gelicht, meegesleurd naar een gammel ziekenautobusje onder een gedoofde lantaarnpaal op straat, waar het stonk naar formaline, ether en oud bloed, terwijl de schoften de dieselmotor stationair ronkend lieten lopen, en mij door apenkoppen van wie ik niet eens wist of ze behoorden tot het Oekraïense leger dan wel tot de pro-Russische opstandelingen, mannen en jongens wier vaders en grootvaders ooit verenigd achter socialistische rode banieren hadden gemarcheerd, die door de ontaarde revolutie van 1991 echter ineens vijanden waren geworden, werd meegedeeld dat ze aanstonds door elk van mijn knieën een kogel zouden jassen, maar ik door een godswonder – een officier met een snor kwam aangerend, hij vloekte mij de dood in, maar gaf iedereen het bevel mee te komen, daar er plots door vijandelijke artillerie van dichtbij werd geschoten – wist te ontkomen, waarna ik maar weer verder was gegaan met het schrijven van stukken en stukjes; de enkele keer dat ik Julia vanuit de Tsjaikovskistraat aan de lijn had bagatelliseerde ik alles – 'Gevaarlijk? Wat er over zo'n oorlog in de krant wordt geschreven moet je nooit geloven' – en toen ik na maanden uiteindelijk op afgetrapte laarzen, met de kruitdampen en het angstzweet nog in mijn kleren, definitief naar huis was teruggekeerd, had ik voor het eerst niet alleen een innerlijke noodzaak gevoeld een roman te schrijven, maar ook een dwingende stem gehoord die van buitenaf kwam; ik was zowaar stemmen gaan horen, nadat er niet alleen duizenden mannen, vrouwen, kinderen op de grond waren gestorven, wier uiteengereten lijken ik nog altijd voor me zie, maar inmiddels tevens 298 volstrekt onschuldigen uit de lucht waren geschoten, onder wie 198 Nederlanders, de lichamen van hen die met hun hoofd reeds verkeerden bij de zon en de palmen, waren in een mensenregen neergedwarreld in de zonnebloemvelden, alsook tussen het gerijpte zomergraan van de streek waar ik kort ervoor nog op het slagveld had verkeerd; waarna ik ondanks de mentale en fysieke uitputting, als het ware tegen de klippen op, in een vloek en een zucht een roman schreef; als eerbetoon aan de slachtoffers en de nabestaanden van deze tragedie, een boek dat tijdens het schrijven al spoedig een spiegel werd van deze tijd, een spiegel waarin sommigen heel lelijk bleken te zijn, de auteur zelf niet in de laatste plaats; al verkeerde ik dan reeds lange tijd in de emigratie, niettemin had ik getracht een panoramisch beeld te schetsen van het wederom op drift geraakte oude Europa; maar zowel de vijfhonderd bladzijden van de roman als mijn persoon werd meteen meegetrokken in de krochten van het doodzieke, tussen goed en kwaad oscillerende polderdiscours; wat ik had geschreven paste niet in het vigerende nationale *narratief*, ik hield er zeker een geheime agenda op na; en toen ik dit voor de zoveelste maal besefte, dat er nooit iets zou veranderen, werd mijn afschuw voor het literaire bedrijf zo hevig dat ik besloot het verder voor gezien te houden; nog liever gaf ik op een dag naamloos de geest op de bezette Krim; op een door druivenwingerd beschaduwd terras tegenover het oude Khanpaleis in Bachtisaraj; op dat door een overweldigende natuur gebenedijde stukje aardbol, waar in het najaar van 1920, in naam van de revolutie en in opdracht van de commandant ter plekke van het Rode Leger, Michail Froenze, vijftigduizend mensen werden opgehangen en geëxecuteerd, merendeels leden van de vroegere bevoorrechte klasse, de rijken en de adel van wie slechts de meest vooruitzienden juwelen en andere kostbare bezittingen hadden meegenomen, het gros had hun sieraden, aandelen, geld en goud achtergelaten in de kluizen van Petrograd en Moskou, daar ze simpelweg niet hadden kunnen geloven dat de bolsjewistische pestilentie lang zou duren, ze waren er zeker van dat hun rijkdom bij de banken veilig was, zou worden bewaard en zelfs wellicht zou renderen gedurende hun afwezigheid, maar inmiddels waren de kluizen en brandkasten van de particuliere banken en de staatsbank al drie jaar ervoor geplunderd, ontgrendeld door klerken en ambtenaren, met de loop van het pistool op het hoofd van de vloekende strijders voor de revolutie, waarbij een rover op een dag vijf miljoen roebel in een fluwelen tas stopte, in de auto sprong en de buit even later in triomf neerlegde op het bureau van Lenin, in zijn kamer in het Smolny-instituut, dat nadat het Taurische Paleis en de villa van Ksjesinskaja door zijn bende was uitgewoond tot hoofdkwartier van de Petrogradse Sovjet was gebombardeerd, een nog altijd ongeëvenaard elegant palladiaans gebouw, omgeven door vijf kloosterkoepels, waar ooit de etiquetteschool was gevestigd voor adellijke meisjes die leerden dansen onder de kroonluchters die ik op sombere Petersburgse dagen tijdens mijn dikwijls sombere wandelingen – in gematigd tempo is het tien minuten stiefelen vanaf de Tsjaikovskistraat – vanuit de verte nog steeds zie branden; veel van de meisjes die daar met de onmisbare *politesse et savoir vivre* voor het tsaristische hoofdstedelijke leven werden voorbereid, en die niet het geluk hadden op de Krim doodsbang te mogen wachten of ze nog met een van de laatste vluchtschepen over de Zwarte Zee aan de oprukkende furie konden ontkomen, naar de veiligheid van Constantinopel, waar de in de ochtendnevel boven de Zee van Marmara glorende minaretten van de Haya Sofia en de Blauwe Moskee ineens de gebroeders waren geworden van het Vrijheidsbeeld in New York, zij die er niet in geslaagd waren het hongerige, van besmettelijke ziektes vergeven Petrograd te verlaten, er waren achtergebleven, waren de meest gewilde seksuele trofeeën van de communistische moordenaars in hun zwartleren jassen; vele van hen doken onder, werden prostituee, verkochten hun lichaam voor vaak minder dan een homp zwart brood aan de boeren en de proletariërs die nu de macht hadden, of aan filisters die met de dood op de hielen hun seksuele wanhoop alsnog konden botvieren; waarna de gonorroe, de syfilis, en het zaad van de haat in hun schoot werden gepompt; onder de vluchtelingen via de Krim-route was Vladimir Nabokov met zijn familie, de schrijver die me samen met Tsjechov en Toergenjev op een dag naar het Slavisch seminarium in de Spuistraat in Amsterdam had gedreven, de latere Amerikaanse literaire tovenaar wiens weduwe ik op een dag als student zou ontmoeten, in het Grand Palace Hotel in Montreux, aan het eveneens toverachtige meer waar ze nog altijd woonde, waarna ik vele jaren later hun zoon Dmitri bij toeval tegen het lijf liep, in het mensengekrioel onder de Stalinkroonluchters op het Leningrad-station in Moskou, we waren allebei met de nachttrein op weg naar Sint-Petersburg; de geniale, kwikzilveren Nabokov, wiens intellectuele kilheid en gebrek aan interesse voor sociale problemen mij met de jaren steeds meer waren gaan tegenstaan, hoezeer ik me in zijn magistrale kunstzon destijds had gekoesterd; met dezelfde arrogantie als waarmee zijn moeder de bedienden in hun huis in Petrograd en op hun landgoed buiten de stad behandelde – ze waren minder dan lucht voor haar – begaf de jonge Nabokov, een frêle dandy met een wandelstok, zich tussen de proleten en het vulgus van de revolutie; in de avontuurtrein op weg naar de Krim vermaakte hij zich min of meer uitstekend, alsof hem met zijn aangeboren rechten nog altijd niets kon overkomen, wat ook zo uitkwam; terwijl miljoenen van zijn leeftijdgenoten crepeerden, bevond hij zich al spoedig als student in Cambridge, in het gezegende universum van witflanellen broeken, roeiboten en Engelse adel; Zinaida Hippius, haar man en twee anderen slaagden er pas een jaar later in Petrograd te ontvluchten, in de winter van 1919, geholpen door een hooggeplaatste functionaris in het Smolny-instituut die hen een vrijgeleide had gegeven, ze gingen zogenaamd in het land lezingen geven voor het Rode Leger; ze verlieten hun huis in de Tsjaikovskistraat op een winterdag, met overal bergen opgewaaide sneeuw en bijtende nachtvorst, om er nooit meer naar terug te keren; in een wagon die tot barstens toe gevuld was met soldaten, hamsteraars en alle mogelijke gespuis wisten ze in vier dagen tijd definitief aan de bolsjewieken te ontsnappen, verbleven eerst in het Wit-Russische stadje Zjlobin voordat ze als asielzoekers naar Polen wisten te ontkomen, waarna ze uiteindelijk zouden stranden in Parijs, en waarover ze later schreef: 'Aan die dagen in de kroeg van de jood Jankel, die ons vieren voor één doemabiljet van duizend per dag zijn "zalo" afstond, haal ik hier maar liever niet nog eens herinneringen op. Voortdurend voerden we onderhandelingen. Nu eens met een verdachte smokkelaar, dan weer, nadat de een ons had bedrogen, met een ander. Steeds vervielen we van hoop tot wanhoop, om dan weer op te leven...'

Ze waren in handen gevallen van mensensmokkelaars.

Maar anders dan de paupers die wereldwijd thans een veilig heenkomen zoeken, waren het destijds de van hun rijkdom beroofden.

Na mijn terugkeer naar Rusland, in het voorjaar van 1996, dacht ik vrijwel nooit meer aan het verraad van Ragnar Fopmans. Ik bevond me in een achtbaan van energie, van reizen, van stukken schrijven voor de krant, van een immens druk en kolkend sociaal leven, op sommige dagen wel vijf verschillende talen sprekend. De poging tot vernedering van de kenau in die toga in Amsterdam ten spijt bleef ik onderwijl zo'n beetje harken in de literatuur. Maar de grootste literatuur voor mij was al snel het leven. O ja, de dagen waren als bladzijden!

Het feit dat ik destijds de vrouw van de Russische leider had rondgeleid over de Albert Cuyp, alsmede haar de finesses had uitgelegd van de betaalde liefde achter neonverlicht glas, had me intussen geen windeieren gelegd. Ze had me een telefoonnummer achtergelaten, waardoor ik een zekere toegang tot het Kremlin had. Op een dag liep de president aller Russen vanuit een menigte op me toe, tijdens een bijeenkomst in Siberië waarvoor ik hem was achternagereisd, en bedankte me voor het chaperonneren van zijn vrouw in Holland.

Ondanks de permanente chaos in het land, de carrousel van geldontwaardingen, ineenklappende banken, liquidaties in het maffiacircuit, een voorbijtrekkende stoet van telkens weer nieuwe ministers en kabinetten, het voortdurende gerommel van de oorlog in de Kaukasus, was de openheid in die jaren fenomenaal. Op televisie werd plotseling alles vertoond. Er was geen taboe dat onbesproken bleef. Seks, lotto en waarzeggerij overspoelden het land. Binnen secondes werden reputaties en carrières gemaakt en gebroken. De winkels en kiosken waren overlopende hoornen des overvloeds geworden. De markt was een spons die alles opzoog. Onwillekeurig dacht ik soms aan Pozorski, die nu zou hebben behoord tot de rijkste Russen op aarde, zou hij niet op die smerige herfstdag vlak na onze laatste ontmoeting zijn geliquideerd. Door simpelweg een arrogant gezicht op te zetten, of door zelfverzekerd een bibliotheekpas omhoog te houden, liep je zo langs de bewaking van het hoofdkwartier van de KGB. Zij die dat wilden konden graaien en speuren in de archieven. Meer nog dan voorheen was je als buitenlander voor velen een door God gezondene, met een vingerknip viel er van alles te regelen. Totdat op de laatste dag van het oude millennium een te midden van kakkerlakken en ratten in een Leningradse kommunalka opgegroeide oud-spion en KGB'er de macht van de oude zieke tsaar in handen kreeg. Ik hoorde het in de rij voor de kassa van de supermarkt waar ik net mijn karretje had volgegooid met drank, aardappelen, blikken doperwten, augurken, koud rundvlees en mayonaise voor de traditionele Olivier-salade op oudejaarsavond.

De vectoren van het spel werden al spoedig verlegd, de restauratie had zijn intrede gedaan. Het ressentiment over het ineengestorte Sovjetrijk met bijbehorende samenzweringstheorieën overspoelde de natie. Tv-zenders, kranten en andere media werden weer aan banden gelegd of vernietigd. Op sommigen werd jacht gemaakt, anderen ontvluchtten het land. Het gebouw van de KGB werd opnieuw een verzwaard bastion. Het wagenpark van de medewerkers ervoor zag ik binnen een jaar tijd veranderen van Wolga's tot dure buitenlandse bolides. De schijnbaar onuitputtelijke geldstromen uit de olie en het gas werden als ondergrondse gouden rivieren verlegd. Het leger wreef zich in de handen, hen vervloekend die het vaderland in de jaren ervoor hadden uitgeleverd aan de westerse democratieën van het kwaad. Er werd alom gebroed op wraak. De sfeer van angst was terug, van de *proizvól*, de willekeur uit de tijd van tsaar Alexander III die zijn geheime politie, de Ochrana, niet alleen terroristen, dissidente politici, studenten en schrijvers had laten oppakken, maar iedereen die van subversieve activiteiten werd verdacht, tot in de hoogste regionen van de macht aan toe. Onzekerheid en angst, juist ook in de kringen van de paladijnen van de nieuwe tsaar, waren de beste waarborg zijn heerschappij te bestendigen. Intussen bleef alles mogelijk. Vrienden van mij die reeds rijk waren, werden nu immens rijk.

Kort nadat de nieuwe satraap zijn intrek had genomen in het Kremlin, werd de huur van onze flat in de verre Moskouse buitenwijk van de ene op de andere dag met zo'n krankzinnig bedrag verhoogd, dat we net zo goed iets konden gaan zoeken in het centrum.

Julia was begonnen te dromen van een eigen huis in Sint-Petersburg, maar voor de dertigduizend dollar die we inmiddels hadden gespaard viel er weinig te kopen.

We vonden een magnifiek huurappartement in het centrum van Moskou nabij de Schone Vijvers, in een prerevolutionair pand met een fraaie entree en een zeshoekige erker in onze huiskamer die een fenomenaal uitzicht gaf over de Parijs aandoende boulevard. We ontvingen vrienden, tientallen, honderden voortreffelijke lieden; de wijn stroomde bij ons thuis als bronwater uit een Bijbelse bergspleet. Zij uit Nederland die bij ons kwamen aanwaaien waren allen talentvol, succesvol, beroemd, of zouden dat kort erna worden. Op een dag kwam Julia met iets wolligs in haar handen thuis. Het was

Moesja, zes weken oud. De eerste dagen hield ze zich schuil onder de bank, die we nog in de uitverkoop in Haarlem hadden gekocht en die jarenlang ons flatje aan de kust had opgesierd. Maar al spoedig maakte ze zich met haar donzig bonten présence van ons nieuwe huis meester. Intens gelukkig volgden we haar verkennende bewegingen, als de eerste voetstappen van een kind.

Ik ging op berenjacht in de winterse bossen van de Oeral, om te achterhalen waarin de fascinatie lag bij mannen van middelbare leeftijd om te doden. Op vakantie namen Julia en haar vader mij voor het eerst mee naar de voormalige Oost-Pruisische kust, naar de geurende pijnboombossen met wegschietend wild en struinende elanden, waar ze mij het oude Duitse huis liet zien van haar grootouders waar ze deels was opgegroeid. Ook de appelboom in de tuin had de bombardementen op de stad en de furie van het Rode Leger, dat opstormde naar Berlijn, overleefd. Hij gaf grote, rode, smakelijke appels. Mijn schoonvader bracht me naar zijn oude lagere school, waar hij in de klas had gezeten met een latere kosmonaut, iemand die zou wandelen in de ruimte, waarna hij mij iets schonk, deze intens goede man die ook alweer de wormen ligt te voeren van de Russische aarde, een kleinood dat ik koester als een van de meest waardevolle in mijn leven: een melkschenkkannetje ter grootte van anderhalve vingerhoed, met in zwarte letters: *Nord-Bahnhof, Königsberg*, waarin ik me eindeloos kan verliezen. Wie allemaal had dat kannetje destijds in Hitler-Duitsland in handen gehad? Avondenlang zat ik thee en wijn te drinken bij een kunstschilder die op de zolder van onze woonkazerne zijn atelier had, een zee van ruimte tussen het houten gebint, dat bij onweer vervaarlijk kraakte, met eveneens een zee van licht dat door een melkglazen dakplaat loodrecht naar binnen viel. De kunstenaar was rond de veertig; met zijn vlassige baardje en grijsblauwe ogen met vlassige wimpers leek hij zo weggelopen uit een verhaal van Tolstoj. Hij schilderde louter religieuze thema's: moeders met kind, middeleeuwse kerken en kloosters met uienkoepels in diverse variaties. Maar af en toe ook een romig sneeuwlandschap waarin een arrenslee voorbijgleed, waarvan het zilveren belgerinkel bijna akoestisch van het doek af spatte, met als passagier een in oogverblindend wit bont gehulde Russische schone, met rode lippen en ogen als grijs kristal, nagekeken aan de kant van de weg door een echtpaar in lompen, waarvan de man zijn pet had afgenomen, deze met zijn ene hand in zijn kruis gedrukt hield, terwijl hij met de vingertoppen van de andere een kruisje sloeg.

De diep verborgen homoseksualiteit van deze Rus was me van het begin af aan duidelijk. Soms begon hij te vissen naar het leven in Amsterdam. Met Pasen sleepte hij me mee naar de kerk, waar de diensten te midden van de brokaten habijten, gezang en wierook de gehele nacht door duurden, tot de priesters op een gegeven moment verkondigden: '*Christós voskrés!* Jezus is opgestaan!' Waarna de gelovigen in koor riepen: '*Voístine, voístine voskrés!* Waarlijk, hij is waarlijk opgestaan!' Ook deze kunstenaar, die een voortdurend innerlijke strijd voerde over zijn geaardheid, hield van jagen. Op een dag stond hij glimmend van trots in het trapportaal, het kadaver omhooghoudend van een lynx, die hij kort ervoor in de bossen nabij Archangelsk had geschoten. Dezelfde dag nog zou hij hem op zolder in verf vastleggen, voor een *natjoermort*, een zogeheten stilleven, dat hij me een paar weken later inderdaad toonde.

De zakken van deze artistieke Rus rinkelden immer van de gouden dukaten, hij had roebels en dollars in overvloed. Pas later zou ik vernemen dat hij hofleverancier was geworden van de nieuwe satraap, bij de nieuwe machthebbers in het Kremlin geregeld over de vloer kwam. Zijn met diep religieuze, patriottische en geniale meesterhand uitgevoerde kitschschilderijen waren vaak de staatscadeaus als de president ergens in het buitenland op reis was. Nog niet zo lang geleden kwam mij ter ore dat deze tragische man, wiens zingende stem mij nog altijd helder in de oren naklinkt, en die in andere omstandigheden zonder de geringste twijfel een klassieke meester zou zijn geworden, de weg van de zelfverkozen dood heeft gevolgd.

Maar ik heb het niet gecheckt, wil het liever ook niet weten.

In de jaren ervoor hadden de artsen mijn vader amper met rust gelaten. Na de darmoperatie en de ingreep aan zijn keel had hij een dubbele bypassoperatie moeten ondergaan, waar kort erna de darmen opnieuw opspeelden, zodanig dat hij inmiddels een stoma had. Nimmer klaagde hij, nimmer verwenste hij zijn lot. Hetzelfde gold voor mijn moeder, die op een zomerdag te horen kreeg dat ze borstkanker had. In allerijl moest een borst worden afgezet. Toen ik pas twee weken later tegenover haar in de huiskamer zat, komend van de industriestad Norilsk boven de poolcirkel, vervloekte ik mezelf. Ik voelde me de slechtste zoon op aarde, omdat ik er niet was geweest toen ze me nodig had gehad.

'Maar jongen, we weten toch dat je van ons houdt?'

In de zomer van 2001 gebeurde dat waarop niemand meer had durven hopen: mijn ouders, verkerend in een medisch interbellum, voelden zich sterk genoeg en zouden ons in Moskou komen bezoeken, samen met mijn oudste broer en schoonzus. Julia en ik bevonden ons op de top van ons leven. Terwijl ik naast mijn werk voor de krant iedere twee jaar een boek schreef, was zij een eenmanscateringbedrijfje begonnen; voorts had ze her en der rubrieken in kookbladen. Ze deed veel vrijwilligerswerk, geldproblemen kenden we niet langer, het ontvangen van gasten ging onverminderd door. In de zomermaanden huurden we samen met vrienden een datsja op zeventig kilometer buiten de stad, een vervallen Pipi

Langkous-huis, met een nabijgelegen meertje, omgeven door hoge sparrenbomen, waartussen we hangmatten spanden, de grote Russische steekmuggen met opgerolde kranten ritmisch doodsloegen, wachtend op het verlossende uur dat de eerste fles witte wijn uit het water kon worden gehaald van het beekje, waarin we deze ter verkoeling hadden gelegd. De mannen begonnen met het hakken van hout – in Rusland bestond nog echt mannenwerk – en al spoedig trok de geur van geroosterd vlees door het struikgewas en de bossen, terwijl de muggen tegen het grote oranje vuur, dat we naast de sjasliekrooster voortdurend met vers kaphout aan de gang hielden, hun knetterende dood tegemoet vlogen. Om een uur of elf kneep iemand van ons er vaak even tussenuit om in de stoffige dorpen in de omgeving op zoek te gaan naar extra drank; tot een uur of drie zaten we rond het vuur, doken in de slaapzak, werden door de hete zonnestralen wakker, namen een verkwikkende duik in het meertje en begon alles weer van voren af aan.

Toen mijn moeder eenmaal bij ons in de huiskamer nabij de Schone Vijvers stond, kon ze dat amper vatten. Vanmorgen nog was ze uit haar eigen bed opgestaan, nu bevond ze zich hier midden in Moskou. Voor de tweede keer in haar leven had ze gevlogen. Terwijl mijn vader zich om haar bekommerde, kwam Moesja vanonder het Duitse buffet dat Julia van haar grootouders had geërfd al naderbij geslopen, om de rest van de twaalf dagen amper nog van mijn vaders schoot te wijken.

Het Rode Plein, de brede winkelstraten, de paleistuinen rond Sint-Petersburg, waar we met de trein twee dagen naartoe gingen, trilden die julimaand in de hitte. Mijn vader met zijn donkere Portugese hoofd, voor wie het nooit warm genoeg kon zijn, die als het aan hem gelegen had zijn leven ergens in Zuid-Amerika had doorgebracht, en niet achter een fornuis aan de Hollandse kust, genoot met volle teugen. Om de zoveel tijd voelde hij aan het blauwe tasje aan zijn heup, waarin zijn stomazakjes zaten, doodsbenauwd dat hij die hier zou kwijtraken. Mijn broer en schoonzus verdwenen middagenlang in de Russische natuur, lagen loom onder het lover van de bomen, aan de kabbelende waterkant, nog onwetend van de twee prachtige zonen die ze later samen zouden krijgen.

Mijn moeder, op haar beurt, verdroeg de hitte slecht vanwege de bestralingen die ze achter de rug had. Ze pufte voortdurend, had een rood hoofd, niettemin telkens verzuchtend hoe goed ze het had en hoezeer ze van alles met mijn vader genoot. Ook 's zomers was Rusland in haar voorstelling een land geweest bedekt met sneeuw en ijs, terwijl ze zich erover verbaasde dat in de stad gewoon mensen rondliepen, trams en bussen reden, winkels waren, supermarkten met pakjes boter en melk in de gekoelde schappen, net als thuis; dat Rusland in bepaalde opzichten een land als alle andere was. Toen ik zei dat ik haar hierover aan de telefoon toch vaak genoeg had verteld, en er ook het nodige over had geschreven, sprak ze: 'Ja, jongen, dat kan wel wezen... Maar als mens geloof je toch eerder de tv...'

Het meest imponerend vond mijn vader de metro; genietend als een kind liet hij zich door de majestueuze roltrappen de diepte in voeren, de buik in van Moskou, met zijn ondergrondse paleizen van het volk, geplaveid met het marmer van de door de nijvere mieren van Lenin gesloopte kerken, kloosters en kathedralen, van de grafstenen van de rijken. Toen ik hem vertelde dat het gangenstelsel mede was gebouwd door iemand uit de kringen van Henk Sneevliet, de vader van Sima, trok hij verbaasd zijn wenkbrauwen op. 'Je bedoelt Sima van Theo Veen?'

Tijdens een van de eerste zittingen van het Congres van

Volksafgevaardigden in het Kremlin, die in 1989 rechtstreeks op tv werden uitgezonden, had een breedgeschouderd heerschap op krukken het spreekgestoelte beklommen. De monden van miljoenen over wat er plots allemaal in de Sovjet-Unie kon worden gezegd waren die dag opnieuw van verbijstering opengevallen. De man had Michail Gorbatsjov, die er als voorzitter een handje van had iedereen na vijf minuten meedogenloos af te kappen, verzocht hem volledig te laten uitspreken. De laatste communistische tsaar uit de geschiedenis stemde mokkend toe. Daarna had de Sovjetburger op krukken zich voorgesteld als de zoon van Dirk Schermerhorn, een in het socialisme gelovige Nederlander die net als Henk Sneevliet en Jef Swart als idealist in de jaren dertig naar de USSR was vertrokken, daar niet alleen als hoofdingenieur aan de Moskouse metro had gewerkt, maar tevens duizenden kilometers spoorlijn had aangelegd in Siberië, voordat hij in 1938 als vijand van het volk zou worden geëxecuteerd. De man op het spreekgestoelte was in een kinderkamp terechtgekomen waar een Poolse jongen hem het leven had gered. Terwijl de broer van zijn vader, zijn oom Jan Schermerhorn, vlak na de oorlog in Nederland minister-president werd, had hij een ellendig leven gehad onder de communisten en vroeg hij nu aandacht voor mensen als hij: invalide slachtoffers van de Stalinterreur.

'Verschrikkelijk allemaal...' Mijn vader veegde met zijn vuist over zijn oog, pakte Moesja die spinnend van genot languit naast hem lag voorzichtig op, en vroeg glimlachend: 'Zeg jongens, hoe oud is deze dame inmiddels?'

Anderhalf, antwoordde Julia, die meteen uit de keuken was komen aanlopen. Met kerst werd Moesja alweer twee jaar oud.

Nadat ik mijn familie weer op het vliegtuig naar Nederland had gezet, was ik er zeker van dat ik mijn ouders nooit meer in Rusland zou terugzien. Maar het zou anders uitpakken – althans, wat mijn moeder betreft. Mijn vader overleed kort na hun bezoek aan Rusland. Mijn moeder verdroeg haar rouw in stilte. Ondanks haar eigen ziekte bleef ze naar buiten toe een waterval van energie, van vriendelijkheid en behulpzaamheid voor iedereen. In die jaren van spanningen en verbeten verdriet was er een echtpaar in Moskou dat Julia en mij min of meer had geadopteerd – op zo'n overweldigende en tot de verbeelding sprekende wijze dat ik hen hier, in dit allerlaatste schrijfsel van mij over Rusland, niet onvermeld wil laten.

Al snel na de revolutie van 1917 had Nederland de diplomatieke banden met het regime van de bolsjewieken, de 'bajonettocratie' zoals de toenmalige Haagse gezant in Petrograd Willem Jacob Oudendijk dat omschreef, afgekapt. Pas in het tweede jaar van de Tweede Wereldoorlog werden de formele betrekkingen met de Sovjet-Unie weer aangeknoopt, tot groot *chagrin* van koningin Wilhelmina die tot op het allerlaatst was blijven dwarsliggen: als kleindochter van Anna Paulowna, dochter van tsaar Paul I, waren met de moord door de bolsjewieken in de zomer van 1918 in Jekaterinenburg op het tsarengezin tevens directe familieleden van haar omgebracht. Het gehele interbellum door bleef handeldrijven tussen Nederland en de Sovjet-Unie een zaak van speculanten en avonturiers, beperkt tot zaken als houtleveranties, scheepsbouw en haringhandel, met de aalgladde Royal Dutch Shell eeuwig op de achtergrond, azend om ook in Sovjet-Rusland concessies los te krijgen. Intussen probeerde Nederland niet alleen op ethische gronden krampachtig vast te houden aan haar neutraliteit, maar ook om het welbegrepen eigenbelang. De merendeels adellijke heren op het ministerie van Buitenlandse Zaken in Den Haag waren panisch dat in geval van erkenning *de jure* van het Sovjetregime, de machthebbers in Moskou onmiddellijk het recht zouden opeisen om behalve in de Hofstad ook in Nederlands-Indië consulaten te openen, potentiële revolutionaire broeinesten van waaruit de communistische heilsleer over de koloniën, waar de Javaan nog altijd werd gekweld, kon worden verspreid.

Maar de politiek van de heren in Den Haag was grotendeels vergeefs, want de in Den Bosch in armoede opgegroeide Henk Sneevliet was al veel eerder op Java aan een subversieve missie begonnen. Nadat hij in 1918 vanwege zijn marxistische sympathieën zijn baan had verloren bij de Handelvereeniging in Semarang, korte tijd in ons Indië hardnekkig de geruchten de ronde deden dat ook in Nederland de revolutie was uitgebroken en dat Wilhelmientje reeds was afgetreden, had hij als agent van de Komintern aan de basis gestaan van de oprichting van niet alleen de Communistische Partij in Nederlands-Indië, maar ook van die in China, waar hij onder de schuilnaam 'Maring' opereerde, Mao Zedong als leider naar voren schoof, en in 1920 bij het Tweede Congres van de Komintern in Moskou als secretaris van een speciale commissie voor Azië pontificaal naast Lenin zat, voordat hij in 1933 als lid van de Revolutionair-Socialistische Partij in de Tweede Kamer zijn intrede deed, om negen jaar later door de moffen als verzetsstrijder te worden gedood.

Mijn eerste ambassadeur in Moskou, een baron die met zijn fragiele, kaarsrechte en licht baardige aristocratische verschijning leek op een verre neef van de laatste tsaar, en over wie de mare ging dat hij ooit voorbestemd was geweest de echtgenoot te worden van onze vorstin, had ik kort gekend. Zijn eveneens fragiele, uiterst aristocratische vrouw was zelden in Moskou. Ze verbleef merendeels tussen de paarden op hun landgoed in Overijssel, haar man die begiftigd was met eenzelfde twinkeling in de ogen als prins Bernhard in het negentiende-eeuwse stadspaleisje, waar de residentie was gevestigd, alleen achterlatend.

Af en toe werden we uitgenodigd voor een borrel of een

lunch. De keer dat hij op de residentie een delegatie leden van de Tweede Kamer ontving, die in Moskou op bezoek was om uit vinden of de uitbreiding van de NAVO naar het oosten wel een goed idee was nu het Warschaupact vijf jaar eerder was opgedoekt, en de gezant na langdurig overleg ten afscheid in de vestibule tegen de parlementariërs uitbracht: 'Heren, niet doen! U krijgt er op een dag spijt van!' staat me glashelder bij, temeer daar ik er toen net zo over dacht, nog steeds trouwens. De volksvertegenwoordigers negeerden evenwel het advies van de ambassadeur, met Ruslands annexatie van de Krim en de oorlog in Oost-Oekraïne als vertraagde echo.

Maar het was niet voor het eerst dat het gebouw met zijn balzaal, charmante eetvertrekken en Venetiaanse kroonluchters het decor was van historische beslissingen: eerder had het pand toebehoord aan het Duitse gezantschap in Moskou en was hier tot op de laatste komma's onderhandeld over het Molotov-Ribbentroppact.

Met zijn rijzige duifgrijze verschijning oogde de nieuwe ambassadeur niet minder aristocratisch dan zijn voorganger, wat zeker ook gold voor zijn vrouw, een waterval van eenvoud en elegantie. Voorheen had hij onder meer de hoogste posten bekleed in het Midden-Oosten, in de Verenigde Staten en op het ministerie in Den Haag. De opvolger van de baron was een van die zeldzame, nu bijna geheel verdwenen gulle diplomaten die het als zijn taak zag, teneinde het land waarin hij geposteerd was zoveel mogelijk te doorgronden, zich volop te begeven in het sociale leven, in de theaters, de restaurants, tussen de congressen en de officiële bezoeken door. Zijn huis was een permanent gonzende korf van bijeenkomsten van kunstenaars, intellectuelen, lieden van uiteenlopende maatschappelijke organisaties, politici die zowel dwarslagen als de huidige machthebbers in het Kremlin steunden, waarbij hij het eenvoudige vaderlandse journaille stelselmatig bij zijn bezigheden betrok. Hij nam ons mee op zijn missies naar Siberië, naar handelssteden aan de Wolga, tot de woestijnen van Turkmenistan aan toe.

Op kalme wijze steeds aanwezig, was hij een latere Moskouse pendant van de legendarische Britse ambassadeur George Buchanan, die tijdens de revolutiedagen van 1917 in Petrograd gold als de voornaamste vertegenwoordiger van het corps diplomatique, en in die hoedanigheid van zeer nabij de neergang van het tsarenrijk had meegemaakt, samen met de Amerikaanse gezant en selfmade miljonair David Francis, en de louter op genietingen gerichte, het liefst met grootvorsten in de salons roddelende, maar literair zeer begaafde Franse ambassadeur Maurice Paléologue, die allen hun residentie hadden op een paar minuten lopen van het appartement dat ik later zou betrekken in de Tsjaikovskistraat.

Op een vorstige januaridag in 1917 hadden dit drietal en anderen de laatste nieuwjaarsontvangst meegemaakt van tsaar Nicolaas II op het Catharinapaleis in Tsarskoje Selo. Terwijl de Eerste Wereldoorlog even verderop voortwoedde en zich alom de krachten verzamelden om de rijken, alle 'ratten op twee benen' binnenkort af te maken, werden ze in een luxetrein – gekleed in de protocollaire kniebroeken, met gevederde hoeden en gespschoenen, dan wel in rokkostuum met puntboord – naar de tsarenresidentie buiten de stad gebracht, waar ze werden opgewacht door een vloot van met bont gevoerde sleeën, die hen onder ijl belgerinkel door een feeëriek avondlijk sprookjeslandschap brachten naar het paleis dat door duizenden lampjes was verlicht, waar ze vervolgens via de marmeren vestibule met bloedrode draperieën langs twee Nubische schildwachten met een tulband en hellebaarden werden geleid naar de gouden ontvangstzaal waar de tsaar de diplomaten in een eenvoudig grijs kozakkenjasje verwelkomde, begon te praten over koetjes en kalfjes en over het weer, alsof er niets aan de hand was, hoewel op de gezichten van de aanwezigen de angst over de naderende ondergang te lezen stond, ook op dat van Nicolaas II, wiens 'bleke, spitse gelaat', volgens Paléologue in zijn memoires, zijn geheime gedachten verraadde.

Op een dag gebeurde er iets wat ik voorheen nooit voor mogelijk had gehouden: de Russische vertaling van een roman van mij zou worden gepresenteerd in het Fontankapaleis in Sint-Petersburg, een paar maanden nadat we in die stad ons appartement hadden gekocht, met een lening van een vriend uit Nederland.

Toen ik mijn moeder en jongste broer vroeg een paar dagen op onze kosten naar Moskou te komen, vanwaar we de trein zouden nemen naar Sint-Petersburg, hadden ze na lang talmen ingestemd. Zodra het ambassadeursechtpaar dit ter ore was gekomen hadden ze ons vieren meteen uitgenodigd te komen dineren op de residentie.

Ondanks een leven van lakens wassen, mensen bedienen en schrobben, had mijn moeder de dictie van de koningin. Ze beschikte over een verbazingwekkend zuiver Nederlands, alsook over een aangeboren stijl waarmee ze moeiteloos kon verkeren in alle kringen. Nóg zie ik haar, met in het kielzog mijn bedeesde jongste broer, volkomen naturel de balzaal betreden, een glas jus d'orange afnemen van het zilveren blad dat haar door een van de bedienden werd voorgehouden, waarna we ons begaven naar het eetvertrek tussen de zeventiende-eeuwse meesters. Het ambassadeursechtpaar had hun kok een Hollands maal laten bereiden. Niet omdat ze de moeilijke smaak van mijn moeder op het gebied van eten kenden, maar vermoedelijk uit inlevingsvermogen en intuïtie.

Terwijl ik in haar ogen las dat ze de gehele tijd in gedachten verkeerde bij haar man, bij mijn vader die nog maar een jaar dood was en dit alles niet meer kon meemaken, nam ze levendig deel aan de conversatie, glimlachte en dronk nippend van de witte wijn. Intussen stegen de dampen van de hutspot en de Gelderse rookworsten van het porseleinen rijksservies op naar de Venetiaanse kroonluchter, waaronder Molotov en Ribbentrop ooit hadden gekonkeld over hun duivelspact.

'Geen scheidingen meer,' schreef tsarina Alexandra Fjodorovna, geboren prinses Alix van Hessen-Darmstadt in het dagboek van tsaar Nicolaas II, dat ook voor haar altijd openlag, vlak nadat ze met hem in 1894 was getrouwd. 'Eindelijk samen, klaar voor het leven. En als dit leven voorbij is ontmoeten we elkaar in de andere wereld, om tot in de eeuwigheid te zijn verenigd. Ik ben de jouwe, de jouwe.'

Hun huwelijk, dat had geresulteerd in vier prachtige gezonde dochters en hun aan hemofilie lijdende zoon, was er een van een grote en innige liefde, wederzijdse toewijding en volledige harmonie. Ondanks de fatalistische doem die er vanaf het prilste begin over de heerschappij van Nicolaas II had gelegen, wat al begon op zijn kroningsdag in mei 1896 waarbij het Andreaskruis, een van de hoogste onderscheidingstekens in het rijk, op zijn borst los kwam te zitten en uiteindelijk kletterend op de vloer neerviel, een paar dagen later gevolgd door een ramp van bijna Bijbelse proporties, toen tijdens het uitdelen van gratis bier, worstjes en herinneringssouvenirs als kruidkoeken en drinkbekers op een veld buiten Moskou duizenden mensen in de toegestroomde massa van een half miljoen zielen onder de voet werden gelopen, neervielen in greppels en werden verdrukt, waarbij in een paar minuten tijd bijna vijftienhonderd doden vielen en zeshonderd mensen gewond raakten, een catastrofe waarvan de jonge tsaar pas vernam toen hij was gearriveerd op een bal van de Franse ambassadeur in de stad, de markies van Montebello.

Het liefst brachten Nicky, Alix en de kinderen hun tijd met elkaar door op het landelijk gelegen Alexanderpaleis in

Tsarskoje Selo, wandelend in het park, zingend, muziek makend, elkaar voorlezend uit Engelse romans, foto's en postzegels inplakkend van hun reizen, ver weg van de grote stad die Nicolaas II altijd had gehaat, van alle intriges, de banale politiek die van de door God gegeven keizerlijke almacht steeds meer probeerde af te snoepen, en waarbij Alexandra haar man voortdurend verordonneerde daarbij geen strobreed toe te geven – dat het volk als ratten in het vooronder van een zinkend schip crepeerde liet haar koud –, ver weg ook van de Russische roddelpers die op het hoogtepunt van Raspoetins invloed aan het hof steeds vijandiger was geworden, de tsarina wegzette als Duitse spion, als lid van de vijfde colonne van een volk waarmee het heilige Rusland al drie jaar in oorlog was en waarbij miljoenen Russische mannen reeds hun leven hadden verloren.

Na de Februarirevolutie van 1917, de abdicatie van Nicolaas II in zijn treinwagon nabij Pskov in maart en zijn terugkeer naar Tsarskoje Selo, verlengde Alexander Kerenski in augustus – toen de poging van de bolsjewieken in juli om de stad over te nemen was mislukt en hij als opvolger van vorst Lvov als premier aan de macht was gekomen – het leven van het tsarengezin vermoedelijk met een jaar, door te besluiten hen te evacueren naar de stad Tobolsk, op de rand van de Oeral en Siberië. Naast wat officieren mochten de Romanovs in de trein een aantal trouwe bedienden meenemen, zoals de huisleraar Pierre Gilliard, lijfarts dr. Botkin, leraar Engels Mister Gibbes en dienstmeid Anna Demidova. Half augustus vertrok de trein onder Japanse vlag van Petrograd naar het oosten. Telkens als het een station passeerde werden de overgordijnen even neergelaten, terwijl iedere dag in de wildernis zomaar ergens een halfuur werd stilgestaan, zodat Nicolaas zijn gebruikelijke wandelingetje kon maken.

In Tsjoemen, waar het spoor eindigde, gingen het tsarengezin en hun gevolg vier dagen later aan boord van de rivierstomer Roes die hen naar de stad Tobolsk bracht. Onderweg passeerden ze Pokrovskoje, het gehucht waar Grigori Raspoetin was geboren en wiens welvarende woning op de oever boven de andere huizen uitstak. Naast zijn veelwijverij had de Siberische charlatan er een gezin op na gehouden – een vrouw, twee dochters en een half idiote jongen. Dat ze deze plek ooit zouden aandoen had de bezeten monnik zijn toenmalige weldoeners voorspeld, een paar jaar voordat hij in het Joesopov-paleis aan de kogels en het arsenicum zou bezwijken. In Tobolsk werden de Romanovs ondergebracht in het huis van de voormalige gouverneur; ze hadden er relatief veel vrijheid, mochten zelfs naar de nabijgelegen kerk. In haar brieven en dagboeken gaf de tsarina hier nog uitingen van hoop dat ze op een dag zouden worden gered, zelfs dat de monarchie wellicht weer in ere kon worden hersteld. Maar toen Lenin twee maanden later in Petrograd aan de macht was gekomen, werd de stemming donkerzwart. De neergang ging gepaard met vernederingen. In februari 1918 werd elk gezinslid op hetzelfde rantsoen gezet als een gewoon soldaat. Toen ze in het voorjaar naar Jekaterinenburg werden gebracht had het lokale Arbeiderscomité hun voormalige uitbuiters en onderdrukkers het liefst meteen gelyncht, bevreesd dat ze alsnog ontsnapten of te midden van de chaos van de burgeroorlog die er rond de stad woedde zouden worden bevrijd.

In het Ipatjev-huis werden de Romanovs rechtstreeks onder het bevel van de lokale Sovjet gesteld. Het eerdere idee dat ze met hulp van trouwe monarchisten konden vluchten naar Engeland, of hen desnoods een rustige oude dag werd gegund op hun geliefde Livadia-paleis tussen de eucalyptusbomen op de Krim, was een absurde abstractie geworden. Ze leefden nu het bestaan van gevangenen. Het grootste menselijke uitschot leek voor hen als bewakers te zijn geselecteerd. Als de soep en ander simpel eten werden binnengebracht in het huis dat was omgeven door een hoge houten schutting, perste een revolutionair zich met zijn onwelriekende oksels eerst met een lepel tussen de tsaar en de tsarina, om ostentatief als eerste ervan te proeven, zijn proletarische macht en minachting voor hen uitend. Hun laatste commandant was de Siberiër Jakov Joerovski, over wie Nicolaas II in zijn dagboek er nog in slaagde te noteren: 'Van dit specimen houden we het minst...' en die uiteindelijk de eerste kogels op de tsaar en zijn zoontje zou afvuren.

Op 14 juli kreeg een geestelijke, vader Storozjev, toestemming om in het Huis met Speciale Bestemming een dienst te houden; het viel hem op dat in tegenstelling tot eerdere keren bij iedereen nu alle hoop, anders dan die in de redding van God, was verdwenen. In zijn aanwezigheid zongen ze geestelijke liederen. De Romanovs verzorgden hun eigen requiem, waarbij ze gezamenlijk op hun knieën neervielen – Nicolaas, Alexandra, hun dochters Olga, Tatjana, Maria, Anastasia en hun enige zoontje Aleksej, die ondanks de luisterrijke decors in wezen een simpel leven hadden geleid, slapend op harde veldbedden, met koude baden, en die met de boosheid van dit bestaan amper kennis hadden gemaakt.

Toen Joerovski in de ochtend van 16 juli 1918 extra mausergeweren en revolvers vroeg omdat hij het gezin die avond zou gaan afmaken, kwam bij sommige bewakers de gedachte op om de tsarendochters eerst te verkrachten. Een buitenkansje waarover met rode koppen en weggeslikt speeksel werd gefluisterd, maar dat ze door de omstandigheden toch moesten laten liggen. Tegen de avond werd het gezin meegedeeld dat ze later ergens anders naartoe zouden worden overgebracht. Zich uitkleden en gaan slapen werd hen verboden. Ver na middernacht werden ze gemaand mee te gaan naar de kelder, die afgesloten was aan de straatkant, met slechts een klein verduisterd raampje aan de tuinzijde. Nicolaas II droeg zijn dertienjarige zoon in zijn armen, gevolgd door zijn dochters. Omdat alles gepaard ging met enige vertraging werden er voor de tsarevitsj en zijn ouders stoelen gebracht. Hun dienstbode Anna Demidova nam ook nog zachte kussens mee. Toen Joerovski en zijn moordenaarsbende van tien militieleden eenmaal binnenkwamen, las hij ratelend snel het door de Sovjet van Jekaterinenburg uitgevaardigde doodvonnis voor. De verbaasde Nicolaas II had zijn eerste protest nog niet geuit of Joerovski schoot zijn revolver op hem en zijn zoon leeg, waarbij de laatste een abnormale levenswil aan de dag legde en pas na meerdere kogels werd geveld. De keizerin, haar dochters, maar ook hun trouwe arts dr. Botkin, de bediende van Nicolaas met de naam Trupp en de tot op het laatst toegewijde Demidova die waren meegekomen moeten zich in de paar tellen voordat zij aan de beurt waren van angst op de grond hebben gestort. De schoten die er op hen werden afgevuurd lieten vooral laag in de keldermuur hun gaten achter, waarbij veel kogels afketsten op de in de kleren van de tsarendochters genaaide juwelen, zodat ze met bajonetten moesten worden afgemaakt.

Ook de spaniël van de kinderen werd in de kelder vol kruitdampen, geknal, geschreeuw en bloed omgebracht.

Zijn naam was Jimmy.

Tachtig jaar later, toen op een zonovergoten julidag in Sint-Petersburg de botresten van het tsarengezin die zeven jaar eerder op een landweggetje nabij Jekaterinenburg waren gevonden plechtig werden begraven in de Peter- en Paulvesting, was de verwarring omtrent de Romanovs nog altijd even groot. Inzet was de vraag of de beenderen die 's middags zouden worden bijgezet in de kathedraal waar ook Peter de Grote begraven lag wel de echte waren. Dat wat de afsluiting had moeten worden van een bloedig hoofdstuk uit de Sovjetgeschiedenis was uitgedraaid op een controverse die de natie hevig verdeelde.

Over het lot van de tsarenfamilie werd in die dagen in de kranten overvloedig geschreven, waarbij het ene verhaal het andere tegensprak. Volgens sommige geruchten waren de hoofden van de tsaar en de tsarina destijds kort na hun moord op zilveren schalen bezorgd in het kabinet van Lenin in het Smolny-instituut in Petrograd, zoals eerder de vijf miljoen roebel in een fluwelen tas – een van de vele verzonnen verhalen, mythes, valse legenden die al snel opduiken in een wereld waarin niets langer meer normaal is. In werkelijkheid waren de lijken van de Romanovs en hun bedienden na hun executie in vrachtwagens geladen en buiten de stad gedumpt in een mijnschacht, nadat deze eerst waren ontdaan van hun kleren om te worden verbrand. Daar de put niet voldoende onder water stond, zodat de dode naakte lichamen erbovenuit staken, kreeg Joerovski de volgende dag van lokale Sovjetleiders, die het resultaat van de misdaad kwamen controleren, een uitbrander. Met als oekaze de stoffelijke overschotten alsnog te begraven op een plek waar deze nooit zouden kunnen worden gevonden.

Die nacht trok Joerovski met zijn handlangers de lijken uit de schacht weer naar boven, trachtte die van de tsaar en de tsarina te verbranden, wat niet lukte, waarna hij uiteindelijk met wat er van de lichamen over was in een vrachtwagen op weg ging naar een nabijgelegen andere mijnschacht, maar in de modder op een landweg kwam vast te zitten. Op dit stuk grond, dat in de omgeving bekendstond als het Varkensweitje, werden door de moordenaarsbende (die later zelf zou worden vermoord) de lichamen in allerijl begraven, totdat een geoloog en een filmmaker daar in 1979 drie door zwavelzuur en kogels verminkte schedels uit de grond omhooghaalden. De mannen, aan wier expeditie een grondige bestudering van getuigenverklaringen in archieven vooraf was gegaan, brachten de schedels naar Moskou, waar ze een Russisch-orthodoxe priester verzochten hun vondst plechtig te begraven, omdat ze er zeker van waren dat dit de resten betrof van de laatste Romanovs. Maar nadat de priester panisch had gereageerd, de toorn vrezend van Leonid Brezjnev en zijn communistische junta in het Kremlin voor wie het tsaristische verleden nog altijd een taboe was, werden de schedels weer teruggebracht naar het Varkensweitje, wachtend op betere tijden.

Die braken aan in juli 1991 toen Boris Jeltsin als vers gekozen president van Rusland een speciale commissie had benoemd om de echtheid van de inmiddels negen opgegraven skeletten vast te stellen.

Nu Jeltsin het vaandel droeg van de kapitalistische democratie probeerde hij angstvallig te verdoezelen dat hij als regionale rode tsaar van de Oeral het Ipatjevhuis in 1977 had laten slopen, om te voorkomen dat het een bedevaartsoord werd voor monarchisten uit binnen- en buitenland.

Maar een bedevaartsoord was het allang geworden. Toen ik de moordplek in Jekaterinenburg een jaar voor de herbegrafenis had bezocht wemelde het op het modderige veldje waar de koopmanswoning ooit had gestaan, en waar nu een houten bidkappelletje was verrezen, van de mannen en vrouwen die iconen kusten, kruistekens sloegen en gebeden opzegden, tussendoor scheldend op de Joden.

'Waarom de Joden?' vroeg ik.

Maar wist ik dan niet dat de moord op de Romanovs een Joodse samenzwering was geweest? Hun beul Joekovski was een smous, evenals de volgevreten koopman Ipatjev, terwijl acht van de tien bolsjewieken die hier in die tijd in de stad de macht hadden Jidden waren, wat ook gold voor de bende in Petrograd die het telegram had verzonden met het bevel de tsaar te vermoorden. 'En wat zien we nu?' Een pope in een tabaksbruine pij, die een bataljon zingende vrouwen met hoofddoeken aanvoerde, keek me aan. 'Het Jodendom is nu in Moskou opnieuw aan de macht. Kijk naar de ministers, de bankiers, de oligarchen. Joden, Joden en nog eens Joden! Wanneer raken we van deze plaag eindelijk eens verlost?'

Voor de begrafenisplechtigheid was ik vanuit Moskou naar Petersburg gereisd met een collega en goede vriend, een groot schrijver inmiddels met wie ik in die dagen de Pippi Langkous-datsja deelde. Naast elkaar in de hangmatten penden we onze eerste boeken.

Terwijl de granieten kades van de stad zwart zagen van de mensen, op het vliegveld de laatste regeringsleiders, ambassadeurs, andere hoogwaardigheidsbekleders en de nakomelingen van de Romanovs die woonden in de diaspora arriveerden, stonden wij met een groepje journaille binnen de muren van de Peter- en Paulvesting, waar het belgerinkel, vlagvertoon en de met de gouden torenspits apenkooiende zon, waaronder behalve Peter de Grote op twee na ook alle andere tsaren begraven lagen, het geheel niet een sombere, maar eerder een ronduit feestelijke indruk gaven.

De beenderen van de tsarevitsj Aleksej en van zijn zuster Maria waren op dat moment nog niet gevonden. Uitvoerig DNA-onderzoek, waarbij koningshuizen van over geheel Europa waren betrokken, had uitgewezen dat de botresten in de kisten die vanuit Moskou naar de vroegere tsarenhoofdstad waren gevlogen voor 99,9 procent die waren van de vijf vermoorde Romanovs. Maar dit werd door de Russisch-orthodoxe kerk openlijk in twijfel getrokken, tot vreugde van veel gelovigen die bleven geloven dat het een rituele moord van de Joden was geweest en ook op deze met spandoeken langs de kant van de weg verkondigden dat de snavelneuzen in het Kremlin het volk opnieuw voorlogen.

De patriarch weigerde bij de plechtigheid te verschijnen, in zijn plaats stuurde hij een Petersburgse priester, terwijl hij partij koos bij een splitsing binnen de afstammelingen van de Romanovs over de erfopvolging. Hoewel het gros van de veertig bloedverwanten van de laatste tsaar die naar de stad waren gekomen de in Zwitserland woonachtige 77-jarige Nikolaj Romanov als de enige troonpretendent beschouwde, had de in Parijs residerende groothertogin Leonida Georgijevna haar in Madrid wonende kleinzoon Georgi naar voren geschoven, een claim die de moederkerk voorzichtig leek te steunen.

Om twaalf uur donderde kanongebulder door het gouden belgerinkel heen. Duizenden duiven vlogen op. Voor de ceremonie was door de autoriteiten minder dan een miljoen dollar uitgetrokken, een van de redenen van het demonstratief wegblijven van de groothertogin.

Mijn schrijversvriend en een collega van de tv moesten op een gegeven moment hoognodig naar de wc. Terwijl ze op zoek gingen naar een retirade, bleef ik passen op een camera op statief en andere apparatuur. Het zonovergoten plein met de kinderhoofdjes, waarop ooit gruwelijke executies hadden plaatsgevonden, lag rond mij.

Met een natuurlijke statigheid, in getailleerd grijs pak dat zijn elegante en adellijke verschijning subtiel accentueerde, kwam vanuit een neoclassicistisch gebouwtje met maisgeel pleisterwerk ineens Nikolaj Romanov op me aflopen. Zijn voorname gezicht kende ik slechts uit de krant. De troonopvolger knikte me minzaam toe en vroeg in hinnikend Oxford-Engels of ik soms de man was van het Britse tv-station voor een interview met hem.

'U bedoelt de BBC?'

'Mijn secretaris vertelde me dat die lui hier stonden.'

Ik haalde mijn schouders op, stelde me snel voor en vroeg hem wat hij vond van de tweespalt die er in de familie over de erfopvolging was uitgebroken. Uitgerekend op deze historische dag was het verhaal stilaan ontaard in een schandaal en over de gehele wereld gegaan.

'Tweespalt?' De Romanov-nazaat keek me met waaiertjes in zijn ooghoeken geamuseerd aan. 'Weet u wat? Groothertogin Leonida Georgijevna staat met haar aanspraak geheel alleen. Dus hoe kan er dan sprake zijn van een breuk? Haar kleinzoon is eerder een Hohenzollern dan een Romanov. Daarmee kan ik de vent complimenteren. Het geslacht van de Hohenzollerns is nóg ouder dan dat van de Romanovs. Mijn diepe verontschuldigingen, ik moet nu helaas verder op zoek...'

Toen ik even later mijn teruggekeerde vrienden vertelde dat ik zojuist de eerste in de lijn van de erfopvolging van de laatste tsaar had gesproken staarden vier ogen me vol jaloers ongeloof aan.

'Wij gaan even pissen en Waterdrinker spreekt een Romanov,' sprak mijn kunstbroeder vol ironie en ongeloof.

Niettemin begon hij meteen bij me te vissen, want daar waar ik slechts zevenhonderd woorden had, mocht hij er voor zijn krant de volgende dag ruim tweeduizend schrijven.

VEERTIENDE HOOFDSTUK

Het gebonk van de drilboren en de sloophamers boven mijn hoofd en onder mij houdt maar niet op. Met onze drie poezen, die in de sandwich van sonoor geweld nergens rust kunnen vinden, heb ik zwaar te doen. Gedrieën zijn ze naar de linnenkast in de slaapkamer gevlucht.

Sinds kort hebben we weer een derde poesje, of liever: een tweede kater, een schooier van een paar maanden oud met een onuitputtelijke energie en een zwarte vlek op zijn witte snoet die Kljaksitsj heet. De naam is verzonnen door Julia, afgeleid van het Russische woord voor 'inktvlek', maar omdat ik er met mijn tong steeds over struikel, noem ik hem maar Klakson. De jongeheer Klakson die de jongeheer Persik en de oude dame Moesja hier in de Tsjaikovskistraat gezelschap houdt.

De kalk die met het slopersgeweld ons huis binnendringt is zo fijn als bakkersmeel. Mijn vrouw en ik hebben de gehele nacht wakker gelegen van het kuchen, met kelen van karton. Voorts is ons interieur, de meubels, de boeken, het parket voortdurend bedekt met een transparante dunne witte laag. Stofzuigen en de boel afnemen met een natte doek helpt nauwelijks: je draait je even om en alles is terug. Ik begreep maar niet waar het vandaan kwam, totdat mijn oog zojuist viel op de antieke messing luchtroosters, vervlochten in het parket en in de muren. Er wolkte een fijne damp uit, alsof er achter werd gerookt. Het zijn de longen van dit huis die de eeuwenoude kalk ons appartement in blazen. Ik heb Julia gevraagd om, als ze zo direct van de avondschool waar ze Duitse les geeft terugkomt, onderweg bij de doe-het-zelfzaak in de Kirotsjnajastraat wat tape te kopen om de roosters af te sluiten.

'Wat voor tape precies?' appte ze terug.

'Van dat brede,' gaf ik als antwoord. 'Tape waarmee ze misdadigers in films altijd de mond afplakken.'

De ontruiming van de kommunalka boven en onder ons komt volledig onverwacht. Alle bewoners zijn met onbekende bestemming vertrokken. Niemand weet waarheen. Van de huismeester heb ik begrepen dat ik er beter ook maar verder niet naar kan vragen. De verhuizing vond plaats in de tweeënhalve dag dat Julia en ik bij vrienden waren in Pskov. Toen we gisteravond thuiskwamen lagen de afgesleten treden van onze paradetrap vol papier, houtsplinters en andere troep – een pantoffel, een vleeskleurige bustehouder, een halve kastdeur, boeken, schriften, kleerhangers, verscheurde gasrekeningen, een fles Baltika-bier met een gebroken hals en een donkergele plas die was gaan stinken, verfrommelde lege pakjes sigaretten, nylonkousen, een kaartspel dat over de zeven meter van de trap naar de buitendeur op de vlucht was – de remsporen van een overhaaste evacuatie, die vanmiddag door een jongen met een theekleurig gezicht in een overall werden opgeruimd.

Voor het klusje was hij even vrijgemaakt uit de slopersploeg, jongens en jongemannen uit Tadzjikistan, de moslimslaven in dit land die voor een grijpstuiver ook bij mij in Moskou de binnenplaats aanvegen, 's winters de sneeuw ruimen, op steigers staan en dikwijls met zijn twintigen in een smoezelig eenkamerflatje bijeenhokken, ver weg van de beschaving, aan de beschimmelde randen van de stad, daar waar het uitzicht slechts flats, fabriekspijpen en uitvalswegen betreft, teneinde zoveel mogelijk geld te sparen om op te sturen naar de familie thuis, die zucht onder een autocraat die zijn volgevreten achterste iedere dag baadt in een gouden badkuip met gouden kranen, de *gastarbeiteri*, de vertegenwoordigers van een fenomeen dat na de implosie van de USSR als een van de eerste in Rusland terug was, arme sodemieters die zonder mondkapjes de boel staan weg te hakken, de brokstukken met de hand naar de vrachtwagen brengen die op de stoep voor ons huis staat geparkeerd en veel minder verdienen dan Russen.

Het slopersgeweld begon vanmorgen om kwart over acht en is op dit moment nog steeds aan de gang. Het is kwart voor negen in de avond. Klagen heeft geen zin: de onzichtbare hand van de macht zit erachter. In de hal beneden hangt een papier met stempels waarop met een typemachine getikt staat dat er toestemming is verleend voor het haastige sloperswerk. Ook op zaterdag en zondag mag men doorwerken. Mijn Dagestaanse buurman geeft niet thuis. De diva van de bovenste verdieping is met haar familie op vakantie in de Kaukasus, maar van een Rus – ik denk dat hij werkt voor de aannemer – die vanmiddag in het trappenhuis met een potlood achter zijn oren de boel in zich stond op te nemen, vernam ik dat de kommunalka's zijn opgekocht door een hoge pief in het gemeentebestuur. Hij is bezig delen van panden, soms hele panden en zelfs complete straten op te kopen om er huurappartementen in te maken – voor een appel en een ei, want de markt ligt volledig op zijn gat.

'Hoelang gaat de sloop duren?' vroeg ik de man.

'Rekent u op een maand overlast.'

'En de verbouwing?'

'O, minstens een jaar. U zult eraan moeten wennen. Maar u krijgt er een mooi portaal voor terug. We willen het trappenhuis gaan renoveren, voor deze rotzooi krijg je geen huurders.'

Het is eind juni, de Witte Nachten zijn in volle gang. Nog twee maanden resten mij om mijn boek over de Russische Revolutie van 1917 af te maken. De afgelopen weken heb ik amper geschreven. Mijn hoofd stond er niet naar. Er zat een klem op, een bankschroef. Ik verkeer nu in de voortdurende vrees dat die bankschroef weer terugkomt.

Het groen in de parken met de parfumgeur van de seringen is overweldigend; de judaspenning van de maan hangt de gehele dag door aan de bleekblauwe hemel. Zou deze stad op een andere breedtegraad liggen, in een ander landschap, met een andere stand van de zon, zonder de ellenlange grijze maanden van regen, mist en grauwheid, niet op deze schrale moerasgrond staan, in de bodem waarvan de botten liggen van de ontelbare stakkers die hun leven bij de bouw ervan hebben gelaten, maar op een rots, te midden van fraaie glooiende heuvels, met de zwartinkten silhouetten van olijfbomen en cipressen, dan zou Sint-Petersburg met zijn grande armée van mintgroene, zachtroze, bosbesrode en geel gesausde pleisterwerkgevels Florence met gemak naar de kroon steken. Hoe iedereen vandaag de terrassen bevolkte! In de Rubinsteinstraat, aan de oever van de Neva, nabij het Mariinski-theater, maar ook in de donkere straatjes erachter, waar in ieder pand wel een gedenkplaat kan worden gemetseld vanwege de voorbije terreur, maar waar nu weer vitaliteit te bespeuren valt, kleine bedrijfjes, kantoortjes, expositieruimtes, cafés met jongeren, van hun cappuccino's nippend verdiept in hun laptops. De aanblik was ronduit geniaal. De soldaten uit de kazernes achter ons huis nemen na zessen bezit van alle bankjes in de Taurische Tuin, zonnebloempitten kauwend, de velletjes met tongen als mitrailleurs uitspuwend. Sommigen liggen in veldtenue languit in het gras, hun petten over hun gezicht tegen de zon, precies zoals Hippius beschreef in de hete zomer van 1918, de eerste zomer na de revolutie. Nog steeds ben ik er niet in geslaagd te achterhalen wie er nu in haar vroegere appartement woont. Ik heb geen zin om voor een tweede maal door een bewaker te worden weggestuurd, maar mijn wijnhandelaar uit de Foersjtatskaja vertelde dat hij mij misschien kan helpen. Hij is een knappe Rus van rond de vijftig, bedaagd in al zijn bewegingen, met sluik jongenshaar en een glimlach waarin een heel universum besloten ligt, die vroeger op Sovjetcruiseschepen heeft gewerkt en na de vijftienhonderd gestopt is met het afstrepen van zijn veroveringen. We maken altijd een praatje; eerder al had ik me eens laten ontvallen dat ik het appartement van Hippius graag zou willen bezoeken, met het oog op een boek.

O, de Petersburgse Witte Nachten! De duivel trekt de gehele nacht aan je laken en je valt niet in slaap. Om één uur 's nachts hangt er boven de stad een parelmoeren schemering, hooguit drie kwartier is het echt donker, terwijl de geluiden van overdag tot in de morgen doorgaan, die van optrekkende auto's, dronken gelal en muziek, het krolse gegil van meisjes en jongens, een scheepshoorn vanuit de verte op de Neva.

'Waar denk je aan?' vroeg Julia gisternacht, die ook maar lag te draaien en de slaap niet kon vatten.

'Niks,' gaapte ik.

'Aan die verbouwing soms?'

Ik gromde wat, de indruk gevend dat ik inderdaad aan de verbouwing dacht, aan de maanden van overlast die ons te wachten stonden, aan het feit dat ons pand vanaf nu niet meer hetzelfde zou zijn en ik de vroegere bewoners, aan wie ik was gewend, die ik her en der in mijn literaire werk had opgevoerd, vermoedelijk nooit meer zou zien.

In werkelijkheid beschermde ik mijn vrouw en lag ik de gehele tijd onrustig draaiend te prakkiseren over dat boek, over mijn gestorven vrienden en familieleden – 'Ik kom óm in de doodskisten!' had Flaubert eens geklaagd in een brief, toen hij niet veel ouder was dan ik nu – terwijl de maalstroom in mijn hoofd werd onderbroken door banale gedachten over de toekomst. Hoe moest ik mijn brood verdienen, zou de krant mijn aangekondigde dood daadwerkelijk effectueren? Gaan handelen in vegetarisch vlees? Alsnog zakenman worden? Strontschepper in een apenhok?

Julia heb ik gisterenmiddag weggebracht naar het Vitebsk-station. Ze is voor een week vertrokken om vrijwilligerswerk te doen in een weeskinderenkamp op het platteland, maar vooral ook om even weg te zijn van het gebonk in ons huis, van de stof en de zomerhitte in de stad. Toen ik onder de ijzeren overkapping terugliep naar de uitgang, te midden van het gewoel van handelaren, passagiers en een groep jonge matrozen die zo te horen op excursie waren geweest naar het paleis in Pavlovsk, werd ik op mijn mobiel gebeld. Het was Joeri, mijn wijnhandelaar. Hij meldde me dat de huidige bewoners van het appartement van Zinaida Hippius op dit moment thuis waren. Ze waren zojuist bij hem in de winkel geweest, hadden een doos wijn gekocht en toen hij van mij had verteld zeiden ze dat ik vanavond kon langskomen.

'Ik stuur je zo het nummer van Sergej. Zijn vrouw heet Tanja. Een snoepje, maar je weet: ik heb mijn tijd op die cruiseschepen al gehad.'

Nadat ik het bericht met het telefoonnummer op mijn iPhone had ontvangen, wreef ik dat met mijn vingertop aan en belde de man op.

'*Da…*' werd er nogal vermoeid opgenomen.

Ik stelde me voor, zei dat ik…

'Jaja, al goed, al goed… We zijn vanochtend geland uit Novosibirsk en wilden nu even gaan liggen. De vrienden van Joeri zijn onze vrienden. Voor mij bestelt hij altijd speciaal rode wijnen uit Montalcino. Ik ben gek op rode wijnen uit Montalcino. Wat drinkt u?'

'Alles,' zei ik.

'Prima, wat dacht je van een uur of acht?' ging de stem nu op vriendelijke toon verder. 'Druk op de 13, dan komt de bewaking.'

Het was iets na vieren. Die ochtend had ik een paar stukken naar de krant verzonden, van echt schrijven kwam die dag niets meer. Sowieso had ik nauwelijks nog lust tot werken aan dat pleurisboek over die revolutie en ik besloot de tijd te doden met een wandeling. Met de kalme gang van de man van middelbare leeftijd liep ik naar de Nevski Prospekt, langs het vroegere woonhuis van Dostojevski, met bij het kerkje een marktje waar verschrompelde vrouwtjes vanaf kistjes fruit, groenten, vetspek en vis stonden te verkopen, alsof de Sovjettijd nog altijd voortduurde.

De stad blaakte intussen van een welvaart die er officieel niet was maar die er toch was; de terrassen zaten wederom overvol. Bloedmooie meisjes in historische kleding verkochten in de parken papieren puntzakjes met gebrandsuikerde amandelen. In de kanalen ronkten met toeristen afgeladen rondvaartboten voort over de snelwegen van schuim, waarbij de luidsprekersstemmen van de gidsen galmend in een onverstaanbare kakofonie onder de lage bruggen ten onder gingen. Miljoenen mensen in de woonsteenpuisten rond de stad, maar ook achter de gevels in het centrum, konden amper rondkomen. Net als in Moskou werd het straatbeeld gedicteerd door de mensen met geld, procentueel weinig maar absoluut angstig veel. De smartphones en de modieuze kleren aan hun lichamen waren misschien het enige wat ze hadden, maar de jongeren bevolkten de zilveren roltrappen van de airco gekoelde luxueuze warenhuizen met het air alsof ze alles om hen heen bezaten, of in ieder geval op een dag zouden bezitten. Hun vanzelfsprekende hedonisme was de voortzetting van de materiële hang van hun merendeels in Sovjetgebrek opgegroeide ouders en grootouders. Het gros interesseerde zich niet voor politiek, net als hun generatiegenoten in het Westen, zolang de voortzetting van het heden en de dagdromen over toekomstige genietingen van bovenaf maar werden gegarandeerd. Als voorschot op de rijkdom waarop ze rekenden kochten ze in vestibules van de megabioscopen, die ook overdag stampvol zaten, megabekers popcorn en Coca-Cola van zeshonderd roebel per stuk, ruim tien euro, en gingen in afwachting van de eerste gong starend op hun beeldschermpjes gniffelend bij elkaar zitten, in de modieuze zitjes voor de ramen, onder de lichtposters van *Pirates of the Caribbean 5*, met uitzicht op een stuk straat waar ooit de lijken hoog opgestapeld hadden gelegen, in de eerste arctische dagen van de Februarirevolutie van 1917, later tijdens de uithongerblokkade van de nazi's. Maar kon je deze kinderen iets kwalijk nemen? Was treuren om de geschiedenis niet iets voor ouderen, de buitenste schil van het bataljon, klaar om als eerste te worden afgeroomd?

Daar ik plots last had van zere voeten, moe was, dorstig en werd besprongen door een onbeheersbare vreettrek bovendien, kocht ik ten slotte ook maar een bioscoopkaartje, een halve liter Coca-Cola en een megabeker warme zoete popcorn, en zeeg neer in een heerlijk zachte stoel, met welvende leuningen en verende voetsteunen, klaar voor een zweefvlucht door de wereld van de illusie. Ik vermaakte me heerlijk met de avonturen van Johnny Depp, dutte niettemin af en toe even weg, en toen ik bijna twee uur later weer de gonzende straat op liep, trof de felle avondzon me als een vuistslag. Ik zette mijn zonnebril op en hernam mijn zwerftocht door de stad, weg van de Nevski en de klamme drukte, door de hoge straten naar mijn buurtje, daar waar ooit de revolutie was begonnen, waarover fabriekslopdsen vol geleerde werken waren verschenen, maar waarvan de dagboekaantekeningen van de tragische Zinaida Hippius mij het meest na stonden. Toen ik even later het stadsziekenhuis passeerde, een kazerneachtig gebouw dat nu bijna geheel schuilging in een zee flesgroene lommer, waar reeds in de tijd van de tsaren mensen werden verpleegd en de artsen mijn schoonmoeder door criminele nalatigheid hadden vermoord, moest ik om de een of andere reden denken aan een passage van Hippius, over de eerste maanden na de revolutie. 'Weet je wat Chinees vlees is?' had ze neergeschreven. 'Dat zal ik eens haarfijn uit de doeken doen: de lijken van de geëxecuteerden geeft de Tsjeka, zoals bekend, als voer aan de beesten in de dierentuin. Zowel hier als in Moskou. De executies worden uitgevoerd door Chinezen. Ze geven niet alle lijken uit handen: de lijken van de wat jongere mensen houden ze achter en die verkopen ze als kalfsvlees. Hier en ook in Moskou.'

Ik liep langzaam, de indrukken uit het fantastische Hollywood ebden langzaam weg, al even langzaam ging de tijd, als lome honing. Door een onbestemd gevoel gedreven sloeg ik in de oelitsa Vosstannija links af, de straat der Opstand die uiteindelijk voert naar de Tsjaikovskistraat, en stond even later stil voor een onbestemd Petersburgs pand met een donkere tunnel vol graffiti achter een smeedijzeren hekwerk die uitkwam op een stinkende binnenplaats, waarop de woonkazerne stond waarin de huidige satraap in netjes gedragen armoede was opgegroeid. Een ding had ik me in mijn schrijversleven al snel voorgenomen: nooit, neen nooit zou ik mijn romans besmeuren met actuele politiek. Maar het was een feit, even bloot als historisch, dat een eeuw na de revolutie van 1917 een zoon uit de schoot der proletariërs de Zonnekoning-achtige macht van de laatste tsaar uit het Huis der Romanovs had overgenomen. Wat er na hem zou komen wist niemand. Het kon fout gaan. Het kon goed gaan. Het kon ook doorgaan zoals het nu was. Tweemaal had ik de satraap in zijn paleis de hand geschud; het voelde week aan, niet krachtig, niet prettig, maar ook niet onprettig. Het gros van mijn Russische vrienden liet zich intussen weinig aan hem gelegen liggen. Zijn terreur was die van de filister die zich wentelt in macht en geld, in aanzien, met een fysieke preoccupatie die niets anders was dan angst voor de dood, niet die van de geboren psychopaat die uit is op vernietigen en doden.

Niet ver van zijn vroegere woonhuis, in een nogal sjofele kelderruimte met vettige ramen die uitkwamen op het trottoir en in het voorbijgaan een goede inkijk gaven, waren jongens in witte tricots en blauwe korte sportbroeken bezig gewichten te heffen, op boksballen te slaan, of lagen knoeiend met elkaar, in kronkelingen van zweetglanzende spierbundels, op een judomat. Het was een sportschool van het laagste allooi. Met armzalige, roestige, overduidelijk door andere instellingen afgedankte toestellen, als in een arme wijk van New York, Harlem of The Bronx. Jongens met oer-Slavische gezichten, maar ook van Kaukasische en Midden-Aziatische herkomst werkten hier aan hun lichaam en aan hun toekomst, die op het oog slechts de post van straatvechter, uitsmijter of afperser beloofde – dezelfde straatvechter die ooit hun president was geweest, maar die het uiteindelijk had gered tot de universiteit. De onfortuinlijke afkomst, een jeugd van gebrekkige voeding, van voortdurende zorgen en van je afbijten, stond de jongens op het gezicht geschreven. Ik bleef even staan kijken, en voelde sympathie voor deze jonge kerels, voor hun jeugd, hun kracht, hun doorzettingsvermogen. Ik koesterde een even grote sympathie voor hen als voor de tieners die ik een week ervoor, met sjerpen om hun lichaam, in jurken en jasjes die veel te ruim om hun stakerige armen vielen, met een bevrijdend gejuich de straat op had zien stormen, de geslaagden van het gymnasium dat ook Julia had bezocht, en waar ze destijds het onderwijs in het Duits had gevolgd. Ze maakten zich op voor een heerlijk lange zomervakantie, gevolgd door heerlijke jaren aan een hogeschool of universiteit, midden in het Rijk van het Kwaad.

Snel liep ik door naar de Kirotsjnajastraat, passeerde het pand op nummer 12 waar ooit Raspoetin had gewoond. Voor de ingang van zijn portiek stonden twee knappe meisjes. Door de bleekblauwe tatoeages leken hun blote ledematen wel van Keuls aardewerk. Ze omarmden elkaar, brachten tongen naar buiten, zoenden elkaar innig.

Thuis haalde ik een Russische gebonden editie van de dagboeken van Hippius uit de kast, die ik mijn gastheer zo direct wilde schenken. Terug op de lauwwarme straat werd alles beschenen door een purperen stoffig licht. Er woei een verkoelend zuchtje wind vanaf de Neva. De broodfabriek draaide zomerdiensten en gaf reeds zijn zoete, kostbare geur af. In de Foerstjatskaja, die parallel loopt aan de Tsjaikovskistraat en met zijn met linden afgezoomde flaneerallee in het midden behoort tot de allermooiste straten van de stad, zeeg ik neer op een van de smaakvolle bankjes. Links van mij hing de Amerikaanse vlag bijna bewegingloos naar beneden aan de gevel van het pand waar nu het consulaat is, maar waar tijdens de revolutie de ambassade was gevestigd. Ambassadeur David Francis had destijds vanuit de Verenigde Staten zijn trouwe zwarte bediende, annex chauffeur, annex lijfknecht Philip Jordan meegenomen, een in Missouri geboren, te midden van straatbendes groot geworden Afro-Amerikaan die zich op het Amerikaanse gezantschap, geheel toegewijd aan zijn meerderen en aan zijn werk, in zijn brieven naar huis zou ontwikkelen tot een van de scherpste en meest ontroerende chroniqueurs van de eerste revolutiedagen in Petrograd. 'In Rusland wemelen de straten van de doorgesneden kelen en de straatrovers,' schreef hij op een dag naar huis, nog geen honderd meter van waar ik nu zat. 'Je hoort de machinegeweren en kanonnen dag en nacht bulderen, duizenden mensen worden vermoord. In een huis niet erg ver van de ambassade hebben ze een klein meisje vermoord, er staken twaalf bajonetten in haar lichaam. We zitten als ratten in de val.' Niet erg ver van de ambassade – had de kindermoord misschien plaatsgevonden in onze straat? Wat weet een mens godverdomme eigenlijk van het verleden?

Ik had nog een halfuur te doden en begon te bladeren in het dagboekdeeltje, las hier en daar een passage. Wat had Hippius, deze vrouw die gedurende haar poëtische religieuze zoektocht een bijna maagdelijk leven had geleid, maar volgens sommigen altijd geheimzinnige banden zou hebben onderhouden met de sekte der chlysten (de flagellisten), waartoe ook Raspoetin had behoord en wier riten vergezeld gingen van seksuele orgieën, de wereld doorgehad! De hypocrisie, de domheid, de onwetendheid, vooral ook die in het Westen, had ze al vroeg genadeloos blootgelegd. Een hele generatie latere fellow travelers, die nog in de tijd dat ik studeerde de lof zongen op de communistische heilstaat, trof ze alvast met haar hoon. 'Europa stuurt, in zijn bijna complete waanzin, "commissies" hiernaartoe en ook wel mensen afzonderlijk, om zich op de hoogte te laten stellen,' schreef ze kort nadat Lenin de macht had overgenomen. 'Maar die lopen regelrecht in de armen van de bolsjewieken. Ze trekken mooie decors op, installeren hen in het Astoria en laten hen zonder het te verheimelijken dag en nacht bewaken, zodat ze onmogelijk contact met de buitenwereld kunnen krijgen. Als er in Europa in de twintigste eeuw een land kan bestaan waarin zo'n fenomenale, nog nooit eerder in de geschiedenis vertoonde *slavernij* heerst en Europa begrijpt dat niet of accepteert dat, dan moet Europa wel ten onder gaan. Dat is dan ook zijn verdiende loon!'

Na de vlucht uit Petrograd met haar man, de schrijver en cultuurfilosoof Dmitri Merezjkovski, bleef ze vanuit Parijs de wereld hardnekkig waarschuwen voor de bolsjewieken. Als Hippius in 1936, na alle in Rusland doorstane verschrikkingen, ziet dat zich opnieuw een wereldoorlog aftekent schrijft ze aan een vriend: 'Ik denk dat zelfs de duivel niet weet wat er in Frankrijk gaat gebeuren en wanneer. U moet goed begrijpen dat wij geen voorraadje goud in Engeland hebben. Boenin heeft dat wel en kan dan ook overal terecht, maar wij nergens. Om de een of andere reden kan ik niet in een oorlog geloven, hoewel je van die kaffer van een Hitler alles kunt verwachten.' Maar drie jaar later: 'De twee duivelsbroers: de bolsjewiek, de oudste, en de nazi, de jongste, hebben de wereld op zijn kop gezet en we verbazen ons nergens meer over. Geen mens twijfelt eraan dat Hitler, die bezetene, overwonnen zal worden; die overwinning ligt al te zeer voor de hand. Maar als dan de belangrijkste satan, het bolsjewisme, ongestoord blijft zegevieren, kan Europa wel hoop koesteren op een stabiele vrede?'

Ze voorzag vlak na de inval in Polen de latere bezetting van Oost-Europa, de Koude Oorlog, totdat met het vallen van de Berlijnse Muur en de ineenstorting van het Sovjetrijk de vrede kwam.

De geschiedenis was volgens sommigen voltooid.

Maar de geschiedenis herhaalt zich niet.

Die rijmt.

En slechts de toekomst is voltooid.

'Voor wie belt u?' klonk het vanuit een luidspreker naast de deur, nadat ik op een metalen paneeltje op de 13 had gedrukt.

Ik meldde voor wie ik kwam. Een paar tellen later werd de deur opengedaan door de bewaker met de abnormaal bolle oogleden, die me een paar weken eerder had weggestuurd en gedreigd met de politie. Hij was kennelijk ingelicht, gedroeg zich onderdanig; nog net niet sprong hij voor mij in de houding.

'Past u op, *mister!* De derde trede is nogal glad. Normaal ligt er een loper op. Maar die is voor drie dagen naar de stomerij!'

Langs het hok in de hal waarin de bewaker zijn dagen sleet, achter een bureau met een batterij beeldschermen die in zwart-wit vanuit alle hoeken de straat en de omgeving weergaven, beklom ik een imposante trap naar de tweede verdieping. Op de overloop wilde ik opnieuw aanbellen, maar een fraai gecapitonneerde deur ging al open.

'Mijn vrouw is nog even in de badkamer, die verduvelde vlucht vanuit Novosibirsk heeft ons helemaal uitgeput, we hadden vier uur vertraging!' De man die voor mij stond was van mijn leeftijd; hij sprak op een toon alsof we elkaar al jaren kenden, droeg een moderne bril en had woest askleurig haar. 'Komt u binnen, nee, houd uw schoenen maar aan. Wij zijn vaak genoeg in Europa geweest om te weten hoe het hoort!'

Ik betrad een appartement van bizarre afmetingen; gangen met hoge gestucte muren waaierden labyrintisch aan alle kanten uit. De vestibule daarentegen was nogal krap en liep vrijwel over in een moderne keuken, die volledig detoneerde met het beschilderde plafond, de glimpen van Griekse friezen, een gevlamd marmeren schouw en antieke meubels vanuit een ander vertrek. De ramen keken deels uit op de toegangspoort van de Taurische Tuin. Nadat ik mij aan hem had voorgesteld, en mijn gastheer mijn boek even bekeek, alsof dat zojuist als een maansteen uit de hemel in zijn handen was gevallen, bracht hij het gesprek op onze gemeenschappelijke wijnleverancier in de Foerstjatskaja. Hij stond erop dat ik hem Sergej noemde en tutoyeerde.

'Wijn is een zwakte van mij... Ja, laten we hier maar even gaan zitten, totdat Tatjana er is...' De Rus zeeg neer aan de keukentafel, voorzag mij van een glas witte wijn en schonk zichzelf vanuit de fles met een klokkende plens bij. ‘Vroeger dronk ik louter wodka, wat had je in Siberië anders? Eind jaren tachtig deed je voor een goede fles Kristal-wodka een moord. Een makker van mij in de autohandel kreeg zeven jaar kamp, nadat hij op een avond zijn oude drinkmaatje uit het leger met een zakmes om het leven had gebracht. Het waren vrienden, maar ze waren straalbezopen en ze waren met elkaar begonnen te bekvechten om één fles Kristal! Hij kreeg zeven jaar verzwaard regime, maar na drie jaar was hij al gecrepeerd aan een blindedarmontsteking. Er waren wel dokters in die barakken, maar die waren op het moment met zijn allen op jacht in de bossen in de omgeving en zelf straaldronken! Buitenlanders kunnen zich dit niet voorstellen...’ Hij grijnsde even, de grijns van iemand die al een tijdje bezig is een fles in zijn eentje soldaat te maken en verheugd is dat hij eindelijk aanspraak heeft. ‘Hoe vind je hem? Deze komt van Sicilië, van een voortreffelijke druif... Ik begin altijd met wit, daarna komt rood, meestal Italiaans. Joeri kent mijn smaak. En die wijnen uit Montalcino laat hij speciaal voor mij overkomen. Maar goed, na de wodka kwam het bier. De ene bierfabriek na de andere ging open, het ene biermerk na het andere verscheen op de markt. Rusland was ineens een bierparadijs geworden! Ik heb het nu over de jaren negentig, terwijl er voorheen alleen maar een soort lauwe uilenpis was die uit tankwagens aan de kant van de weg werd verkocht. Je moest zelf een lege jampot meenemen – aan glazen, aan alles was toen een gebrek. Kun je je dat voorstellen? Aan praktisch alles. Sommigen lieten een paar litertjes tanken in een plastic boodschappentas. Ach, maar hoe kan je dat allemaal aan een buitenlander uitleggen? Maar goed, we waren patriotten en dronken dus het merk Siberische Kroon! Siberische Kroon! Ik handelde in auto’s, ik kocht auto’s op voor prijs A en verkocht ze door voor prijs B, het geld stroomde binnen, maar heimelijk waren we allen in de ban van Siberische Kroon! Heerlijk schuimend, goed stevig bier. In de banja hebben mijn maten en ik er een oceaan van weggedronken, met leverworst erbij uit Tomsk en warme garnalen. Maar wat denk je? Stilaan kreeg ik een buik als een regenton. Ik had al kinderen, ik was getrouwd. Toen kwam die sushi-rage op. Mijn vrouw en ik waren allang vanuit Novosibirsk hiernaartoe verhuisd, en we besloten wat gezonder te gaan leven. Dat is ook de invloed van de jeugd: inmiddels heb ik een dochter van twintig in Moskou die aan yoga doet. Nu wil ze dat Tanja en ik ook samen op yoga gaan. Voor de geest en de gezondheid, het schijnt ook goed te zijn voor de seks. We drinken nu bijna alleen nog maar wijn. Heel af en toe een glas whisky, als slaapmuts! Maar vertel eens... Hippius... Natuurlijk weten we wie zij was... Een dichteres, en schrijfster... Mijn vrouw en ik zijn handelaren, mensen van het geld, maar we zijn geen cultuurbarbaren. In Parijs hebben we zelfs een keer haar graf bezocht. Huizen waar beroemdheden hebben gewoond zijn meer waard. Voor handel, wélke handel dan ook, moet je altijd zoveel mogelijk weten! Maar Tanja en ik houden eerlijk gezegd niet zo van lezen, we houden meer van films... Die leven, bewegen... Boeken zijn dood... Waarom zou een mens nog van die dooie boeken lezen?'

Kalm dronk ik mijn wijn en liet ik mijn gastheer doorstomen, zodat ik de gelegenheid had heimelijk een beetje om me heen te blikken. Afgezien van de keuken leek alles nog redelijk intact. Het interieur van een voornaam prerevolutionair appartement, ooit bewoond door de Petersburgse hogere bourgeoisie. Door de bomen van de Taurische Tuin heen, links van de plek waar Julia en ik op een winternacht onze middelste poes Ljolja hadden begraven, schemerde de kopergroene koepel van het gelijknamige paleis. Toen ik buiten de poort naar de binnenplaats toe passeerde, was in mijn gedachten voorbijgeflitst hoe Zinaida Hippius in juni 1919, op eenzelfde Witte Nacht als nu, uitgerekend op die plek door de bolsjewieken op wacht was gezet. 'Alle bewoners van het huis, geen mens uitgezonderd, hebben telkens drie uur lang dienst. Waar dat voor nodig is om in een uitgestorven en altijd lichte straat te zitten, dat weet niemand. De zon schijnt stralend. Op een stenen trapje zit een dame in rouwkledij. Ze zit erbij of ze geen kracht meer heeft, of ze alle moed heeft laten zakken. Plotseling steekt ze stilletjes en gekweld haar hand uit. Ze vraagt niet om brood – welnee! Wie kan er in deze tijd nog brood geven? Gedroogde voorn vraagt ze.'

'Ze kunnen klagen over het Kremlin wat ze willen,' ging Sergej verder, 'maar in de autohandel valt nog altijd goud te verdienen.' De occasions vond hij in het duurdere segment hier in de stad, soms vlak over de grens in Finland. De handel zette hij met de trein op transport naar zijn contacten in Siberië, terwijl zijn vrouw in de textiel zat, voornamelijk damesondergoed, dat ze betrok uit China. Zeker drie keer per jaar vloog ze tussen Petersburg en Sjanghai heen en weer. 'Maar wil je nog wat wijn, of stappen we langzaam over op de rode?'

'Ik vind deze witte zalig,' zei ik.

'Het is een speciale Siciliaanse druif,' sprak mijn gastheer, terwijl hij aamborstig half overeind kwam en ons als was het water bijschonk. 'Een gouden tip van Joeri... Verrek, hoe heet die druif nou toch?'

'Catarratto, mijn zonnetje...' klonk een heldere vrouwenstem, afkomstig van een brunette met opgespoten lippen van rond de veertig. In een nevel van badkamerfrisheid, gehuld in een kanariegele kimono waarin haar volslanke vormen goed uitkwamen, betrad ze de keuken. 'Is er nog wat wijn voor mij over? Ik moet nog helemaal wakker worden. Ik was in bad wéér in slaap gevallen. Ah, u bent dus die meneer die komt voor Hippius? Ik kan u wel vertellen dat het een vreselijk mens schijnt te zijn geweest, een loeder, hooghartig, elitair, zo'n trut die dacht dat ze boven alles en iedereen verheven stond. Vijftig jaar was ze met haar man getrouwd, maar geen kinderen, dan gaan bij mij altijd meteen alle bellen rinkelen... Tanja,' stelde ze zich toen voor, een hand naar me uitstekend, terwijl haar man een glas met een groen steeltje uit een kastje pakte en ook voor haar een witte wijn inschonk. 'Uw naam is de koosnaam van onze stad, toevallig... Blijft u hier lang in Sint-Petersburg?'

Toen ik vertelde dat ik al een bijna een kwarteeuw in Rusland was, samen met mijn vrouw in een appartement woonde hier even verderop in de Tsjaikovskistraat – we waren vrijwel buren – meende ik een onaangename verwarring op het knappe smoeltje van de Russin te ontwaren, waarna haar man mij vroeg wat ik al die tijd hier had gedaan.

'Communicatie,' antwoordde ik, wetend dat het noemen van mijn broodwinning bij velen in Rusland argwaan wekte.

'En nu schrijft u dus een boek over Hippius?' vroeg de vrouw van mijn gastheer toen, als was ze plotseling hevig geïnteresseerd.

Ik hield me op de vlakte, antwoordde dat ik met het vage idee rondliep een boek te schrijven over de Russische Revolutie van 1917, dat ik bij toeval was gestuit op de dagboeken van Hippius – ik knikte even naar het gebonden werk dat ik haar man cadeau had gedaan, eenzaam existerend naast een nattig sponsje op het aanrecht – en dat ik iedereen hier zeer dankbaar was, omdat het voor mij belangrijk was om haar vroegere huis met eigen ogen te zien, om iets van de sfeer op te snuiven.

'Dan moet u ook opschrijven dat Raspoetin hier vaak over de vloer is geweest...' De brunette hapte in haar wijn als in een overrijp sappig stuk fruit. 'Aahhh, hij is weer heerlijk, Sergej, wat is die Joeri toch een lieve schat! Hier moeten we meteen een paar dozen van nemen...'

'U meent het?' bracht ik het gesprek terug.

‘Mijn man wil niet dat ik erover spreek. Hij is bijgelovig. Een beer van een kerel, een miljoen auto’s verhandeld, gaat iedere winter jagen op wilde zwijnen in de Oeral, maar in het donker is hij zo bang als een kind. Zie je dat kruis om zijn nek? Dat heb ik hem een paar jaar geleden gegeven. Ingezegend door de patriarch. Zodat hij niet bang hoeft te zijn als ik voor mijn ondergoed in China ben en hij alleen thuiszit. Althans, dat hoop ik maar!’ Met ogen als sterretjes keek ze haar man liefdevol uitdagend aan, die met één slok zijn glas leegdronk en de vermoorde onschuld speelde. En ze ging verder: ‘Toen we dit huis kochten woonde er in de voorkamer een stokoude vrouw. Ze was ver over de negentig en was de dochter van de vroegere huismeester. Iedereen vertrok, maar zij is hier na 1917 gewoon blijven wonen. We hebben nog vijftigduizend dollar moeten geven om haar eruit te krijgen. Twee neven maakten aanspraak op de kamer en lagen tot op het laatst dwars. En die zei dat dus. Van Raspoetin. Dat hij hier vaak in het portaal was. Maar hij hoeft niet speciaal op bezoek te zijn geweest bij die Hippius hoor, er woonden in dit pand in die tijd veel voorname mensen, net als u nu…’

‘Zo, ik stap over op rood…’ Sergej kwam overeind, toverde uit de ijskast een fles rode wijn met een schroefdop tevoorschijn en zeeg terug op zijn stoel. ‘Rood drinken wij meestal ook gekoeld… Voor de frisheid… Tanja, káppen nu met die Raspoetin,’ richtte hij zich tot zijn vrouw, die zichzelf van het staartje wit dat er nog in de andere fles over was bediende. ‘Laten we het liever hebben over nu… Hier in ons portiek woont een directeur van Gazprom, alsook een oud-wereldkampioen judo, thans hoofd van de militaire politie in de stad, verder twee advocaten die onze staat tot op het allerhoogste niveau juridisch vertegenwoordigen. Ik noem geen namen, maar de bewaking vierentwintig uur beneden in de hal is natuurlijk niet voor niets… Dit is een van de voornaamste portieken in de stad… Maar nog even over die revolutie van u...' Mijn gastheer nam zijn bril af, wreef watervlug de glazen op met een punt van zijn overhemd, zette de bril weer op en keek mij met een spiedende blik aan, terwijl zijn stem een octaaf daalde. 'Wat voor communicatie bedrijf je precies? Ik zit dan wel in de autohandel, maar ik kom uit een familie van intellectuelen. Een mens hoeft geen boeken te lezen om intellectueel te zijn. Films kijken, je ogen in de wereld de kost geven, in combinatie met een gezond verstand – dat is voldoende! Neem me niet kwalijk, beste kerel, maar Tanja en ik komen vaak in Europa. We spelen zelfs met de gedachte een huis te kopen in Spanje, nabij Marbella. Maar iedere keer als we in Parijs zijn, in Londen of in Berlijn moeten we ons verantwoorden... Stel...' De Rus tastte nasaal de rode wijn af die hij voor mij en zichzelf had ingeschonken, gevolgd door een ferme goedkeurende slok, en ging verder: 'Stel dat in een familie van louter racisten een man wil trouwen met een negerin, volledig vrijwillig en uit liefde. Wie kan daar dan wat tegen hebben? Als het echte liefde betreft? Veel in dit land is verkeerd, maar onze leider wordt gesteund door de massa. We worden liever geregeerd door een dief die je brood geeft dan een dief die je arm houdt. En zorgt dat er niet opnieuw chaos uitbreekt. De liefde voor onze leider is misschien die van een blanke voor een negerin in een familie van racisten, maar het is echte liefde niettemin! En huwelijken gaan voorbij. De liefde kan zomaar over zijn, vergeet dat niet! U zit in de communicatie, ik hoop niet dat u een van die heimelijke propagandisten bent van de goede bedoelingen. De halve wereld staat vanwege de goede bedoelingen van het Westen nu in brand. Het gaat niet om de goede bedoelingen, maar of goede bedoelingen ook goed kunnen uitpakken. Ik vertrouw je *dorogoj*, mijn beste, maar vertel eens: waarom worden we daar in die Europese hoofdsteden voortdurend weggezet als collaborateurs? Waar bemoeit het Westen zich mee?'

'Zonnetje van me...' kwam zijn vrouw pruilend tussenbeide, zichtbaar verveeld. 'Misschien wil onze gast eindelijk de rest van ons appartement eens zien, daarvoor is hij toch gekomen?'

De brunette snoerde de ceintuur van haar kimono aan, trok haar man uit zijn stoel en het echtpaar ging mij ondernemend voor door hun huis.

De tegelkachel van okergeel geglazuurde tegeltjes met mosgroen geschilderde arabesken in de hoek van de salon was origineel. Als in een toonzaal van een negentiende-eeuwse meubelzaak stonden in de gigantische salon twee met blauwe zijde beklede sofa's, een chaise longue met tijgermotief en allerhande antieke bijzettafeltjes rommelig door elkaar heen, bezaaid met dvd-hoesjes, tijdschriften, moderne rookwaar, iPads, kartonnen dozen met daarin kleine witte doosjes met damesondergoed. Het eetvertrek was bescheiden, werd zichtbaar vrijwel nooit gebruikt, met in een hoek een peperdure hometrainer, voorzien van een display als van een kantoorcomputer. Het met engelenmotieven beschilderde gestucte plafond en de panelen van Karelisch berkenhout waren nog intact, maar tegen de wand waren krijtwitte Griekse zuilen neergezet die volledig detoneerden met de oorspronkelijke stijl. Ze hadden het geheel overduidelijk een nog chiquer voorkomen moeten geven, maar alles oogde alsof de boel van gips was en afkomstig van een bouwmarkt, wat vermoedelijk ook zo was. Dezelfde pilaren, maar dan nog grootser, waren in de slaapkamer opgetrokken rond een verhoging waarop een hemelbed stond, van honinggeel glimhout, met een rode voorhang, en van zulke afmetingen dat het een babyolifant kon herbergen.

'Wij zijn de enigen in heel Rusland met zo'n bed,' sprak Tatjana trots, terwijl ze in haar kimono de verhoging beklom, heupbewegingen makend als op een catwalk. 'We hebben het meublement uit Italië laten overkomen. Het is gemaakt door een stokoude schrijnwerker die ook palazzo's inricht voor de adel, in de buurt van Montalcino. Daar hebben we ook voor het eerst die wijn gedronken, nietwaar, Serjozj?'

Ik schatte de totale oppervlakte van het appartement op zo'n driehonderd vierkante meter. Mijn gastheer had zichtbaar genoeg van de excursie door zijn huis, maar hij troonde me mee naar de badkamer, waarvan de kleurige mozaïeken, gouden krullen en het donkere spikkelmarmer mij vagelijk bekend voorkwamen. 'Kent u de Arabische badkamer in het Joesoepov-paleis?' vroeg Sergej, terwijl hij met zijn voet iets wegschopte, een intiem prul dat daar niet hoorde te liggen. 'Dat is een paar jaar geleden volledig gerestaureerd. Raspoetin is er vermoord. Ik heb die vaklui opgespoord en hen deze badkamer laten maken. Zo, dit was het.'

Door de praalvertrekken, die Hippius en haar man destijds slechts gedeeltelijk hadden bewoond, en die even stampvol met boeken moeten hebben gestaan als dat die nu in het geheel ontbraken, keerden we terug naar de keuken, het hart van het huis waar de bewoners het allerliefst verkeerden. Met één telefoontje liet de gastvrouw wat warme vleeshapjes bezorgen van een restaurant verderop in de straat. Toen de bestelling werd gebracht waren we toe aan de derde fles. Het echtpaar dronk de rode wijn in een tempo alsof het witte slobberwijn was. Toen de gastvrouw mij vroeg hoeveel kinderen ik had, antwoordde ik zonder de geringste aarzeling twee, om maar meteen van het gedonder af te zijn, waarna we begonnen toosten uit te brengen op de nieuwe generatie, op onze ouders, op de wijsheid van hen die de wereld verder moesten helpen, en al snel ook op de satraap in het Kremlin, nadat Sergej het gesprek opnieuw op de politiek had gebracht. Volgens hem stond de wereld internationaal op een keerpunt. De Amerikanen waren eindelijk uit de kast gekomen, en moest je eens kijken wat voor menselijke vuilnis ze daarin al die jaren hadden verborgen! En gold hetzelfde niet voor Europa? Handenwrijvend kon hij alleen maar toekijken hoe boven Brussel de arrogante moraal elke dag meer, als een zwerm kleiduiven, werd afgeknald. Niet alleen de Russen, de Amerikanen, de Britten niet te vergeten, de hele duvelse bende op deze aardbol was krankjorum! Krankjorum en hypocriet! Waarna zijn vrouw het gesprek bracht op China. De week ervoor was ze er nog geweest, voor de aanschaf van de herfst- en de wintercollectie damesdessous. Maar zakendoen met die spleetogen bleef moeilijk – als ze je konden belazeren dan lieten ze het niet na. Langzamerhand werden we overspoeld door de Chinezen. De luchthavens op de wereld waren mierenhopen geworden van Chinezen. En ook hier in de stad wemelde het er inmiddels van. De gidsen in de Hermitage en in andere musea klaagden over hun onbeschofte gedrag, ze raakten alles aan, ze spuugden op de grond, nog even en de eerste Chinees ging met zijn selfiestick door een Rembrandt of Renoir heen! Na de vierde fles rode wijn – ditmaal een brunello, warm en breed als de zon, die met een kurkentrekker liefdevol was geopend – was de vrouw des huizes ineens verdwenen. Ze kwam even later terug, lispelend dat ze van ons wilde weten wat we vonden van de nieuwe collectie lingerie die ze in Shanghai had aangeschaft. En ze verdween opnieuw. De zware wijn had me te pakken. Verkerend in een nevel werd ik teruggekatapulteerd in de tijd. Ik was weer op het kantoor van mijn oude zakenpartner Pozorski achter de Loebjanka in Moskou, op de burelen van OLGA & OLGA SEKSUEEL DAMESONDERGOED, die Fopmans en ik destijds hadden voorzien van drie partijen dessous uit Taiwan; we hadden er zeker zeventig mille mee verdiend, al zou ik van dat geld nooit ook maar één cent zien.

'Deze heet De Sluipwesp...' De gastvrouw was weer opgedoken, ze trok haar kimono open en toonde haar zonnebankbruine volslanke figuur, gehuld in een vuurrode slip met zwarte ruches en dito bh. 'Nou?'

'Fris ondergoed, Tanja!' riep haar man. 'Heel fris!'

De show ging door, de modellen waren alle opvallend kuis;

ook in de wereld van de lingerie was er kennelijk iets aan de gang. Sergej klapte als een kind in zijn handen, gulzig slokken nemend van zijn robijnen wijn, zijn vrouw in kinderlijke aanbidding en smoorverliefd aankijkend. Ik maakte me van hen los, ging zogenaamd naar de wc, maar mijn blaas was wonderlijk licht en leeg, en nam de gelegenheid te baat voor een laatste gang door het appartement, door de praalvertrekken, met de schimmen van de antieke sofa's en meubels, badend slechts in maanlicht, als waren het de zalen van een museum.

Toen ik terug was en meldde dat het reeds bij enen was, dat ik de volgende morgen weer vroeg uit de veren moest, werd ik vergast op begrijpend gegrom, voelde ik een natte kus in mijn nek, een warme poot in mijn hand, de gecapitonneerde deur ging open en eenmaal weer op de marmeren trap in het portaal snelde een andere bewaker op me toe, een ventje met een muizentronie.

'Past op voor de treden, *gospodin*, ze zijn glad! Onze loper is voor een paar dagen naar de stomerij... Uitstekend zo, een goedenacht, heer!'

De maan hing vol en bleek boven de Taurische Tuin. Ik had nog geen drie stappen gezet of ik voelde de iPhone trillen in mijn broekzak. Een bericht van Julia uit het weeskinderzomerkamp. Ze was ingedeeld bij een groep tieners. Leuke meisjes en jongens. Ze hadden zojuist een dropping in het bos achter de rug, daarna de vis gegeten die ze zelf eerder die dag in de rivier hadden gevangen en zaten nu nog zingend bijeen rond een kampvuur. Het was zaterdag, van de leiding mochten de kinderen zo laat opblijven als ze wilden. En hoe ging het daar met mij? Ik bleef staan om te antwoorden, meldde dat alles goed ging, maar dat ik met dat kloteboek volledig vastzat, dat ik te dom was voor het schrijven van een geschiedkundig werk, dat het nooit op tijd afkwam, dat ik het liefst dood wilde. Op dat moment ging rechts van mij de zilveren deur open van de spasalon, waar ik zo vaak kerels naar binnen had zien gaan. Er kwam nu een vent naar buiten, een kale Rus in gezelschap van twee meisjes die zijn kleindochters konden zijn. De man leek op mij. Van alle gruwelijkheden in dit leven is het onverwacht aantreffen van een dubbelganger, een persoon die fysiek vrijwel identiek is aan jezelf, het gruwelijkst. Je ziet jezelf zoals anderen je zien. Vervuld van walging stond ik als aan de grond genageld. De Rus, in een duur pak, blinkend van het polsgoud en met een buik die trilde als een halve mozzarella, stapte met de twee giechelende meisjes het trappetje op. Als op afspraak kwam een Jaguar om de hoek van de Foersjtatskaja. Hij hield stil, de kerel en de twee hoertjes stapten in en de wagen verdween langzaam in de richting van het Taurische Paleis, vanwaar schor hondengeblaf klonk.

Toen ik me weer bewust werd van mezelf, stond ik nog steeds met de iPhone in mijn handen. Het bericht aan mijn vrouw had ik nog niet verstuurd. Met kloppend hart wiste ik mijn dronken woorden, zodat het scherm weer leeg was. Toen tikte ik in: 'Lieve Julia, ik ga nu slapen. Alles gaat goed. Voor zo direct welterusten. Ik hou van je.'

En liep snel terug naar huis.

VIJFTIENDE HOOFDSTUK

Zodra Julia terug was uit het zomerkamp vertrok ik naar Moskou, waar ik de afgelopen drie weken heb doorgebracht voor mijn werk. Ik heb flinke voortgang gemaakt met mijn revolutieproject. Een dag in het leven van een mens heeft vierentwintig uur: acht uur om te werken, acht uur om te drinken, acht uur om te slapen, een pragmatisch ritme waarin ik tien boeken heb geschreven.

In Moskou was ik druk in de weer voor de krant, maakte twee korte trips met de trein naar de provincie voor een aantal reportages, kookte, ging slapen, maar op een avond hield ik het niet langer uit, had ik genoeg van het gewauwel in de kranten en op de tv, van de persconferenties, en belde ik mijn Friese kroegmaat Gerbrand, met wie ik een uur later als vertrouwd in café-bistro Zjan Zjak zat.

De vanuit hun ooghoeken in de vonkende spiegelwanden om zich heen speurende meisjes waren terug, of liever: ze waren nooit weg geweest. Gerbrand was energieker dan ooit. Hij dronk grote pullen bier. De gehele tijd blikte hij me olijk aan, terwijl dat wat hij zei toch bepaald treurig was. Anderhalf jaar lang had hij getracht met zijn act met drie zwarte panters in een Russisch circus aan de bak te komen, maar het was niet gelukt. De Rus die hem met mooie verhalen over een gouden toekomst naar Moskou had gehaald, tienduizenden euro's had afgetroggeld voor het regelen van het luchttransport, de quarantaine en het verkrijgen van de benodigde certificaten, was gevlogen. Al zijn reserves waren er inmiddels doorheen gegaan. Even had hij overwogen met zijn beesten terug te keren naar Holland, maar het roofdierverbod in circussen zou spoedig gelden van Trondheim tot Gibraltar. Als dierentemmer was hij een vluchteling uit Europa.

Toen ik vroeg wat hij nu ging doen, lichtten zijn ogen op, als de diamantjes aan de halsbanden van zijn panters die hij vroeger steevast in het donker de piste had laten betreden. Op een feestje had hij kennisgemaakt met een veertigjarige blondine, half-Russisch, half-Oezbeeks, een voormalig balletdanseres die een jaar geleden was gescheiden van haar man, een steenrijke Rus. Met zijn witblonde Friese haardos, spieren als kabels en de foto's van zijn panter-act had hij haar verleid en dezelfde avond nog in bed gekregen. Binnen een week was ze compleet aan hem verslaafd geraakt. De yogaruimte van haar villa in de bossen van Barvicha had ze laten ombouwen tot een minipiste, met originele attributen. Daar moest hij haar poedelnaakt temmen met zijn zweep.

'Ze is compleet krankzinnig...'

Na een paar biertjes waren Gerbrand en ik naar een andere gelegenheid gewandeld vlak bij het Rode Plein, om daar de avond met cocktails en dames te laten overgaan in de nacht. 'Steeds wil ze met me pronken op een of andere party, vernissage of première. Er gaat bijna geen dag voorbij of er is wel een evenement. Dat van dat temmen in die yogaruimte gaat onder haar vriendinnen inmiddels als een lopend vuurtje. Maar goed, ze heeft me een creditcard zonder limiet gegeven. Ik heb volledige carte blanche! Ze heeft tachtig miljoen dollar. Het kind heeft geen idee van geld. Dagelijks neem ik bij de bank 5000 dollar op. Niet meer, niet minder. Ze merkt het niet eens. Als ik dit een jaar, het liefst twee jaar volhoud ben ik binnen.'

Hier in de Tsjaikovskistraat gaat het gebonk, het boren en het geklop onverminderd voort. Ook het stof is terug. Het bakkersmeel lijkt nu wel dwars door het plafond en de vloer heen te kruipen. Door vreemde mutaties wordt alles ook steeds fijner. Julia loopt de hele dag door het huis met een natte doek, vreest voor de poezen. Vanochtend trof ik haar zelfs aan met een maskertje op, zo'n wit mondkapje waarmee de Chinezen hun invasie over de wereld zijn begonnen, terwijl ze bezig was met het passen van een soortgelijk prul op de snoet van Moesja. Het is complete waanzin, maar ik zit er middenin. Hoeveel kan een mens slopen?

Het hele decor boven en onder mij in dit historische pand is inmiddels naar de duivel. Een jonge arbeider die ik op de gang tegenkwam zei me dat de nieuwe geluiden reeds die zijn van de verbouwing. Alle waterleidingen, elektrieke en andere kabels moeten worden vernieuwd, een proces dat alleen al zeker elf weken gaat duren.

Kort nadat Julia tegen vijven naar school was gegaan, naar de avondschool in de Sadovaja waar ze lesgeeft en per uur nog niet het equivalent verdient van een cappuccino op de Nevski Prospekt maar waarmee ze gelukkig is en wat ik aanmoedig, belde haar broer aan.

'Zwager van me, ben je thuis?' riep hij door de intercom.

'Ja, zwager, thuis,' antwoordde ik monter in de telefoonhoorn, en deed met het knopje de buitendeur beneden op straat open.

Snel controleerde ik of er bier koud stond in de ijskast. Julia had alles eruit gehaald voor de weckpotten met tot confituur ingemaakte pruimen, bosbessen en aardbeien voor de winter. Ik legde drie flesjes Baltika in de vrieslade, maar toen Aleksej eenmaal ouder gewoonte tegenover me aan tafel zat, met hangende schouders en doffe ogen, meldde hij me dat hij geen bier wilde, noch thee of koffie – niets.

'Er is een ramp gebeurd,' bracht hij toen hakkelend van

emotie naar voren. 'Ik zeg het maar meteen, een regelrechte ramp.'

De avond ervoor had mijn zwager zitten drinken met zijn vriend en partner, op de Nautilus. De zaken gingen goed, het aantal cursisten voor de zeilschool steeg, soms verhuurden ze de boot inclusief kapitein (meestal hijzelf) aan stelletjes die romantisch een paar uurtjes wilden varen op de Finse Golf. Met het aflossen van de schulden aan de bank en aan mij zouden ze in september kunnen beginnen. Eindelijk hadden ze nu eens een avondje vrij. Een warme augustusbries joeg over het water, aan de kade van het haventje klonk gezang en trekzakmuziek van een gezelschap dat vlees stond te roosteren in de openlucht, en om hun zakelijke succes tot nu toe te vieren, waren ze als miljonairs aan dek van hun eigen boot gaan drinken. Idioot die hij was geweest! Ze hadden niet eens veel gedronken, hooguit vijf glaasjes appellikeur, maar ondanks de weinige alcohol in hun aderen waren ze in een verwoede discussie verzeild geraakt over de toekomst van hun gezamenlijke onderneming, en uiteindelijk over de politiek, waarbij zijn partner mijn zwager op een gegeven moment had uitgemaakt voor verrader.

Anders dan mijn zwager, die destijds als controleur van groente en fruit de halve aardbol over was geweest, Engels sprak en het wereldnieuws dagelijks via internet volgde, was zijn partner slechts eenmaal in het buitenland geweest: met een gehuurd bestelbusje naar Helsinki om een nieuwe keuken te kopen voor zijn flat omdat daar, zelfs na betaling van de invoerrechten, alles de helft goedkoper was. Maar als telg van een vroegere Sovjetmilitair was hij een patriot. Het liefst ging hij in eigen land op vakantie, en hij was er trots op dat zijn zoon binnenkort zou gaan dienen in het leger. Als goede burger van je vaderland moest je bereid zijn te offeren; desnoods het eigen vlees en bloed. Nadat de NAVO-troepen volgens zijn partner eerst waren gaan stoken in Oekraïne, stonden ze in de Baltische landen nu vlak aan de grens van Rusland. Polen, Amerikanen, zelfs Canadezen, onder aanvoering van Berlijn!

Mijn zwager, hoewel kleinzoon van een zeekapitein in de Sovjetmarine, walgde van het systeem en van Ruslands militaire gebrul en had destijds alles gedaan om zijn zoon uit het leger te houden. Op een dag had hij bij me aangeklopt, omdat hij een vermogen moest betalen aan een keuringsarts voor het verkrijgen van een vals attest; om de gezondheid en het leven van je kind te redden deed je alles.

'Verrader,' had zijn partner mijn zwager toen ineens op de boot toegedicht.

'Hoe bedoel je?'

Er was een kort stilzwijgen gevolgd, waarna uit de mond van mijn zwagers partner, die zonder drank op de vriendelijkheid zelve was, nooit ruzie zocht, geen vlieg kwaad deed, het vreselijke woord opnieuw klonk.

'Iemand die zijn zoon uit het leger houdt is een verrader.'

In een poging de vrede te bewaren had mijn zwager de appellikeur bijgeschonken, verzoenend mompelend dat ze er als vrienden gelukkig verschillende meningen op na konden houden, en hij was verdergegaan met zijn betoog. Het land was in de greep van lieden die het leven eigenlijk niet kenden. Van de kliek in Moskou, tot de gouverneurs van Kaliningrad tot Kamtsjatka! Ja, ze hadden werkelijk geen idee! Dat was misschien wel de grootste misdaad. Ze woonden in villa's en paleizen, hadden privévliegtuigen, stuurden hun kinderen naar elitescholen in het Westen, waar ze tevens hun buitenhuizen en miljardenvermogens aanhielden, maar volgden tegelijkertijd de instructies van de satraap volgens welke ze datzelfde Westen moesten verafschuwen, zwartmaken, haten. Hoelang kon het land deze spagaat nog volhouden? In het Kremlin bezaten ze allen de modernste smartphones, maar de missives in hun mailbox waren rechtstreeks afkomstig uit de Sovjet-Unie en de middeleeuwen! Het land ging achteruit, niet vooruit.

En mijn zwager, die in zijn onverzettelijkheid leek op zijn vader, mijn schoonvader, die na een leven van hard werken zijn fatsoen had moeten bezuren met het pensioen van een veredelde zwerver in een eenkamerflat, vertelde zijn partner dat hij het betreurde dat hij nooit werkelijk in Europa was geweest, niet zozeer in de musea, in de fraaie centra van de steden, aan de kusten met zijn duinen en palmen, maar in de binnenlanden van landen als België, Duitsland, Denemarken en Frankrijk, met links en rechts de goedverzorgde en omgeploegde akkers, veestallen, fabrieken en privéondernemінkjes die zaken produceerden die iedereen wilde hebben – anders gingen ze failliet –, en vooral de dorpen, de stadjes en de steden met bakkers, slagers, floristen, timmerlui, dakdekkers, huisschilders, uitbaters van restaurants, kroegen en winkeliers die net als de boeren, behalve vakkennis, vooral ook *liefde* deelden voor hun werk, anders dan in Rusland waar bijna alle vakmanschap door de communisten was vernietigd en die een kwarteeuw na de val van de USSR nog steeds niet terug was, werd onderdrukt. De machthebbers keken feitelijk op mensen als zij, de ondernemende lagere middenklasse, neer. Hoelang hadden ze niet moeten bedelen voor de vergunningen voor hun zeilschool? Hoeveel tijd was er niet heengegaan met het verkrijgen van de juiste stempels? Hoeveel steekgeld hadden ze links en rechts betaald? Hoe kon zijn partner in godsnaam houden van mensen die hem in wezen diep minachtten? De satraap was destijds in het buitenland geweest als spion, iedereen wantrouwend, altijd op zijn hoede. Later als president had hij de meeste hoofdsteden aangedaan, maar wat wist hij van het *werkelijke* leven daar? Had hij ooit rondgereden over een Frans landweggetje, met links en rechts grazend vee, vruchtbare akkers, niet in een limousine met volgwagens vol lijfwachten, maar in een autootje als een willekeurige vrije Europese burger? Hij had geen idee wat voor genoegen het was te dwalen over een Frans marktje waar boeren uit de omgeving hun verse waren verkochten, waar dokters met hun gezinnen hun inkopen deden, dokters die mensen in de eerste plaats hielpen omdat ze dokter waren, niet vanwege het smeergeld, om rond te lopen in stadjes met politieagenten en ambtenaren die je vertrouwen kon, waar rechters werkelijk recht spraken en niet bevelen uitvoerden van hogerhand, waar een mens – kortom – kon leven als mens.

'De Russische tomaten zijn de beste op de aardbol,' had zijn partner opgemerkt, die hem niet had begrepen of niet had willen begrijpen. 'En als het daar zo goed gaat, waarom is dan half Europa in opstand? En wat praat je toch over die boeren? Onze graanoogsten breken alle records. We zijn opnieuw de graanschuur van de wereld!'

Uiteindelijk was mijn zwager afgetaaid; pas die ochtend had hij vernomen wat er daarna was gebeurd. Zijn partner was op de Nautilus achtergebleven. Hij had een tweede fles appellikeur opengemaakt. Na een tijdje hadden twee schimmen zich losgemaakt van het sjasjliekende en muziek makende gezelschap op de kade verderop; twee jonge vrouwen. Ze hadden zichzelf aan boord gewurmd van het jacht, waarop een breedgeschouderde man in het licht van een stormlamp eenzaam zat te pimpelen. Ze waren begonnen mee te drinken, hadden hem al snel overgehaald met hen een tochtje te maken over het water. Wat er precies is gebeurd, wist hij nog steeds niet. Zijn partner was met zijn dronken kop in ieder geval gaan varen, wonderwel weer heelhuids van de Finse Golf teruggekomen, maar bij terugkeer moet hij in zijn alcoholische nevel iets hebben geraakt, een meerpaal, een boei, misschien wel de kade. In ieder geval was het polyester van de boot aan bakboord zodanig beschadigd dat het schip bijna op zinken lag. De Nautilus lag compleet in de kreukels, moest zo snel mogelijk worden gerepareerd, er was voor duizenden en duizenden euro's schade.

'Wat een uilskuiken ben ik geweest!' Mijn zwager bracht

in vertwijfeling de beide handen naar het hoofd. 'Eerst door te gaan drinken, toen door ruzie te maken over die verduvelde politiek. Gewoonlijk is mijn partner een aardige jongen, ik zweer het, het is altijd die vervloekte drank... Wat moet ik nu doen?' Aleksej keek me aan, met de droevige natte blik van een door zijn moeder verlaten zeehondje. 'Kom, geef me nu toch maar een biertje... Hoe heb ik zo verdomde stom kunnen zijn? Ik ben geruïneerd, weet niet wat te doen, ik ben helemaal óp van de zenuwen...'

Toen ik met de twee ijsbeslagen flesjes bier terugkwam uit de keuken, trok mijn zwager mij er meteen een uit handen, mompelend dat hij geen glas nodig had en zette het pijpje aan zijn mond. Daarna begon hij te vertellen dat zijn zeilschool natuurlijk onder geen beding onder het incident mocht lijden. Hij had inmiddels een reputatie opgebouwd! Bovendien zat de portefeuille tot eind september vol met cursisten. Terwijl de Nautilus werd gerepareerd zou hij een boot moeten huren, hij had al wat rondgeneusd op internet, er was aanbod in overvloed, zijn partner had beloofd zijn auto te verkopen, dat was genoeg voor zeventig procent van de eerste kosten, maar dan bleef die verduvelde dertig procent nog over.

'Hoeveel?' Ik zette het koude flesje Baltika aan mijn lippen, waarbij een stekende pijn even door mijn voortanden joeg.

'In mijn geval zou het gaan om drie mille,' antwoordde mijn zwager. 'Zeg, wat is dat vreselijke gebonk aldoor hierboven toch?'

In de slaapkamer had Julia over alle meubels oude lakens gelegd; het bood een spookachtige aanblik, als in een huis waarvan de bewoners voor lange tijd waren vertrokken, maar 's avonds konden we in ieder geval in een stofvrij bed kruipen. Ik trok een laken weg over een commodekastje, bukte, opende het deurtje en haalde er een grijsmetalen geldkistje uit. Het kistje had altijd op het kantoor van mijn vader gestaan, tussen de dozen macaroni, reuzenblikken met ingemaakte tomaten, dozen wijn en andere voorraad, waar hij aan een tafeltje dat voorheen in het café stond de boekhouding deed, vaak nog in zijn koksbuis. Het was een van de weinige zaken die ik van hem had geërfd. Destijds had ik alles aan mijn broers gelaten, vanwege het nageslacht.

Ik had nog acht mille liggen – honderdzestig briefjes van vijftig euro. Het sleuteltje van het minikluisje had ik altijd bij me. Julia wist niet van het geld. Iedere man heeft zijn geheimen. Ik had er een deel van mijn verbouwingshypotheek mee willen aflossen, maar had ten slotte besloten het opzij te leggen voor wat de Russen 'de zwarte dag' noemen. Snel telde ik zestig briefjes van vijftig af. Ik zette het kistje terug, sloot de kastdeur en trok het laken er weer overheen, waarbij Klakson met zijn staart omhoog even bij me kwam buurten, totdat van boven weer het gejank aanzwol van een elektrische drilboor en hij snel naar Moesja en Persik in de linnenkast wegschoot. Terug in de huiskamer zat mijn zwager met een potlood en papier iets uit te rekenen, het puntje van de tong uit zijn mond. Hij keek naar me op en sprak kalm: 'Als ik verder geen tegenslag heb, dan kan ik volgend jaar zomer beginnen jou terug te betalen. Vrees niet, zwagertje, ik weet precies wat ik je schuldig ben. Op een dag krijg je alles terug. Dit verdoemde land is uiteindelijk veroordeeld tot succes, en daarmee jij en ik ook!' Zijn gegrinnik ging over in een schaterlach; en hoewel ik niet wist of hij serieus was of werkelijk een grap maakte, lachte ik natuurlijk met mijn zwager mee.

In Moskou, op weg naar een afspraak voor mijn werk, was ik te voet langs het Oktoberplein gekomen, waar ik lange tijd niet was geweest. De majestueuze Lenin op zijn zuil, waarop Julia en ik in de winter van 1990 vanuit onze dubbele hotelkamer hadden uitgekeken, stond er nog steeds. Met zijn rechterhand in zijn broekzak, wapperende jaspanden en bronzen revolutionairen aan zijn voeten, schouwde Lenin als een generaal over een slagveld uit over de stad. In die jaren was deze buurt het epicentrum van de pas ontstane markteconomie.

Inmiddels was het kapitalisme zo gewoon geworden als een Big Mac, maar het Oktoberplein met het begin van de Lenin Prospekt was nog steeds een van de drukste verkeersaders van de stad.

Nadat ze de miljoen D-mark voor hun tomografenproject hadden binnengehaald, had ik de twee Siberische wetenschappers uit Novosibirsk nooit meer ontmoet, althans niet fysiek. Chinstein verscheen al jaren regelmatig op tv, als nucleair expert en woordvoerder van een van de partijen die de satraap als een applausmachine in het zadel hield. Hij was ouder geworden, doch op de manier die geen aftakeling maar vastberaden conservering inhield. Zijn blauwzwarte helmhaar was witgrijs geworden, maar zijn scherpe vogelkop was nog altijd even scherp. Het type man dat heel oud wordt. Nadat het duo destijds de Duitse subsidieverstrekkers had opgelicht, was zijn collega-lid van de Academie van Wetenschappen, Trofimov, al spoedig gestorven. Na een duik in de zee bij Mallorca was hij in de golven verdwenen; zijn lichaam was nooit gevonden. Ik vernam het bij toeval toen Chinstein een interview gaf op een internetsite, waarbij hij een lofzang hield op het onderwijs in de Sovjet-Unie en het droeve lot van zijn vroegere goede vriend en collega-wetenschapper in Akademgorodok memoreerde.

Het hotel van de Academie van Wetenschappen waar Julia en ik ooit een champagnebad hadden genomen was in de loop der jaren verworden tot een armzalig doorgangshuis. Er waren massagesalons, mensensmokkelaars stalden er hun levende handelswaar uit het Oosten, op weg naar het Westen. Op de begane grond hadden zich bazaarachtige winkeltjes gevestigd, rond de liften in de toentertijd tamelijk chique lounge waarmee Pozorski was afgedaald, op weg naar zijn liquidatie.

Het Sovjetpand stond met duizenden andere Sovjetpanden in het centrum van de stad op de nominatie om binnenkort te worden gesloopt, net als de woning die ik had gehuurd. Het decor in Moskou waarin ik de beste jaren van mijn leven had doorgebracht ging snel teloor. Misschien was het tijd voorgoed op te krassen. Maar waarheen?

In mijn flatje aan de Grote Tatarenstraat werkte ik het stuk uit waarvoor ik die dag op pad was geweest en vond in mijn mailbox een bericht van mijn vriend Felix uit Cap d'Antibes. Tien dagen ervoor had ik hem de laatste versie gestuurd van mijn boek over de Russische Revolutie van 1917 dat nog altijd niet af was. De mailtjes van mijn uitgever uit Amsterdam waarin ze mij vroeg waar mijn manuscript toch bleef, waarin ze stelde dat de inlevertermijn weliswaar nog niet was overschreden maar dat ze langzamerhand weleens wilde weten wat voor soort roman het werd, hield ik af. De angst, de eeuwige faalangst speelde mij parten. Ik was blij dat alles binnenkort voorgoed voorbij was.

Ook een paar honderd bladzijden verder was het oordeel van mijn vriend weinig veranderd. Ik was een stomkop dat ik dat thema van de Neva in het toenmalige Petrograd, als scheidslijn tussen arm en rijk, tussen gebrek en welvaart, uitbuiting en overheersing, niet verder had uitgewerkt en gekoppeld aan de actualiteit. De Middellandse Zee was de nieuwe Neva. Niet over het ijs, maar ditmaal in boten over de baren kwamen de verworpenen der aarde hun recht halen. De uittocht uit vooral Afrika naar Europa ging maar door. Stakkers die slechts droomden van een menselijk bestaan verdronken dagelijks als ratten in de koude golven, en rechtse klootzakken wereldwijd vonden dat kennelijk allemaal maar goed, deden niets of moedigden het omvormen van de zee tot een drijvend fort zelfs aan, gesteund door het plebs dat uit hun holen tevoorschijn was gekomen: het oude continent was weer een dierentuin van politieke avonturiers en agitatoren geworden.

Intussen is het hier aan de Côte d'Azur bloedjeheet, kerel, had hij zijn mail besloten. *We hebben in het achterland alweer felle bosbranden achter de rug. Meestal blijf ik thuis, met een fles rosé en mijn vriendin aan de rand van het zwembad. Ik word stilaan gek van al die toeristen, dit jaar wemelt het op de boulevard in Nice van de Chinezen, maar goddank ga ik morgen voor een weekje naar Canada om te zomerskiën, daarna ben ik – om even te chillen en voor een congres over de e-commerce – een paar dagen in New York en half september ben ik weer terug. De laatste twee weken van september en de maand oktober zijn hier de mooiste periode van het jaar, als het meeste gepeupel zo'n beetje weg is. Als je tijd en zin hebt om eens lang te komen, met je eega, altijd welkom! Dat weet je toch, hè? Groet, Felix.*

O ja, mijn vriend daar in het zuiden van Frankrijk had gelijk: men behoefde slechts het woord 'SIRE', waarmee de arme sloebers zich in de winter van 1905 in hun petitie vruchteloos tot de tsaar hadden gericht, te veranderen in 'EUROPA', 'Petrograd' in 'Afrika' en 'wijken' voor 'landen', en het gedicht van de geschiedenis rijmde weer eens.

EUROPA,

Wij, inwoners van Afrika, afkomstig uit verschillende landen, richten ons, samen met onze vrouwen, onze kinderen en onze hulpeloze ouders, tot U, EUROPA, voor gerechtigheid en bescherming. We zijn arm, we worden onderdrukt, we moeten eindeloos zwoegen en we worden met minachting behandeld (...) Wij stikken in al dit despotisme en deze rechteloosheid. O EUROPA, we hebben geen kracht meer over, de grens van wat we kunnen verdragen is bereikt. We zijn op het verschrikkelijke moment aanbeland dat de dood ons beter toeschijnt dan dat ons ondraaglijke lijden nog langer voortduurt....

In de eerste dagen van de revolutie van 1917, toen het in die koude en bloedige februaridagen al snel duidelijk was geworden dat de tsaristische wereld definitief voorbij was, dat men op de rand stond van iets nieuws, enkelen niettemin hoopten op een terugkeer naar de oude orde, anderen zich opmaakten voor de totale historische afrekening, gaven sommige leden van de hoofdstedelijke adel hun koetsiers in allerijl opdracht hun privérijtuigen en sleden te bespannen met rode teugels.

De gevels van hun neoclassicistische stadspaleizen werden door hun lakeien behangen met rode vlagen en banieren: eveneens als bewijs van hun warme steunbetuiging aan de revolutie. Hier woonde dan wel adel, maar *goede* adel, met het hart op de juiste plaats. Natuurlijk omarmden ze de bolsjewistische omwenteling! Hadden ze niet hun leven lang een rechtvaardiger samenleving bepleit? Meer rechten en kansen voor de armen? Een eerlijker verdeling van de aardse genoegens en rijkdommen? Hadden ze niet in hun jonge jaren, als leden van de bevoorrechte, intellectuele, heersende klasse, heimelijk geflirt met het gedachtegoed van de revolutie? Aldoor de juiste boeken, kranten en periodieken gelezen? O ja, ze hadden het geheimgehouden, een mens liep nu eenmaal met zijn goedheid niet te koop, maar ze hadden de *Narodnaja Volja*, de Volkswil-beweging die uit was op de omverwerping van de tsaar, niet alleen moreel, maar ook financieel gesteund, al bestonden daarvan geen kwitanties. Maar de rode teugels, waarmee ze inmiddels hun koetsen hadden laten bespannen, waren het bewijs!

Het rood moest hen nu het leven redden.

De opstand van 1905, uitgebroken nadat tsaar Nicolaas II de petitie van het volk had genegeerd en op zijn onderdanen had laten schieten, de straten ineens bezaaid lagen met lijken van de rijken en de einders van het platteland oranjerood opgloeiden van door boeren in brand gestoken landgoederen, belust op wraak op hun landheren, had de abstracte liefde van de bevoorrechten voor de arme medemens weliswaar een knauw gegeven, hun de ogen geopend voor de lelijkheid van het volk, maar de wroeging en het schuldgevoel over de uitbuiting van de verschoppelingen zaten nog altijd diep, ook al waren ze na het rampjaar 1905 als drugsverslaafden, die hun existentiële pijn slechts konden vergeten in de roes, doorgegaan met feesten, met het teren op de rente van de familievermogens die ze hadden geërfd, reizend naar kuuroorden en riviera's, terwijl ze 's avonds als voorheen werden bediend, voedsel en wijnen aangedragen kregen door personeel uit hun keukens waar ze vaak zelf nooit waren geweest.

'Waren we dan allemaal, de hele bovenlaag van de Russische maatschappij, zo volkomen ongevoelig, zo verschrikkelijk vervreemd, dat we niet in de gaten hadden dat het heerlijke leventje dat we leidden op zichzelf al onrechtvaardig was en dat het onmogelijk zo kon blijven doorgaan?' vroeg Nicolas Nabokov, een neef van de schrijver, zich in zijn memoires af, nadat ook hij uit de sprookjeswereld was verdreven.

Na de uitbarsting van de furie in Petrograd had de door Lenin aangevoerde wereldrevolutie bijna zijn beslag gekregen. Terwijl Pieter Jelles Troelstra na zijn knullige revolutiepoging in 1918 door de Nederlandse polderburgers werd weggehoond, konden de bolsjewieken elders in Europa rekenen op aanvankelijk succesvolle filialen. Ook in het verslagen Duitsland, in Italië, op de Balkan, in het uiteengevallen Oostenrijks-Hongaarse rijk trok een woedende meute met rode vaandels en vlaggen, knuppels, ploertendoders, messen en vuurwapens door de straten, om voorgoed af te rekenen met de oude kapitalistische regimes. Pas na de Tweede Wereldoorlog slaagde Stalin erin zijn communistische satellietstaten in Oost-Europa te installeren, maar de jaren 1918 en 1919 waren het historische moment geweest voor het Avondland om werkelijk rood te worden – niet zozeer van het bloed, alswel politiek.

Veel Duitse soldaten die uit de loopgraven terugkeerden en hun geboortegrond aantroffen in complete chaos, laf achtergelaten door hun naar Nederland gevluchte keizer Wilhelm II, stelden hun hoop op de spartakisten van Karl Liebknecht en Rosa Luxemburg, de aanvoerders van de Duitse communisten. Het rode spook van de menslievendheid boerde, ruftte, stonk uit al zijn poriën en ontlastte zich allerwegen boven het oude continent. Hongarije had al spoedig een eigen Sovjetregering, onder aanvoering van de 'Lenin van Boedapest' – de gentleman-dictator Béla Kun. Ook in de Karpaten, op de Balkan, en in de nieuwe kleine republiek Oostenrijk roerden de communisten zich, terwijl in het nabije Beieren de bierhallen stampvol zaten met verwoed rokende en vergaderende Rode Gardisten, communisten, voormalige deserteurs, overgelopen soldaten, nihilisten, studenten en kunstenaars – de mannen met lang haar, de meisjes vaak kortgeknipt – die Radenrepublieken uitriepen, vol revolutionaire losbandigheid, seks en strijdliederen, terwijl in de hoofdkwartieren de vingers voortdurend aan de trekker werden gehouden van de machinegeweren, klaar voor de wereldopstand.

Maar alles mondde uit in een slachtpartij op de communisten, gevolgd door het politieke prikkeldraad van de Weimarrepubliek in 1919, de eerste parlementaire republiek uit de Duitse geschiedenis waarin een ex-behanger en een mislukte kunstschilder uit Oostenrijk met een zwart tandenborstelsnorretje dezelfde Beierse bierhallen al snel vol kreeg, aangezogen door zijn hypnotiserende en demonische redenaarstalent, waarbij hij dikwijls als een geboren komiek uit de hoek kon komen, men lag letterlijk krom van het lachen over de natte houten tafels als hij weer eens brouwend een inhalig Joodje ten tonele voerde, veelal dezelfde mannen in vervoering brengend die hier eerder gedesillusioneerd en volkomen murw waren bijeengekropen om te luisteren naar de communistische profetie uit andere monden en nu wederom hoopvol naar het podium staarden, terwijl de Löwenbräu, als vloeibaar Bijbels goud opspattend in de kroezen, uit de tappen stroomde.

Al snel werd Hitler omgedoopt tot de 'Beierse Mussolini', de evenknie van de door de goden gezonden Italiaan met de granieten ogen, de granieten vuist en de granieten kin die eveneens massapsychologie wist te bedrijven als geen ander, met korte stoten diep uit de keel, een driftig hondengeblaf, het staccato van een mitrailleur, waarin Lenin hem was voorgegaan. Met Lenin en niemand anders dan Lenin was het hysterische blaffen begonnen, het wegzetten van de tegenstanders als bloedhonden, alsook de propaganda, het spektakel dat sedertdien nooit meer is opgehouden. De Duitse democratie deed zijn werk. Hitler werd gekozen tot rijkskanselier, de opstand was alsnog geslaagd, al pakte de uitkomst anders uit dan sommigen hadden gehoopt en verwacht.

Stond de wereld opnieuw aan de vooravond van een revolutie? Was het zwerven van miljoenen ontheemden en vluchtelingen over de aardbol, de werkloosheid die nooit was weggeweest, in combinatie met de demografische locomotief die vanuit Afrika op het oude Europa afdenderde, niet het recept voor het allerergste?

Het flirten van de Russische adel met de minderbedeelden, de armen, met hen die ze in het dagelijks leven opdracht gaven brandhout te brengen voor hun open haarden, mantels aan te nemen, warme stoven te leggen in hun bed, was in de jaren voor de revolte van 1917 voor velen slechts een modeartikel geweest, een parfum dat je opdeed, liefde die niets kostte. Toen uiteindelijk de afrekening was gekomen, namen vele van hen alsnog hun toevlucht tot de rode teugels. Inmiddels had het mensdom bijgeleerd: massaal was men rode teugels gaan voeren, niet nadat het te laat was, maar preventief. Na de opstanden in de jaren zestig en zeventig, waarbij de laatste bolwerken van de patriarchale oude wereld waren gesneuveld, was de westerse beschaving stilaan verworden tot een Rijk van de Rode Teugels, aangevoerd door een omvangrijke ridderorde, een Broederschap van de Rode Teugels, waar het goed toeven was, waar het optimisme hoogtij vierde, waar men eindelijk eens mocht denken aan zichzelf, de groei onbeperkt leek, een universum waarin alles mocht, waarin een generatie de boventoon vierde die nooit wat had meegemaakt; de geschiedenis was voorbij, alles was zuiver en alleen gericht op de stralende toekomst, nog stralender dan het heden; de mensen die ze tegenkwamen waren vriendelijk en aardig, arbeiders gaf men een handje zoals men verrukt een straathondje een aai over zijn koppie gaf; nieuwkomers prees men om de kleurrijkheid van hun culturen, als een noodzakelijke verrijking; hun eigen levens waren intussen doorgaans zo rein en wit als vers gesteven lakens – verscheen er een smet op het laken dan was er onmiddellijk paniek, want vers gesteven lakens behoorden wit te zijn en onbesmet – nooit eerder hadden de vrijheid en de genoegens des levens zo goed gesmaakt en geroken, zeker ook in de almaar uitdijende archipel van restaurantjes: twee stappen en culinair lag de gehele aardbol op je bord, slechts filisters kookten nog zelf en aten thuis; de vliegmachine was de nieuwe fiets, in het Rijk van de Rode Teugels ging men naar de buitenhuizen in Frankrijk, Florida en Toscane zoals het gewone volk over het grindpaadje in hun tuintje naar hun schuur; oorlog en armoede waren verschijnselen ver weg, als de dreiging van oorlog en armoede naderbij kwam, tot aan de randen van hun gezegende wijken, soms op angstige wijze zelfs hun straten en fraaie huizen naderend, dan was er buiten hun medeweten iets gruwelijk misgegaan;

als een knap moedertje op het strand dat haar kind was kwijtgeraakt blikte men even collectief om zich heen en een schuldige was al snel gevonden; liefde voor bedreigde planten, dieren en verre volkeren was hun op de kleuterschool al vroeg bijgebracht en had hen stap voor stap voorbereid op de algehele mensenliefde, een warme sympathie voor het mensdom; door een wonderlijk mechanisme van de ethiek was men zelf immer gevrijwaard van schuld; kritiek op het eigen handelen was afkomstig uit de onwelriekende krochten van het schoftendom, de haat, de afgunst, de jaloezie, uit de smeerpijpen van de rancune, de moerasgassen van de regressie; zelf deden ze weinig tot niets verkeerd: een mens die het goede bepleitte voor andere mensen kon nooit een slecht mens zijn; in het Rijk van de Rode Teugels ging het niet zozeer om politieke kleur, de teugels werden door alle overtuigingen en gezindten gevoerd, van links tot rechts; het enige wezenlijke verschil was dat zij die er een links wereldbeeld op na hielden rechts leefden en zij die rechts waren eveneens rechts leefden: het handelen verschilde nauwelijks van elkaar, hun levens waren dikwijls volkomen identiek, slechts de woorden verschilden; het was een fenomenaal en prachtig schouwspel, van een ontroerende, soms welhaast aangrijpende schoonheid; de leden van de Broederschap der Rode Teugels menden collectief met hun rode teugels een immense luchtkoets, een vliegende gouden karos, een open landauer met luchtpaarden ervoor, waarvan de hoeven trappelden in de roze wolken, alsof ze zwommen; voor hun familie, hun kinderen, dikwijls ook voor hun vrienden – op de verende zachtzijden kussens was er ruimte genoeg voor iedereen; een koetsier ontbrak, dat waren ze zelf; als een onaards fenomeen, in stralende lichtfonkelingen, dreef de door de luchtpaarden aangedreven gouden karos boven de landen van Europa; de massa keek met opgeheven hoofd naar omhoog, aanvankelijk vol ontzag, met open mond, als naar een omgekeerde zonsverduistering; zij die te lang keken kregen last van een zere nek, een stekende hoofdpijn, sommigen raakten door de aanblik na verloop van tijd enigszins verblind; er kwamen vlekken voor hun ogen, geen rode, maar zwarte en bruine; de belangrijkste regel binnen het Rijk van de Rode Teugels was deze: altijd, zonder mankeren, diende men te handelen overeenkomstig de wet; daarbinnen kon alles, zelfs het besmeuren en minachten van de eigen moraal; in het openbaar kon men diversiteit bepleiten, erover schrijven in boeken, brochures en kranten, men kon zelfs partijen aanvoeren die vrijwel louter door deze etnische profetie werden aangedreven, maar intussen belette niemand hen het eigen kind op de allerbeste school te krijgen, altoos een blanke; in wanhoop werd dikwijls het gehele netwerk ingezet; op de zachtzijden kussens van de luchtkoets werden driftig tips uitgewisseld over de universiteiten wereldwijd, instituten die hun kind de beste kansen zouden geven; de nieuwe loten van de Broederschap waren het kostbaarst wat ze bezaten; de contacten die de kinderen tijdens vakanties opdeden, onder glimlachend toeziend oog van hun ouders, werden de rest van het jaar digitaal en bij korte tussenvakanties – een weekje skiën, een weekje snorkelen, een stedentrip – voortgezet; ook voor de kinderen in de gulden luchtcalèche leken grenzen niet te bestaan; ze dreven over de wereld als adelaars over omgeploegde akkers, kenden elkaar, spraken elkaars taal; in het Rijk van de Rode Teugels ging men over het algemeen gewoon naar het werk, net als andere stervelingen; maar aan het einde van de maand kwamen veel leden van de Broederschap thuis met drie-, vier-, vijf-, soms wel vijftien- of twintigmaal meer salaris dan zij die nog altijd met zere nekken vanaf de grond naar boven stonden te staren; het was de markt, de wet van vraag en aanbod die de grote verschillen verklaarde, bepaalde en rechtvaardigde; er was niets onwettigs aan dat de een een hele maand moest werken voor wat de ander binnen een dag verdiende; in de directiekamers van de multinationals, in die van banken en advocatenkantoren gold dit al sinds mensenheugenis; het fenomeen had ook elders school gemaakt; directeuren van semi-overheidsbedrijven, woningbouwverenigingen, nutsbedrijven, ziekenhuizen, zorginstellingen en zelfs van scholen waren de kapitalist gaan uithangen, met bonussen en auto's met chauffeur, niet met het eigen kapitaal maar met dat van de gemeenschap; vriendjes werden als consultant ingehuurd, voor bedragen per dag die een uitbener van koeien en varkens in een slachthuis netto nog niet per maand in zijn loonzakje zag; in de weldadigheid van de gouden luchtkoets spraken de nieuwkomers al spoedig dezelfde taal als de oudere passagiers; naast onderwijstips voor hun kroost werden heimelijk adressen uitgewisseld van bankiers en accountants, van volledig eerlijke, betrouwbare, degelijke lieden die hen konden helpen zo min mogelijk van hun volkomen verdiende verdiensten aan de staat af te dragen; veel adviezen gingen doorgaans gepaard met die over de aankoop van onroerend goed in het buitenland, daar waar ook hun fiscale constructies waren ondergebracht; er was niets illegaals aan, het mocht, ze waakten er wel voor de belangrijkste regel in het Rijk van de Rode Teugels te overtreden; alles was binnen de wet; uit regionen nog hoger dan waar zij zelf door het zwerk zoefden, kregen ze zelfs het voorbeeld; zij die zich hadden genesteld in het Nederlandse hoekje van de gouden luchtkoets verwezen naar hun koning, naar hun monarch, de door God over hen gestelde, verre nazaat van het roemruchte huis der Romanovs, van wie op een dag was gebleken dat hij over zijn inkomsten helemaal geen belasting in het vorstendom waarover hij heerste betaalde; hij verwees naar de wet, naar de democratie, naar het parlement, nimmer naar de ethiek; de op hun zijden kussen door de lucht zwevende passagiers, sjorrend aan hun rode teugels, werd van koninklijke zijde een hart onder de riem gestoken; de inmiddels in onmacht en woede vanaf de grond naar de hemel starende meute als idioten weggezet; bij het supranationale gezag, zetelend in de gouden torens van Brussel, was het van hetzelfde laken een pak; wilde de nieuwe Europese adel met hun belastingvrije salarissen en vergoedingen even een frisse neus halen en stiefelden ze naar de nabijgelegen pauperwijken, dan maakten ze een wandeling door de tijd, als van de chique Nevski Prospekt naar de buitenwijken op het Vasilius-eiland in het jaar 1917, waar de revolte reeds broedde; het moderne pauperdom was gemêleerd, zowel inheems als van buitenaf; als ironisch en misselijkmakend uitvloeisel van het handelen van de leden van de Broederschap van de Rode Teugels werden juist zij, vechtend om een baantje, om wat lucht, een achtbaar leven, tegen elkaar opgezet; anders dan in het Petrograd van vlak voor de revolutie, waar de bourgeoisie in bont gehuld ging en zwervers dikwijls bibberend en blootvoets in doeken, was het verschil tussen arm en rijk in het contemporaine Europa op straat vrijwel niet zichtbaar; de massaproductie en de mode hadden zegenrijk werk verricht; twee jongens in dezelfde jeans, op dezelfde gympen, turend op dezelfde smartphone, stonden bij een halte te wachten op een tram; de tram kwam eraan, ze stapten in, stapten even later bij verschillende haltes uit; de ene jongen kwam thuis in een huis waar in de salonkamer een fluwelen koord hing, waarmee hij op afroep omhoog kon worden getrokken, de gezinswarmte in van de gouden luchtkoets; de andere struikelde over een berg onbetaalde rekeningen, turend naar de punten van zijn veel te dure schoenen; de armoedeclichés van Dickens en Dostojevski hadden zich op sluwe wijze gemetamorfoseerd, maar één ding was hetzelfde gebleven: nog steeds beleed men in het Rijk van de Rode Teugels op massale schaal liefde die niets kostte; een beter lot van anderen werd bepleit, men schreeuwde het zelfs van de daken, men stelde rekeningen op om dit te bewerkstelligen, maar liet deze opnieuw voornamelijk door anderen betalen; de eigen welvaart bleef doorgaans onaangetast; het discours dat de Broederschap van de Rode Teugels aanvoerde ging over gender, kunst, over het al of niet eten van vlees, over de weldadigheid en de noodzaak van mediteren, om de aandacht van het werkelijke probleem af te leiden: de almaar groeiende verschillen tussen arm en rijk; het eigen heerlijke leventje versus de rotlevens van anderen; in het Rijk van de Rode Teugels verwees men aldoor naar de politiek; vanzelfsprekend hadden zij op de juiste partij gestemd, een partij die het opnam voor de zwakken, het waren immer de anderen die de vooruitgang tegenhielden; intussen stonden de levens die zich vlak voor hun neus afspeelden van degenen die hun huizen schoonhielden, hen bedienden in restaurants, de konten wasten van hun ouders, verder weg dan Saturnus; bij kritiek op de eigen decadente levensstijl, de absurde salarissen, bonussen en vergoedingen, de nepotistische netwerken, nam de Broederschap van de Rode Teugels vaak zijn toevlucht tot een bizarre soort logica, die deed denken aan de rode adel onder Stalin die het kapittelen van hun levens vol buitenhuizen, limousines en antieke serviezen van de vroegere tsaristische adel, waaruit ze aan tafel werden bediend, verbolgen afdeden met het verweer dat ze de luxegoederen niet in eigendom hadden, maar er met goedkeuring van de staat *slechts gebruik* van maakten; de dialectiek was de leden van de Broederschap van de Rode Teugels aangeboren; maar de afgelopen jaren was er iets gruwelijk misgegaan; vanaf de zijden kussens hadden de inzittenden van de gouden luchtkoets beneden plots zaken waargenomen, zulke vreemde en onverwachte zaken, dat iedereen als één wezen naar de randen van het rijtuig werd gedreven; de paarden een wijle trappelden in paniek en de boel ternauwernood wisten recht te houden; elkaar stevig vasthoudend, zodat niemand eruit zou tuimelen, keken ze in verbijstering gezamenlijk toe hoe van de aardbodem de zwarte rook opsteeg van explosies, geen ontploffingen van vuurwerk, maar van echte bommen; eerst was alles ver weg, een pandemonium als in een stomme film, maar al spoedig dreven het gedonder, de knallen en de kruitdampen van de slagvelden naderbij; tegelijkertijd ontvouwde zich beneden een ander fenomeen, waarvan men aanvankelijk niet goed wist wat het was – een horde mieren, kakkerlakken, lemmingen? – maar toen een van de passagiers, een parlementslid uit Brussel, een ivoren binocle tevoorschijn had gehaald die hij altijd bij zich had voor zijn wekelijkse bezoekjes aan La Scala in Milaan, het kleinood aan zijn ogen had gezet en met open mond, draaiend aan de lenzen, op een gegeven moment had geëxclameerd: 'Mensen! Daar beneden lopen *mensen*!' was er korte tijd in de gouden luchtkoets zo'n hevige paniek uitgebroken, met veel misbaar, angstkreten, getelefoneer naar hun familie en kinderen – raadgevingen hoe en waar het eigen haven en goed in veiligheid te brengen vlogen als vlooien van een vlooienspel heen en weer –, dat de rossen die hen door het firmament lieten zoeven vervaarlijk begonnen te hinniken, met hun edele benen de moeilijkste tournures maakten, doch ten tweeden male het karos overeind wisten te houden; de mensenstroom trok op van het zuiden naar het noorden, ging goddank aan de wijken en huizen van de passanten in de gouden luchtkoets voorbij; het was een natuurlijk proces, zelf konden ze er weinig aan doen; water liep nu eenmaal altijd naar het laagste punt; amper was men van de existentiële beklemming bekomen of toen gebeurde het allerverschrikkelijkste; de binocle ging van hand tot hand, het ivoor werd klam van de zwetende en trillende vingers; tussen de aanhoudende stroom wegschietende mensen door, stumpers op zoek naar een fatsoenlijk bestaan, een bord eten, veiligheid, was beneden hen ineens een golvende zee van gebalde vuisten omhooggekomen, als onkruid op een stoppelveld; het walgelijke vertoon ging gepaard met keelgeschreeuw, met verwensingen naar hen op de zijden kussens van het gouden karos, waarover ze met hun billen nu in koude angst ongedurig heen en weer schoven; naast de vuisten werden ook vlaggen naar hen opgehouden, terwijl de metalen echo's opstegen van gezamenlijk gezongen liederen; de Beierse bierhallen uit vroeger tijden waren niet alleen weer tot leven gekomen, gevuld met aanhangers van nieuwe politieke avonturiers die de kunst van de zwarte tandenborstelsnor hadden afgekeken, maar leken zich als een agressief eczeem onder de trappelende benen van de luchtpaarden eveneens over de aardbodem te verspreiden; doch toen – als in een sprookje met goede afloop – bond het grauw van de ene op de andere dag in; het offensief dat de passanten in de gouden luchtkoets met hun smartphones als ouderwetse kanonnen massaal had ingezet, de netwerken die ze hadden laten zweten en dampen, de kranten, tv en andere media die hen te hulp waren gespoed, was uitgedraaid op een triomf van de democratie, van de rede, van de beheersing, van de hoop vooral; ook al waren er elders op de aardbol autocraten aan de macht en gekken, en ging het verdrinken in de koude golven nog dagelijks door, de bewoners van het Rijk van de Rode Teugels begonnen weer plannen te maken; ze belden vanuit hun huizen en buitenhuizen vrolijk en optimistisch met hun kroost, sommige van hen studerend in het buitenland, of backpackend ergens op de aardbol, benaderden wederom hun fiscale adviseurs, durfden na lange tijd weer te kijken naar de stand van hun effectenportefeuille, kochten zelfs aandelen bij, dompelden zich als voorheen onder in culinaire wellust, in heerlijke Babylonische smaakverwarringen, terwijl het ook in de theaters, de schouwburgen en de concertzalen wederom stormliep; het genot dat men ontleende aan de kunst, die troost biedt voor het leed op deze wereld, was feitelijk nooit opgehouden; de muziek van Bach, Mozart, Scarlatti en anderen wist hun tere zielen nog altijd te ontroeren, in vervoering te brengen, zoals de Petersburgse aristocratie in 1917 ademloos op het blauwe pluche had zitten luisteren naar de bas van

Sjaljapin in het Mariinski-theater – de opera *Boris Godoenov* –, terwijl even verderop het Winterpaleis werd ingenomen, het ongedierte uit de goten kroop en zich opmaakte voor de eindstrijd; en net als toen werden bij het verlaten van de schone tempels, als de roes van de kunst werd verruild voor de roes van het gewone leven, lippen in walging opgetrokken, hoofden afgewend en binnensmonds verwensingen geuit naar het vulgus dat hen op straat passeerde, niet het Petersburgse schoelje ditmaal, maar zij die eerder vanaf de aardbodem met weerzin, afgunst en haat naar hen in de voorbijvliedende gouden koets aan het hemelgewelf hadden opgekeken, totdat het hen bruin en zwart voor de ogen was geworden, zij hun ware aard hadden getoond, de varkenstronies, de van het schreeuwen van leuzen doodzieke huigen, waarna men de kraag opzette en snel verderliep, of een hand ophield en verdween met een taxi in de nacht.

Een vreemde zaak intussen, het menselijk bestaan!

So oder so ist das Leben, so oder so ist es gut.
So wie das Meer ist das Leben, ewige Ebbe und Flut.

Al een paar uur zit ik wijn te drinken, hier aan mijn bureau in de Tsjaikovskistraat 40. Het verbouwingsgedreun is eindelijk verstomd. De poezen liggen gezamenlijk in de linnenkast in de slaapkamer. Ze liggen veilig, ze liggen goed. De stem van Hildegard Knef heb ik wat zachter gedraaid. Niet dat dat hoeft: mijn Russische buren zowel onder als boven mij zijn *ausgesiedelt*, zonder dat ik afscheid van hen heb kunnen nemen; ze zijn verdwenen als een dief in de nacht.

Veel van mijn generatiegenoten hebben nog nooit van Hildegard Knef gehoord. Een wereldster, een diva – schrijfster, echtgenoot, maîtresse, moeder, chanteuse, mens. Ieder woord van haar, iedere strofe die ze zingt met haar hese doorrookte Berlijnse stem, het timbre van de oudere bordeelmadame, raakt mijn vlees en bloed als kogels.

Heute nur glückliche Stunden,
morgen nur Sorgen und Leid.
Neues bringt jeder Tag was da auch kommen mag,
halte dich immer bereit.

Julia is om zes uur de deur uitgegaan. Omdat ze tot tien uur lessen heeft op de avondschool, moest ik zelf maar wat te eten klaarmaken. Zodra ze vertrokken was, liep ik naar Joeri in de Foerstjatskaja. Ik bedankte hem nogmaals voor zijn bemiddeling inzake Hippius, hij diste opnieuw een van zijn vermakelijke casanova-veroveringen van vroeger op en ik kwam terug met twee flessen pinot grigio. Ik drink langzaam, turend naar de bladzijden van het manuscript van mijn boek over de Russische Revolutie van 1917. Twee weken eerder dan gepland is het toch afgekomen.

Natuurlijk heeft mijn vriend daar in Cap d'Antibes, tussen de parasolpijnbomen uitkijkend over het azuur, gelijk. Kunstenaars zijn verplicht zich over hun tijd uit te spreken. Maar wat heb ik, als zoon van een kapitalist, met de troep in dit ondermaanse te maken? De wereld van nu lijkt trouwens meer op die van 1905 dan 1917. De gevreesde vloedgolf van de wraaklust, van de nijd van het gemene volk, de krachten van het duister is een beekje gebleken. De boeventronies zijn van het podium afgevoerd en het dansen gaat door – ja, het dansen gaat altijd maar door. Wellicht betreft het hier het zoveelste valse rijmsel van de geschiedenis, staan we aan de vooravond van een nieuwe zondvloed van bloed.

Morgen verstuur ik mijn manuscript naar Amsterdam. Mijn schuld is ingelost, van die tien mille ben ik geabsolveerd. De enige zorg, de enige liefde die ik voortaan heb, geldt die voor onze drie poezen en mijn vrouw, die op dit moment in een klaslokaal, waar vroeger kindertjes tussen het rekenen en de biologieles door werden getraind in het in elkaar zetten en uit elkaar halen van kalasjnikovs, revolvers en handgranaten, een praktijk die goeddeels terug is, Duitse les staat te geven.

Du musst entscheiden, wie du leben willst,
nur darauf kommt es an,
und musst du leiden, dann beklag dich nicht,
du änderst nichts dran.

Een prachtige taal, het Duits! En wát een zangeres!

Mijn tweede pinot grigio is halverwege. Gelukkig staat er nog een staartje rood van gisteren tussen de bronzen kandelabers op de schoorsteenmantel. Zojuist heb ik een paar berkenstammetjes in de open haard gegooid, met wat aanmaaksnippers en het stevige papier van mijn oude manuscripten.

Literair vuur!

Het is half augustus, maar ik geniet hier vanachter mijn bureau van de brandgeur en de vlammen. Had ik u trouwens al verteld van onze open haard? Een artefact van zuiver marmer, met een uitgehouwen nestje waarin een zwaluwpaar hun drie jongen uit de snavel te eten geeft, het werk van een onbekende Italiaanse meester.

Wat het leven ons niet geeft dat biedt de kunst!

So oder so ist das Leben. Ich sage:
Heute ist heut?!
Was ich auch je begann, das hab ich gern getan,
ich hab es nie bereut.

Ooit schreef ik een verhaal over dit huis en zijn passanten. Ik zie hen nog allen voor me.

Mijn onderbuurman Gennadi Nikolajevitsj kent u al, in zijn eeuwige gestreepte zeemanstricot, inhakkend met een bijl op een antiek kastje van gepolitoerd kersenhout, terwijl zijn vrouw met haar alcoholische clownshoofd toekijkt, alsook de rest van de bewoners in de kommunalka die ik jarenlang op de trap heb gegroet. Goede, eerlijke mensen over het algemeen, met levens, met een historie, met gevoelens, wensen en verwachtingen, met wie ik altijd graag een praatje maakte, die mij hielpen, die ik soms hielp – ze zijn voorgoed verdwenen.

Nooit meer zal ik de beschaafde stem horen van mijn bejaarde bovenbuurman Jevgeni, gepensioneerd leraar natuurkunde, geheim homoseksueel, die me op een dag op de divan in zijn kamertje van drie bij vier meter vertelde over de zelfmoord van zijn vader in 1950, die als soldaat van twintig tot Berlijn was gekomen, maar toen hij na de oorlog naar Moskou was teruggekeerd werd gezien als verrader omdat hij niet hard genoeg zou hebben gevochten, omdat hij geen lijk was geworden op het slagveld, omdat hij was blijven leven, een vergrijp waarvoor hij tot tweemaal toe in een strafkamp was beland. 'Ik stond er met mijn broertje bij. Hij trok in de badkamer voor de spiegel een scheermes langs zijn keel. Zomaar, met een lange haal. Het bloed spoot als uit een douchekop naar buiten. Mijn broertje en ik renden van de schrik naar buiten. We hebben hem nooit meer teruggezien.'

Wat een verhalen, wat een ellende.

Het luttele aantal vierkante meter dat de kommunalka-bewoners van de Sovjetoverheid op een dag toebedeeld hadden gekregen en dat ze na het uiteenvallen van de USSR konden privatiseren, is nu met een fooi afgekocht en iedereen is verdwenen naar een hok in een buitenwijk.

De operazangeres in haar appartement van vierhonderd vierkante meter op de bovenste verdieping, waar ze resideert met haar zoon en moeder, is opgelucht over de ontwikkelingen. Nog even, zo liet ze mij van de week in het voorbijgaan weten, en ons portiek is eindelijk weer zoals die was in 1900.

Het was toch een gotspe dat de bourgeoisie hier ooit was verdreven en dat het volk van alles bezit had genomen.

De donkerharige sopraan, met borsten waarin zelfs een worstelaar verdwijnt, heet Galina Gortsjakova. Valt op YouTube op te zoeken, net als Hildegard Knef. Ik verzin niets, waarom zou ik nog zaken verzinnen? Ik ben de fictie voorbij. Haar appartement is de vroegere behuizing van graaf Valentin Pavlovitsj Zoebov, een intimus van de Romanovs, die de woning voor de revolutie aanhield als pied-à-terre voor ontmoetingen met jonge vrouwen. Terwijl de diva furore maakte in La Scala, The Metropolitan en het Mariinski, kocht ze eind jaren negentig de Joodse bewoners uit die de gehele bovenverdieping in beslag namen – met baar geld op zak emigreerden ze naar Israël –, de diva verwijderde alles wat herinnerde aan de Sovjettijd en restaureerde haar paleis. Op een dag trok ze me in een wolk Chanel mee naar haar muziekkamer, de wanden bekleed met lichtblauw satijn en stoeltjes met uitgezaagde rugleuningen in de vorm van muzieksleutels, terwijl ze me glimlachend wees op een witte Bechsteinvleugel uit 1893 in het midden van de ruimte.

De pronkzucht uit vroeger tijden was terug.

Intussen woonden beneden haar zij die het minder getroffen hadden in bedompte kamertjes, een gemeenschappelijke keuken waar de tegels met gruis van de wanden vielen, gangen waar het stonk naar de etenslucht van zes gezinnen, kakkerlakkenverdelger, nicotine en de eeuwige walm van de parade zich op één wc ontlastende mensen, zoals in de kommunalka op het Vasilius-eiland, waar ik in het jaar 1989 met mijn huidige vrouw mijn eerste liefdesnachten doorbracht.

Man lebt auf dieser Welt und sucht das Glück
und weiß nicht wo es liegt auf Erden wohl.
Der Eine sieht im Geld sein Ziel und sein Geschick,
der Andere glaubt dass nur die Liebe lohnt.

Lange tijd was ons pand een tijdmachine, een groteske mixtuur van arm en rijk, waar de schimmen van het tsarendom, het communisme en de nieuwe tijd met elkaar vochten tussen de spanten. Door een of andere schooier uit het gemeentebestuur is dat alles nu voorbij.

Maar nog even over onze marmeren haard. Hij is van historische allure.

Op een dag begon ik in boeken en archieven een zoektocht naar ons huis en stuitte daarbij op een Fransman, een zeker vicomte Eugène-Melchior de Vogüé. Na een diplomatieke carrière in Constantinopel, Syrië, Palestina en Egypte was hij in 1878 op het Franse consulaat in Sint-Petersburg beland. Kort erna trouwde hij met een Russische schone, ging op zoek naar een appartement, en waar denkt u dat deze edelman terechtkwam? In de Tsjaikovskistraat nummer 40, uitgerekend hier op de derde verdieping waar ik gisteren mijn ellendige boek heb voltooid. Onze huiskamer diende als het kabinet van de burggraaf. Op zijn eerdere posten was hij literair reeds actief geweest. Vanuit dit vertrek begon hij het Frankrijk van die tijd te bestoken met boeken, geschriften en artikelen over Rusland. Hij maakte zijn landgenoten bekend met de werken van Dostojevski, Tolstoj en andere klassieke auteurs. Daar de wereld in die dagen grotendeels georiënteerd was op Frankrijk, is het niet boud te beweren dat de Europese opmars van de Russische literatuur, die zou resulteren in Nederlandse vertalingen die ik als tiener las, waardoor ik geïnfecteerd raakte en uiteindelijk in Rusland was beland, hier tussen deze hoge muren van vier meter tien zijn oorsprong heeft.

Alles in het bestaan is toeval, volkomen willekeur.

De wijn is op, inclusief het drupje rood. Ik heb een paar handen cashewnoten en een zak paprikachips naar binnen gepropt. Mijn maag is ten prooi aan een gemene gisting. Bedorven magen maken bedorven geesten. Een van de weinige wijsheden die het leven mij heeft geleerd. De enige remedie nu is iets zoets; geen snoepgoed, maar zoetheid van alcoholische origine. In de keukenla onder die met het bestek en tachtig oude kurken vind ik vijf miniflesjes bananenlikeur. Tussen houten vleesprikkers en de aluminiumfolie. Geen idee hoe ik eraan kom. Van een vliegveld? Uit een minibar? De inhoud van een flesje laat ik klokkend in mijn keel glijden. Een heerlijk warm en vol aroma van banaan. Meteen nog eentje erachteraan. De tongstreling van Tenerife, waar ik ooit heb gewoond, maar dat is een ander verhaal.

Zojuist kreeg ik een app van Julia. Ze heeft bijna vier uur achter elkaar staan lesgeven, voelt zich niet zo goed en heeft me gevraagd of ik haar van school wil komen afhalen.

Aber jawohl, mein Schatz!

Ik moet nu de deur uit.

De vlammen in de open haard doven vanzelf.

Dat is wellicht het mooiste, het meest troostrijke van de schepping: dat alles vroeg of laat vanzelf dooft. Voor de zekerheid sluit ik de tussendeur af naar onze lieve poezen. Ik stap naar buiten, de koele echo in van de overloop, maar verdorie... Wat is dat nu? Ik heb het slot nog niet omgedraaid of alle lichten vallen uit. Het trappenhuis is zo donker als een kolenmijn. Langs de leuning stap ik behoedzaam naar beneden, trede voor trede daal ik af, met mijn vingers glijdend over het prerevolutionaire hout. Maar ook in de vestibule kan ik geen hand voor ogen zien. Ik drijf voort in een cocon van zweet, van een hijgerige ademhaling, een onregelmatige hartslag. Komt door de drank; alles komt door de drank. En door het mensdom. 'Dat is fijn, jongen,' hoor ik mijn vader nog vanuit zijn ziekenhuisstoel zeggen, toen de kanker hem naar de keel had gegrepen, en ik hem had verteld van mijn plannen in Moskou. 'Maar wees voorzichtig. De mensen op deze wereld zijn rotzakken.' We worden met zijn allen steeds ouder. Zeker. Intussen zijn we niet alleen door gekken en hypocrieten, maar ook door leugens omringd. Met het routineloopje van een blinde stap ik recht op de deur naar de straat af, een houten monster als een fabriekspoort, ik worstel hem open, maar ook nu... Duisternis! Een blauwzwart donker omhult mij opnieuw, al is de donkerte niet volkomen... Het duister op aarde is zelden volledig. Mensen zijn mollen van de hoop, en van de wanhoop. De elektriciteit in ons stadsdeel is kennelijk uitgevallen, een maand geleden was het ook al raak. Sommigen zeggen dat het komt doordat ze bezig zijn te vernieuwen, anderen doordat we juist nog altijd opgescheept zitten met de oude Sovjettroep. Langs de coulissen van de hoge huizen staar ik omhoog; ik knipper met mijn ogen. Ik ontwaar iets prachtigs, van zo'n ontroerende schoonheid, dat mijn bikkelharde smoel kletsnat wordt. Mijn traanzakken knappen, als de vliezen van een zwangere vrouw. Het vallende meteorengruis, komend van één punt aan de hemel, trekt lange banen, een regen van vonken. Het sterrenstof van de Perseïden. Ieder jaar om deze tijd in augustus is het raak. En toch heb ik het natuurwonder zo weinig gezien. Verblind door het licht op aarde.

Wat hoor ik daar? Hoefgetrappel?

Schimmen van geparkeerde wagens omringen mij; dure auto's, veel terreinwagens. Verder lijkt al het verkeer uit de Tsjaikovskistraat verdreven. Met een diepe teug drink ik de lauwe avondlucht in. Schommelend komt een blauwig schijnsel naderbij, een dwaallichtje, met aanzwellende hoefslag. Voorwaar, een koninklijk geluid! Mijn neusgaten vullen zich met stalgeur. Nog voordat het rijtuig met een koperen lantaarn aan een zwiepende steel mij is genaderd, floepen overal om me heen de stadslichten aan; de ramen van de huizen lopen vol met geel.

De landauer staat voor me stil. Op de bok zit een Rus met een bol hoofd. Hij heeft een enorme zwarte knevel, is gekleed in een kersrode operettejas met nepgouden knopen en tressen. Ik heb hem vaker gezien, deze Rus van omstreeks zestig als een weggelopen figurant uit het keizerlijke theater. Hij is een van de voermannen van de plezierkoetsen die op het Paleisplein voor de Hermitage toeristen oppikken voor ritjes door de stad.

'Hé, koetsier!' roep ik. 'Hoeveel is het naar de Sadovaja?'

'Ik ga naar huis.' De man op de bok laat de teugels in zijn witbehandschoende handen even vieren. 'Sinds vanmorgen heb ik toeristen rondgereden. Chinezen, het lijkt wel een epidemie!'

'Het is een verrassing voor mijn vrouw...' Koortsachtig tast ik mijn lichaam af, vind in mijn kontzak een biljet van vijfduizend roebel en houd het naar de operetteverschijning omhoog. 'Hier, is dit genoeg?'

Vijfduizend roebel, tachtig euro. De dood is op afbetaling, het leven op krediet.

'Alleen heen, of ook weer terug?'

'Heen en terug. Ik wil mijn vrouw ophalen.'

'Nou meester, stap dan maar in...'

En we rijden, we rijden!

Starend naar de brede rug van de koetsier, die af en toe zijn zweep uit de houder haalt en zijn twee rossen ervan langs geeft, een schril gefluit producerend tussen zijn tanden, glijden we in draf door de Tsjaikovskistraat in de richting van de Taurische Tuin. Bij het hoekpand van Zinaida Hippius slaan we rechts af, maar wat een vaart! Voordat ik er erg in heb zijn we het voorbij. Ik kijk achterom; achter de hoge lange ramen bewegen schimmen.

Het aardse paleis sterft uit en blijft toch steeds bewoond.

Ik neem opnieuw een teug van de avondlijke augustuslucht; verlustig me aan de aroma's, de stervende sappen van de naderende herfst. De hemel is nu egaal grijs, van onderaf aangestraald door de bleke schijnsels van de straatlantaarns. De kometenstormen daarboven gaan ongetwijfeld door, maar wat de mens niet ziet dat bestaat niet, of behoeft hij in ieder geval niet te weten, de rest is filosofie!

Ooit liet de godfather mij zijn sterrenkijker zien, in de villa waaruit zijn vrouw en kinderen waren verdwenen, een paar jaar voor zijn dood. Hoofdredacteur van de grootste krant van het land, altijd chaos en rumoer om hem heen, maar het liefst tuurde hij in zijn eentje naar de eeuwige stilte van het heelal.

Niets en niemand in het leven is wat het lijkt. De oplichters zijn nog altijd om ons heen, de opsnijders, de predikers van de valse liefde, de handelsreizigers in humaniteit. Een maskerade! Een charade! Wat zeggen de Russen ook alweer? Schrijf zoals je ademt en adem zoals je schrijft. Maar schrijven in het land waar ik vandaan kom is een voortdurend stikken. Terwijl de wereld een stankbel is, geuren de letteren daar als een met ochtenddauw bedekte rozenknop. Het gros schrijft met een knikker in de reet, uit vrees te verraden dat ook zij een aars hebben die kan stinken. Klein, geserreerd, met nooit een woord te veel. Wát een literatuur!

Het maagzuur komt omhoog; terwijl we in draf koers zetten naar de Nevski Prospekt, door straten als monsterachtige stegen, waarin het hoefgeklak tegen de muren wordt weerkaatst, laat ik een derde miniflesje bananenlikeur in mijn keel glijden. Opnieuw de warme zoete verdoving. Maar dan word ik getroffen door een innerlijke mokerslag. Het is alsof een zwart gordijn in mijn hersenpan neerploft, aan gebroken koorden, met opvliegend stof. Daar is Hippius, als oude vrouw, alleen in haar appartement in Parijs, na meer dan twintig jaar ballingschap. Het is 1942, de moffen lopen door de straten; met haar man heeft ze het gehad over Rusland, hij vertelde haar hoezeer hij zijn land miste, en kort erna is hij dood. 'Ik was volmaakt kalm, ik heb geen traan gelaten, toen niet en later ook niet. Misschien is mijn hart van ijs en smelt het nooit meer.'

Ook dat is het duivelse aan het leven, dat mensen met een hart zeggen dat ze een hart hebben van ijs. En omgekeerd!

Ik heb Knef weer opgezocht, scrollend op mijn iPhone. Ik wurm de oordopjes in mijn oren, de bordeelstem gaat precies verder waar die gebleven was:

Ein Jeder hat das Recht zum Glücklichsein.
Den Weg musst du dir suchen, kreuz und quer.
Ob's gut geht oder schlecht, das weiß nur Gott allein.
Dir bleibt die Wahl und sei sie noch so schwer

'Koetsier!' Ik trek de dopjes uit mijn oren; dat beeld van die eenzame Hippius raak ik verdomme maar niet kwijt. Ik wil mijn eigen stem horen, er zeker van zijn dat ik niet bezopen ben en droom.

De man op de bok draait zich half naar me om.

Ik vraag: 'Hoelang nog?'

De Rus fanfaronneert: 'Tien minuten, vader!' en hij legt de zweep over zijn paarden, glimmend zwart van het zweet, hengsten zo te zien.

De straten als stegen zijn voorbij; als we het Plein der Opstand op rijden is de Nevski links en rechts van ons vol verkeer. De drukte, de baaierd van licht van de winkels, de illuminaties boven de weg, de autokoplampen verblinden me, alsof ik deze overvloed voor het eerst zie.

Bij het ronden van de rotonde voor het station, vanwaar de treinen vertrekken naar Moskou, en waar voor de revolutie de met ketenen aan hun voeten geklonken misdadigers en politiek gerepresseerden zich verzamelden voor transport naar Siberië, geeft de klok tien voor tien aan.

Keurig op tijd, een strakke regie.

Deze jongen gaat zijn vrouw ophalen, in een open rijtuig

met twee zwarte hengsten ervoor! Zelden was er iemand zo snel en zo goed geïntegreerd als zij. Na een jaar las en sprak ze de taal vloeiend. Ze was een lopende encyclopedie van mijn vaderland. De geschiedenis, de kunsten, zelfs de kleinkunsten en het variété zoog ze op als een spons. Maar omdat haar doctoraalbul als minderwaardig werd beschouwd en niet erkend, omdat ze afkomstig was uit een land waar de mensen niet zelfstandig konden nadenken, stond ze de eerste jaren schoenen te verkopen in de Kalverstraat. Ze was een voorloper, een pionier, een kwartiermaakster van de ontelbaren die later zouden volgen: de hordes uit het Oostblok, om als ober, kamermeisje, loodgieter, schoonmaakster en nanny de noden van de westerse beschaving te lenigen, maar die naast hun werkkracht verder alles thuis dienden te laten, zeker toen velen van hen uit volkomen andere werelden afkomstig bleken en pretenties kregen. Waar haalden ze die vandaan? Waar was de *dankbaarheid*?

Toen ik Julia op een dag de factuur liet zien van mijn advocaat in mijn antisemietenzaak, een bedrag waarvoor zij bijna vijf jaar zou moeten werken, schoot ze in de lach. Maar het was de lach van iemand voor wie plots het licht was aangegaan. De rechtszaak had ons drie jaar uit de slaap gehouden, zuiver financieel: moreel hadden we dat land allang bankroet verklaard. Sindsdien kussen we, telkens na terugkeer uit de droeve moerasdelta, de van het bloed van miljoenen mensen doordrenkte bodem van mijn nieuwe vaderland, het rijk van de satraap.

Du musst entscheiden, wie du leben willst,
nur darauf kommt es an,
und musst du leiden, dann beklag dich nicht,
du änderst nichts dran.

Wat een verkeer, maar oppassen, jongens! Zo direct raken jullie nog onze lieve paardjes!

Ik herken bijna ieder pand, iedere winkel. De beelden van vroeger en nu schieten als weefgetouwspoelen door me heen. De caleidoscoop van hem die hier wellicht te lang geleefd heeft, wiens tijd gekomen is, die op een dag misschien moet oprotten uit dit land, maar waarheen?

Het delicatessenparadijs van de gebroeders Jelisejev! Nergens is er een fraaiere winkel, althans niet in Sint-Petersburg. Voor taartjes, chocoladepralines, fijne vleeswaren, gerookte zalm zo dun als vloeipapier, de allerlaatste zwarte kaviaar en andere comestibles kan men er terecht. Het is bij tienen, maar de kroonluchters in de bladgouden zaak die alle revoluties heeft overleefd branden nog steeds. Had ik een kind, een kleinkind inmiddels, ik was er met het meisje of het ventje af en toe langsgegaan, genietend van de bewegende sprookjeswezens van felgekleurd hout in de etalage, alvorens naar binnen te stappen voor een lolly, een zak toffees of een bakkersijsje.

Ik geniet van de voorbijflitsende aanblik. We minderen vaart achter een stoet auto's en opnieuw ben ik ten prooi aan hevige verwarring, niet door wat ik denk ditmaal, maar door wat ik zie.

De drank kan het niet zijn; slechts twee flesjes witte drinkwijn, een halfje rood, wat druppels bananenlikeur voor de zoetigheid, drugs heb ik nooit gebruikt, maar toch is het alsof ik hallucineer.

Onmogelijk!

Rechts van mij, over het brede granieten trottoir, duwt een jongeman met een bontmuts op zijn vlezige rode hoofd een stokoude vrouw in een prehistorisch ogend invalidenwagentje voort. De jongeman ben ik, terwijl de dame in de rolstoel, ondanks de augustuswarmte van top tot teen in bont gehuld, niemand anders is dan mevrouw Pokrovskaja.

‘Hela, koetsier!’ roep ik, nog voordat hij met de zweep in de hand kan optrekken. ‘Halt! Ik moet er hier even uit!’

De Witte Nachten zijn voorbij, de duivel trekt niet langer aan de lakens, ik weet dat dit een stad is van fantomen, maar ik ben *niet* dronken, en toch loop ik daar. Mijn versie van zevenentwintig jaar oud, de hoogbejaarde Russin voortduwend uit het tehuis waar ik op missie voor meneer Siderius vruchteloos bijbels had rondgedeeld. Ze had me gesmeekt haar mee naar buiten te nemen, voor een ritje door de stad.

Toen ik haar destijds had afgeleverd bij de directrice en ik haar vroeg of ze niet iets voor haar kon doen, wellicht contact opnemen met de dochter van de arme vrouw, was deze in een saterlach uitgebarsten. Dat mens was volkomen krankzinnig! Toen ze nog kon lopen gaf ze op de binnenplaats alle zwerfkatten uit de buurt te eten, kostbaar voedsel dat voor haarzelf was bestemd. Die dochter zat alleen maar in haar hoofd, het was een verzinsel, ze had in haar leven nooit een kind gehad!

Ik stap de koets uit, de man op de bok roept me toe dat hij hier niet lang kan blijven staan; dat het verboden is. Maar ik maan hem op mij te wachten, en loop achter mijn fantoomverschijning aan.

Met de krakkemikkige rolstoel snellen ze voor me uit.

Ik ben broodnuchter. Toch hebben mijn kuiten door de alcohol de zwaarte van steen. Weer dat nare zwetende gehijg, die hartslag. Ik begeef me zwemmend door de menigte, de voetgangers die mij in het blauwe vloeibare licht van de lantaarns tegemoetkomen wijken links en rechts voor mij uiteen, en hoewel ik hem voortdurend boos toeroep te blijven staan, geeft mijn versie van zevenentwintig geen sjoege, maar dan zet ik het op een sprint en leg ik een hand op zijn schouder.

De vent met de bontmuts draait zich naar me om. Met een mond vol bruine tandstompen in die lelijke vleeskop kijkt hij me agressief aan. Ook de bejaarde in de rolstoel keert zich om, wezelachtig naar me opkijkend. Ze is volkomen tandeloos; haar hoofd is een verschrompelde blauwe pruim. Het zijn zwervers die leven van het bedelen bij toeristen, immuun voor de wereld, 's zomers en 's winters gehuld in bont.

'Wat is dat?!' brengt de vent verbolgen uit.

Zijn woorden gaan gepaard met een gruwelijke maaglucht.

Ik put me uit in verontschuldigingen, een misverstand!

Terwijl ik aanstalten maak af te taaien, legt de vent een klauw op mij. Hij beweegt zich dreigend naar me toe, grijpt me ook met zijn andere klauw vast en vraagt nogmaals wat dit voor de duivel te betekenen heeft. Hij brult als een vals gemaakt berenjong. Ik heb hem aangeraakt, hij wil compensatie, driehonderd roebel! De vrouw in haar karretje begint nu te blèren, alsof ze in het openbaar door mij wordt verkracht.

Ik grijp in mijn kontzak en stop de vent een briefje van duizend toe, dat hij begint te bestuderen alsof hij voor het eerst geld ziet.

Terug in het rijtuig trekt de koetsier onmiddellijk op. Ik zie aan zijn houding dat hij de pest in heeft. Ik roep hem toe dat ik hem extra zal belonen. Ik prop de oordopjes weer in, druk op *play* en sluit te midden van de lichtgolvingen van de stad mijn ogen.

Ik schrik wakker van het getoeter, dwars door de stem van de Duitse diva heen. Omstuwd door toeterende auto's maken we halverwege de Nevski een kunstige tournure en we rijden de Sadovaja in, een voorname straat, waar in de maand februari van het jaar 1917 de eerste opstandelingen in mitrailleurvuur bij bosjes tegelijk in de sneeuw sneuvelden. Wat een blamage van de zintuigen. Dat ik mezelf daar op de Nevski een rolstoel had zien voortduwen! Is het soms die verduvelde bananenlikeur? Wat zegt u, koetsier? Ik hoor u uitermate slecht.

'Welk nummer?!'

Maar ik weet het nummer niet; wel weet ik waar het pand

is met de avondschool van mijn vrouw, dertig meter verderop.

'Hier stoppen, koetsier, halt!'

Ik stap uit, loop de naar sigarettenrook stinkende hal van het instituut binnen. Een school zoals het hoort, met zeegroen betegelde wanden. Hier wordt nog geleerd, gewoon uit boeken, uit het hoofd. Een groep jongens van twintig stormt de brede natuurstenen trap af. Ze hebben al snorretjes, sommigen een hipsterbaardje; hun stemmen zijn die van volwassenen, maar het uitgelaten gejoel is dat van kleuters. Komt er weer oorlog, dan zijn dit de soldaten; anders hun kinderen of kleinkinderen. Slechts idioten geloven dat het rijmen van de geschiedenis op een dag zal ophouden, vervangen wordt door sprookjesproza.

In een zwemmend waas komt Julia de trap af. Haar boeken houdt ze tegen haar borst gedrukt, als een studente in een Amerikaanse film. Ze is in gesprek met een leerlinge, heeft me niet in de gaten. Ik verschuil me achter een pilaar, gluur vanuit die positie en voel me weer net zo zenuwachtig als bijna dertig jaar geleden, toen ik haar voor het eerst opwachtte in de hal van een andere school. Ze is de vijftig inmiddels gepasseerd, maar door de gestalte van mijn vrouw heen zie ik haar nog altijd als toen. Wanneer ik goed kijk ontwaar ik zelfs het meisje van vijf, als op de zwart-witfoto op ons bureau, waarop ze staat met haar oma die haar iedere keer als ze vanuit Leningrad in het vroegere Oost-Pruisen was gearriveerd vol vreugde had toegeroepen: 'En wie is daar? Welke schat is ons komen bezoeken?'

Dertig jaar – alles is veranderd en toch hetzelfde gebleven.

Mijn strot is plots gortdroog. Zodra de leerlinge weg is stap ik naar voren, als een duveltje uit een doosje sta ik voor mijn vrouw.

'Wat is er met jou aan de hand?' Ze wijst op mijn natte gezicht.

'Die verdomde contactlenzen! Door mijn droge ogen moet

ik voortdurend tranen. Ik moet snel weer eens naar de oogarts.'

'Hoeveel heb je gedronken?'

'Gewoon.'

'Nou, hoeveel?'

'*So oder so ist das Leben*,' begin ik met mijn goede zangstem luidkeels te zingen. '*Heute nur glückliche Stunden...*'

Dan schiet mijn vrouw in de lach.

'Knef?'

'Unsere ewige Hildegard!'

Ik druk een plofzoen op haar mond en trek Julia mee naar buiten, de Sadovaja op, waar mijn koetsier ons op de bok van zijn open rijtuig in een prachtig vermiljoenzwart silhouet staat op te wachten.

'Wat is dit allemaal?'

De man stijgt af, hij opent charmant het deurtje voor ons, we stappen in en een oogwenk later rijden we weer.

'Hé, wat is dit toch?' Haar boeken heeft mijn vrouw nog steeds tegen haar buik gedrukt. 'Heb je soms de loterij gewonnen?'

Ik haal de twee overgebleven miniflesjes bananenlikeur uit mijn broekzak, schroef ze open en geef er eentje aan mijn vrouw. Terwijl ik de inhoud in één keer, tegen de droogte, naar binnen klok, neemt Julia een slokje.

'Zoet!' zegt ze. 'Lekker zoet! Waar gaan we heen?'

'Naar huis...' Na wederom een circusachtige tournure stuiven we alweer over de kolkende Nevski, in een andere richting nu.

Mijn vrouw heeft het vragen gestaakt. Ik zie hoe ze van het onverwachte tochtje in haar eigen stad geniet, van het hoefgetrappel, het gefluit van de koetsier, het gehijg van de hengsten, de rijwind.

'We gaan nog best snel!' roept ze, met wapperende haren.

Ik denk aan de vijf mille in het geldkistje van mijn vader,

onder in het commodekastje op onze slaapkamer. De dood is op afbetaling, het leven op krediet. Sterven we, dan betreuren we twee zaken het meest: dat we elkaar niet genoeg hebben liefgehad, en dat we samen te weinig hebben gereisd. Ik vraag mijn vrouw waar ze naartoe wil.

'Hoe bedoel je?'

Ik zeg haar dat mijn boek eindelijk af is, dat ik hoognodig voor enige tijd weg moet, weg van deze straten als vroegere slagvelden.

Ze is volkomen verrast.

De wereld is groot, maar aan Europa hebben we genoeg.

Een carrousel van mogelijke toekomstige genietingen schiet door haar hoofd. Ze denkt hardop. Thüringen, de lavendelvelden van de Provence, de kusten van Bulgarije, Kroatië of Roemenië, de heuvels van Kent, de droge vergezichten rond Toledo, Toscane. Het wordt Italië. Voor een maand besluiten we een huisje te zoeken, ergens in Liguria.

'Maar Moesja en de jongens mogen toch wel mee?' Met haar amandelogen kijkt mijn vrouw smekend naar me op.

Vroeger waren het de meiden; tegenwoordig de jongens.

'Natuurlijk,' zeg ik. 'Moesja en de jongens gaan mee.'

Op dat moment weten de twee hengsten, in volle draf en in stereo, enorme diepgele paardenvijgen te produceren. Kogelrond, glimmend in het avondlicht als goud, vallen ze tussen hun trappelende benen weg. Bij het Plein der Opstand maken we opnieuw een rondje en slaan uiteindelijk rechts af, in de richting van de Tsjaikovskistraat.

Niet vernoemd naar de componist, maar naar een revolutionair.

Verantwoording

Bij het schrijven van deze roman heb ik ruimschoots gebruikgemaakt van de reeds bestaande literatuur over het prerevolutionaire, het revolutionaire en het postcommunistische Rusland, alsmede uitputtend gewroet in mijn eigen biografie. Soms vielen zaken samen, soms niet.

Ik ben vooral dank verschuldigd, in sommige gevallen helaas ook over het graf heen, aan de auteurs van de volgende werken waaraan ik woorden, begrippen, inzichten, en soms hele zinnen heb ontleend, hier in niet-alfabetische volgorde opgevoerd: Orlando Figes, *A People's Tragedy, The Russian Revolution 1891-1924*, Jonathan Cape, Londen 1996; Edward Radzinsky, *The Rasputin File*, Doubleday, New York 2000; Curzio Malaparte, *Het bal in het Kremlin*, De Arbeiderspers, Amsterdam 2017; Sima Sneevliet, *Mijn jaren in stalinistisch Rusland*, BZZTÔH, Den Haag 1994; Henk van Renssen, *De revolutieverzamelaar*, Uitgeverij Podium, Amsterdam 2006; Ben Knapen, *De lange weg naar Moskou*, Elsevier, Amsterdam 1985; Helen Rappaport, *Midden in de Revolutie*, Uitgeverij Unieboek/Het Spectrum, Houten 2016; Douglas Smith, *Verloren adel*, Uitgeverij Balans, Amsterdam 2016 en natuurlijk Zinaida Hippius, *De schittering van woorden*, Privé-domein 94, De Arbeiderspers, Amsterdam 1984.

P.W.
Sint-Petersburg, 28 augustus 2017